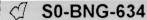
Elogios para la incomparable

ELIZABETH LOWELL y
EL COLOR DE LA MUERTE

Próximamente por Elizabeth Lowell

MUERTE A PLENA LUZ

EL COLOR DE LA MUERTE

ELIZABETH LOWELL

Traducido del inglés por Julia Salazar Holguín

AVON BOOKS

Una rama de HarperCollins*Publishers*

Esta es una novela de ficción. Los nombres, personajes, lugares y hechos sólo existen en la imaginación de la autora y no son reales. Cualquier semejanza a hechos, lugares, organizaciones o personas es puramente coincidencia.

AVON BOOKS/RAYO
Una rama de HarperCollins*Publishers*
10 East 53rd Street
New York, New York 10022-5299

Copyright © 2004 por Two of a Kind, Inc.
Traducción © 2006 por Julia Salazar Holguín
Extracto de *Muerte a Plena Luz* © 2003 por Two of a Kind, Inc.
Traducción del extracto © 2006 por Julia Salazar Holguín
ISBN-13: 978-0-06-085695-3
ISBN-10: 0-06-085695-5
www.rayobooks.com
www.avonromance.com

Primera edición Rayo: Marzo 2006
Primera edición en inglés de Avon Books: Junio 2005
Primera edición en inglés en tapa dura de William Morrow: Junio 2004

A muchas personas
que han enriquecido mi vida.

Ustedes saben quiénes son.

Capítulo 1

Sanibel, Florida
Noviembre

Lee Mandel pasaba mucho tiempo mirando sobre sus hombros. Era parte de su trabajo. Pero al estirarse bajo el sol con satisfacción, no estaba pensando en cuidar su espalda. Le sonreía al mesero que tenía el cuerpo ágil y ese optimismo que sólo los menores de treinta pueden ostentar.

"Oiga, ¿está *seguro* que tiene los mejores camarones de la Isla Sanibel?," le preguntó Lee en tono de broma.

"Puede apostar lo que quiera, señor."

Lee rió y con la mano despidió al mesero. "Déme lo de siempre. Y café tan rápido como sus piezotes se lo permitan. Ah, y tráigame un par de bolsas extras de las de llevar comida, ¿de acuerdo?"

El joven sonrió de oreja a oreja, se llevó una mano a la espalda y sacó dos bolsas de papel blanco con el logotipo del café SoupOr Shrimp impreso en rojo brillante en la esquina inferior.

"¿Estas le sirven?" Las dejó caer frente a Lee. "Se las alisté tan pronto lo vi subir las escaleras."

Cierta intranquilidad se apoderó de Lee. Se estaba volviendo predecible. En su negocio eso no sólo era estúpido, sino peligroso. Sin embargo, no había visto a nadie seguirlo cuando cruzó los puentes que unen tierra firme con la Isla Sanibel. Además, una vez que el contenido del paquete del envío hubiera sido transferido a la bolsa de papel arrugada, nadie sospecharía lo que Lee sabía con certeza: que las gemas valían un millón de dólares, mínimo. El lote.

En el futuro usaría algo aún menos notorio, quizás una bolsa de papel marrón como las que usan los borrachos callejeros para llevar su botella. Usualmente los mensajeros que despachaban objetos únicos no tenían que preocuparse tanto como los muchachos que transportaban relojes y anillos de compromiso.

Usualmente, pero no siempre.

En los últimos años habían corrido rumores de la presencia de una nueva banda, a la que sólo le interesaban los objetos más sofisticados y valiosos. La buena noticia era que esa banda no era tan peligrosa como las de los suramericanos. Los nuevos muchachos eran hábiles y silenciosos.

El mesero de nalgas apretadas desapareció de nuevo en el café oscuro y lleno de humo, dejando a Lee solo disfrutando del sol invernal. Este movió su silla de forma que su espalda quedó contra el muro del edificio, y se preguntó lo que estaría haciendo su hermana Kate ahora que había terminado de tallar y pulir los Siete Pecados. Probablemente estaría alistándose para atacar una vez más el circuito de exposiciones de gemas y buscar algunas piedras en bruto que rentabilizaran su tiempo y su esfuerzo para tallarlas.

Tal vez si mamá y papá dejaran de fastidiar con el tema de los nietos, ella bajaría un poco su ritmo de trabajo y podría encontrar a un buen hombre. Si siguen así la van enloquecer como me enloquecieron a mí.

La culpa lo invadió. Debería contarles a sus padres. En verdad debería hacerlo, especialmente ahora que había encontrado al hombre con quien quería compartir su vida. Pero no quería pasar por todo lo que implicaba salir del clóset, las lágrimas y la típica pregunta: ¿en qué nos habremos equivocado?

Sus padres no se habían equivocado. Simplemente, él no era el hijo que ellos esperaban. Fin de este capítulo triste.

Había mucha gente conversando alrededor de Lee. Algunas voces provenían del estacionamiento al aire libre, en el primer nivel, directamente debajo de él. Casi todo en la Isla Sanibel estaba construido sobre pilares. Cuando los huracanes azotaban la isla, los escombros eran arrastrados en su mayoría por debajo de los edificios, dejando los barrios residenciales más o menos intactos.

"¡Pero yo *quiero* ver el *tesoro!*"

La voz de la adolescente era aguda, pertinaz y cada vez más clara a medida que salía del auto estacionado en el área más soleada del estacionamiento, lugar que los turistas elegían invariablemente. Lee esbozó una leve sonrisa al pensar en los asientos hirviendo y en los timones demasiado calientes para conducir, y se preguntaba si los visitantes provenientes de climas fríos se asustarían con las sombras que se dibujaban entre los pilares que sostenían el pequeño centro comercial.

"Ya vimos lo de Atocha el año pasado. Gran cosa." La voz del adulto era crispada e impaciente. "Lo que les interesa en ese supuesto museo es vender sus objetos a sobreprecio al primer aparecido que entra."

"No me *importa*. Yo quiero ver las monedas de oro y las *esmeraldas.*"

Lee hizo caso omiso de los rezongos de la muchacha tratando de imaginar lo que diría si viera los siete extraordinarios zafiros que tenía guardados en el baúl de su auto. La mayoría de las veces no sabía lo que contenían los paquetes anónimos que debía llevar del punto A al punto B para diferentes compañías de mensajería directa, incluida la que pertenecía a su familia. Disfrutaba la libertad que le brindaba el hecho de ser trabajador independiente. Lo único era que, en su caso, él era el hijo del dueño de la compañía y el hermano de la talladora, lo que le permitía saber qué eran los Siete Pecados y cuánto valían.

Kate se emocionó tanto cuando le encargaron tallar el zafiro en bruto de calidad extra fina, que lo llamó y le describió las piedras como él describiría a un amante. La había visitado dos veces en Arizona y había quedado maravillado al ver cómo una piedra amorfa azul opaco se transformaba en un lote de gemas exquisitamente talladas que brillaban con un extraordinario color azul.

Él había gozado al ver la emoción de Kate. Por una vez parecía varios años menor que él, aunque era ocho años mayor. Con razón estaba tan exaltada. Era un verdadero éxito para una talladora relativamente joven obtener un trabajo tan exclusivo como el que le había encargado Arthur McCloud, uno de los más destacados coleccionistas de gemas del mundo. Tanto que le había pedido al propio Lee llevarle a ella el material en bruto y luego llevarle de regreso a McCloud los Siete Pecados tallados y pulidos. De ese modo, como quien dice, el trabajo quedaba en familia.

Con los ojos casi cerrados a causa de la resolana, Lee miró el modesto reloj que llevaba en la muñeca izquierda. Un cuarto para las once. Tiempo de sobra. Desde el café tardaría tal vez unos quince minutos para atravesar el pequeño puente que conectaba las islas Sanibel y Captiva. Con suerte tendría una hora después de haber depositado las piedras en Captiva para ir a buscar caracoles en marea baja y alcanzar a tomar el vuelo de Fort Myers a Los Ángeles. El viernes, el noventa por ciento del tráfico se dirigiría en dirección opuesta. Sería un trayecto tranquilo hasta el aeropuerto.

Se estiró una vez más. Con sus shorts, su camisa de golf y sus sandalias, se mimetizaba con el resto de la población. No era ni muy alto ni muy bajo, ni muy gordo ni muy moreno. No era muy nada. Los mensajeros eran tan anónimos como sus paquetes. Si hubiera estado en Manhattan, llevaría puesto un traje oscuro y una gabardina gris. Seattle habría exigido una chaqueta impermeable de alta tecnología y un café *espresso* permanentemente en la mano. Nada de paraguas. Ya nadie se preocupaba por usarlos en el lluvioso Pacífico Noroeste.

El sonido tenue que emitió un auto al encender hizo sobresaltar a Lee. Se enderezó y revisó mentalmente los autos que había visto cuando parqueó justo debajo del sitio donde se encontraba en este momento, cerca de las escaleras. A excepción de su automóvil blanco alquilado, no había ninguno cerca de las escaleras.

La mayoría de las tiendas abrían a las once, y todavía faltaban veinte minutos. Los demás autos que había observado estaban estacionados hacia el fondo, lejos de las escaleras. Los autos y camiones ligeros pertenecían muy probablemente a empleados del lugar que seguían órdenes de facilitarles a los clientes los espacios cerca de las escaleras que conducían a las tiendas.

Permaneció de pie mirando por encima de la barandilla hacia el piso inferior. No había nadie. La niña rezongona y su familia habían entrado al café. Por lo visto habían preferido el humo al aire fresco. Por el momento estaba solo, como nunca nadie lo estaba en la meca turística invernal de la Isla Sanibel.

De debajo de él se escuchó el ruido sordo de la tapa del baúl de un auto que se cerraba.

Frunciendo el ceño, se apresuró a bajar las escaleras. La transición de estar a plena luz del sol de la Florida a la penumbra del estacionamiento lo hizo dudar. Echó un vistazo rápido a su alrededor.

Nada se movía en la fresca sombra.

Diciéndose a sí mismo que estaba paranoico, Lee cruzó rápidamente hacia su auto. Oprimió el botón de la llave electrónica y abrió el baúl.

Estaba vacío.

"¡Maldición!"

Se inclinó hacia adentro desesperadamente y palpó por todas partes. Más pequeño que la palma de su mano, más costoso que lo que podría ganar en toda su vida, el paquete que contenía los Siete Pecados podría haberse movido, o quizás se había caído por el hueco de la rueda.

Tienen que estar aquí.

De la oscuridad del otro lado del carro se escuchó un leve sonido como de alguien arrastrando los zapatos, tratando de escabullirse sigilosamente hacia la luz del sol. Al menos así parecía, hasta que volteó a mirar y vio un rostro familiar.

Aliviado, sonrió y dijo: "Hola, no esperaba verlo en esta costa."

"Usted no debería haberme visto."

Se escuchó un sonido suave, y luego un gruñido al tiempo que una bala atravesaba la carne y los huesos de Lee para alojarse en su corazón. Se desplomó en el baúl del automóvil.

Esto no puede estar ocurriendo.

Pero lo estaba. El mundo giraba cada vez más lejos y ya no era parte de él; el color de la espiral se tornaba cada vez más negro.

Norm... Katie... ¿me oyen? Los quiero mu...

El baúl se cerró abruptamente, escondiendo la muerte.

Capítulo 2

Little Miami
Dos días después

Jaime "Seguro" Jiménez de los Santos sabía que era su día de suerte cuando la puerta de su casa de empeños se abrió y una rubia de senos exuberantes y un diminuto vestido ceñido al cuerpo caminaba tranquilamente en dirección suya. Los tacones de plataforma agregaban más de doce centímetros a su estatura y hacían menear sus caderas de manera realmente agradable. Su único reclamo era que el vestido empezaba en el cuello y cubría toda aquella carne.

Al mirar con mayor detenimiento se dio cuenta de que los senos eran producto de un sofisticado brasier de gel, del tipo que usan los travestis. Sin embargo, la falda casi lograba compensar este detalle, ya que era tan corta que dejaba ver las puntas de las nalgas de la mujer. O del hombre, muy probablemente.

Ni modo. A Seguro le gustaban los amantes de ambos bandos, siempre y cuando él fuera el pitcher.

La puerta se cerró, aislando las bocinas impacientes, el hedor de los motores desajustados y la cascada de acentos hispanos de seis naciones. A través del calor y de las venta-

nas impregnadas de polvo, las palmeras cansadas se balance-
aban sobre los desgastados edificios cenizos que bordeaban
la tumultuosa calle.

Una fuerte oleada de perfume floral se abalanzó sobre Seguro cuando la mujer se reclinó contra el mostrador. Su maquillaje resaltaba tanto como su vestido. El azul de sus ojos
era como el de un día inusitadamente claro en la bochornosa
Florida.

"Buen día, señorita," le dijo Seguro, en tono informal, lanzándole la mirada maliciosa que exigían su cultura y su vestido. "¿En qué le puedo ayudar?"

"Hábleme en inglés, si no le importa, por favor," dijo
ella, pronunciando las dos palabras en español como si fuera
inglés. Tenía una voz ronca, casi ahogada. "Mi español es
fatal."

"Sí, ¿en qué puedo ayudarle?"

"Alguien me dijo que usted ofrece los mejores precios del
lugar por la compra de piedras sueltas."

Dudó un instante.

"Usted sabe," dijo con gran seriedad, "piedras sueltas—
gemas sin montar, ¿me entiende?"

"Sí, sí, entiendo. ¿Quién le dijo eso?"

"Alguien en L.A. Los Ángeles. Mi novio es de allá. Un
amigo le dijo que usted tenía un primo que tenía un primo
que…" La mujer se encogió de hombros, moviéndose al
mismo tiempo de arriba abajo. "Mi novio no es un Santos
pero estuvo un tiempo a la sombra con uno de ellos, si me entiende lo que quiero decir."

Seguro sonrió y asintió rápidamente aceptando su explicación. La mayoría de los contactos que un hombre necesitaba para tener éxito en la vida los encontraba en su extensa
familia. El resto podía hacerlos en los bajos fondos. "*Sí*. Yo
sé. He conocido a algunas personas así."

"Súper útil," añadió ella. Con ambas manos levantó su
gran bolso de tela y lo colocó ruidosamente sobre el mostrador. "Tengo algo que le va a gustar."

Él hizo un ruido ambiguo y observándola sin prisa se preguntó si en verdad sería un hombre. No se vislumbraba en su rostro ninguna sombra de barba, pero igual era difícil adivinarla bajo la espesa capa de maquillaje. De cualquier forma, muchos maricones se hacían depilar definitivamente la barba.

Ella metió la mano en el bolso y luego de buscar sacó un frasco de antiácido. Antes de coger el recipiente plástico, Seguro extendió un pedazo de tela oscura desgastada sobre la tapa del mostrador. Luego destapó el frasco y vertió el contenido sobre la tela. En lugar de la ráfaga de piedras pequeñas que esperaba ver, un rectángulo azul profundo, del tamaño de un dedo pulgar rebotó sobre el mostrador. Agarró la gema y la puso en el centro de la tela oscura. Se quedó sin aliento.

Y así permaneció.

"Quiero cincuenta mil," dijo ella.

Levantó la cabeza rápidamente. Los ojos azules que lo miraban desde el otro lado del mostrador eran más claros que la enorme piedra, pero igual de duros.

"Ya veo" fue todo lo que dijo Seguro.

"El zafiro vale mucho más que cincuenta grandes."

"Para algunos, sí. ¿Para mí? No lo creo." Se encogió de hombros. "Ya veo."

Ella dio unos golpecitos en el mostrador con sus largas uñas postizas color rojo semáforo. "De acuerdo. Mire a ver. Pero apúrese. Tengo que tomar un avión. Vacaciones de lujo en Aruba con mi novio."

"¡Ah! He oído que es un lugar muy bonito."

"Le mandaré una postal."

Seguro sacó una lupa de joyero y empezó a observar la gran piedra azul. Excepto por el ocasional golpeteo impaciente de las uñas postizas sobre el mostrador, la tienda estaba tranquila.

"¿Y bien?" dijo ella cuando finalmente él miró hacia arriba.

"Necesito que un amigo lo mire."

Ella puso las manos en sus estrechas caderas con un gesto que podía ser de impaciencia o desafío. "Como le dije, estoy apurada."

"Lo lamento, pero…" Se encogió de hombros una vez más.

"¿Qué puede darme *ahora?*"

"Dos mil."

"Treinta."

"Dos mil cien."

"¡No diga estupideces! La piedra vale fácilmente doscientos mil."

"Pues llévesela y véndala por esa suma."

"Quince mil."

"Dos mil ciento cincuenta," dijo pacientemente. "Lo siento, Señor—eh, Señorita—pero no soy un experto. Ya le ofrecí el doble de lo que debiera porque usted parece una persona decente, que conoció al primo de mi primo en la cana. Pero no puedo hacer más. Lo siento mucho."

"¡Está bien, mierda! Lo quiero en efectivo. Ahora mismo."

"Claro que sí. Espéreme aquí, ¿de acuerdo?"

"Pero apúrese. Esta no es la única casa de empeños en Little Miami."

Seguro se dirigió al pequeño cuarto ubicado en la parte trasera de la tienda, cerró con llave y abrió la caja fuerte. Apresuradamente contó billetes de cien dólares en un fajo y agregó un billete de cincuenta. Cuando abrió de nuevo la puerta, la mujer todavía estaba allí.

Ella estiró la mano con la palma hacia arriba.

Él contó el dinero en la mano ruda de la mujer, y esperó a que ella contara por sí misma.

"Consiguió una ganga," dijo ella con amargura. "Un verdadero robo."

Seguro sonrió de oreja a oreja. "No lo dudo. Buena suerte."

No se había cerrado aún la puerta al salir la rubia cuando él se apresuró a echar llave. Colgó el letrero de CERRADO y cerró también las persianas tras los barrotes de hierro que protegían las ventanas.

Se quedó parado temblando. Estaba prácticamente seguro de que el zafiro era real.

Tan real como la muerte.

Tendría que ser muy, muy cuidadoso al planear el siguiente paso, o estaría tan muerto como lo estaba sin duda el dueño anterior.

¡Dios!

Esta vez necesitaría sus mejores contactos. El tipo de contactos que la gente sólo se atrevía a susurrar, pues mencionar los nombres en voz alta era hacerse degollar. Repasó mentalmente una lista de nombres y los rechazó. Luego le vino a la mente uno que lo hizo detenerse.

Eduardo.

El cuñado del primo de su esposa vivía en Los Ángeles. Trabajaba en el negocio de la joyería. Él lo ayudaría. Él tenía ese tipo de contactos que nadie menciona en voz alta. Podría vender la gema sin que lo atraparan.

Sin que lo mataran.

Capítulo 3

Glendale, Arizona
Cinco días después

Kate Chandler no se podía concentrar. Maldiciendo entre dientes para sí misma, desvió la mirada del microscopio que apuntaba a una tsavorita en bruto. Había estado estudiando el espécimen verde profundo, tratando de decidir cómo tallarlo para maximizar tanto el tamaño como el brillo de la piedra final.

Usualmente, le fascinaba sostener todo ese potencial en la mano, mientras ideaba las decisiones que transformarían el material en bruto de aspecto relativamente ordinario en gemas deslumbrantes. Pero en ese momento le costaba trabajo preocuparse por algo más que el teléfono, que no sonaba.

"Maldición, Lee," dijo. *"¡Llama!"*

Verificó la pantalla del teléfono celular que reposaba sobre la mesa de trabajo al alcance de su vista. No había retirado su mirada del celular por varios días, en cualquier sitio de su casa donde estuviera.

No había recibido llamadas nuevas. Tampoco tenía llamadas sin contestar. Sólo silencio, y una angustia que se acentuaba a medida que pasaban los segundos.

Con impaciencia, oprimió el número de Norm Gallagher. Norm contestó al instante. "¿Lee?"

El estómago de Kate se contrajo. "No. Soy yo, Kate. Tenía la esperanza de que..."

"No ha llamado." La voz de Norm era lúgubre, ronca, como si tuviera un resfriado o hubiera llorado. "¿Qué vamos a hacer?"

"Yo..." Respiró hondo. "Yo no les he dicho a mamá y a papá, pero llamé al FBI y les dije que Lee había sido secuestrado. No quisieron escucharme. Me dijeron unas cuantas palabritas de consuelo y que pusiera todo en manos de las autoridades de la Florida. Yo les dije que los policías de la Florida era unos idiotas que estaban más interesados en desprestigiar a Lee que en encontrarlo."

"Lee tiene razón," dijo Norm. "Eres genial. No veo la hora de conocerlos a ti y a tu familia."

"Será una reunión grande y alegre," dijo Kate, forzándose a sí misma para parecer contenta y disimular que en realidad estaba preocupada hasta los tuétanos.

Angustiada por Lee.

Helada hasta el alma.

"Norm..."

"¿Sí?"

"Tengo miedo. No te lo dije antes, y a papá le daría un patatús si se entera de que te lo estoy diciendo ahora, pero el auto que Lee alquiló fue devuelto un día tarde y el paquete que transportaba nunca llegó."

Hubo un largo silencio seguido del ruido de un hombre tratando de tragar para disimular sus emociones. "No hay señales de... ¿juego sucio?"

"No."

"No pareces muy contenta con eso."

"No lo estoy. Tengo miedo y estoy desesperada y... tengo miedo." Kate cerró los ojos, arrancó de un tirón la hebilla de su cabello oscuro, y masajeó su cuero cabelludo. *Lee, ¿dónde diablos estás?*

"Yo también tengo miedo," dijo Norm. "Sentí una angustia terrible cuando transcurrieron las primeras veinticuatro horas sin noticias."

"Esto es tan inusual en Lee," susurró ella. "Él puede haber olvidado llamarme después de entregar los Siete Pecados, pero está loco por ti. Sea lo que sea, a ti te habría llamado."

Norm dejó de tragar saliva y las lágrimas se atascaron en su garganta. "Gracias, Katie."

"Es la verdad."

"¿Crees que pueda haber tenido algún accidente y no recuerde su nombre?"

Kate se reclinó sobre su mesa de trabajo, mientras escuchaba en la voz de Norm la misma angustia que rondaba dentro de ella, las palabras que ninguno de los dos se atrevía a pronunciar en voz alta: *¿Y si Lee está muerto?*.

"He llamado a todos los hospitales entre Fort Myers, donde recogió el carro que alquiló, e Isla Captiva, donde se supone que debía entregar el paquete," dijo Kate. "En ninguna parte ha ingresado un paciente amnésico en los últimos cinco días, ni ningún Pedro Rojas que no sepa su propio nombre."

"¿Están seguros?"

Kate no respondió. Las palabras de Norm eran más un grito en busca de esperanza que una verdadera pregunta.

"Llámame tan pronto sepas cualquier cosa," dijo ella.

"Tú también."

Ella cortó la comunicación y dio rienda suelta a sus lágrimas, con una mezcla de dolor y miedo que la hizo temblar.

Capítulo 4

Scottsdale, Arizona
Cinco meses después
Martes por la mañana
9:30 a.m.

Con el corazón palpitante, Kate miró entre la gente que se agolpaba en el salón de conferencias. Trataba de no pensar en la voz espeluznante que había dejado un mensaje en su contestador automático, advirtiéndole que moriría si no dejaba de hacer preguntas y de tratar de averiguar qué le había ocurrido a Lee Mandel, por qué nadie lo había visto, por qué no se había comunicado con nadie, ni siquiera con su hermana mayor que siempre lo había querido sin importar lo problemático que era.

Pero a pesar de las advertencias, ella seguía averiguando. Sólo que con más cuidado. En adelante se centraría más en las gemas desaparecidas que en el hermano que temía no volver a ver nunca más.

Miró el salón con sus ojos oscuros habituados a ver a tanta gente suspirar frente a un lote de piedras preciosas. Nadie le devolvió la mirada, ni siquiera el hombre de expresión hermética que estaba recostado contra la pared, al otro extremo de la sala, y que sostenía en sus manos el pesado catálogo de la exposición. A excepción de él, todo el mundo observaba minuciosamente las valiosísimas piezas que centella-ban bajo el vidrio.

La exposición propiamente dicha sólo abriría sus puertas varios días más tarde, pero un buen número de piezas intere-santes ya estaban expuestas al público. Los puestos de venta de la exposición preliminar eran una especie de ensayo con vestuario donde se presentaban aquellos negociantes que no podían, no querían o no habían sido invitados a pagar el al-quiler de los puestos del evento principal. Un grupo de aque-llos comerciantes excluidos había reunido un dinero para alquilar un amplio salón de conferencias al lado del lobby del hotel durante la semana previa a la exposición principal. Gemas de Colores Purcell era uno de los comerciantes de se-gundo nivel que había montado uno de esos puestos.

Ayer Kate había visto uno los Siete Pecados exhibido allí.

Los Purcell no habían estado muy dispuestos a colaborar cuando ella les había preguntado de dónde provenía la gema, pero había encontrado una forma de ganarse su confianza. Ahora, todo lo que tenía que hacer era asegurarse de que no la descubrieran.

Respira lento y profundo, como cuando haces el primer corte en una buena pieza en bruto.

Este pensamiento no disminuyó el ritmo del corazón de Kate, pero la idea de dar forma a una pieza de color, en bruto, para convertirla en un conjunto de gemas con eterno brillo, funcionó. Trabajar la piedra en bruto siempre la calmaba. No sabía porqué. Sólo sabía que lo hacía.

Así se hace, se dijo a sí misma. *Con paciencia y maña. Esta es la parte fácil.*

Tenía buenas manos. Siempre las había tenido, incluso cuando tenía sólo once años y divertía a los niños del vecin-dario sacando monedas de sus orejas.

Respira despacio y muévete rápido, y agradece que el Pecado con talla de esmeralda no fue a parar a una de las exhibiciones privadas en el cuarto de algún negociante. Ha-bría sido mucho más difícil sacarla.

Discretamente, Kate tomó aire una vez más y entró al salón de conferencias. Los puestos frente a ella pertenecían a joyeros y negociantes de gemas de segundo y tercer niveles. Aún así, estos puestos eran un universo alejado de la multitud de vendedores de cuentas y baratijas que regateaban sudorosos en los estacionamientos públicos atestados, donde se habían instalado puestos al aire libre bajo el sol resplandeciente de abril característico de esta zona desértica.

En el interior del hotel-spa más nuevo y lujoso de Phoenix, el ambiente era tranquilo, fresco y ligeramente perfumado de flores. Si el olfato sensible de Kate también percibía el olor a sudor penetrante de la codicia, que se esparcía en oleadas en el área del salón de conferencias, éste no la ofendía. Poco después de su primer período, había aprendido que la presencia de las gemas hacía transpirar a algunos humanos. El hecho de que ella podía observar joyas fantásticas sin pensar en el dinero, le daba cierta ventaja sobre mucha gente en este negocio.

Haló hacia abajo las mangas largas de su chaqueta de seda color frambuesa, palpó el peso liviano alojado justo al borde de la palma de su mano izquierda, y lentamente tomó aire una vez más.

Voy a hacer que esos bastardos del FBI me escuchen, Lee. Lo juro.

Capítulo 5

Scottsdale
Martes
9:32 a.m.

Recostado contra la pared recubierta de un sofisticado papel de colgadura en el Scottsdale Royale, Sam Groves ojeaba el catálogo de las próximas atracciones que se presentarían durante la exposición formal de gemas. Tomaría varias semanas leer el catálogo completo, pero mucho antes de eso él estaría en otro sitio, se habría cambiado de ropa, se habría puesto un sombrero y habría cambiado de apariencia. Usaría un disfraz muy simple, porque en general las personas eran simples. Especialmente con todas esas piedras preciosas de colores expuestas aquí y allí. Como los senos grandes, las grandes gemas casi siempre tienen un efecto negativo en el coeficiente intelectual de los hombres que las miran.

Aunque a Sam le gustaban los senos y la gemas como a cualquier hombre, lograba mantener la mente en el trabajo. Llevaba dieciséis años en el FBI y esperaba cumplir veinte antes de que alguien agregara a su récord algún comentario como "no se lleva bien con los demás" o "se sale de la línea al colorear," o "corre con las tijeras en la mano" y lo expulsaran del FBI con una patada en el trasero.

A pesar de todos sus esfuerzos, cuando alguien le preguntaba algo, Sam no se abstenía de dar su opinión. No se callaba nada, sin importar lo desagradable que pudiera ser la respuesta para su interlocutor.

Por suerte eres inteligente, muchacho. Porque de político no tienes ni un pelo.

Eso era lo que le había dicho a Sam su primer Agente Especial Encargado (AEE) hacía quince años. Nada había cambiado desde entonces. El FBI se había desquitado retrasando sus ascensos y asignándolo a trabajos de bajo perfil. Lo que significaba que en lugar de rastrear terroristas nacionales e internacionales con otros agentes élite del FBI, a él lo habían enviado a conformar una fuerza especial encargada de desmantelar una red de ladrones de joyas que había invadido el negocio de las gemas en los últimos cinco años.

Pero incluso en lo que se suponía que sería una misión fácil, la forma poco convencional que tenía Sam de ver el mundo lo había metido en problemas.

Ni modo. Sam pasó otra página y echó un vistazo al anuncio llamativo que describía los rubíes como la inversión en gemas de colores del siglo. *He envejecido más que el Sr. Sizemore, alias "Leyenda en su Propia Mente." En menos de cinco años comenzaré a recibir mi pensión, y mis problemas y los estúpidos políticamente correctos que no ven más allá de sus narices tostadas podrán irse al demonio.*

En silencio, Sam repetía su mantra personal mientras se ocupaba de un trabajo que cualquier niño de colegio habría podido cubrir.

El brillo de una seda color frambuesa atrajo su mirada. Recorrió la sala con la mirada. Si bien no era hermosa, la mujer había llamado su atención. Cabello negro recogido firmemente hacia atrás. Estatura media. Curvas agradables—no tanto como una chica del espectáculo, pero sí el tipo de mujer de carne y hueso que a los hombres les gusta estrechar entre sus brazos. Vestido de traje sastre costoso y tacones bajos con cartera del mismo color. Sin joyas ostentosas.

Aunque ella se movía con seguridad, su intuición de investigador le decía que de alguna forma estaba en la cuerda floja.

Intrigado, se acercó sin mirarla directamente. Cuando vio que ella se dirigía hacia el puesto de venta de Purcell, su interés se agudizó. Si alguien les ofrecía mercancía de calidad, Mike y Lois tenían la reputación de no hacer preguntas embarazosas acerca de los dueños anteriores ni de las facturas de venta. Naturalmente, el precio que pagaban por la mercancía reflejaba su silencio. En pocas palabras, los Purcell eran justo el tipo de gente al que un ladrón de gemas podía acudir.

Después de todo no tendría mucho sentido robar un envío de gemas si uno no podía convertir las piedritas en montones gigantes de billetes verdes anónimos.

Capítulo 6

Scottsdale
Martes
9:33 a.m.

Kate se sintió tan aliviada de encontrar a Mike Purcell solo en su puesto de venta que le dirigió una sonrisa radiante. Él le respondió con una mirada lasciva. Tenía fama de que cuando Lois, su esposa, no estaba cerca, se comportaba como un verdadero acosador. Hasta el día anterior, Kate no había pensado mucho en las habladurías. Pero luego, había comprobado de primera mano lo que decían de él, y había elegido su vestimenta de hoy a propósito.

Sonrió fingidamente, desabotonó delicadamente la parte superior de la blusa con la mano derecha y se dijo a sí misma que todo esto era por una buena causa. Aparentando no darse cuenta de su escote, se acercó a la vitrina y se inclinó sobre ella.

"¿Regresó a mirar el zafiro azul?," preguntó Purcell con malicia, recostándose hacia adelante sobre la vitrina de exposición, lo suficientemente cerca para percibir el calor del cuerpo de Kate. "O quizás tiene algo más en mente."

Su sonrisa se endureció, pero él no lo notó. Sus ojos estaban ocupados mirando el escote que ella mostraba con tanta generosidad. Ella tragó saliva con determinación y se dispuso a emprender la odiosa tarea de coquetear con un hombre del que en otras circunstancias se habría librado a patadas.

"Bueno, uno nunca sabe." Kate hizo un pequeño ruido, esperando que él apartara la mirada de sus senos. Funcionó durante algunos segundos. "Esa es una piedra exquisita," dijo ella con voz intencionalmente entrecortada.

Sin duda el zafiro era poco usual, pero no al punto de ser espectacular. Al menos, eso debía haber pensado el viejo Purcell o, de lo contrario, no lo habría expuesto en forma tan evidente.

Pero, a los ojos de Kate, Purcell estaba equivocado. Ella estaba segura de que aquella gema pondría a galopar el corazón de cualquier negociante que la viera.

Tal vez Purcell simplemente no podía abstenerse de hacer alarde de semejante piedra frente a los demás negociantes de menos nivel, pensó Kate, apretando los dientes ante el desagrado que le producía aquel hombre, mayor que su padre. *O quizás él sabe que se suponía que McCloud no debía decir nada acerca de los Siete Pecados, y por eso se siente seguro. De cualquier forma, Purcell es un asco.*

Sin embargo, sólo se limitó a decir: "Zafiros tallados en forma de esmeralda de ese tamaño y calidad no se ven todos los días en el mercado."

"¿Todos los días?" Purcell se enderezó y estiró una mano dentro de la vitrina sin dejar de mirar los senos suaves y firmes que le habría encantado acariciar. "Muñeca, zafiros como éste son más raros que una mujer fiel. Yo se lo puedo decir. He seducido a más de una mujer, y a diferencia de este zafiro, les he dado un cuidadoso y profundo tratamiento de calor, si entiende lo que quiero decir."

Kate sonrió mostrando todos sus dientes. Hizo un sonido como el de un terrier que hinca los colmillos en una rata. "Aún no puedo creer que la gema nunca haya sido tratada al calor. ¿Puedo verla otra vez?"

"¿Cuánto ofrece?"

Lo mismo que le dije la última vez, viejo zorro. "No le puedo decir hasta no verla de nuevo. Tengo que cerciorarme, usted sabe" dijo Kate. "Es que no puedo creer que valga más de veinticinco mil el quilate. Antes de que mi cliente empiece a reunir esa cantidad, tengo que estar segura. Quiero decir, después de todo, estamos ahora en la exposición preliminar. Muchas de las gemas de clase mundial todavía no han sido expuestas. Seguro que usted me entiende."

El ronco titubeo de su voz hizo que las palmas de las manos de Purcell se calentaran. Había visto senos más grandes, pero los de ella estaban ahí, ahora, y quería ver más.

"¡Qué diablos!" dijo él, sacando la pequeña caja en la que se encontraba el zafiro. "Ayer usted manipuló las pinzas realmente bien, como una verdadera profesional. ¿Necesita una lupa?"

"No, gracias. Esta vez traje la mía. No quería arriesgarme a dejar caer otra vez la suya."

Además, se necesitaba ser estúpido para usar la misma táctica de distracción dos veces, pero decírselo no formaba parte de la agenda de Kate."

El hombre sonrió. "Usted no causó ningún daño. Puede volver a buscar la lupa en mi regazo siempre que lo desee."

Kate no pudo responderle pero luego pensó en Lee, que llevaba cinco meses desaparecido, muy seguramente muerto, y—*ni se te ocurra,* se dijo a sí misma con estoicismo. *Llorar no te aportará nada, especialmente ahora. Ahórrate las lágrimas. Tienes un trabajo por hacer.*

"Es usted muy amable, Sr. Purcell," dijo ella con voz ronca. "Me sentí como una tonta."

"Pues yo la sentí muy bien desde donde estaba sentado."

Ella tragó saliva y se metió la mano en el bolsillo de la chaqueta. Cuando sus dedos palparon la curva fría de la lupa, se quedaron quietos. Sacó la pequeña lupa 10x y miró a Purcell esperando su reacción.

Él también esperó, deseando que ella se acercara hacia el lado de la vitrina donde él se encontraba, como lo había hecho ayer. Realmente le había gustado apretar sus nalgas firmes entre sus piernas y el pesado mostrador.

Ella no se movió.

"Se ve mejor desde aquí," dijo él.

Ella negó con la cabeza. "No, usted me pondría nerviosa otra vez. Tengo que mantener mi mente en los negocios."

"¿Estás segura, muñeca?"

"¿De que usted me pone nerviosa? Seguro que sí." *Y esta vez no estoy segura de poder abstenerme de darle una buena patada en las pelotas.* "Usted sabe muy bien cómo lograr que una mujer se olvide de lo que está haciendo."

Él rió. "Eso me dicen."

Retiró la tapa transparente de la caja, la empujó suavemente hacia ella y le alcanzó un par de pinzas de joyero.

Ignorando la sensación de asco que sintió al tocar los dedos grasientos del hombre, sujetó las pinzas, las dispuso adecuadamente y agarró la piedra de treinta quilates. Sosteniendo la lupa frente a uno de sus ojos, acercó el zafiro hasta enfocarlo.

El tono azul del zafiro era perfecto. Las inclusiones no opacaban su brillo. La talla era magnífica.

¡Que comience el espectáculo!

Colocó de nuevo la gema en su caja y simultáneamente dejó caer la lupa con torpeza intencional. Esta golpeó su clavícula y resbaló hacia abajo deteniéndose entre sus senos. Emitió una risita nerviosa y metió la mano derecha dentro de la blusa para buscar la lupa. Al explorar dentro del sostén, le exhibió un poco más de piel a Purcell.

No era necesario esforzarse tanto por mantener su atención. Él tenía fija la mirada en sus senos y estaba sudando.

"Usted me pone nerviosa," dijo Kate, sonriéndole a Purcell, "pero..."

El resto de su frase se diluyó al sentir unos gruesos dedos masculinos apretar su mano izquierda y estrujarla.

"Vamos, apúrate," dijo una voz ronca e impaciente. "Llegaremos tarde. Te he buscado por todas partes."

Kate se quedó helada al mirar los ojos azul zafiro del extraño.

Capítulo 7

Scottsdale
Martes
9:40 a.m.

Sam Groves arrastró a su presa lejos del puesto de venta de Purcell hacia el lobby del hotel.

"Suélteme," dijo Kate en voz baja pero furiosa.

"¿O si no grita?" preguntó él sin interés.

Ella musitó algo ininteligible.

"Sí, eso fue lo que pense," dijo él. "No quiere atraer la atención, ¿no es cierto?"

"Señor..."

"Groves. Sam Groves." El la hostigó contra una maceta del tamaño de un camión y sacó una credencial de su bolsillo. El escudo dorado brillaba. "Agente Especial, FBI. ¿Alguna pregunta?"

"¿Qué diablos cree que está haciendo?"

"Eso le pregunto yo." Le volteó la mano, que en todo este tiempo no había soltado. Un dedo brusco tocó la delicada protuberancia de cera o pegamento o lo que fuera que había mantenido la piedra oculta bajo su manga hasta que llegara el momento preciso de hacer el cambio. "Un rápido roce, la piedra se cae y la cambiamos en un abrir y cerrar de ojos."

Ella le lanzó una mirada como diciéndole que su desodorante no había pasado la prueba del olfato.

"Abra la mano," le dijo él, "o tendré que lastimarle los dedos."

"Ya lo está haciendo."

"Me va a hacer llorar." Le apretó la mano con más fuerza. "Ábrala."

"¿Cómo quiere que la abra?" replicó ella, luchando en silencio, inútilmente contra su apretón.

Sus ojos café oscuro miraban enfurecidos a su captor. Si a él le preocupaba, le atraía o le disgustaba la muchacha, no lo demostraba. Su actitud dejaba muy en claro que no se iba a dejar distraer por un poco de piel. Más bien parecía aburrido.

Pero no despreocupado. Los dedos de ella estaban blancos y la piedra escondida le lastimaba la piel por la presión que él ejercía.

Guardó su placa y agarró fuertemente a la mujer por la muñeca, impidiéndole escapar. "Ábrala."

Con una sonrisa extraña, ella abrió los dedos. Un zafiro azul con talla de esmeralda de cuarenta quilates brilló en la palma de su mano.

"Sorpresa, sorpresa," dijo él. "Algo se atascó en sus delicados deditos. ¿A quién se lo piensa vender?"

"A nadie."

"¿Ah, no? ¿Simplemente está intercambiando piedras porque sí?"

"Algo así."

"Tal vez piensa que soy tan estúpido como Purcell."

Kate miró fijamente los fríos ojos azules de Sam. El hombre podía ser muchas cosas, pero no estúpido. En circunstancias normales, se habría sentido atraída por su inteligencia y su fuerza masculina pasada de moda. Pero no hoy. Hoy quisiera no haber conocido nunca a ese cretino.

"Estoy segura de que es demasiado brillante para ser un robot federal," dijo ella. "Pero eso no significa que usted tenga razón. Yo no soy una ladrona."

Sam levantó sus cejas oscuras. Él había conocido a uno que otro estafador en su época, pero ella era diferente.

Robot federal.

Sintió ganas de reír. Si ella supiera cuán desatinada era esa estocada.

"Así que no es una ladrona, ¿eh?" preguntó él con aparente desgano. "Esa piedra azul que tiene en la mano indica que usted es una mentirosa."

"Usted está suponiendo que la piedra es lo suficientemente valiosa como para que se justifique robarla."

"Seguro que sí."

"El único valor real de la piedra depende del tiempo que le dedique el tallador."

"Ah, sí, claro," dijo él, sin molestarse por ocultar su impaciencia.

Kate levantó la barbilla. A medida que se estabilizaba su ritmo cardíaco tras el susto de haber sido atrapada, más furiosa se ponía. "Puedo probarlo."

"¿Cómo?"

"Elija al azar a algún comerciante. Cualquier comerciante. Muéstrele la piedra y vea a ver qué dice."

Durante un momento largo, Sam simplemente miró a su prisionera inesperada. Tenía el tipo de rostro con clase que hacía que cualquier hombre quisiera complacerla: ojos oscuros que parecían honestos, huesos finos, cabello negro abundante, y unas formas inconfundiblemente femeninas que la vestimenta poco apropiada no lograba ocultar. La impresión general era de una mujer profesional y femenina. También inteligente. Rápida en más de un sentido de la palabra.

Si no la hubiera visto con sus propios ojos hacer el intercambio, habría creído en su inocencia.

Pero él había visto el intercambio.

Luego recordó cuánto valía en realidad el testimonio de un testigo ocular—poco menos que un gargajo. Tres testigos oculares le dirían a uno con toda franqueza que el tipo era alto, bajito, término medio, delgado, gordo, término medio, de pelo largo, calvo, término medio, y que era idéntico a uno.

Miró su reloj. La reunión de la unidad de lucha contra el crimen no empezaría antes de veinte minutos. Sea lo que fuera, esta mujer era más interesante que el catálogo que había estado hojeando desde que la exposición había abierto sus puertas a las nueve. Y también olía mejor.

Además, siempre existía la posibilidad, si la hostigaba lo suficiente, de sacarle algunas pistas interesantes sobre el mundo de los amantes de las gemas. Hasta el momento la unidad no había hecho gran cosa, aparte de seguir pistas que no habían llevado a ninguna parte.

"Muy bien, señorita…"

"Natalie," dijo rápidamente Kate esperando que a su madre no le importara que usara su nombre.

"¿Y tiene un segundo nombre y un apellido?"

Ya había decidido que Smith o Jones no le sonaban bien. Así que agarró al vuelo las primeras palabras que le vinieron a la mente: su profesión en inglés y el apellido de soltera de su madre. "Cutter. Segundo nombre Harrison."

"Muy bien, Srta. Natalie Harrison Cutter. ¿Tiene algún documento de identificación?" También estaba lista para eso. "Arriba en mi habitación. Usted no va a ir hasta allá."

Sam decidió pasar por alto ese punto por ahora. Sin soltarla, de un tirón le arrancó la piedra de la mano. "Simplemente vamos a regresar al salón de conferencia y vamos a ver qué dicen algunos comerciantes sobre esta piedra."

"Suélteme," dijo ella tratando de zafarse.

"No, hasta que no le haya puesto las esposas. Te vi en acción, cariño. Eres rápida y hábil."

Kate apretó los dientes con rabia y sintió cómo se le subían la adrenalina y las ganas de escupirle un sartal de palabras mordaces. "Típico aire de superioridad del FBI," dijo ella vocalizando claramente. "*Cariño.*"

Sam hizo un mueca con la boca. "Usted conoce bastante sobre nosotros, los robots federales, ¿no es cierto?"

"Digamos que estoy familiarizada con la especie."

"¿El tipo de familiaridad que conduce al odio?"

La mirada de reojo de Kate lo dijo todo.

Él sonrió. "Me gusta su estilo."

"Voy a cambiarlo."

"Venga conmigo, Srta. Natalie 'Sin Documento de Identidad.' Ya veremos hasta donde llegó con su descarado golpe."

"Si yo fuera hombre usted no habría dicho descarado golpe."

"Si usted fuera hombre, Purcell no habría estado tan ocupado mirando sus senos y no habría descuidado el asunto principal—las gemas. Cariño."

Ella le lanzó una mirada de odio ante tal provocación, y apretó los dientes.

Luego lo siguió pues no tenía otra opción que dejarse arrastrar como una niña enfurruñada.

Sam eligió el segundo puesto de venta de la izquierda, muy lejos del de Purcell. La mujer que atendía detrás del mostrador estaba cuidadosamente vestida, con una chaqueta al estilo del suroeste y pantalones negros. Su cabello gris era muy corto, así como sus uñas. Las gemas estaban dispuestas en forma de arco iris dentro de la vitrina. Aunque no era un diseño muy original, el arco multicolor de gemas era llamativo.

"Buenos días, señora," dijo Sam. "Tiene usted una bonita muestra."

La mujer sonrió, respondiendo a su cumplido y a la calidez de su voz. El hecho de que él estuviera flirteando no le molestaba en absoluto. Por su edad, podría ser su madre, pero sus ojos todavía veían muy bien.

"Gracias," dijo ella. "Tratamos de complacer a nuestros clientes."

Kate se mordió el cachete para no gritar—o reír. Sam trataba de ganarse a la mujer de la misma forma como Kate había hecho con Purcell.

Con la diferencia de que Sam no tenía que desabrocharse ni un solo botón.

Definitivamente la vida no es justa, pensó Kate furiosa. *¿Por qué no sería él tan repulsivo como Purcell? Pero no. Es*

todo un macho del FBI. Afeitado a ras. Seguro de sí mismo.
Con aires de superioridad.

¡Qué suerte la mía!

"Estoy seguro de eso," dijo Sam, sonriendo a la dueña del negocio. "Si no está demasiado ocupada, me gustaría que me diera su opinión sobre algo."

La mujer agitó una mano. "Si me llegan clientes, no podré atenderlo. Pero por ahora, ¿en qué puedo ayudarlo?"

Sam estiró la mano, con la palma hacia arriba. El zafiro brillaba como un ojo azul enorme robado a algún ídolo alienígena.

A la mujer se le cortó la respiración dejando escapar un sonido evidente de admiración.

"Yo diría que lo que veo vale muchísimo dinero." Sam volteó la cabeza hacia su prisionera. "Mi novia no cree lo mismo. Tal vez usted pueda aclararnos el asunto."

"Esta tiene cara de ser la piedra de la que estaba haciendo tanto alarde Mike Purcell."

"¿Purcell?" Se adelantó a decir Kate. "No se la compramos a él. Mi, eh, novio se la ganó anoche jugando póquer."

"Ajá, me hizo toda una escena por llegar tarde," dijo Sam.

"Si por lo menos hubieras ganado," dijo Kate con sinceridad letal, "no me habría importado la hora."

"Uf, cincuenta y ocho mil por una piedra como ésta es una ganancia en la cuenta de cualquier hombre."

"¿Puedo examinarla?" preguntó la dueña del negocio, acercando una almohadilla de terciopelo negro y tomando una lupa y unas pinzas.

"Claro."

Con una mano, la mujer acercó la lupa a uno de sus ojos. Con la otra, manipuló las pinzas para sostener la piedra. La acercó y la enfocó con la lupa. La estudió detenidamente durante un rato, luego ubicó una lámpara en un ángulo más adecuado, y observó de nuevo.

"¿Qué está buscando?" preguntó Sam.

"Burbujas en forma de pera o líneas de crecimiento curvas," dijo ella sin dejar de mirar la piedra. "Son pruebas de que se trata de una piedra sintética."

"¿Ve alguna?"

"Aún no."

Sam le lanzó a su prisionera una mirada de reojo casi mortal.

La dueña del negocio dejó la lupa a un lado. "Tengo un espectroscopio en el mostrador, detrás de mí...¿Puedo...?

"Claro, úselo," dijo Sam. "Quiero estar totalmente seguro. A no ser que dañe la piedra."

"Ninguna de las pruebas es nociva para la gema."

"¿También tiene microscopio?" preguntó Kate.

"Claro que sí."

"Entonces vayamos al grano," dijo Kate. "Si se trata de una piedra sintética de Chatham, con el espectroscopio seguirá viendo la barra negra a cuatrocientos cincuenta, como si fuera una natural."

La dueña del negocio le lanzó a Kate una mirada especulativa y cambió el espectroscopio por el microscopio binocular. Lo instaló en la tapa del mostrador, colocó el zafiro en el soporte para piedras y se inclinó hacia el ocular.

"¿Y eso qué quiere decir?" preguntó Sam a su prisionera.

"Si ella usa ese microscopio con mucho cuidado..."

"Estoy certificada por el Instituto Gemológico de los Estados Unidos (GIA)," interrumpió sutilmente la negociante de gemas. "Sé usar el microscopio." Miró a Kate. "¿Qué se supone que debo ver?"

"Plaquitas de platino triangulares o hexagonales," dijo Kate en forma concisa.

La negociante miró a Sam. "¿Por qué me hace perder el tiempo? Su novia sabe más de zafiros que la mayoría de la gente que hay en esta sala."

"Es que él no me cree," dijo Kate. "Por eso no nos hemos casado. Somos sólo *novios.*"

Sam casi suelta una carcajada. Imposible evitar sentirse atraído por la pequeña timadora de lengua ágil.

La negociante volvió al microscopio. Observó una vez

más la piedra con mucha atención y finalmente se enderezó. "Me temo que su, eh, novia, tiene razón. La piedra no vale lo que usted pagó."

"¿De verdad? ¿Cómo así?" dijo Sam, decepcionado. "A mí me parece buena."

"¿Conoce algo acerca de la gemas coloreadas?" preguntó la mujer.

"No."

"Yo te lo dije, *cariño*," dijo Kate. "Es bonita, pero no vale la pena sudar la gota gorda por ella."

"No hay problema," dijo él con tranquilidad. "Siempre estoy dispuesto a aprender. Y a sudar."

Kate puso los ojos en blanco.

La negociante sonrió. "Es una gema sintética de Chatham. Poco común, eso sí, gracias a Dios. Ninguna de las demás gemas sintéticas pasan la prueba del espectroscopio."

"Quiere decir que esa piedra no es un zafiro?" preguntó Sam.

"Ah, es zafiro azul, de eso no hay duda." La mujer vio la expresión de Sam y suspiró. "Obviamente, le cuesta trabajo creer en la pericia de una mujer. Hay muchísimos especialistas hombres que podrían hacerle una evaluación formal de la piedra, pero eso tomaría varios días o incluso varias semanas y le costaría cientos de dólares."

"A ver si me quedó claro," dijo Sam, frunciendo en ceño. "Se trata de un zafiro, ¿sí o no?"

Con sutileza, Kate intentó mover un poco la muñeca. Ningún cambio. Imposible una fuga discreta.

Diablos.

"Zafiro azul, sí," dijo la mujer del negocio. "Hay zafiros de todos los colores, excepto rojo."

Sam emitió un sonido alentador.

"Cuando los zafiros son rojos," dijo la dueña del puesto de venta, "se llaman rubíes. Tanto el zafiro como el rubí tienen básicamente la misma gravedad específica y—excluyendo las impurezas que dan el color—la misma composición química."

Se las arregló para parecer inteligente y confundido a la vez. Era una de sus mejores expresiones para interrogar a la gente. "¿Entonces por qué este, eh, zafiro azul no vale nada?"

"Es sintético," respondió ella pacientemente. "Hecha por el hombre. Cuando uno compra gemas, uno compra color, rareza y claridad. Las sintéticas sólo tienen dos de esas tres cualidades."

"No lo suficiente para valer mucho dinero," dijo Sam.

"Exacto. Aunque esta no está mal hecha," agregó ella devolviendo la piedra. "La talla es exquisita. Es poco usual ver un trabajo tan pulido en una mercancía sintética. La mayoría de las piedras son talladas y pulidas a máquina siguiendo una fórmula muy definida para sacarles la máxima rentabilidad."

Pues claro que la talla es exquisita, pensó Kate. *La hice yo misma.*

Pero esa era una información que no iba a divulgar, a menos que se viera obligada.

Sam hizo un ruido sordo, como un quejido, más mimoso que rabioso. Deslizó la piedra al fondo del bolsillo de sus jeans. "¿Por qué alguien invertiría tanto esfuerzo en una piedra falsa?"

"Sintética," corrigió inmediatamente la mujer.

"Lo que sea."

"Existen varias posibilidades."

"¿Cómo cuál?"

"Bueno," dijo la señora, "la explicación más probable es que el dueño de un zafiro azul natural de ese tamaño tenga uno sintético tallado en forma idéntica y lo use en lugar del más costoso. Es una forma de mantener bajas las tarifas de los seguros."

Sam asintió.

"También es una forma de proteger las piedras valiosas de los ladrones," continuó ella. "La mayoría de ladrones de gemas, en especial las bandas de suramericanos, no distinguen entre una gema de vidrio, una sintética y una natural."

Sam tuvo que hacer un esfuerzo para no inmutarse ante la mención de las bandas de suramericanos. Les había oído esa cancioncita a su agente especial supervisor, y a Ted Sizemore.

Como si las bandas de todo el planeta fueran de una sola nacionalidad.

"¿En serio?" preguntó Sam. "Nunca pensé que los ladrones de gemas fueran tan estúpidos."

"Por ahí hay uno que otro realmente brillante," dijo ella sin ningún entusiasmo. "He oído rumores de que algunos comerciantes hacen despachos señuelo para frustrar los planes de esos delincuentes con el objetivo de proteger gemas particularmente valiosas. Es posible que su piedra tan finamente tallada provenga de uno de esos envíos señuelo."

"Gracias por su tiempo," dijo Sam volteándose y saliendo de allí.

Kate lo siguió pues no tenía otra opción. Lo miró con curiosidad al tiempo que acrecentaba el paso para seguirle el ritmo.

"Bueno, cariño, ¿ahora qué sigue?" preguntó ella.

Su sonrisa era mucho menos relajada que la que le había mostrado a la señora del puesto. "Vamos a hablar a algún lugar tranquilo."

"No."

Levantó la ceja izquierda. "¿Por qué?"

"Porque yo no quiero y porque usted no desea forzarme."

"¿Qué le hace pensar eso?"

"Usted está trabajando como agente secreto y me imagino que no quiere meterse en un lío por algo que no lo va a llevar a ninguna parte." Ella esbozó una sonrisa desafiante. "¿No es cierto?"

Él reflexionó un instante. "Algo así. Por ahora."

"Por ahora eso es todo."

Le jaló la muñeca esposada.

La sostuvo el tiempo suficiente para dejarle claro que ella no estaba escapando, que él la estaba liberando. Luego la observó retirarse con el interés perezoso de un depredador que no está particularmente hambriento en ese momento. Cualquiera que fuera el juego de la muchacha, no era la razón por la cual él estaba en Scottsdale. Por el momento, ella no estaba en su menú.

Tenía peces más gordos por agarrar, destripar y freír.

Capítulo 8

Scottsdale
Martes
10:03 a.m.

La unidad de lucha contra el crimen del FBI tenía una sede formal en un vehículo motorizado de un millón de dólares que estaba estacionado a un lado del estacionamiento de empleados del Scottsdale Royale. La sede informal de la unidad era la suite de Ted Sizemore en el Royale, o cualquier suite que Sizemore ocupara en cualquier ciudad donde hubiera una exposición de gemas lo suficientemente grande como para movilizar a los comerciantes, y a los ladrones y secuestradores que los perseguían acechantes.

Cuando Sam entró a la suite, observó que la puerta que abría hacia el otro lado del cuarto estaba cerrada. Entendió y dejó a su Agente Especial Supervisor (AES) y a Sizemore a solas para que charlaran sobre los viejos tiempos. Patrick Kennedy y Sizemore habían recorrido juntos un largo trecho. Treinta y tres años, para mayor precisión.

Sam se acercó a la mesa dispuesta por el servicio a la habitación y se sirvió una taza de pésimo café. Luego, sacó un paquete de galletas de mantequilla de maní y queso del bolsillo de su chaqueta deportiva. Los refrigerios no eran nada especial, y eso era todo lo que le iban a dar. Si bien Sizemore no se olvidaba de pedir café para la unidad, su idea de comida eran pretzels y cerveza.

Un hombre delgado, todavía en sus veintes, entró a la habitación. "Hola, Sam, ¿qué hay de nuevo?"

"Nada de nada. ¿A ti cómo te ha ido?"

"Igual." Mario bostezó y estiró los brazos. Como Sam, vestía ropa informal de civil. A diferencia de Sam, Mario trabajaba como detective para el Departamento de Policía de Phoenix. "Todas las conversaciones por celular que hemos rastreado se refieren a una reunión para almorzar en el Taco Hell local. Casi me duermo, y tu jefe estaba en la central conmigo."

Sam meneó la cabeza de un lado a otro. "Mala idea. Si hay algo en lo que Doug es estricto es en mantenerse despierto en el trabajo. Toma los ronquidos como un insulto personal." Levantó su taza. "Tómate un café."

"¿Qué tan asqueroso está?"

Sam bebió un sorbo. "¿Qué tan asquerosa es tu imaginación?"

"¿Tan malo está? Debe ser por eso que nuestro Héroe Sizemore toma cerveza."

Como única respuesta, Sam se encogió de hombros. Alguien que tomara cerveza con todas las comidas no era para Sam un héroe. "¿Quién está en este momento en los audífonos?"

"Bailey. Deberías escuchar al tipo. Un detective del Departamento de Policía de Nueva York es demasiado bueno para esa mierda. Pregúntale nada más."

"No gracias."

"Que tipo." Mario tomó algunos pretzels e ignoró el balde con cerveza helada. Sacó una Pepsi en lata del bolsillo de su chaqueta, la destapó y saltaron chorros de espuma en todas las direcciones. Luego se acercó a Sam y le dijo en voz baja: "Estamos interceptando más llamadas en español."

"A Sizemore le va gustar oír eso."

"Algunas de las empleadas de limpieza tienen celular."
Mario guiñó el ojo. "Empleadas de verdad."

Sam sonrió con desdén. Sabía suficiente Spanglish—
lenguaje entre español e inglés—para captar la referencia a
las empleadas de servicio del hotel que trabajan algún
tiempo extra entre las sábanas antes de cambiarlas.

Otros hombres y dos mujeres entraron a la habitación. La
primera mujer era una astuta detective del Departamento de
Policía de Nueva York, que no llegaba a los treinta, cuyo matrimonio acababa de fracasar debido a la exigencia de su carrera. Triste realidad. Cerca de tres de cada cuatro oficiales
de las fuerzas y cuerpos de seguridad tenían historias pareci-
das. La segunda mujer era Sharon Sizemore, la hija de la Leyenda. Había sido agente especial del FBI, pero había sido
expulsada de la entidad por acostarse con su AEE. Era un
cuento viejo, pero el tipo de cuento que salía a relucir en el
FBI cada vez que se mencionaba su nombre. Desde que había salido del FBI, trabajaba para la compañía de seguridad
de su padre.

Los hombres que entraron junto a ella tenían entre veinticinco y treinta y cinco años, pelo corto, bien afeitados, como
un tropel de hermanos de una fraternidad uniformados en
ropa informal. Uno de ellos llevaba puestos unos Nike. Otro
sandalias, sin medias. Un tercero llevaba botas de vaquero.
Los hombres empezaron a conversar y a saludarse.

Sam suspiró. Hora de fiesta. Desafortunadamente, él no
era muy sociable. Sin embargo, había aprendido a saludar y a
darse apretones de mano con la mayoría de ellos, así que
hizo la ronda obligada desde los agentes especiales del FBI,
pasando por los oficiales de los Departamentos de Policía
de Los Ángeles, Nueva York y Las Vegas, y por último algunos oficiales de las fuerzas locales de seguridad. Cuando
llegó a Raúl Mendoza, la sonrisa de Sam fue auténtica. Mendoza era el agente del BCIS—Bureau of Citizenship and
Immigration Services (Oficina de Ciudadanía e Inmigración), representante del Departamento de Seguridad Nacio-

nal en la unidad de lucha contra el crimen. Trabajaba en la oficina de la Florida y se especializaba en las bandas de suramericanos. En Los Ángeles, Mendoza había perseguido ilegales que traficaban drogas para pagar a quienes les ayudaban a cruzar la frontera, pero se había adaptado sin dificultad a las gemas. Era un político, le gustaban los medios de comunicación y quería llegar a la cima.

Todas las cualidades que Sam no tenía.

Mendoza también era un investigador endiabladamente bueno, que era lo que a Sam le interesaba. Lo saludó con una taza de café. El agente del BCIS le agradeció con una amplia sonrisa.

El volumen de las voces bajó un poco cuando el AEE Doug Smith entró, miró por encima a los presentes y se dirigió directamente hacia el café, donde estaba Sam sirviéndose de nuevo.

"Buenas, jefe," dijo Sam, sirviéndole una taza del brebaje letal. "Por ahí oí decir que roncó en las grabaciones telefónicas."

"Basura. Eso fue Mario." Doug bostezó y agarró la taza de líquido negro oscuro. Lo miró enfurecido, se pasó una mano ruda por el pelo rubio, cada año más gris y menos abundante, y suspiró. Tragó un sorbo de café, hizo una mueca de disgusto y tomó otro poco. "Gracias. Aunque el café está terrible."

"Esos turnos triples te van a matar," dijo Sam, sonriendo ligeramente.

"Tomé cuatro horas libres para dormir. ¿No hay nada nuevo?"

Antes de que Sam pudiera mencionar a su ladrona de gemas sin identificación, la puerta que dividía la suite se abrió y salieron dos hombres.

El primero era Ted Sizemore. Se movía con una seguridad casi arrogante. A los sesenta y tres, con dos carreras exitosas bajo el brazo, se había ganado ese derecho. A diferencia de los demás presentes, llevaba puesto un traje completo. El paño azul marino tenía unas líneas tan delgadas que eran casi imperceptibles. Su camisa era blanca y parecía recién planchada y su corbata era color granate con líneas diagonales muy finas azul oscuro. Sus zapatos de costura inglesa estaban tan relucientes que podrían usarse como espejo para afeitarse. Si bien ya no llevaba las credenciales del FBI, no había olvidado el viejo uniforme.

El segundo hombre era el AES Patrick Kennedy. Más de una década menor que Sizemore, Kennedy era uno de las mayores admiradores de la Leyenda. El hecho de que Kennedy hubiera trabajado con Sizemore en el FBI durante cerca de veinte años probablemente tenía algo que ver. Y el hecho de que Sizemore pudiera hacer aparecer a la prensa con un simple chasquido de dedos tenía mucho más que ver. El impacto positivo en los medios de comunicación era tan necesario para un ascenso como la habilidad investigativa y burocrática. El próximo objetivo en la carrera de Kennedy era lograr resultados positivos en la unidad contra el crimen bajo su supervisión. Sizemore era un importante activo extraoficial, así como el FBI era un importante activo extraoficial para la compañía de seguridad de la Leyenda.

Sam bebió un poco más de café y se distrajo pensando en la relación entre estos seres. Se comió la última galleta de mantequilla de maní con queso, la pasó con otro sorbo de café, y esperó a que alguien iniciara el baile de la pérdida de tiempo.

Odiaba las reuniones.

Sizemore abrió una botella de cerveza, cogió una gran cantidad de pretzels de la bandeja que estaba cerca de él y se instaló en la mejor silla de la suite, casualmente ubicada justo al lado de la comida. Su gusto por la comida en general y por la cerveza en particular se reflejaba en su barriga y en la línea de su mandíbula. Todavía no tenía la quijada triple, pero hacia allá iba.

"Hola, Ted, qué bueno verte," dijo Doug. "Oí decir que tuviste un vuelo horrible desde Los Ángeles."

"Ya no construyen los malditos aviones como antes," dijo Sizemore, acomodándose mejor en el sillón excesivamente relleno. "Tampoco los pilotean tan bien como antes." Tomó una bebida y se encogió de hombros. "Aterrizamos sobre las llantas. Hoy en día es lo máximo que se puede pedir."

Doug y Sizemore intercambiaron historias sobre percances aéreos mientras algunos de la unidad reían y otros contaban sus propias historias de horror. Sam no creía que el hecho de tener que quedarse en un hotel de un barrio barato—aunque su apartamento quedaba sólo a media hora de la acción—calificara como una historia de horror. Kennedy quería que todos viajaran y durmieran y trabajaran juntos. Kennedy siempre obtenía lo que quería.

Por fortuna ni siquiera tengo una roca como mascota, pensó Sam. *Seguro que estaría contra las normas del FBI.*

Sam se preguntó si su organismo toleraría más café. El ardor que sintió en la boca del estómago le quitó la duda. Tal vez Sizemore tenía razón al preferir la cerveza. Cuando menos era más barata que el agua envasada que con tanto esmero dejaban en el hotel con la etiqueta del precio (seis dólares) pegada alrededor del cuello de cada botella.

El agua de la llave sabía horrible, pero era gratis. Sam se dirigió al baño. Alcanzó apenas a servirse agua corriente en la taza, beberla y regresar por más, cuando ya Kennedy había sacado un cuaderno y se disponía a trabajar. De pie a unos cuantos metros detrás de Sizemore, Sharon tomaba nota murmurando en dirección a un diminuto micrófono cuya cabeza se ocultaba en su abundante cabellera marrón cortada a la altura de la barbilla. El pequeño dispositivo de grabación era invisible detrás de su oreja. Llevaba puesto un conjunto ejecutivo y tacones bajos, que minimizaban sus atributos femeninos. Cabello marrón, ojos marrón, traje sastre marrón, aspecto físico común. Pasaría desapercibida aun cuando no hubiera mucha gente en la habitación.

Pero tenía lo último en equipo de tecnología de espionaje, pensó Sam. *Maldición, quisiera tener lo que ella usa en lugar de la basura que suministró el Tío Sam a la unidad. Como mínimo necesitaría una peluca de rastas en el pelo para ocultar todo lo que usamos nosotros.*

"Y Mendoza," preguntó Kennedy. "Los cretinos que estamos buscando no usan pasaportes ni cruces pavimentados para camiones."

"¿Qué hay de los aeropuertos?" preguntó Mendoza.

"Sky Harbor estará cubierto, aunque no esperamos mucho. Debemos distribuir fotos de los miembros más conocidos de las bandas y estar atentos a todos los vuelos provenientes del sur de la frontera o que hacen conexión allí."

Mendoza asentía como si le estuvieran diciendo algo inusualmente significativo. "Estoy en eso."

Sam miró su agua tibia y preguntó, "¿Y qué pasa con el aeropuerto secundario de Scottsdale?"

"¿Te estás ofreciendo?" le preguntó Kennedy de inmediato.

"Si quieres que me vaya para allá..."

"No me tientes."

Sam bebió el resto de agua y pensó en ir a servirse más.

"Muy bien, quiero que *todos*", Kennedy miró a Sam, "tengan en cuenta que estamos lidiando con un grupo de gran movilidad, altamente organizado de ex militares suramericanos, algunos de los cuales fueron entrenados por varias fuerzas especiales estadounidenses para combatir a los narcotraficantes, pero decidieron que era más rentable atacar a los mensajeros de joyas en los Estados Unidos y quedarse con el cambio. Los integrantes del nivel más bajo de las bandas cambian de una semana a otra y de un mes a otro, pero los líderes se mantienen. Queremos la cabeza de la cadena alimenticia, no la base. Es un verdadero club de viejos zorros, o sea que no funcionará trabajar como agentes encubiertos. Si no fueron compinches de esos bandidos en el ejército, nunca llegarán a primera base en su banda."

Sizemore asintió enfáticamente. "La banda colombiana que mandé a la cárcel estaba conformada en su totalidad por ex militares, expertos en tecnología y brutales hasta los huesos. La gente más ruda que me he topado en mis..."

...treinta y tantos años en el FBI, dijo Sam en silencio,

anticipando las frases de Sizemore. *Nada ha cambiado desde que inicié mi propio negocio de seguridad. Les digo y les repito, no subestimen a esos bastardos. Estarán...*

"...muertos antes de darse cuenta de quién los golpeó," terminó Sizemore. Golpeó la botella de cerveza vacía contra la mesa para enfatizar su discurso.

La idea de servirse otro poco de agua tibia de la llave le empezaba a sonar realmente bien a Sam, pero sabía que si interrumpía a Sizemore, Kennedy se desquitaría de alguna forma.

No sería la primera vez. Si Sam se quedaba demasiado tiempo en el FBI, terminaría en Fargo, North Dakota, el cementerio para los agentes especiales del FBI que habían defraudado a sus agentes especiales supervisores. Pero llevaba dieciséis años de los veinte que debía cumplir y se imaginó que, llegado el caso, podría pasar sus últimos cuatro en Fargo.

Qué diablos, había hombres que sobrevivían mucho más tiempo en la cárcel, ¿o no?

"¿Alguno de los agentes del Departamento de la Policía Metropolitana tiene algo que reportar?" preguntó Kennedy, recorriendo el cuarto con sus ojos azul pálido.

"Nada todavía," dijo Mario. "Una casa de empeño y un 7-Eleven fueron asaltados por hispanos, pero ninguno de los envíos de gemas que vienen a la exposición han sido tocados. ¿Me imagino que deben estar llegando?" miró a Sizemore esperando su confirmación.

"Varias veces al día," dijo Sizemore. "¿No es cierto Sharon?"

"El próximo debe llegar al aeropuerto Sky Harbor esta tarde, a través de Mandel, Inc., un servicio de mensajería directa," dijo Sharon tajante. "La identidad del mensajero y el vuelo no han sido publicados por razones de seguridad, pero si es necesario, pediré a Mandel, Inc. cooperar con el FBI."

"De una vez," dijo Sizemore. Se recostó hacia un lado de la silla, agarró otra cerveza y desenroscó la tapa de la botella.

"Estos suramericanos tienen espías e informantes en todas partes. Es la gente más ruda y astuta de . . ."

Sam se abstrajo de la conversación esperando que no adivinaran lo que estaba pensando, pero lo dudó. Durante los últimos tres meses había escuchado a Sizemore remontarse a los viejos tiempos cuando se había convertido en una leyenda, cuando era supervisor de la unidad de lucha contra el crimen que desmanteló a tres bandas de suramericanos que operaban en Miami, Manhattan y Chicago. Asesinatos, mutilaciones, robos, violaciones—las bandas eran expertas en todo tipo de crímenes.

Y Sizemore disfrutaba contando una y otra vez durante horas sus historias. Para un agente es difícil dejar atrás los días de gloria.

"¿Tiene algo que decir?" le dijo Sizemore a Sam en tono desafiante.

"Sin duda desmantelar todas esas bandas fue un gran trabajo de investigación," dijo Sam. Sabía que debía detenerse ahí. Pero no lo hizo. "Pero eso fue cuándo—¿hace quince años? El mundo ha cambiado."

"Los bandidos no cambian," dijo Sizemore, fijando su mirada en Sam con sus ojos fríos color café. "Los bandidos eran cretinos en el pasado y siguen siendo cretinos ahora."

"Es cierto," dijo Sam con soltura. "Lo que cambia son los nombres y los países de los jugadores. Tenemos una mezcolanza de nacionalidades de donde escoger. Si nos concentramos únicamente en los suramericanos, corremos el riesgo de pasar por alto—"

"Por Dios," interrumpió Kennedy, "no irás a empezar con tu teoría de la banda salvaje de teflón una vez más, ¿no es cierto?"

"Los llamo la banda de teflón porque nada se les pega, ni siquiera la sangre," dijo Sam en tono neutral. "Son lo suficientemente fríos como para matar y lo suficientemente astutos como para mantenerse por fuera de nuestro radar."

"Basura," dijo Sizemore toscamente. "Nadie ha oído decir nada consistente acerca de una nueva banda que se concentra en los mensajeros, y todos hemos oído demasiado acerca de los suramericanos."

"El número de asaltos se ha disparado en los últimos años; sin embargo, el número de golpes que puede achacarse a los suramericanos se ha mantenido igual," dijo Sam. "Además, los mensajeros que transportan objetos únicos están siendo golpeados. Eso fue lo que me hizo pensar que una nueva banda había entrado a la escena. Cuando empecé a comparar—"

"Como si uno pudiera creer que los cretinos dicen la verdad," interrumpió Kennedy sarcásticamente. "Deja de hacerles perder el tiempo a los contribuyentes. Necesito más evidencia que chismes y un agente despelucado."

"Si no buscamos, nunca encontraremos más evidencia," dijo Sam. "Señor."

"No estamos buscando," dijo Sizemore, "porque la única mierda que hay que encontrar es a los suramericanos."

Las miradas de Doug y de Sam se encontraron.

Sam pensó en las oportunidades profesionales en Fargo, North Dakota.

Kennedy volvió a su agenda. "Doug les asignará sus tareas. La próxima semana la mayoría de ustedes estarán verificando los hoteles en busca de miembros de bandas conocidas por la unidad, con especial atención en el Hotel Royale. Mario Mendoza entrevistará a los empleados del Hotel, desde los gerentes de piso hacia abajo."

"No mencionen el estatus de inmigración," dijo el agente del Departamento de Policía de Los Ángeles. "Si los ilegales se van no quedará ni una empleada doméstica ni un jardinero en Scottsdale."

"Y todos ustedes," dijo Kennedy en medio de las risas, "tomen buena nota de la información que trajo Ted. Cuanto mejor conozcan a los grandes comerciantes de gemas y a su personal, más rápido podrán atrapar a alguien que no pertenezca al negocio, a alguien que no esté a tono."

"¿Como la mujer a la que Sam le echó el guante justo antes de la reunión?" preguntó Bill Colton.

Sam miró al agente especial de su misma oficina de Phoenix y deseó que el hombre no le cayera tan mal. Diablos, ojalá no odiara tanto a este bastardo. Colton se valía más del elogio servil que de un buen trabajo de campo para avanzar en su carrera.

El problema era que le funcionaba.

"Falsa alarma," dijo Sam.

"¿De qué se trata?" preguntó Kennedy.

Colton sonrió de oreja a oreja y aprovechó la oportunidad para hacer quedar mal a Sam. "Nuestro audaz e intrépido agente especial debe haberse aburrido de sostener la pared en el salón de gemas. Pilló a una mujercita con clase y la arrastró hasta el lobby para un cara a cara. Bonita vestimenta, bonito cuerpo, cabello negro y unos ojos oscuros que podrían taladrar la piel. Lo que sea que él le estuviera ofreciendo, ella no estaba interesada."

"¿Suramericana?" preguntó Kennedy.

"¿Por qué no me lo informaron?" reclamó Sizemore.

Sam fijó la mirada en un punto entre los dos hombres y dijo "hace aproximadamente media hora vi a una mujer caucásica, de unos treinta años, bien vestida, entrar a la sala de conferencias que algunos comerciantes de segundo nivel alquilaron justo fuera del lobby. A pesar de su vestimenta y de su confianza en sí misma, algo me hizo sospechar de ella. Me ubiqué cerca del puesto de venta de Purcell, con quien ella había entablado una conversación de negocios, que más bien podría llamarse coqueteo."

"Nadie coquetearía con ese canalla a no ser que haya dinero de por medio," dijo Sizemore.

"Yo tuve la misma impresión, y fue por eso que decidí observarla," dijo Sam neutralmente. "Ella mostró un poco de piel, Purcell se desconcentró y ella aprovechó para hacer un intercambio de gemas."

"Qué maravilla," dijo Sizemore. "Las exposiciones de gemas atraen a los timadores de la misma forma como la mierda fresca atrae a las moscas. ¿Sabe su nombre?"

"Natalie Harrison Cutter. Sin documento de identidad

para demostrarlo y yo no tenía autoridad para presionarla. La última vez que verifiqué, lo que hizo, no es un delito federal."

"¿Se la entregó a los locales?" preguntó Kennedy.

"La gema que le encontré era un trabajo de laboratorio," dijo Sam. "No he tenido tiempo de verificar si el zafiro azul que dejó en el puesto de Purcell es verdadero o no."

"La agarraste demasiado pronto," dijo Colton meneando la cabeza de un lado a otro con falsa compasión por el error de Sam. "Todavía no había hecho el cambio. Paciencia, chico. ¿Cuántas veces tengo que decírtelo?"

Sam se tragó su primera respuesta, miró a Kennedy y dijo: "Ella alcanzó a hacer el cambio. Lo juraría ante un tribunal."

Kennedy se calló. Por mucho que el estilo poco convencional del Agente Especial Sam Groves le cayera mal, sabía que definitivamente Groves era uno de los mejores investigadores del FBI. Excelentes ojos. Excelentes instintos.

Y demasiado brillante para caer bien.

Con la mirada fija a media distancia, Sizemore se daba golpecitos en la barbilla con uno de sus dedos índices. Luego miró a Kennedy. "Cualquier cosa rara debe investigarse. En esta convención, todos mis hombres están asignados a la seguridad."

"Dios," musitó Kennedy. "Otro comodín. Tengo más de ellos que cartas verdaderas." Señaló a Sam. "Investígala e infórmale a Sizemore lo que encuentres. Si sigue habiendo dudas, no la pierdas de vista."

Sam no demostró lo que pensaba de esa misión. No tenía por qué hacerlo.

Todos los que estaban en la habitación sabían que más que una misión le estaban dando un tirón de orejas.

Capítulo 9

Los Ángeles
Martes a mediodía

Eduardo Pedro Selva de los Santos caminaba de un extremo a otro por los estrechos pasillos de Importadores y Especialistas en Talla de Gemas Hall, el cual a pesar de su sofisticado nombre estaba situado en el sótano de la Joyería Internacional Hall, al lado de los sistemas de calefacción, refrigeración y plomería. Eduardo no se percató particularmente del ruido penetrante de las maquinas de corte ni de las espaldas arqueadas de los talladores ecuatorianos, quienes se ocupaban de sus viejos equipos de la misma forma como se habían ocupado alguna vez de sus cosechas.

El aire olía a polvo de piedras y a lubricantes a base de petróleo.

Ya no se fijaba en el aire arenoso como los inmigrantes de las estaciones de bus tampoco se fijaban ya en el smog ni en sus cuerpos adoloridos antes de tiempo. *Ni modo.* No importaba. Lo que contaba era el dinero en efectivo que había que ganar. El tipo de riqueza que era imposible encontrar en las selvas y montañas de Ecuador.

Incluso después de cuarenta años en los Estados Unidos,

Eduardo enviaba la mitad de su dinero a la familia que se había quedado en su país, a su madre y a su esposa, a sus hermanas y a sus hijas. Mientras los hombres trabajaban en el dorado norte, las mujeres criaban a los niños engendrados en sus visitas navideñas. Una forma solitaria de sacar adelante a la familia, pero mejor que vivir en la cochina calle, generación tras generación, en una historia sin fin. Con los milagrosos dólares americanos que llegaban del norte, las mujeres compraban pollos y telares de lana, terneros y semillas e incluso lo más preciado de todo: tierra.

"Hola Manolito," dijo Eduardo. "¿Cómo estás?"

Un adolescente que podía ser el nieto de Eduardo miró hacia arriba desde la máquina que tallaba ruidosamente y sin descanso, para convertir en una gema nueva y anónima una piedra más vieja, menos bella o más reconocible. El joven sonrió y saludó entusiasmado con la cabeza, pero no habló. Eduardo era el Patrón, el Jefe, el hombre que creaba o destruía las posibilidades de un inmigrante con un simple gesto. La familia extensa de Manolito había robado y ahorrado durante tres años para pagar al contrabandista de inmigrantes que los había traído a los Estados Unidos. Ser enviado a casa sería una catástrofe para toda la familia.

Con un ojo experto, Eduardo le echó un vistazo a los mecanismos de la maquina, midió el ángulo de la piedra en bruto que estaba cortando el muchacho, y le dio unas palmaditas de aprobación en el hombro. "Bien, chico. Bien."

Eduardo dejó al muchacho sonriente y aliviado y volvió con el hombre que estaba supervisando una serie de máquinas pulidoras. Unas pocas palabras rápidas, un puño amistoso en el brazo y el Patrón continuó.

El teléfono celular que tenía en el bolsillo vibró. Se alejó hacia una esquina tranquila del edificio parecido a un granero y respondió la llamada en su mayor parte en inglés, la cual incluso si hubiera sido escuchada por los trabajadores no habría tenido ningún sentido para ellos. "Bueno, habla Eduardo."

"Hay un envío que sale del muelle de Long Beach. Estén listos para mezclarlo con el lote que entró la semana pasada."

"Claro, señor," dijo reconociendo la voz de Peyton Hall, gerente operativo de la Joyería Internacional Hall.

"No te vayas a poner glotón, chico".

"Cómo se le ocurre, señor."

En silencio, Eduardo cruzó los dedos para que en alguno de los lotes hubiera una o varias piedras bonitas que valieran la pena y nadie echara de menos. Era de ahí de donde provenían sus utilidades reales—de seleccionar y quedarse con lo que podía de la mercancía que no estaba bien documentada. ¿Quién iba a saber que una piedra de diez quilates había sido convertida en una o en tres piedras, o que se había dañado totalmente y no valía nada? Sólo Eduardo sabía y él no diría nada.

Luego estaban las gemas que le llegaban a través de sus compatriotas por medios que él nunca investigaba. Rentables, muy rentables. Era bueno tener una familia a quién los demás temían, una familia que nunca lo traicionaría, ni siquiera por un zafiro más grande que su dedo gordo.

Sin darse cuenta, Eduardo sonrió.

Había sudado tinta durante dos semanas antes de decidir que simplemente no podía correr el riesgo de destruir la preciosa piedra trabajándola de nuevo. Se la había llevado a un comerciante de gemas que sólo conocía por reputación. El hombre la había mirado y mirado una y otra vez. Y una vez más. Luego le dio a Eduardo diez mil dólares americanos, sin preguntar nada.

Eduardo estaba tan agradecido que mandó a construir un nuevo altar en la iglesia de su pueblo.

Canturreando en voz baja, soñó con el próximo envío que estaba por llegar. Tres más, y eso sería todo. Luego tomaría su botín de piedras y se retiraría a Ecuador, para sentarse a fumar cigarros y a soñar bajo el sol caliente de su país.

Capítulo 10

Scottsdale
Martes
1:00 p.m.

Scottsdale
Martes
1:00 p.m.

Cautelosamente, Kate Chandler se paró justo a la salida de la hilera de ascensores e inspeccionó el lobby. Muchos hombres circulaban, algunos en jeans y chaquetas deportivas, pero ninguno de ellos era el Agente Especial Sam Groves. Estaba segura de ello. Una imagen vívida de él había quedado grabada en su mente—no muy alto, cabello castaño oscuro con un toque plateado a los lados. Ojos tan duros y azules como los zafiros desaparecidos. Demasiado inteligente. Demasiado masculino.

Era un camaleón armado que podía parecer inofensivo un instante y duro como un ladrillo al siguiente. Tardaría mucho tiempo en olvidar la mano que había aparecido de repente, los ojos que veían demasiado, el desprecio en su voz. No, no tendría ninguna dificultad en ubicarlo entre una multitud.

En cambio le costaba trabajo sacárselo de la mente.

Kate se frotó los brazos con energía. Incluso después de haber ido a casa a tomar una ducha y a cambiarse de ropa, podía sentir su puño agarrándola y el pánico bochornoso que se había apoderado de ella, seguido de un flujo de adrenalina que incluso horas más tarde le erizaba la piel al recordar. Había sido tan rápido, tan fácil para él agarrarla. Sin ninguna advertencia. Sin ruido. Tan sólo una mano que había aparecido de la nada inmovilizándole los dedos, y la certeza de que estaba perdida.

De alguna manera era peor que el mensaje telefónico que la había amenazado de muerte con una voz mecánica espeluznante. Había sentido miedo, pero no como el que le había producido Sam Groves. Con él, de un instante a otro, el mundo había cambiado. Para mal.

¿Fue eso lo que sintió Lee? ¿Todo bien y de pronto PUM y todo se fue al infierno?

Sintió un escalofrío recorrer todo su cuerpo. Lo ignoró. *Pensar en lo que había sucedido o en lo que habría podido suceder o en lo que sucedería no le haría ningún bien. El agente del FBI Sam Groves es rápido e inteligente. ¿Y qué? Yo soy más rápida y más inteligente. Pude liberarme de él.*

¿O no?

Está bien. Me dejó ir. ¿Y qué?

De ahora en adelante tendré que ser muy cuidadosa antes de intentar cualquier otro intercambio de gemas.

No había problema. Hasta ahora no había encontrado ninguno de los otros Siete Pecados, y esas eran las únicas piedras que justificaban el riesgo de un intercambio. Esas eran las únicas piedras que podrían conducirla a la verdad acerca de su hermano desaparecido.

Tampoco pienses en Lee. No es el momento. Llorar o sentir miedo echaría a perder tu acto. Trágate esos sentimientos.

Con un jalón enérgico, Kate estiró su chaqueta de cuero marrón liviana sobre su camisa rosada y sus jeans azules desteñidos. Una hebilla plástica casual de color oscuro le mantenía el cabello apartado de la cara pero dejaba caer libremente las ondas de pelo oscuro sobre la espalda y hasta los hombros. Unos sencillos tenis remplazaban los costosos zapatos de cuero que llevaba puestos antes.

Sam nunca me reconocerá.

Podré hacer lo que me venga en gana.

Pero nada de eso importaba. No encontraría ninguna pista sobre la desaparición de Lee escondida en la casa.

"¿Katie? ¿Qué estas haciendo aquí?"

Su estómago se contrajo un instante antes de reconocer a Gavin Greenfield, el padrino de Lee y viejo amigo de su padre. En los meses posteriores a la desaparición de Lee, Gavin y su esposa Mary habían sido una bendición para los Mandel. El hermano menor de Gavin había sido alguacil encargado antes de retirarse, de manera que Gavin se había ocupado de una gran cantidad de trámites oficiales, ahorrándoles mucho tiempo a los Mandel.

"Hola, tío Gavin," dijo ella sonriendo y abriéndole los brazos al tío postizo. "¿Qué te trae por Scottsdale? ¿Por qué no me llamaste para decirme que vendrías?"

"Porque estoy aquí por negocios desde el desayuno hasta la medianoche. No tengo ni un segundo para mí mismo. Hay un congreso de fabricantes de muebles. Estaré unos pocos días y luego regreso a la Florida a ayudar a Mary. Su lesión en el tobillo la tiene deprimida." Le dio a Kate un fuerte abrazo. "¿Qué hay de ti? La última vez que hablamos, estabas hasta el cuello con nuevas piezas para tallar."

"Ah, decidí que ya era hora de sacar las narices de la pulidora y salir a ver si había alguna novedad en el negocio de las gemas."

Los ojos de Gavin no pudieron evitar detallar las líneas de tristeza y tensión que habían aparecido en el rostro de Kate a raíz de la desaparición de Lee. "Buena idea. Debes salir más. No entiendo cómo una mujer joven y distinguida como tú todavía no se ha casado ni les ha dado nietos a sus papás."

Dos hombres que cotorreaban por sus teléfonos celulares salieron del ascensor y casi atropellan a Gavin, salvando a Kate de tener que dar su respuesta habitual—*Hoy en día ya no hay hombres como tú.*

Gavin esquivó a los hombres y dijo: "Deberían prohibir esos malditos aparatos."

"¿Te refieres a los celulares?" preguntó Kate, ocultando una sonrisa.

"La maldición del siglo veintiuno."

"Todavía no tienes uno, supongo."

"No. Y nunca lo tendré."

Kate no lo dudó. "¿De qué es el congreso?"

"Fabricación de muebles, que se está globalizando como muchas otras cosas." Gavin meneó su cabeza calva. "Mi triste trabajo consiste en informar a mis colegas que los chinos están haciendo muebles bastante buenos a un tercio de lo que cuesta hacerlos aquí."

"Más te vale que vayas con armadura."

Él suspiró y cambió de tema. "¿Cómo va tu negocio de talla de gemas? ¿No los están desplazando las máquinas o los extranjeros?"

"Hasta el momento, todo va bien."

"¿Al fin terminaste el trabajo que Lee decía que te tenía tan entusiasmada?"

Kate intentó ignorar la ola de tristeza que le cerró la garganta y le aguó los ojos. "Sí, ya lo terminé. Tengo a la policía—" como Gavin un poco antes, ella interrumpió su frase en la mitad.

"Nada nuevo," dijo Gavin. Él dudó, respiró hondo, y le dijo a Katie lo que sus padres deberían haberle dicho meses atrás. "Y no habrá nada. Lee era un hombre adulto con su propia forma de mirar el mundo. Sean cuales fueran los motivos, él desapareció con un paquete de mercancías lo suficientemente valiosas como para requerir de un mensajero privado." Gavin la tomó por el mentón con una mano que dejaba ver su manicure perfecta. "Tienes que olvidarte de eso, Katie," dijo él triste.

"¿Alguien ha podido?"

"Tus padres lo están superando día a día. Están aprendiendo a vivir sin una llamada, sin una tarjeta, o sin un e-mail de Lee. Es hora de que todos continuemos con nuestras vidas."

Maldición, tío Gavin. ¿No puedes ver que Lee nunca les haría eso a las personas que lo quieren? Pero Kate sólo atinó a decir: "¡Has hablado con mamá?"

"Tu papá también está preocupado por ti."

"He vivido sola desde que tenía veinte años. Ya tengo treinta y tres. Aunque aprecio que se preocupen por mí..." Encogió los hombros.

"Quieres que te dejemos en paz, ¿no es cierto?"

En lugar de responder, lo abrazó con fuerza. "Nunca debí animar a Lee a trabajar como mensajero."

"Ay, linda, lo que dices es absurdo. Lee estaba contento de haber encontrado un trabajo que le diera un buen sueldo, que le permitiera viajar a todas partes, y donde no se aburriera."

Kate se acercó aún más y reconoció los aromas familiares de tabaco y loción para después de afeitar. Luego se apartó. "¿La tía Mary sabe que no has dejado de fumar?"

"Sólo fumo cuando estoy fuera de casa."

"Es mejor que laves todo muy bien antes de regresar."

"¿Así de fuerte es el olor?"

"De todas formas ella te quiere."

Gavin sonrió. "Y eso es un hecho. ¿Tienes tiempo para un pastel y un café? Puedo llegar un poco tarde a la reunión."

Kate ya iba a aceptarle la invitación cuando vio a alguien que no quería ver salir del ascensor a dos metros de distancia. Rápidamente se movió de manera que Gavin quedara entre ella y Sam, el hombre del FBI. "Me encantaría, pero tengo una cita y ya voy tarde," dijo ella, mirando la hilera de ascensores con desesperación.

Una de las puertas se abrió. Kate no miró si el ascensor subía, bajaba o iba hacia los lados. Sólo se subió y oprimió el botón para cerrar la puerta. Enseguida, se recostó contra una de las láminas de acero del ascensor y respiró hondo.

Era algo que había hecho más de una vez desde que había conocido al Agente Especial Sam Groves.

Capítulo 11

Scottsdale
Martes
1:05 p.m.

Sam vio a la estafadora sexy colarse en el primer ascensor disponible. Pensó en seguirla, pero luego desistió. Sin embargo, leyó el nombre escrito en la credencial del congreso que portaba el hombre calvo y lo registró mentalmente. La dulce Natalie era demasiado nerviosa y podría reaccionar negativamente si él empezaba a interrogar a sus amigos. No quería que eso sucediera hasta no conocerla mejor. Lo suficiente como para poder encontrarla, por ejemplo.

Verificó la pantalla de su celular. No aparecía nada. Ninguna llamada perdida. Ningún mensaje.

Vamos, muchachos. ¿Cuánto puede tomar buscar un nombre como Natalie Harrison Cutter en nuestras computadoras?

"¿Problemas?" preguntó Mario detrás de Sam.

"El sistema está muy lento," dijo Sam.

"¿Estás persiguiendo a esa mujer—Natalie Comosellame?"

"Cutter. Sí. Pensé que era mejor empezar por nuestros archivos."

"¿Quieres que rastree su nombre en las computadoras de Arizona?"

"Gracias, pero hasta que no sepa de dónde es, o hasta que Kennedy no la deje de considerar como un castigo para mí y no una pista viable, no quiero que nadie más pierda tiempo excepto yo mismo."

"¿Le dejas la pérdida de tiempo a Sizemore, no es cierto?"

Sam hizo una mueca. "Tú lo has dicho, no yo."

"Sizemore no trabaja para el Departamento de Policía de Phoenix." Mario esbozó una sonrisa amplia que lo hizo parecer un adolescente.

"No presiones," dijo Sam en voz baja, mirando alrededor del lobby. "Sizemore es un miembro de buena fe del club de veteranos del FBI."

Mario se encogió de hombros con agilidad. "Todo cuerpo de seguridad tiene un club como ese. Los oficiales de policía nunca se retiran—se siguen reuniendo entre ellos para discutir sobre lo que ocurre en el gremio. Diablos, ni siquiera estoy diciendo que Sizemore esté equivocado. He visto los expedientes de las bandas suramericanas. Realmente son tipos perversos."

"El *modus operandi* no es el mismo en todos los atracos a mensajeros."

"Las bandas también son distintas."

"Es lo que dice Sizemore. Todos suramericanos."

Mario miró de reojo a Sam. "¿La banda de Teflón? Busqué el nombre en los archivos y no encontré nada."

"Porque ese nombre se lo di yo personalmente a la banda. Puesto que mis 'especulaciones disparatadas' nunca merecieron, según mi Agente Especial Encargado o según mi Agente Especial Supervisor, que se les abriera un expediente, no me sorprende que nunca hayas oído el nombre. ¿Aparece alguna información sobre las empleadas de limpieza o los botones?"

"*Nada.*"

"¿Qué te dice tu instinto?"

"Al personal de servicio no le gusta hablar con la policía

porque nadie quiere ser enviado al sur si se descubre su status ilegal. Están nerviosos. ¡Vaya sorpresa! Ninguno de los que he interrogado es de Colombia, Perú o Ecuador. Algunos guatemaltecos. Muchos mexicanos."

"¿Mendoza tiene algo mejor?"

"Si lo tiene, no lo ha dicho," dijo Mario.

"Entonces no tiene nada. No es de los que les gusta vanagloriarse."

"Entonces qué encontraste acerca de nuestra intercambiadora de gemas, la que deja la buena mercancía y se lleva la mala. ¿Estás seguro de que no es una rubia?"

"¿No has oído?" preguntó Sam. "No se valen los chistes de rubias, están fuera de moda. Hoy en día hay menosprecio hacia los grupos como el de Las Rubias Exigimos Respeto."

Mario no se dio cuenta del chiste. "No existe tal grupo."

"Demuéstralo."

El agente lanzó una risotada y se dirigió a la recepción sacudiendo la cabeza.

Sam verificó su teléfono celular, vio el mensaje lacónico—NO HAY LLAMADAS—y maldijo en silencio. Ninguna mujer caucásica entre los veinticinco y los cuarenta años bajo el nombre de Natalie Harrison Cutter, en ninguna variedad ortográfica, había sido arrestada, ni se le habían tomado las huellas dactilares para ninguna investigación, ni había sido ingresada en ninguna de las computadoras del FBI.

O bien era inocente o bien utilizaba un alias. Él era partidario del alias, lo cual significaba que se necesitaría algo más que sutileza para resolver este caso.

Se acercó a la recepción, mostró su credencial y solicitó ver al gerente de turno. En pocos instantes se encontró en una oficina con la puerta cerrada tras él. A los hoteles no les interesaba poner nerviosos a sus clientes.

La policía ponía nerviosa a la gente.

"¿En qué puedo ayudarle?" preguntó la gerente diurna. "Espero que no haya habido ningún problema con la seguridad durante la exposición de comerciantes de gemas, ¿o sí?"

Sam sonrió con facilidad. La gerente era rubia y pulcra, pero no estúpida. Si el grupo Las Rubias Exigimos Respeto llegaba realmente a constituirse, sin duda ella sería miembro de la junta directiva y primer presidente.

"Su personal ha sido muy servicial," dijo él esperando que fuera cierto. "Nosotros simplemente queremos saber si se ha registrado en su hotel una mujer llamada Natalie Cutter." Usó la majestuosa expresión del FBI "nosotros" porque funcionaba mejor que "yo." A nadie le importaba un comino lo que quisiera Sam Groves, pero la gente corría a atender al FBI.

"¿Se refiere a Natalie con "y" o "ie" o algo distinto?"

"Verifique todas las variaciones," interrumpió Sam. "Lo mismo para Cutter."

Las cejas elegantes de la gerente se elevaron y empezó a digitar en el teclado de la computadora. Tras unos pocos momentos frunció el ceño y lo intentó de nuevo. Y luego una vez más.

Sam esperó. Era bueno para eso. En lo que a él se refería, ser un investigador exitoso implicaba un sesenta por ciento de paciencia, un treinta por ciento de suerte y un diez por ciento de cerebro.

Y si uno corría con suerte podía lanzar la paciencia y el cerebro por la ventana.

"Lo siento, señor," dijo finalmente la gerente. "No aparece registrado nadie bajo ese apellido, ni en las últimas semanas, ni para ninguna de nuestras conferencias o convenciones del próximo mes."

"Quizás se hospeda en otro hotel." *O, más probablemente, me mintió.* De cualquier forma, a él no le preocupaba. Algunas veces las mentiras decían más que la verdad.

"Otro hotel." A la gerente la entusiasmó la idea de que alguien que era buscado por el FBI no estuviera dentro de su lista de clientes. "Estoy segura de que ese es el caso. ¿Algo más?"

"Gavin M. Greenfield. Ortografía normal tanto en el nombre como en el apellido. Si no funciona, sea creativa." Sus dedos recorrieron el teclado. "Funcionó. Vino para el congreso de muebles. Habitación diez treinta y tres. ¿Quiere que llame a la habitación?"

"No gracias. ¿Podría hablar con su jefe de seguridad diurno?"

"Por supuesto."

Sam se dirigió a la oficina de seguridad, le dio la mano al encargado, mostró la insignia del FBI varias veces, vio como se iba otra hora por el sifón y finalmente salió con diez copias de una foto de Natalie Cutter tomada de la cinta de seguridad del lobby. Luego regresó a la oficina de la gerente.

"Gracias," le dijo Sam. "¿Podría llamar al cuarto diez treinta y tres, por favor? Si Greenfield responde, sólo dígale que alguien de la recepción va subiendo con un fax urgente para él."

"¿Y si no contesta?" preguntó la gerente.

"Cuelgue. Lo intentaré más tarde." Y lo haría personalmente.

La gerente llamó a la habitación. Y volvió a llamar. Y llamó de nuevo.

"Lo siento, señor," dijo finalmente. "Nadie contesta."

Sam le agradeció y se dirigió a la móvil, un bus grande acondicionado especialmente y que funcionaba como sede de la unidad cuando estaban lejos de casa. Mientras caminaba, no dejaba de mirar la foto, preguntándose si sería más útil que lo que había sido el nombre. La foto de la mujer no se parecía mucho a Natalie, pero Sam se imaginó que un hombre calvo que había abrazado tan de cerca a la estafadora la reconocería sin dificultad.

En cuanto a Kennedy y a Sizemore, podrían usar una lupa para ver sus copias de la foto, hacer un rollito con ellas y metérselas por donde la espalda pierde su casto nombre.

Capítulo 12

Los Ángeles
Martes
3:00 p.m.

La sede principal de la Joyería Internacional Hall estaba
situada en un viejo edificio donde habían construido un ele-
fante blanco de cuatro mil millones de dólares—también
conocido como el metro de cuatro millas de longitud—con el
fin de atraer a miles de personas al viejo centro de la ciudad.
Pero construir un metro sobre el complejo sistema de fallas
de San Andrés no había sido buena idea. Con el tiempo, la
política daba paso a la realidad y Los Ángeles volvía a los
buses y a los carros, como de costumbre, dejando el viejo
centro relegado muy lejos de la riqueza y de los nuevos edificios de Miracle Mile.

Desde afuera, la Joyería Internacional Hall era un edificio
modesto de seis pisos con una cornisa en el tejado y falsas
columnas que recordaban tiempos más gratos y menos acele-
rados. Por dentro, se sentía el ajetreo y la seguridad de los
tiempos modernos. Contrariamente a la práctica usual de
contratar a los empleados en Asia o India, era motivo de or-
gullo para la compañía que algunas de las gemas de Hall fueran talladas y pulidas en el sótano del edificio que parecía un

granero con las tuberías a la vista y cerraduras codificadas en las puertas. En el primer piso se encontraba la joyería principal. El segundo piso estaba ocupado por oficinas y vendedores visitantes que anunciaban todo tipo de cosas, desde turquesas sintéticas hasta los últimos diseños en cadenas de oro de diez quilates. El resto de los pisos estaban dedicados al ensamblaje de joyas a partir de diversas piezas internacionales–cadenas de Italia, gemas de Tailandia y Brasil, cierres y broches de México. El resultado eran unas joyas poco costosas para la infinidad de centros comerciales de los Estados Unidos, de los cuales prácticamente cada uno tenía un almacén de la Joyería Internacional Hall en algún punto de sus instalaciones con aire acondicionado.

Peyton Hall, el heredero aparente de toda la operación, hacía una visita de supervisión no anunciada para verificar la limpieza y la disposición de las vitrinas del almacén principal, cuando la gerente lo vio y corrió hacia él.

"Sr. Hall, qué agradable sorpresa," dijo ella. "Si hubiera sabido que venía, habría encargado café y pasteles."

"No es necesario," dijo, dándole la mano. "Tengo que tomar un vuelo pronto. Sólo quería darle un último vistazo a nuestras ofertas de verano y otoño antes de viajar a Scottsdale. ¿Ya llegó mi tío?"

"Aún no. Él . . ."

"Estoy justo detrás de ti," interrumpió una voz masculina. Geraldo de Selva tenía, como su hermana, la piel oscura y una gran confianza en sí mismo. "Estaba revisando los libros con tu madre."

Peyton había heredado el cabello oscuro y la confianza de la familia Selva, además de los ojos color avellana de su padre y un impulso sexual desenfrenado. El resultado era un hombre de negocios astuto y un mujeriego casado con dos hijos. Aunque Peyton estaba impaciente por manejar el negocio de la familia, era lo suficientemente inteligente para no irritar al hermano menor de su madre que estaría a cargo del negocio hasta que su madre decidiera lo contrario.

Y ese era el problema. Geraldo era sólo ocho años mayor

que Peyton. En el momento en que su tío estuviera listo para retirarse del cargo de gerente general, Peyton quizás tendría la suerte de estar vivo. Los miembros del clan Selva tradicionalmente llegaban a los cien años.

El papá de Peyton había muerto a los cincuenta y tres. Peyton no creía que él mismo llegaría a los setenta. Puesto que tenía cuarenta y nueve en este momento, no le quedaba mucho tiempo para hacer una fortuna personal que le permitiera pasar sus últimas décadas persiguiendo jóvenes extranjeras y tomando costosos y añejos licores.

Geraldo le dio a su sobrino un fuerte abrazo. "Estamos orgullosos de ti chico. Eres un comprador astuto. Desde que asumiste el área de las gemas antiguas y las importaciones, las utilidades han aumentado en un cuarenta y siete por ciento."

Peyton sonrió. Él obtenía la mitad de esas utilidades en las áreas del negocio que manejaba, lo que significaba un bono interesante al final del año. De hecho, era casi un millón de dólares.

"Gracias," dijo Peyton, devolviendo el abrazo. Dio un paso atrás y le sonrió al gerente que seguía abrazándolo. "Sé muy bien lo ocupado que estás con las promociones del Día de la Madre. No pierdas tiempo con nosotros."

La mujer sonrió dudando un poco y se retiró.

Los dos hombres continuaron el recorrido hacia una de las alas laterales del almacén de joyas. Geraldo echó un vistazo a la vitrina de "colegiales enamorados"—delicadas cadenas de plata y de oro de diez quilates con dos corazones tan delgados como el papel unidos en las puntas y dos diminutas chispas de color, una en cada corazón. Todas valían menos de veinticinco dólares. "Vendemos un montón de esa baratija," dijo Geraldo.

"A veces pienso que cada niña mayor de cinco años tiene una o dos de ellas," confirmó Peyton. "El verdadero negocio consiste en hacer que el cliente las reemplace," agregó. "Usa una un par de veces y deséchala. Vale más repararla que com-

prar una nueva, así que al primer lloriqueo o suspiro, los padres corren a comprar más joyas para sus niñitos mimados."

"Sale más barato comprar una buena desde el comienzo."

"Si tienes el dinero, seguro. Pero no lo tienen. Es por eso
que compran barato la primera vez, la segunda y la tercera
también."

"Al menos afortunadamente podemos ofrecer cosas más
costosas en las boutiques de joyas antiguas," dijo Geraldo.
"Esa fue una gran idea."

Peyton sonrió. La mejor idea de todas había sido sacar las
piedras verdaderas y sustituirlas por algo menos valioso.
Diamante por circón, rubí por espinel, genuino por sintético,
buena calidad por mala. Nadie lo notaba exceptuando los
contadores, quienes aprobaban el incremento en el resultado
final.

Algunas veces se preguntaba si su madre lo sospechaba o
si realmente creía que su hijo era el súper genio de los negocios, a quien sin embargo todavía no se le podía confiar el
manejo de los almacenes de la familia sin supervisión constante. Realmente le enfurecía no poder comprar un par de
calzoncillos sin antes recibir un sermón de diez minutos de
su mamá.

Relájate, Peyton se dijo a sí mismo. *No sea que te pase
como a tu viejo y se te explote una vena en la mitad de una
discusión. Sigue haciendo tus negocitos paralelos y dentro de
un año—máximo tres—estarás bronceándote el trasero en
Río de Janeiro con cuatro lindas chicas menores de edad ha-
ciéndote feliz.*

Respiró profundamente varias veces para relajarse y
concentrarse en su propia visión personal del Paraíso: mujeres jóvenes en su cama y cajas de seguridad rebosadas de
las mejores gemas conseguidas para él por las bandas suramericanas.

Y si las bandas tenían que eliminar a uno que otro
mensajero en su camino, bueno, pues la vida está llena de in-
justicias.

Capítulo 13

Sharon Sizemore echó hacia atrás su cabello marrón salpicado con artísticos mechones dorados, se puso un par de anteojos de lectura rectangulares y marco negro delgado y ojeó el menú del servicio a la habitación. Nada había cambiado desde ayer. Podría pedir los fettucine con langostinos o simplemente ordenar una pasta fría y ensalada de camarones.

De todas formas, seguro que cualquier cosa que ordenara llegaría fría al cuarto.

"Pide la mía bien roja," dijo Peyton Hall desde el baño de la suite.

"¿Cabernet o Zinfandel?" preguntó ella, comprendiendo su insinuación de filet mignon poco asado, con papa al horno, doble porción de crema agria, cebollinos y mantequilla adicional.

"Probaré el Zin esta vez." Sonriendo, escurriendo agua de la ducha, Peyton se paró bajo el marco de la puerta del baño y la observó ordenando la comida. Era lo más cerca que estaría de tener a una secretaria desnuda, su fantasía favorita desde que había montado su primera oficina de ejecutivo. Una vez había ensayado a una "call-girl," una prostituta contactada por teléfono. Sólo que no era lo mismo. "Diles que no se apuren."

"Quieres tu comida este mes, ¿o no?"

"Eres muy exigente con el personal."

"Alguien tiene que serlo," dijo ella entre dientes. "Una vez, sólo por *una* vez quisiera levantar la tapa del plato del servicio a la habitación y ver salir vapor. Tal vez si ordenara camarones en hielo seco…"

Peyton se amarró la bata del hotel alrededor de su gruesa cintura y tomó el control remoto de la televisión. Él y Sharon habían sido amantes relativamente permanentes durante seis años, lo suficiente para saber que no tendría suerte antes de la comida.

"Mira, están pasando *Blue Velvet*," dijo él.

Sharon encogió los hombros. "Sólo porque tiene diálogo no quiere decir que no sea una película de sexo ordinaria."

Él suspiró. Realmente ella no estaba de ánimo. "Quizás debiéramos cancelar el servicio a la habitación y comer fuera."

Ella repasó las notas que había tomado sobre varios temas y que debía mencionarle a su padre. "¿Por qué? Pensé que querías que estuviéramos solos."

"Eso quería. Y lo estoy."

Ella lo miró confundida.

"Apenas si suspendiste el trabajo para hacer el amor rapidito," dijo él.

Con un sonido sordo de impaciencia, ella puso a un lado su diminuta computadora portátil. "Perdón, querido. Entre más bebe mi papá, más detalles tengo que conseguir."

"Yo sé. Yo también estoy hasta el cuello de trabajo. Intentamos anticiparnos a la economía y cubrir las órdenes de gemas de todos los almacenes para la época navideña. Por otro lado, los suramericanos golpearon a uno de mis mensajeros la semana pasada y las tarifas de mi seguro están tan elevadas que me da hemorragia nasal cuando autorizo los cheques." Falso—la compañía de mensajería había asumido el error garrafal—pero Peyton estaba trabajando el voto de compasión.

"Pobrecito mi bebé. Ven aquí que mamá te hará olvidar todo eso."

No tuvo que ofrecerse dos veces. El se quitó la bata de baño y se lanzó hacia ella. Sonó el teléfono.

"Es mejor que contestes," dijo ella. "Tus llamadas están siendo transferidas a mi cuarto esta noche. Nadie que me llame se sorprenderá de oír la voz de un hombre. No creo a que Marjorie le guste mucho oír la mía."

Él maldijo y levantó el teléfono al tiempo que su bata de baño caía al piso. "¿Sí?" Preguntó rudamente.

El cambio en su voz le indicó a Sharon que era Marjorie quien llamaba.

"Recibiste una nota del profesor de Timmy," preguntó él.

Sin pensarlo dos veces Sharon tomó su computadora y se la llevó al dormitorio. La experiencia le decía que la esposa de Peyton estaba a punto de descargar un día de madre sola y abandonada en la cabeza de su marido. No vale la pena quedarse por ahí escuchando las últimas travesuras de Timmy, la interminable perorata sobre la ropa costosa que necesitaba Tiffany, las clases de baile y el automóvil que simplemente *tenía* que tener para su cumpleaños dieciséis, que sería muy pronto. Como Ted Sizemore con frecuencia les había dicho a Sharon y a su hermano Sonny, los niños eran una costosa piedra en el zapato.

Aún así, cuando era más joven, ella había querido tener hijos. Pero después de apagar las cuarenta velas hacía unos pocos años, había decidido olvidarse de ello. Tras años de haber sido testigo de las peleas de Peyton con su exigente esposa y sus niños malcriados, Sharon se consideraba relativamente feliz de ser la mujer sin ataduras en la vida de su amante.

Había mucho que decir sobre los adultos condescendientes.

Ella abrió su computadora y buscó la lista de los mensajeros que llegarían para la Exposición de Gemas de Scottsdale. No todos estaban registrados en el costoso contrato de seguridad con Sizemore, pero muchos de ellos sí.

En esa etapa final del transporte y la entrega, la clave era mantener el envío seguro hasta que un representante, o el comerciante mismo, firmara el recibo. A partir de ese momento, el problema era de otros.

Ella empezó a verificar los acuerdos de entregas. Cuando llegó a la línea de gemas Carter, frunció el seño.

En el cuarto contiguo, el receptor del teléfono golpeó el soporte con énfasis. Unos segundos más tarde, Peyton apareció en el umbral de la puerta del dormitorio.

"¿Pasa algo?," preguntó él, estirándose la bata.

Sharon lo miró, vio que su interés en el sexo se había marchitado y dijo: "A Simon Carter se le presentó una calamidad doméstica. No llegará sino hasta dentro de dos días, pero el mensajero llega mañana con las mejores gemas. Tendré que recibirlas."

"Ah, ¿Carter?" Apuesto a que tiene algunos ópalos negros seleccionados. Las últimas piedras realmente buenas que quedan de los días de gloria de Lightning Ridge."

"Eso he oído."

"¿Oíste algo sobre los precios?"

"Quiere un millón por el ópalo verde azulado de un lado y rojo encendido del otro. Una piedra natural garantizada, no un doblete."

Peyton susurró. "¿Ya hay coleccionistas en lista de espera?"

"No, hasta no haber visto con sus propios ojos que la piedra es como se anuncia."

"¿Crees que lo logre?"

"Creo que le gusta demasiado la piedra para venderla a cualquier precio."

"¿Alardes?"

"Es sólo otra forma de que los chicos jueguen a 'mi paquete es más grande que el tuyo'," confirmó Sharon, bajando la pantalla.

"¿Me pregunto cuánto valdría el ópalo si se corta y convierte en un juego de collar y aretes?"

"Para tus almacenes del centro comercial, sería una pérdida de tiempo, dinero y material. La gente que va a Hall Jewelry no reconocería jamás una gema de clase mundial."

"Estaba pensando en abrir una serie de boutiques," dijo Peyton, "el tipo de boutique que atraería a clientes de Tiffany y Cartier. Podría ofrecerles la mejor relación calidad/precio."

"La gente que compra en almacenes de alto nivel busca validación. Comprar piedras costosas en las joyerías de los grandes centros comerciales de los Estados Unidos no hará sentir especiales a esos compradores."

"¿No te gusta la idea de las boutiques?"

Sharon se frotó la parte de atrás del cuello y movió la cabeza de un lado a otro. "Tendrías que cambiar el nombre, encontrar a una gran celebridad que te apoye, conformar una costosa colección de piedras y diseños importantes, ofrecer y ganar magníficas piedras en subastas públicas, en fin, toda la parafernalia. Eso significa que tendrías que sacar muchísimo efectivo de tu bolsillo, especialmente en un momento cuando la demanda de artículos de lujo es trece por ciento menor que el año pasado." Ella suspiró y meneó de nuevo la cabeza. "Últimamente, en el negocio de las gemas, todo el mundo se ha tenido que apretar el cinturón, desde los mayoristas hasta los minoristas, desde los mineros hasta los talladores. Incluso la gente que presta servicios de seguridad ha tenido que rebajar drásticamente los precios para mantenerse a flote. En pocas palabras, es un momento pésimo para abrir una cadena de joyerías de alto nivel."

"Fue lo que le dije a Marjorie," dijo Peyton, mintiendo fácilmente porque le salía naturalmente. Había sido su propia idea, una forma de justificar la compra de piedras de altísima calidad para disimular sus cuentas de jubilación.

Sharon dejó caer la mano. "¿Desde cuándo tu esposa se interesa en el negocio?"

"Desde que decidió que la joyería del centro comercial era de muy bajo perfil para ella y los niños."

"Merde."

"Dije lo mismo en inglés. Revender joyas antiguas de familia es una cosa. Hacer joyas modernas de gran calidad es otra." Lo cual era cierto. Simplemente no era una verdad con la que él estuviera particularmente de acuerdo.

Después de un suspiro y de girar la cabeza en círculo, Sharon volvió a mirar la pantalla de su computadora. Peyton cruzó el cuarto y empezó a masajearle el cuello, mirando sobre su hombro la pantalla de la computadora al tiempo que le presionaba los músculos tensos con los dedos.

"¿Qué es eso?" preguntó. "¿Isla Captiva y los zafiros?"

"Papá me puso a rastrear todos los asesinatos de mensajeros y los atracos de gemas. Técnicamente el caso de Captiva fue desaparición. El chico se fugó con una rubia y por lo menos un millón al por mayor en mercancías. Al menos según los informes de los seguros, la mercancía valía eso." Ella se encogió de hombros. "El caso es que parece que alguien de la familia intentó rastrearlo."

Los dedos de Peyton presionaron los músculos tensionados de los hombros.

"¿Por qué? ¿Acaso las gemas formaban parte de un negocio familiar?"

"No. Personalmente, creo que la parienta está chiflada. No puede creer que su medio hermanito sea un pillo, bla, bla, bla. En un momento hizo tal escándalo que el archivo del FBI fue actualizado—nuevas entrevistas, chismes recientes, ese tipo de cosas—lo usual. Cada vez que se actualizaba aparecía en la pantalla."

"¿Y qué hay de nuevo?"

"Nada. Mis órdenes son verificar cada cierto número de días para ver si surge nueva información relativa al caso."

"La red de veteranos. Definitivamente tu papá sigue bastante conectado con el FBI, ¿no es cierto?"

"No lo dudes. A veces siento como si yo misma nunca hubiera dejado el FBI. La paga es la misma y el trabajo es peor. Movió de nuevo la cabeza tratando de liberar la misma tensión en la que trabajaban los dedos de Peyton. Luego suspiró y volvió a mirar la computadora.

Peyton seguía mirando por encima del hombro de ella mientras sus manos se deslizaban hacia su clavícula. "No sabía que estabas haciendo un trabajo de seguridad para Branson and Sons."

"Nuevo cliente." Su respiración se agitó a medida que los dedos de Peyton acariciaban sus pezones. "Es nuestro tercer trabajo para ellos."

"¿Piedras en bruto o pulidas?"

"Ambas."

"Estupendo negocio," dijo él, agarrándole los pezones y memorizando la hora de llegada del mensajero.

Sonriendo, Sharon cerró la computadora y la dejó a un lado. "Hablando de buenos negocios..."

"¿Sí?" Él le mordisqueó el cuello.

"¿Qué tal un buen partido?"

Él le tomó la mano y se la metió dentro de su bata de baño. "¿Qué piensas?"

"Uy, qué bate." Ella sonrió coqueta. "Mi favorito."

Capítulo 14

Sam observó a Gavin Greenfield entrar al lobby del hotel con otros tres participantes a la convención ligeramente ebrios.

Al fin. Empezaba a pensar que se había ido con otros hombres a pasar la noche en un burdel.

Cuando los hombres se dirigieron a los ascensores, Sam dejó a un lado el periódico y los siguió. Dos de los hombres se bajaron en el octavo piso y uno en el noveno, dejando a Sam y a Gavin solos en el ascensor. Cuando las puertas se abrieron en el décimo piso, ambos hombres salieron.

"¿Gavin Greenfield?" Preguntó Sam tan pronto como las puertas se cerraron tras ellos.

"¿Sí?"

Sam sacó su credencial. "Agente Especial del FBI Sam Groves."

Gavin miró curioso más que alarmado cuando vio la placa dorada. "¿De qué se trata?"

Una foto apareció en la mano de Sam. "¿Reconoce a esta mujer?"

"Claro. Es Katie." Por primera vez Gavin pareció nervioso. "¿Ella está bien? ¿Le pasó algo?"

"Ella está bien. ¿Conoce el segundo nombre y el apellido de Katie?"

"Su nombre completo es Katherine Jessica Chandler. Katie para su familia. Kate para los demás. Mire, de qué se..."

"Perdón, señor," interrumpió Sam sin levantar la voz. "¿Cuánto hace que la conoce?"

"Desde que ella tenía ocho años. Soy como un tío para ella. ¿Porqué me pregunta por ella?"

"Es sólo rutina," mintió Sam con tranquilidad. "Su foto apareció en conexión con una investigación de antecedentes que estamos realizando. Necesitamos asociarla a un nombre. ¿Está seguro de su identidad?"

"Totalmente."

"¿Tiene la dirección y el teléfono de la Srta. Chandler?"

Gavin dudó, miró de nuevo la placa en la palma de la mano de Sam y le dio la información.

"Dirección local," dijo Sam reconociendo el nombre de un vecindario cercano. "¿Se hospeda en el hotel?"

"No creo. Su casa queda cerca en automóvil y las habitaciones aquí son costosas."

"Gracias, señor. Si necesitamos algo más, le estaré informando."

Sam dejó a Gavin desconcertado, se subió al ascensor y regresó a la recepción. Diez minutos más tarde le informaron que no había ninguna Kate ni Katie Jessica Chandler registrada bajo ninguna variación del nombre. Miró su reloj y decidió que nunca era demasiado tarde para atrapar a una estafadora en su casa.

Y esta vez no aceptaría un no por respuesta.

Capítulo 15

Glendale
Martes, tarde en la noche

Kate oyó sonar el timbre de la puerta, miró el reloj colgado encima de su mesa de trabajo y dio un salto.

¡Lee!

Aunque el pensamiento le pasó por la mente, trató de controlar el brote de esperanza en su interior. Tenía muchos socios comerciales en el vecindario. No sería la primera vez que alguien con un lote de buenas gemas en bruto estaba tan impaciente que no podía esperar a hablar con ella en el horario normal de trabajo. Era una de las desventajas de trabajar y vivir en el mismo sitio.

Con el cuidado propio de una persona que maneja objetos pequeños muy valiosos y fácilmente transportables, Kate miró por el costoso ojo mágico de su resistente puerta principal.

No era Lee.

El agente federal.

¿Cómo me encontró?

Kate oprimió el botón del intercomunicador para hablar y

dejó las cerraduras de la puerta tal como estaban. "Lo siento, número equivocado."

"No según Gavin Greenfield," dijo Sam.

"¿Qué—cómo—él está bien?"

A Sam le pareció interesante que ambos estuvieran tan preocupados el uno por el otro. Amigo de la familia o parientes. Tal vez Gavin formaba parte de la estafa, fuera el que fuera su parentesco.

"Estaba bien cuando lo dejé hace una hora. Recuerda mi nombre y mi número de serie o quiere que le haga el show a su vecino fisgón del otro lado de la calle sacando mi placa bajo la luz de su porche."

"¿Qué quiere?"

"Hablar con usted."

"Quiere decir que pretende tostarme como a un sándwich de queso."

Sam torció ligeramente la boca. "Tengo buenos modales. ¿Me piensa dejar entrar o quiere que entre a las malas?"

Kate se quedó mirando la sonrisa inesperada por un instante. Pensó en preguntarle qué era *a las malas,* pero lo pensó mejor y empezó a abrir los exagerados cerrojos que aseguraban cada puerta de su casa.

"No se desmaye si ve mi revolver," dijo ella. "Y no se moleste en pedirme el permiso. Arizona tiene una ley de . . ."

"Libre porte de armas," interrumpió Sam. "Es uno de los aspectos que hacen que este sea un estado interesante para trabajar."

La puerta se abrió. Con un simple vistazo, Sam captó que la puerta tenía instalado un contacto magnético. Si se abría después de que el sistema de alarma estuviera activado, ésta sonaría en alguna parte. La puerta también tenía una placa de acero incrustada y pernos extra largos en la cerradura. Una vez que el juguete estuviera cerrado y bloqueado se necesitaría una poderosa carga para abrirlo. Se acercó a la ventana y vio que estaba conectada al sistema de alarma de la casa.

O bien la mujer era paranoica o bien tenía mucho que proteger.

Sam se volteó desde la ventana hacia la mujer que lo miraba con recelo, una mujer cuyas manos estaban untadas de algo fino y oscuro, como hollín.

"Tiene más seguridad que Fort Knox," dijo él.

"Lo dudo."

"¿Alguna razón en particular, o es usted simplemente paranoica?"

"¿Por dudar de usted?"

"Por la seguridad," dijo él. "El vecindario no es ni lo suficientemente rico ni lo suficientemente pobre para necesitarla."

"Entonces debo ser paranoica."

Sam movió ligeramente la cabeza. "Inténtelo de nuevo."

"¿Por qué debería?"

"¿Por qué no debería?" preguntó él, sonriendo.

Kate lo miró fijamente preguntándose a cuántas personas habría interrogado con esa misma combinación de paciencia, sonrisa profesionalmente genial e inteligencia de mirada dura. "¿Qué quiere de mí?"

"La verdad acerca de usted y del zafiro que intercambió."

Ella inclinó ligeramente la cabeza hacia un lado y lo analizó en silencio. Un mechón de cabello se le soltó de la hebilla que tenía anclada casualmente en la punta de la cabeza. Ella no le dio importancia.

Los ojos de Sam siguieron el movimiento ondulante del mechón de cabello brillante. Un cabello como ese tenía que ser natural. Ninguno de los tintes en el mercado era lo suficientemente bueno como para darle al cabello ese tipo de grosor, viveza y brillo. Por costoso que fuera el trabajo de peluquería, tarde o temprano el cabello pintado se veía como lo que era. Falso. Y si todavía le quedaban dudas acerca de la naturalidad del color, lo único que tenía que hacer era acercarse lo suficiente para verificar que el brillo de uno que otro hilo de luz en el cabello negro era plateado y no dorado.

Así que se acercó.

"¿Qué está haciendo?" preguntó ella dando un paso atrás.

Él observó que a ella le gustaba mantener la distancia, lo

que seguramente hizo que su coqueteo con Purcell fuera un trabajo difícil. "Estoy mirando su pelo gris. La mayoría de las mujeres lo esconderían."

"Mi padre era totalmente canoso a los cuarenta. Yo he tenido treinta y tres años para hacerme a la idea de mi destino folicular."

La sonrisa de Sam fue diferente esta vez, real, como su risa. "¿Está segura de que no se está poniendo años?"

Todo lo que ella dijo fue: "Debería reír con más frecuencia."

"¿Por qué?"

"Hace que sus ojos cambien de un azul frío al tipo de brillo que sólo se ve en las piedras azules burmesas. Zafiros."

Su sonrisa se transformó en la de un hombre que empieza a ser física e intensamente consciente de una mujer interesante. La expresión resultante no era del todo nerviosa, pero estaba lejos de ser una expresión confiada.

Sam maldijo al sentir su cuerpo agitarse y se concentró en los negocios. "Al parecer usted sabe bastante de zafiros."

Ella asintió.

"Va a hacer que esto sea más difícil que encontrar una aguja en un pajal, ¿no es cierto?" preguntó él.

Kate no respondió. Aún estaba en shock por la atracción física que sabía sentían ella y el irritante agente del FBI. Se frotó las manos sucias en sus jeans para limpiarse los residuos de material de trabajo.

"Yo..." metió las manos en los bolsillos. "Yo no estoy acostumbrada a las visitas a medianoche de hombres extraños con placa de policía."

"Todavía no es la media noche y usted ya me había visto antes."

"Sigue siendo un hombre extraño con una placa."

"¿Los agentes de policía la ponen nerviosa?"

"¿Alguna vez deja de hacer preguntas?"

"Seguro. Tan pronto como obtengo respuestas." Sam miró cómo Kate estiraba sus jeans con las manos metidas en los bolsillos al tiempo que hacía evidentes sus piernas largas y dejaba adivinar un atractivo trasero. "La mayoría de las mujeres no hacen jardinería nocturna."

"Ya habíamos aclarado que yo no soy la mayoría de mujeres."

"¿Estaba excavando en su patio trasero?"

"No."

Sam esperó, dejando que el silencio se expandiera con cada latido de su corazón hasta presionar a Kate por todas partes como si fuera una prensa.

"Estaba trabajando," dijo ella.

Al fin. Empezaba a ceder en sus defensas verbales.

Y ambos lo sabían.

"¿Haciendo qué?" preguntó gentilmente.

"Tengo mi propio negocio."

Sam volvió a callar y a presionarla con su silencio.

"Soy talladora de gemas," dijo ella.

Bingo.

"¿Ha trabajado últimamente algún zafiro azul con talla de esmeralda?" preguntó él.

Kate sintió que no podía respirar. Si tenía alguna esperanza de que el hombre de ojos azules cambiantes fuera lento para captar, ahora lo conocía mejor. Lo miró fijamente, buscando cualquier cambio en su expresión y le dijo: "No en los últimos cinco meses."

Él no pasó por alto el ligero énfasis en los "cinco meses" ni la intensidad de su mirada. Ella estaba esperando su reacción.

Él lamentó decepcionarlos a ambos.

"¿Se supone que eso signifique algo para mí?" preguntó Sam.

"¿Por qué debería? No significó absolutamente nada para el resto del FBI."

"Pruébeme."

"Ah sí, seguro. Usted es diferente. Ahí dice eso justo debajo del número de su placa plateada."

"¿Qué tiene que perder?" preguntó razonablemente.

"Mi tiempo y mi humor," respondió rápidamente ella.

"Realmente odio ser tratada como si le estuviera aullando a la luna." Aunque Sam intentó no hacerlo, no pudo evitar reírse. "Usted lo ha dicho. Nadie es tan arrogante como la gente del FBI."

Trató de no sonreír pero no pudo evitarlo. " 'Arrogante'. Ese término los describe perfectamente." Riendo, ella decidió que el Agente Especial Sam Groves podría ser diferente, después de todo, a los robots federales que la habían interrogado varias veces en la Florida. No porque los agentes hubieran querido hablar con ella después de la primera vez, sino porque ella los había molestado una y otra vez insistiendo que tenía una pista de un secuestro entre Fort Myers e Isla Captiva. Y luego fue al periódico local con la misma historia, forzando al FBI por lo menos a pretender escucharla.

También había pagado por ello. Eso fue cuando recibió la llamada diciéndole que o se retiraba o moriría.

"¿Con quién habló?" preguntó Sam.

"Con el oficial de turno en Miami en noviembre del año pasado. Olvido los nombres. Unos idiotas, fue lo que pensé de ellos." Mientras Kate hablaba, se sacó las manos de los bolsillos y decidió que tenía que hacer algo con ellas aparte de moverlas nerviosamente. "¿Quiere un café?"

"Me encantaría."

"¿Largas horas y poco sueño?" preguntó ella, dirigiéndose a la cocina.

"Más o menos." El la siguió a la cocina que no era ni grande ni pequeña. Los electrodomésticos tenían por lo menos tres décadas. Si había hecho algo de dinero estafando, seguro que no lo había invertido en su casa.

Kate alcanzó la bolsa de café molido.

"¿Se va a lavar las manos?" preguntó él.

Ella se miró las manos y las manchas oscuras que le habían dejado los finos polvillos que había usado para pulir un topacio bastante bonito. "¿Qué le preocupa? La estricnina es blanca."

El sonrió y deseó que se hubieran conocido de otra forma. Pero no había sido así, y desearlo no cambiaría nada.

Kate se lavó las manos en el lavaplatos, se las secó con una toallita y regresó a hacer café.

Sam se recostó contra el mostrador de la cocina y observó. Ella se movía con rapidez y suavidad al mismo tiempo, sin sacudidas ni saltos ni tropezones. Buen equilibrio. Excelentes manos. La confianza que le daba estar en un sitio familiar.

También era sexy. Demasiado sexy.

En pocos minutos tenía una taza llena de buen café negro, delicioso y humeante, bajo su nariz. Tomó un sorbo, suspiró, y tomó otro sorbo. Luego se instaló de nuevo en la silla de la cocina y se preguntó si realmente tendría que tostar a Katherine Jessica Chandler como un sándwich de queso para obtener cualquier información.

El teléfono sonó antes de que pudiera decidir.

Mientras se dirigía a contestar, Kate le preguntó a Sam: "¿Le dice algo el nombre Lee Mandel?"

Sam dejó quieta la taza a medio camino hacia su boca.

Capítulo 16

Scottsdale Royale
Martes a medianoche

La voz de Ted Sizemore atravesó la nube de humo, alcohol y conversaciones en el bar del hotel como una sierra.

"¡No puede ser, Jack Kirby! Viejo zorro, ¿qué estás haciendo aquí? ¿Cuánto tiempo hace que no te veía?"

Kirby se volteó, vio a Sizemore y estiró la mano. "Vine por trabajo. ¿Cómo estás?"

"¿Sigues persiguiendo bandidos?" preguntó Sizemore sacudiendo vigorosamente la mano del ex agente de la DEA. Él y Kirby habían trabajado en la unidad contra el crimen que había convertido a Ted Sizemore en una leyenda.

"Además de la verificación de antecedentes, divorcios, custodia de niños, parientes desaparecidos, en fin, las cosas normales de los investigadores privados." Y una que otra cosa que no era tan usual, pero muy rentable. No es que él fuera a hablar de esa parte de su negocio con el "Recto e Inflexible" viejo Sizemore.

"Te ves muy bien," dijo Sizemore. Sabía que Kirby era nueve años menor y que tenía una cabeza tupida de pelo castaño grisoso casi rapado, pero esa no era la verdadera diferencia entre ellos. Kirby era de contextura delgada y estaba en forma, producto tanto de la genética como del trabajo duro.

"Nada del otro mundo," dijo Kirby. "Nada tan emocionante como lo tuyo. Pero ser un investigador privado ayuda a pagar las cuentas y deja algo para las carreras de caballos cuando estoy aburrido. Pero no le digas a mis ex esposas. Creen que debería comer comida de perro en una pocilga."

Sizemore se echó a reír. "Siéntate. Acabo de terminar una entrevista con uno de los reporteros locales."

"Siempre le has caído bien a la prensa," dijo Kirby. Y viceversa.

"Vendo periódicos," dijo Sizemore haciéndole señas al barman. "¿Qué estás bebiendo estos días?"

"Gin con tonic. Gracias." Kirby se sentó en la banca del bar y miró a su alrededor con los ojos de un ex agente de policía convertido en investigador privado. Nada de qué preocuparse aquí. Simplemente una reunión de asistentes al congreso y viejos amigos. Concentró toda su atención en Sizemore. "¿Cómo están Sharon y Sony?"

"Esos dos son un dolor de muelas." Sizemore tomó un gran sorbo de cerveza.

"Tengo que supervisar muy de cerca a Sharon, como un halcón al asecho; de lo contrario se le 'olvida' preguntarme y hace lo que le viene en gana."

"Siempre fue astuta."

"Y Sony siempre fue un bueno para nada," dijo Sizemore.

"Eres demasiado duro con el chico."

"Sí, sí," dijo Sizemore sin interés. "Lo mismo me dice Sharon dos veces a la semana. ¿Cómo están tus hijos?"

"Ya crecieron y se fueron de la casa como las últimas dos esposas."

Sizemore encogió los hombros. "La misma mierda en diferente forma. ¿Qué te trae por Scottsdale?"

"Un esposo HP bueno para nada, mentiroso e infiel."

Sizemore soltó una carcajada y terminó su cerveza. Golpeó con fuerza la botella sobre la barra. "¿Cuánto vale el hombre?"

"¿Para mí o para su esposa?"

"Al diablo con su esposa, probablemente esté haciendo lo mismo con el jardinero."

Kirby rió esta vez. Aunque la lengua de Sizemore estaba enredada por el alcohol, su mente seguía siendo más ágil que la de cualquiera. "Ese esposo travieso vale doscientos al día con todos los gastos pagos. ¿Qué te trae fuera de Los Ángeles?"

"Negocios. Soy coordinador de seguridad de la Coalición Nacional de Comerciantes de Gemas y Joyería."

"¿O sea que los arropas en la cama por la noche cuando están borrachos?" dijo Kirby, levantando el vaso para señalar una mesa de ruidosos convencionistas.

Sizemore resopló. "No soy su niñera. Y esos tipos no son de los míos. Son tipos del evento de muebles. Mis muchachos tienen una convención dentro de unos días. Pero la mayor parte del comercio interesante se lleva a cabo los días antes de la inauguración oficial. Exposiciones privadas en las habitaciones. Yo me aseguro de que las puertas estén bien cerradas y de que la gente que entra a los cuartos salga con factura de venta, ese tipo de cosas."

Moviendo la cabeza, Kirby tomó un trago. "Tu trabajo suena tan emocionante como el mío."

"Sería realmente aburrido si lograra mantener a las bandas suramericanas lejos de mis clientes. Si quieres emoción tienes que perseguir a uno de esos chicos malos."

"Sí, les hice una que otra redada cuando trabajé como agente secreto. La unidad que tú manejas ha arrestado a mucha gente." Kirby levantó su vaso en señal de felicitación a Sizemore. "En mi época, los suramericanos estaban metidos en drogas. Todavía lo están, supongo. No estoy muy al tanto. Ahora recorro todo el país." Esbozó una leve sonrisa. "No se gana mucho, pero el viaje lo justifica. Me mantiene joven."

"¿Echas de menos a la DEA?"

Kirby entrecerró los ojos y miró las gotas de humedad en su vaso de gin. "A veces. Una placa abre muchas más puertas que un montón de papeles. Pero no puedo decir que eche de menos trabajar como agente secreto con cretinos de veintidós años que tienen más dinero que un funcionario anquilosado como yo podría conseguir en toda una vida. Eso realmente me molestaba, especialmente alrededor del quince de abril."

"Época de impuestos." Sizemore asintió con la cabeza y tomó el vaso de cerveza fresca que el barman había puesto frente a él. "Sí, exactamente."

"¿Y qué hay de ti?" preguntó Kirby. "¿Echas de menos los viejos tiempos?"

"¿Hay algo que echar de menos? Sigo trabajando con el FBI, pero como civil puedo hacer cosas que me meterían en líos si llevara la placa de la Agencia. Lo mejor de todo es que no tengo que preocuparme por abogaduchos de tercera que sólo saben arruinar el trabajo de los investigadores."

Kirby sonrió. "Yo tampoco." Hizo sonar su vaso contra la botella. "Por la vida sin placas."

"Brindo por eso."

Capítulo 17

*Glendale
Miércoles
12:05 a.m.*

Sam estaba recostado contra la puerta de la cocina, tomando café y escuchando a medias la conversación de Kate. Supuso después de algunos momentos que se trataba del viejo tío Gavin, que llamaba a Kate para advertirle que los agentes federales la estaban buscando.

"No, de verdad, todo está bien," dijo ella por tercera vez. "Yo habría hecho lo mismo." *Antes de que Lee desapareciera, no después.* "Seguro. Dale a Missy un beso de mi parte cuando llegues a casa. Y deja de preocuparte por mí. Estoy bien."

Colgó el teléfono y le lanzó a Sam una mirada que pudo haber sido divertida o irritada o ambas cosas. Bajo esas emociones escondía la tristeza que la invadía desde hacía cinco meses, y el miedo que la rondaba desde que alguien había dejado grabada una amenaza de muerte en su contestador automático, si no dejaba de hacer preguntas.

Y no había dejado de hacerlas, pero ahora era mucho más cuidadosa al decidir a quién preguntar y qué preguntar.

"¿Se divirtió escuchando?" dijo ella.

"Sí. Nunca me había divertido tanto. Me imagino que Gavin Greenfield se desveló pensando en nuestra conversación y finalmente decidió llamarla."

"Es un buen hombre, bueno y decente."

"Quedamos pocos," dijo Sam, mirándola por encima del borde de su taza. "¿Qué relación tiene él con Lee Mandel?"

"Gavin es el padrino de Lee."

"¿Son cercanos?"

"No lo han sido durante los últimos cinco meses." Kate se retorció las manos y luego las soltó. "Reconoció el nombre de Lee."

Sam no dudó. Ya había decidido qué decirle y qué no decirle. Aunque en realidad no había mucho que decir. El boca a boca del FBI ya había rotulado el caso de McCloud como un desastre profesional que nadie quería tocar, mucho menos solicitar el expediente y quedar fichado por haberlo leído. Sam había hecho lo posible por eludir todo ese aspecto del informe de la unidad de lucha contra el crimen—temía que Kennedy asociara el caso de McCloud con su carrera y lo hundiera sin dejar rastro.

"Lee Mandel," dijo Sam, "un mensajero que fue reportado como desaparecido con un paquete que le cuesta al asegurador de Mandel Inc. una suma de siete cifras."

Lee también había sido la gota que había colmado la copa y que había llevado a la conformación de la unidad de lucha contra el crimen unos pocos meses después. Arthur McCloud, el hombre que había perdido los zafiros, era amigo del gobernador de la Florida y cuñado del presidente de los Estados Unidos, pero Sam no creyó que Kate necesitara saber eso. Tampoco pensó que ella tuviera por qué saber que el caso de McCloud había sido un altavoz para todos los involucrados. Cuando Kennedy había visto hacia donde iba el caso, lo había delegado a la oficina de Miami y había huido como el sagaz coyote político que era. Para ese entonces, la unidad de lucha contra el crimen ya tenía impulso propio, independiente de McCloud.

Gracias a Dios.

Sin embargo, eso no quería decir que la esposa del presidente hubiera dejado de hacer preguntas de vez en cuando, lo que le producía pánico al director de la oficina del FBI. Habría sido raro que el director no hubiera transmitido ese pánico a su personal. Tan sólo el nombre de McCloud hacía empalidecer a cualquier hombre.

"¿Cuál es su conexión con Mandel Inc.?" preguntó Sam.

Kate no respondió. Estaba demasiado ocupada diciéndose a sí misma que Sam no era el tipo de hombre que le atraía. Era demasiado frío, demasiado controlado, uno más de los robots federales que le habían desbaratado la vida. Sí, el era inteligente, pero ella necesitaba algo más que eso. Para ella era importante el sentido del humor en un hombre y dudaba que Sam tuviera el más mínimo sentido del humor.

El la miró detenidamente. "Cualquier cosa sobre usted que sea de conocimiento público—y hay mucho que no lo es—será de conocimiento mío ante de que amanezca. Lo mismo sucede con Mandel Inc. Ahorre su energía para una pelea que pueda ganar."

"Mi padrastro es el dueño de Mandel Inc."

"Eso es. No dolió, ¿o sí?"

Le lanzó a Sam una mirada que habría podido disparar veneno.

Él esbozó una sonrisa. "Usted no es estúpida, Srta. Chandler. No actúe como si lo fuera y yo no actuaré como si pensara que lo es." Tomó un sorbo de café frío. "Lee Mandel, hijo de su padrastro y de su madre . . ." él esperó, preguntando en silencio.

"Sí," dijo Kate entre dientes. "Él es mi hermano. Medio hermano, en realidad, pero mi mamá ayudó a mi papá a iniciar la compañía Mandel Inc., o sea que yo prácticamente lo crié. Era un niño muy tierno, siempre risueño y juguetón."

"¿Cuántos años tenía usted?"

"Yo tenía ocho cuando él nació."

Sam asintió, tratando de pensar en una forma amable de decirle a Kate que su tierno hermanito había crecido y se había convertido en algo muy distinto.

Qué diablos. No existe una forma amable y gentil de decirlo.

"Por lo que recuerdo del expediente," dijo Sam, "todo parece indicar que Lee Mandel se da la gran vida en Aruba con su novia rubia pechugona."

La cara de Kate se endureció y dejó ver lo que sentía—rabia y dolor. "Así que eso es lo que dice el FBI. Yo no creo. Yo lo conozco. ¡El no le haría eso a su familia!"

"La policía local no está de acuerdo."

"La policía local no encontraría ni una pista a no ser que estuviera en una caja de doughnuts."

"Ay, eso dolió. A usted definitivamente no le gustan los policías, ¿verdad?"

"Tengo mis razones."

"La escucho."

"¿Por qué?" preguntó ella amargamente. "Ellos no lo hicieron."

"Ellos no la vieron hacer un trueque bajo la nariz nerviosa de un sátiro."

Ella soltó una carcajada sin querer. "Le temblaba la nariz, ¿no es cierto?"

"Como la de un conejo."

Su sonrisa se desvaneció. "Aunque es cierto que Lee tenía algunas diferencias con papá—¿qué hijo no las tiene?—Lee y yo somos muy cercanos. Él nunca desaparecería sin decirme nada. Me habría escrito o me habría mandado un mail o . . . algo."

"¿Y lo ha hecho?"

"No."

"¿Qué cree usted que ocurrió?"

Ella cerró los ojos y dijo con una voz ronca lo que realmente no quería creer. "Me temo que Lee está muerto."

"¿Robo?"

Ella sacudió la cabeza asintiendo.

"¿Entonces por qué el auto que había alquilado fue devuelto en el aeropuerto?" preguntó Sam.

"Si las llaves y los papeles estaban adentro, cualquiera

habría podido devolverlo en su lugar. Usted seguramente ha visto las filas de autos esperando ser entregados. Hay mucha gente que deja las llaves y el contrato de alquiler y sale corriendo a tomar un avión sin que nadie les vea la cara."

"Muy bien," dijo Sam, mirándola con detenimiento, "alguien diferente a él pudo haber entregado su automóvil alquilado. ¿Por qué lo haría?"

"Para incriminarlo y despistar a todo el mundo. Y seguro que lo logró. Realmente nadie está trabajando en el caso. Todo el mundo cree que Lee es un bandido que se salió con la suya. Fin de la historia."

Lentamente, Sam tomó un sorbo de café. Su mirada pertinaz en el rostro de Kate reñía con su cabello alborotado, pero él no dudó de su determinación. *Ten cuidado muchacho, o echarás para atrás todo el progreso que has hecho.*

Pero caminar en puntillas en torno a los hechos también era una forma de arruinar un caso. La gente revelaba más cuando estaba a punto de perder el equilibrio que cuando estaba demasiado relajada.

"Suponiendo que se trata de un caso de incriminación y asesinato, ¿dónde está el cuerpo de Lee?" preguntó Sam neutralmente.

"¿Ha estado alguna vez en la Isla Sanibel?" preguntó Kate. "Queda en la vía hacia la Isla Captiva, uno de los sitios favoritos de Lee. Si se detuvo en alguna parte, tuvo que ser allí."

"No conozco ninguna de las dos islas, pero estuve un tiempo en la Florida."

"La mayor parte de la Isla Sanibel está destinada a la conservación de manglares silvestres. No sería difícil . . ." Kate hizo un gesto de frustración.

"¿Esconder un cuerpo?" terminó la frase Sam.

Kate se estremeció pero no lo contradijo. "Cuando la marea baja en Sanibel sólo se ve una gran cantidad de raíces de manglares que salen del barro y un montón de ramas enterradas. Parecen como pequeñas cavas hechas de madera retorcida. Si alguien decidiera anclar allí un cuerpo . . . para esconderlo, los cangrejos se ocuparían del resto. O los caimanes que están en los humedales. O habrían podido utilizar una cadena y pesas alrededor del cuerpo. O . . . demonios usted es el policía federal. Llene sus propias lagunas."

"Así que tenemos un automóvil alquilado que fue devuelto y un mensajero desaparecido, posiblemente asesinado, de la compañía Mandel Inc. que llevaba un objeto valioso. Continúe."

Ella hizo una mueca. "No hay a donde ir."

"¿Qué tan cercanos eran usted y Lee?"

"Tan cercanos como lo pueden ser dos hermanos. Quizás más. En realidad yo era más como una madre para él que una hermana, especialmente cuando él se convirtió en un adolescente odioso."

Sam dudó, tomó un sorbo de café y dijo "Se sabe de medios hermanos que se han involucrado sexualmente."

Kate se quedó mirándolo fijamente. "¿A ustedes les enseñan a ser repugnantes o es un talento natural?"

"Tomaré eso como un no."

"¡Tómelo como un no rotundo!"

"Muy bien, usted era su medio hermana y casi una madre. Los niños le esconden cosas todo el tiempo a su familia. ¿Por qué está tan segura de que Lee no se fue para Aruba con el botín y una rubia?"

"Se refiere a la rubia de los famosos senos?"

"Sí."

Kate dudó, entrelazó sus dedos, los soltó y dijo, "Yo no quiero hacer esto. Si Lee está vivo, estaría muy furioso."

"¿Usted cree que todavía está vivo?"

A Kate se le aguaron los ojos, pero no rodaron lágrimas por sus mejillas. "No," susurró. "Él se habría puesto en contacto conmigo. Aunque no quisiera hablar con mamá o con papá, a mí me habría llamado." *O a Norm.*

"Tal vez Lee no quería que usted supiera acerca de la rubia. A los hermanos no les gusta que las hermanas conozcan su mal gusto cuando están pensando con su pene."

Kate sonrió con cierta tristeza. "Lee es gay. No ha tenido a ninguna mujer rubia en su cama."

Sam levantó la ceja izquierda. "No aparece nada de eso en el informe."

"La policía no me preguntó."

"Y usted no les dijo."

"Él no les había contado a nuestros padres," dijo Kate. "No quería herirlos. No le había contado a ningún amigo de su infancia excepto a mí."

"¿Y qué me dice de la gente con la que trabajaba?"

"A Mandel Inc. no le habría importado, una vez que mi papá hubiera superado el golpe de saber que su único hijo era gay. Desafortunadamente, no puedo decir lo mismo en cuanto a los demás servicios de correo para los que trabajaba como independiente, especialmente la operación con Ted Sizemore. Sizemore tiene fama de querer contratar únicamente a hombres blancos heterosexuales y sólo a una que otra mujer de otras razas para mantener al gobierno al margen. Lo mismo ocurre con Global Runner, para quien Lee también trabajaba bastante."

"O sea que aparte de sus amantes anónimos, ¿usted es la única persona en el mundo que sabía que Lee era gay?"

Kate entrecerró los ojos ante la expresión neutra de Sam y el cinismo de sus ojos fríos color azul. "Usted no me cree."

"Estoy tratando de imaginarme por qué Lee le contó a usted su secreto más íntimo. ¿Se le ocurre algo?"

Ella dudó, luego decidió que probablemente no importaba; Lee necesitaba justicia, no viejos secretos. "Yo lo supe antes de que él mismo lo supiera. Las mujeres lo querían mucho y él las quería, pero de la misma forma como me quería a mí. Por afecto. Sin mariposas en el estómago ni sobresaltos en el corazón. La noche en que regresó del prom yo estaba allí porque había vuelto a casa para su graduación."

Cuando Kate dudó, Sam tomó un sorbo de café y esperó.

Ella cerró los ojos, recordando. Y al recordar, pensó en lo mucho que quería y en lo mucho que extrañaba a su hermano pequeño. Como no podía moverse mucho en la pequeña cocina, empezó a preparar un sándwich, aunque no tenía hambre.

"Lee golpeó en mi puerta y me preguntó que si podíamos hablar," dijo Kate abriendo la nevera. "Tan pronto como entró en la habitación me di cuenta de que había bebido más de la cuenta. Se sentó en el piso al lado de mi cama y empezó a hablar acerca de su novia. Había roto con ella."

"¿Por qué?"

"Porque quería tener sexo. Él no podía. No con ella. Quien le atraía muchísimo, en cambio, era el hermano de su novia, pero eso no podía decírselo a su hermana, ni siquiera podía admitírselo a sí mismo." Las lágrimas hacían ver los ojos oscuros de Kate mucho más grandes. "Lee dijo que había intentado matarse camino a casa pero que había enderezado rápidamente el timón en el último minuto. Se sentó en el piso y lloró diciendo lo inútil que era, pensando en lo decepcionado que estaba de él su papá."

La puerta de la nevera se cerró con fuerza. Sin pensar en lo que hacía, Kate se puso a tajar los restos de pavo que encontró.

"Yo lo abracé y le dije que él no era ningún inútil," dijo ella, "que era inteligente y divertido y buen mozo y que todos lo queríamos, y que aunque a veces era un dolor de cabeza, si alguna vez intentaba hacer algo tan estúpido como eso yo mismo lo mataría."

Sam sintió ganas de sonreír pero el dolor de Kate era demasiado real.

"Hablamos durante largo rato, lo suficiente para que a él se le pasaran los tragos. Dijo que si yo prometía no decirle a nadie que él era gay, no intentaría de nuevo suicidarse." Ella ignoró las lágrimas que resbalaban por sus mejillas. "Yo le prometí. Luego él se fue a la universidad y ninguno de los dos mencionó esa noche nunca más. Pero él nunca salió con nadie. Es decir, con mujeres."

Sam miró a Kate tajar el pavo y luego los tomates con un cuchillo que él habría podido utilizar para afeitarse.

"El reporte que yo leí era muy específico acerca de la rubia," dijo Sam neutralmente. "Y tampoco dice que fuera la primera. La impresión de los observadores y de los amigos y de la familia es que a Lee le gustan las mujeres."

"Es que le gustan. Simplemente no le interesa acostarse con ellas. Él es el mejor amigo de todo el mundo pero no es el amante de nadie. Me refiero a las mujeres." Kate puso una segunda tajada de pan en el sándwich y lo cortó por mitad con un movimiento firme y tajante. "Él es un hombre bueno, querido, cariñoso. Tenía muchísimo que ofrecerle a alguien y finalmente había encontrado al hombre con quién quería compartir su vida y . . . ¡demonios!"

Con el dorso de su mano derecha, Kate se limpió las lágrimas que no se detenían. La hoja del cuchillo brilló cerca de su cara. Ella lo ignoró.

Sam tomó el cuchillo con suavidad. "Tranquila. Con esto se podría afilar acero."

Ella golpeó la mesa con el puño. "Odio lloriquear."

"Yo también. Usted está llorando porque perdió a alguien que ama. Hay una gran diferencia."

Ella se encogió de hombros y trató con fuerza de controlarse. "¿Entonces me cree?"

"Sí." *Hasta que la agarre en la mentira.*

"Ellos no me creyeron."

"¿Quiénes?"

"Los malditos agentes del FBI a quienes acudí una y otra vez cuando encontraba algo que yo pensaba que podía ser interesante para continuar la investigación sobre la desaparición de Lee."

"¿Lo hicieron?"

Ella hizo un sonido de disgusto. "Me dieron palmaditas en la cabeza, dijeron algo acerca de dar falsa información a los agentes federales y me despidieron."

Sam levantó una ceja. Eso tampoco estaba en el informe. "Sí, bueno, usualmente todo lo que no concuerda con las teorías oficiales se pasa por alto. Eso es un simple hecho de la vida burocrática."

Kate lo miró con ojos aguados, determinados. "¿La voz de la experiencia?"

Él sonrió con ironía y se preguntó por qué sentía más afinidad con esta pequeña estafadora triste que lo que sentía con el noventa y cinco por ciento de la gente con quien trabajaba.

"¿Usted sabe cuál era la agencia de alquiler de automóviles que Lee prefería?" preguntó Sam.

"FirstCall. La compañía de mi padre tiene un contrato con ellos."

"¿Qué aeropuerto cree que Lee usó ese día?"

"Fort Myers. Le gustaba ir a recoger conchas cuando le tocaba ir a trabajar a la Isla Sanibel o a cualquier otra parte donde hubiera playa. En lugar de pasar el tiempo conduciendo desde el aeropuerto de Tampa, él prefería tomar el vuelo en el aeropuerto de Fort Myers y aprovechar el tiempo que ganaba, recogiendo caracoles."

"¿Tenía muchos negocios en Sanibel o en Captiva?"

"Demasiados, aparentemente," dijo ella con voz ronca.

"¿Qué quiere decir?"

"Predictibilidad. Es un problema para los mensajeros. Especialmente con las bandas suramericanas."

"Son los chicos malos favoritos de todo el mundo," dijo Sam.

"¿Tiene un mejor candidato para lo que le ocurrió a Lee?"

"Yo esperaba que usted lo tuviera."

Ella movió la cabeza negando y luego señaló el sándwich. "¿Tiene hambre?"

"Gracias. ¿Y usted?" preguntó Sam, cogiendo medio sándwich.

"No."

"No tiene hambre y no está vestida para ir a la cama. No está viendo televisión. No está tomando."

"¿Cómo sabe?"

"La televisión que está en la esquina está apagada. También lo están las luces. No hay libros abiertos ni revistas tampoco. Tiene aliento a café, no a alcohol. ¿Qué estaba haciendo a estas horas de la noche para necesitar tomar café en lugar de dormir?"

Kate se dio cuenta una vez más de que aunque Sam pareciera relajado y confiado, no omitía ningún detalle importante.

"No adivinaría nunca," dijo ella.

"Entonces ahórrenos tiempo a los dos. Dígame."

"Tallando piedras."

"¿Zafiros?"

"Entre otras piedras de color. No trabajo diamantes."

Él la miró detenidamente por un largo rato, recordando cuán complacida parecía cuando un conocedor había alabado la talla del gran zafiro.

"Usted talló ese falso . . ."

"Sintético," corrigió automáticamente Kate.

" . . . zafiro, ¿no es cierto?," terminó él ignorando su interrupción.

"Sí. ¿Qué tiene eso que ver con Lee Mandel?"

"Yo tallé las gemas con las que supuestamente él desapareció."

"¿Qué tipo de gemas eran?"

"Siete zafiros cortados a partir de una enorme pieza burmesa en bruto que una familia de coleccionistas había tenido por más de cien años. Era muy difícil cortar una piedra enorme en bruto, de manera que nadie había hecho nada con ella. Yo estudié la piedra en bruto y elaboré un informe para McCloud. Él decidió que quería convertirla en siete gemas diferentes. Las llamó los Siete Pecados porque gastó una cantidad pecaminosa de dinero en ellas."

"Él no le dio ese nombre al FBI. Nada que se le parezca aparece en el expediente."

"Tal vez McCloud no pensó que el FBI tuviera sentido del humor," dijo Kate.

"No habría sido el primero. Continúe."

"No hasta que usted me dé una garantía de que lo que estoy diciendo será mantenido en secreto. Excluido de cualquier expediente abierto."

¿Por qué?"

"La última vez que hablé con el FBI, me dijeron que si seguía presionando, moriría."

Sam se quedó paralizado. "El FBI le dijo *¿qué?*"

"No fue el FBI. Por lo menos no creo que lo fuera." Kate encogió los hombros. "Demonios, puede haber sido. No hay duda de que estaban hartos de mí."

"¿Dígame específicamente cómo fue que recibió esas amenazas de muerte?" preguntó Sam con interés.

"En mi contestador automático. Conservo una copia de la cinta para poder tener un registro de los pedidos de mis clientes."

"¿Aún tiene el mensaje?"

"Seguro, pero no le servirá de nada."

"¿Por qué?"

"Usaron un distorsionador de voz."

"Me gustaría mandar el mensaje al laboratorio."

Ella lo dudó, y luego fue y buscó en un archivador. Un minuto después le entregó un pequeño cassette en un sobre sellado con su logo en la parte exterior.

"¿Está segura de que la voz fue distorsionada?" preguntó Sam metiendo la cinta en su bolsillo.

"Sí. Difícilmente pude entender las palabras. Luego quise no haberlas entendido."

"Difícilmente pudo entender, ¿y aún así supone que la persona que llamó está de alguna forma vinculada con el FBI?"

"No. Yo supongo que quién mandó el mensaje sabía que yo había vuelto a acudir al FBI. Podrían haber sido los policías locales. Eso es posible, ¿o no?"

"Si ese alguien tiene acceso a los expedientes del FBI o a los archivos de la policía local, y alguien sabía que el expediente de Lee Mandel había sido actualizado, sí, es posible. Sólo posible."

"Usted no me cree."

"Srta. Chandler . . ."

"No importa." Ella interrumpió. "Usted no me creerá ni

siquiera después de haber entregado su informe y de que el expediente de Lee haya sido actualizado y después de que me encuentren con la garganta cortada de un lado a otro en mi propia casa. Suicidio, sin duda."

El sarcasmo no inmutó a Sam, pero si el nerviosismo en los ojos de Kate. Lo que él pensara o no pensara acerca de la estafadora sexy y suspicaz, poco importaba. Ella estaba segura de que su vida estaba en riesgo si continuaba intentando resolver el misterio de la desaparición de Lee Mandel.

"Usted seguirá presionando de todas maneras," dijo Sam.

"Hasta que obtenga una respuesta, sí."

"O hasta que muera."

Ella se mordió la comisura de los labios y no dijo nada.

Sam decidió rápidamente, más por intuición que por procedimiento del FBI. Confiar en su propio juicio era tan sólo una de las muchas cosas que lo habían metido en problemas durante años.

"Srta. Chandler, ¿sabe qué es un informante confidencial?"

Capítulo 18

Scottsdale
Miércoles, temprano en la mañana

Kirby tomó su teléfono digital de la mesa de noche, miró hacia la pantalla del mismo y maldijo. El número estaba bloqueado.

"Si es un empleado de telemercadeo llamando a las seis a.m. desde Nebraska," musitó para sí mismo, "juro que voy por el bastardo y le hago tragar el teléfono."

Kirby respondió de todas formas, pero sólo después de haber activado la grabadora digital incorporada. La persona que él conocía solamente como "la Voz" usaba un teléfono digital para mandarle nueva información. Él—o incluso ella, ¿quién sabe? usaba un distorsionador de voz. No obstante, el significado de la conversación siempre era claro. Cada llamada le informaba a Kirby sobre un mensajero que transportaba una pieza muy valiosa anónima fácil de transportar. Gemas. Relojes Rolex. Bonos al portador. Incluso efectivo. Kirby tenía varias fuentes, pero la Voz era la mejor. A él no le importaba colocar la mitad de lo obtenido en el golpe en una cuenta fuera del país, aunque no pudiera rastrear el destino final del dinero.

Y lo había intentado. Quería saber quién era su informante. Más importante aún, quería saber cómo había obtenido información para chantajearlo y obligarlo a trabajar para él.

"¿Sí?" dijo rudamente.

"Mike Purcell. Límpialo y aplícale una corbata colombiana."

"¿Sí?" Kirby sintió un flujo de adrenalina al reconocer a la Voz. "Eso le va a costar más."

"No pienso hacer reparticiones esta vez. Es todo suyo. Representan por lo menos cien mil para usted, quizás más."

"¿Y qué tal si no es así?"

"¿Alguna vez lo he engañado?"

"No." Era la única razón por la que Kirby aceptaba cumplir órdenes de un fantasma. La Voz era inteligente, cuidadosa y conocedora del comercio de las gemas. Desde que la Voz había empezado a llamar hacía tres años, las cuentas en el exterior de Kirby habían engordado en seis cifras, y ya iban llegando a siete. "¿Para cuándo quiere ese trabajo?"

"Lo más pronto posible. Purcell está durmiendo en su trailer estacionado en el estacionamiento de los empleados del Royale. Una vieja Winnebago. La alarma funciona con batería. Desconecte los cables en el tablero de servicio."

"¿No usa la caja de seguridad para sus mercancías?"

"No confía en nadie."

"Inteligente," dijo Kirby. "Estúpido también."

"Asegúrese de obtener el gran zafiro. Es del tamaño de su dedo gordo del pie, tallado en forma de esmeralda."

Kirby sonrió. "¿Dónde habrá conseguido eso un asqueroso como Purcell?"

"¿A quién le importa? Solo asegúrese de que nada pese más de cuatro quilates cuando regrese al mercado. No utilice a Hall. Por lo menos uno de sus talladores es poco confiable."

"¿Cuál?" preguntó Kirby.

La Voz ignoró su pregunta y formuló otra. "¿Tiene suficientes hombres para otro trabajo al mismo tiempo?"

"Depende del trabajo."

"Un asalto normal."

"¿Scottsdale?"

"Sí. Viene de Los Ángeles, por lo general se detiene por gasolina en Quartzite y en McDonalds para entrar al baño. Automóvil beige alquilado, marca Taurus, licencia de Arizona..."

Kirby estaba tomando nota en la libreta que tenía siempre al lado de la cama. "¿Llave electrónica?"

"Sí, pero en todo caso use una varilla. Engañe al mensajero. Haga que alguno de sus muchachos diga algunas palabras en español callejero."

"Sí. Cómo no?"

Se oyó a través de la línea un sonido mecánico espeluznante. Kirby supuso que era risa.

Tuvo la esperanza de que así fuera.

No se consideraba un cobarde pero a veces la Voz le ponía los pelos de punta.

"Esté listo para hacer lo mismo dentro de unos días," continuó la Voz. "Tienen que mandar más gemas para la exposición. Le diré cuándo. Supuestamente el segundo lote es el mejor."

"¿Dividimos esa vez según lo acostumbrado?"

"Cincuenta-cincuenta."

En ese momento se cortó la comunicación.

"¡Puta!" dijo Kirby, sonriendo y contando el dinero en su mente. Aún cuando le diera la mitad de su mitad a uno de sus hombres seguía siendo un buen negocio.

Apagó el teléfono, estiró su cuerpo delgado y fuerte, se rascó la entrepierna, se tiró un pedo y caminó desnudo hacia el baño. Mientras vaciaba la vejiga repasó sus distintas conexiones de talladores de gemas. En México había uno que otro, pero como muchos trabajadores del mercado negro, tendían a descompletar los envíos al llegar y a revenderlos por su cuenta. Si la Voz no quería nada superior a cuatro quilates, México no era el lugar. Tal vez Burma. Aunque complicado. Su conexión allí había quedado mal con algunos capos de la droga y todavía estaba en el hospital.

"Demonios," murmuró, sacudiéndose la última gota. "Tendrá que ser Pakistán o Afganistán. Me pregunto si Abdul estará vivo todavía."

Algunas llamadas telefónicas, un poco de paciencia y le llegó la noticia de que Abdul todavía estaba vivito y coleando en Karachi.

Kirby miró el reloj. Demasiado tarde para encargarse de Purcell. El turno le correspondía entonces al mensajero. La única pregunta era, ¿a quién llamar? Murphy estaba en Nueva York siguiendo una mercancía. Rodrigo, en Texas, estaba estrenando bebé por esos días y se había tomado algún tiempo libre. Sumner había insinuado que quería salirse del juego. A Kirby lo ponía nervioso encargarle cualquier trabajo físico; si lo atrapaban, desaparecería en menos de lo que canta un gallo.

Ya era hora de verificar los archivos de exagentes y soldados descontentos una vez más. Alguien seguramente estará interesado en un poco de adrenalina y una buena bolsa de efectivo.

Desafortunadamente, necesitaba a alguien ya. Alguien confiable. O relativamente confiable, como se había vuelto últimamente John "Tex" White.

¿Qué le hace pensar que puede meterse en drogas y no convertirse en un perro callejero? Estúpido bastardo.

Sacudiendo la cabeza, Kirby marcó un número. Alguien contestó al cuarto timbre.

"Sí," dijo la voz de un hombre, bostezando.

"Hola, Tex. ¿Listo para el rock and roll?"

Capítulo 19

Scottsdale
Miércoles al mediodía

El estómago de Sam rugió mientras subía los escalones del enorme bus convertido en centro de operaciones de la unidad contra el crimen. Llevaba una bolsa plástica de un supermercado cercano y pensó con nostalgia en la taquería situada a tres millas de distancia. Luego sacó un refresco y dos paquetes de galletas de mantequilla de maní y queso de una bolsa, hizo una bola con el plástico y lo lanzó al primer cesto de basura que encontró.

Falló el tiro, pero lo mismo les había ocurrido a otros con toda esa basura que había en el piso.

Sam saludó con la cabeza a los hombres y mujeres concentrados en los aparatos electrónicos atiborrados en el vehículo, destapó el refresco y se dirigió a la oficina del AEE. La puerta estaba abierta, así que entró.

"Buenos días. Perdón, ya es hora de almuerzo." Sam saludó a Doug Smith con un paquete de galletas. "Buenas tardes."

"Cierra la puerta."

Sam se preparó para lo que le esperaba. No entendía bien

por qué le caía mal a su jefe inmediato, pero estaba seguro de que era así. Si tenía cualquier duda, el hecho de que Doug no le había dicho que se sentara era otra mala señal. Con un suspiro, Sam metió las galletas en el bolsillo de su chaqueta sport y esperó a que el jefe le lanzara el sermón del día.

No tuvo que esperar demasiado.

"¿En qué diablos estabas pensando?" gruñó Doug.

Puesto que Sam ignoraba el motivo de la reprimenda, no contestó.

"¿Y bien?" Doug empujó con rudeza su silla hacia atrás y le señaló un expediente delgado que reposaba en su mesa como una acusación.

Sam había perfeccionado desde hacía tiempo el arte de leer de arriba hacia abajo. La portada del expediente lo decía todo: Lee Andrew Mandel. Bueno, Sam se había preparado para esto. Sólo que no esperaba que la cosa se pusiera gorda tan rápido.

"Si usted descubrió algo acerca de la mujer talladora, ha debido informárselo a Sizemore," dijo Doug. "Orden directa de Kennedy. Simple de seguir. Y usted se hizo el tonto."

"Lo siento, señor." Sam hizo un gran esfuerzo por mostrar remordimiento. "Estaba siguiendo la pista de una informante confidencial (IC). Podría haber alguna conexión con la mujer llamada Natalie Cutter. Aún así, según la política del FBI, los nombres de los informantes confidenciales no se le deben dar a nadie dentro de la agencia sin que exista una razón de mucho peso. Mucho menos a un civil como Sizemore, quien ya no pertenece al FBI. Un civil, yo agregaría, que conoce más que nosotros sobre algunos aspectos de la unidad de lucha contra el crimen y sus objetivos y mantiene información para sí mismo. Su privilegio. Él es un ciudadano privado. El informante confidencial es nuestro privilegio."

Doug soltó aire, una y otra vez, antes de decir neutralmente: "Usted tiene un informante confidencial."

"Sí, señor."

"Entonces en lugar de trabajar con Sizemore según las instrucciones del AES Kennedy, usted sigue la pista de un informante confidencial que consiguió en alguna parte, de alguna forma, por su propia cuenta."

"Sí, señor."

"¿Pistas que le causaron curiosidad acerca de un caso de hace cinco meses, que tiene toda la cara de ser un suicidio profesional?

"Sí, señor."

"Pistas que eran tan candentes que usted tenía que poner máxima prioridad en sus solicitudes?"

"Sí, señor."

"¿Tiene idea de cuántas horas puede tomar rastrear un automóvil alquilado después de cinco meses?"

"No, señor."

"Informante confidencial," dijo Doug torciendo la boca con un gesto amargo como si las palabras tuvieran mal sabor.

Sam no contestó. No era una pregunta.

Doug tomó el expediente. "Voy a cubrirlo con Kennedy hasta que pueda. Una vez más." Le lanzó el expediente a Sam quien lo agarró sin parpadear. "Más le vale volver oliendo como un jardín de rosas o terminará sus veinte años en Fargo y yo me reiré cuando tenga que firmar la orden."

"Sí, señor."

"Y desaparezca cuanto antes de mi vista."

Antes de que Doug terminara la frase, Sam ya estaba cerrando la puerta tras él.

Capítulo 20

Quartzite, AZ
Miércoles por la tarde

Tex White alcanzó su objetivo exactamente donde le habían dicho que ella estacionaría su auto: el McDonald's en Quartzite. La miró hacer una corta llamada por su teléfono celular—probablemente reportándose con su jefe. Luego se bajó del auto, puso seguro con la llave de control remoto y se estiró como si no se hubiera bajado del auto desde Los Ángeles.

Probablemente no lo había hecho. Los mensajeros no se detenían mucho en la ruta, porque sabían que en esos momentos eran particularmente vulnerables.

Condujo su van blanca al espacio del estacionamiento contiguo al de ella, cerca de su puerta delantera izquierda, pero le dejó suficiente espacio para que pudiera abrir la puerta sin problema. No quería que se sintiera muy apretada y se viera obligada a salir por el lado del copiloto.

Las ventanas de la van eran muy oscuras, inclusive las de las puertas del conductor y de los pasajeros. El parabrisas era justo lo suficientemente claro como para ajustarse a las leyes de California. Rápidamente, White desdobló un amplio filtro solar en la parte interior del parabrisas. No solamente lo protegería del calor, sino que le daría total privacidad.

Se pasó a la parte trasera de la van, abrió la puerta de antemano y la dejó ajustada de manera que la mensajera no escuchara el crujido al regresar, y sacó una máscara de esquí. Luego sacó los guantes plásticos que había escondido en la bolsa de un almacén. Se los puso y verificó que no les quedaran arrugas. Los malditos se rompían más rápido que un condón. Satisfecho, sacó una cachiporra de cuero llena de plomo de su bolsillo trasero.

Listo para el rock and roll.

Con la paciencia de un cazador entrenado, se agazapó en la parte trasera del auto y esperó a que la mensajera usara el baño, tomara su pedido, y regresara al auto.

El sudor se filtraba por su máscara de esquí.

Lo ignoró.

No había mucha gente alrededor del estacionamiento. Los visitantes de las regiones frías en su mayoría habían levantado campamento y se dirigían de nuevo al norte, siguiendo el hielo derretido. No pasaba nada esa semana en Quartzite, o sea que no había miles de personas apretujadas en el terreno seco y polvoriento de la exposición anual de gemas y minerales. Era demasiado tarde para almorzar y demasiado temprano para cenar. Únicamente las personas que viajaban entre Los Ángeles y Phoenix se detenían allí para hacer un alto en el camino.

De cualquier forma a White no le importaba que el estacionamiento estuviera prácticamente desierto. Nadie le ganaba desapareciendo personas en las filas de los teatros.

La puerta de vidrio del McDonald's se abrió y la mensajera salió. Una mujer madura, cabello castaño teñido, pantalones delgados y camiseta apropiada para el calor de cien grados Fahrenheit. Su bolso era tan poco notorio como su figura. Ya tenía en la mano la llave del auto. Oprimió el botón de la alarma y abrió la puerta del conductor.

White salió de la van como un gato de ciento setenta libras. Su cachiporra llena de plomo golpeó la base del cráneo de la mujer haciendo un ruído repulsivo. Cuando ella se desplomó hacia delante, él le quitó la llave de la mano y la empujó con ímpetu sobre la consola central del auto y luego al piso frente al asiento del copiloto. Se quitó la máscara de esquí y la botó sobre el asiento. Luego dio la vuelta y cerró la puerta lateral de su van.

Cinco segundos después de que la mensajera hubiera desconectado la alarma de la puerta de su auto, White se deslizó en el asiento del conductor, cerró la puerta y encendió el auto. Lo condujo hacia un sendero vacío donde se unen el desierto y el pueblo, justo cerca de un motel al borde de la extinción. La mayor parte de la acción se desarrollaba por la noche, cuando las chicas llevaban a sus clientes para un encuentro de quince minutos. Durante el día el lugar parecía un motel fantasma.

Condujo hacia la parte trasera, parqueó cerca de una gran cesto de basura, y botó sus pantalones. Apretando los dientes, arrancó la cinta que sostenía una barra de acero en su pantorrilla derecha.

Después de echar un rápido vistazo alrededor para asegurarse de que nadie estaba observando, se dirigió al baúl, acuñó la barra por debajo de la chapa y dio un tirón brutal. El baúl del pequeño auto saltó y quedó abierto. Vio una maleta y un paquete empacado en papel marrón cerrado con varios sellos de seguridad. Se metió el paquete entre la camisa y cerró el baúl. Como había sido forzado, la tapa no cerró del todo, pero lo suficiente como para no despertar sospechas desde el otro lado del estacionamiento.

Miró de nuevo con discreción a su alrededor. Seguía solitario. Empezó a caminar de regreso a su van, y luego recordó el resto de las instrucciones.

Envuelva al mensajero.

Se puso unos guantes de cuero negros con incrustaciones de plomo en la parte posterior de los dedos y abrió la puerta del pasajero del auto blanco.

Capítulo 21

Glendale
Miércoles por la noche

¿Por qué no ha llamado? ¿Le habrá hablado sobre mí a su jefe y ahora no me quiere dar la cara?

Kate disminuyó el ritmo de su trabajo y se preguntó si el haber confiado en el Agente Especial Sam Groves representaría efectivamente su propia sentencia de muerte.

No seas tonta. Nadie ha llamado a amenazarte.

Quizás sea porque en esta ocasión no me van a amenazar. Simplemente me matarán y se acabó.

Automáticamente, miró los cerrojos que aseguraban las puertas del taller de su casa. Seguían cerrados. Las luces del sistema de seguridad todavía estaban verdes. Deseó que eso la hiciera sentirse mejor, pero no era así. Era lo suficientemente inteligente como para saber que ningún cerrojo ni ninguna alarma en el mundo podrían evitar que si alguien estaba realmente decidido a hacerle daño, lograría su objetivo.

Unos golpes secos en la puerta principal hicieron brincar a Kate. Con el corazón saltándole en el pecho, se acercó al intercomunicador más cercano, oprimió el interruptor y dijo con voz cortante: "¿Sí?"

"Sam Groves."

"¿Está solo?"

"Yo cumplo mis promesas, Srta. Chandler."

"Ya voy."

Lo que no dijo era que iba rezando durante todo el camino hasta la puerta.

Sam esperó con cierta impaciencia mientras Kate llevaba a cabo todo el ritual que consistía en mirar por el ojo mágico instalado en la puerta y desactivar el sofisticado sistema de cerrojos y pestillos. Después de toda una tarde intentando memorizar un expediente que podría arruinar su carrera y haciendo llamadas a agentes ineptos, era justo lo que necesitaba para terminar de enervarse.

Cuando al fin la puerta se abrió, Sam se coló tan rápido como pudo para asegurarse de que ella no cambiara de opinión y se arrepintiera de hablarle.

"¿Instaló el sistema de seguridad antes o después de que murió Lee?" preguntó él sin rodeos.

"Antes," dijo ella, pasando rápidamente el cerrojo.

"¿Por qué? ¿Recibe muchas amenazas de muerte en su negocio?"

"No, sólo ladrones. Algunas de las piedras en bruto que tallo son bastante vulnerables, incluso antes de tallarlas."

"¿Como los Siete Pecados?" preguntó él.

"Sí. Eran de lejos las piedras en bruto de mejor calidad que han pasado por mis manos." Caminó tres pasos y activó de nuevo el sistema de seguridad.

Sam recordó lo que el comerciante había dicho acerca del gran zafiro sintético. "¿O sea que la piedra bruta era de magnífico color, claridad y rareza?"

"Las tres cualidades en su máxima expresión." Kate retiró de su rostro un mechón ondulado de cabello negro y se volteó hacia Sam. "Era la piedra en bruto más bella que he trabajado en toda mi vida. Mejor aún, era ciento por ciento natural."

"¿Lo contrario de sintético?"

"¿De verdad quiere saber?"

"Por eso le pregunté."

Ella suspiró. "Es engañoso. Quiero decir, las gemas de laboratorio son sintéticas en un ciento por ciento. Todo el mundo está de acuerdo en eso. Pero, ¿en qué punto podemos considerar que una piedra natural ha sido de tal forma mejorada por el hombre que debemos dejar de llamarla natural?"

"No sabría la respuesta."

"¿Intimidante?" Ella sonrió. "Toda asociación de gemas en el mundo convoca a sus miembros a largas y tediosas discusiones, ocasionalmente acaloradas, con el objeto de determinar dónde debe trazarse la línea entre un embellecimiento aceptable de la gema y un tratamiento tan extensivo que efectivamente hace que la piedra deje de ser natural."

"¿El hecho de que deje de ser natural quiere decir que pierde valor?"

"Claro que sí."

"¿Por aquello de la rareza?"

Ella asintió, retiró de nuevo el cabello de la cara y dijo: "Dejé la hebilla en el cuarto de trabajo. ¿Quiere algo de comer?"

"No, gracias. Hay un sitio de tacos buenísimo a sólo una milla de aquí."

"¿Pedro's Burrito Gordo?" preguntó ella.

"Exacto. Salsa extra picante. Tuve que pedir leche para apagar el picante."

"Me di cuenta."

Sam se pasó la lengua por el labio superior y sintió la aspereza de la leche fresca. Se limpió con la mano. "Perdón. Es difícil ejercer autoridad tomando leche de una manera tan masculina."

Ella sonrió y sintió bajar la tensión. Si iba a tener que lidiar con un policía, prefería que fuera uno con leche en el bigote y buen sentido del humor. *Ojo, chica,* se dijo a sí misma. *No se supone que te guste su sentido del humor. Ya es lo suficientemente atractivo.*

"¿Su sistema de alarma no tiene sensores de movimiento?," preguntó Sam, mirando el estado de las luces.

"No. Cuando mandé a instalar el sistema, tenía un gato. El sistema era parte del contrato de venta de la casa, pero, pese a que los tipos de seguridad le dieron vueltas y vueltas al asunto para intentar establecer una zona para mascotas, cada cinco minutos sonaba una falsa alarma. Me cansé de pagar el servicio a domicilio, así que decidí cancelar el sensor remoto."

Sam miró a su alrededor. No había señal de mascotas por ninguna parte. "¿Qué pasó con el gato?"

"Se fue. Prefirió a los vecinos."

Disfrutando el movimiento femenino de sus caderas bajo los apretados jeans, Sam siguió a Kate hacia el cuarto de trabajo. Le habría gustado decirle que, en lo que a él se refería, no necesitaba ponerse ninguna hebilla en el cabello, pero decidió que era el tipo de comentario poco profesional que debía evitar. Así como debía evitar observar sus largas piernas y sus bonitas curvas, y sentir la fragancia cítrica que emanaba su piel cuando se acercaba lo suficiente.

Pero hizo a un lado todos esos pensamientos.

"Entonces," dijo él, "excepto tallarlas y pulirlas, ¿no se supone que se les haga nada más a las gemas?"

"Es lo ideal." Ella abrió la puerta del taller y empezó a buscar la hebilla.

"Estamos hablando de seres humanos, no de santos," dijo Sam lacónico.

"¿Eso cree?" Ella encontró la hebilla en la primera mesa de trabajo al lado de unas clavijas y empezó a arreglarse el cabello. "Hay algunos tratamientos muy antiguos que hoy en día son aceptables. Es con los nuevos tratamientos con los que se presentan problemas."

"¿Una especie de cláusula concerniente a los trabajos antiguos? ¿Si tu padre lo hizo, está bien, pero tú no puedes hacer nada nuevo?"

Ella asintió, sintió su abundante cabellera soltarse e intentó de nuevo domarla con la hebilla. "De hecho, uno puede hacer lo que quiera siempre y cuando le informe al comprador, en particular si el tratamiento no es permanente o aunque no se requiera de un manejo especial para mantener el brillo."

"Pero si uno le informa al comprador," dijo Sam, "es posible que no quiera pagar el precio que uno pide."

"Bingo. Se supone que uno debe revelarle al comprador cualquier tratamiento, pero la política de muchos joyeros de los centros comerciales—y de algunos almacenes de alto nivel—es no decirle nada al comprador si éste no pregunta; piensan que al comprador no le interesa porque *todo el mundo* sabe que las gemas siempre son sometidas a algún tipo de tratamiento, entre el momento en que son extraídas de la mina hasta que son montadas en un metal precioso."

Sam levantó la ceja izquierda. "Yo me considero una persona con cierto nivel cultural, pero no sabría decir cuál es la diferencia entre una piedra tratada y una no tratada."

"Tampoco el noventa por ciento de los compradores de los centros comerciales, por eso es importante dar a conocer esa información." Ella hablaba rápido y se decía a sí misma que el hecho de que él pudiera levantar una ceja no era sexy como tampoco sus hombros fornidos. "Algunas sociedades gemológicas expulsan a los miembros que venden piedras tratadas y no lo mencionan, especialmente si los tratamientos no son permanentes."

"O sea que algunos tipos llegan, le meten la mano a la piedra, la convierten en una gema de mejor aspecto y la venden sin hacer ningún comentario."

Ella alejó la mirada de sus ojos intensos azul zafiro. *No es sexy. Es un robot federal. No lo olvides.* "Las esmeraldas han sido sometidas a tratamientos con aceite para intensificar su color por cientos de años. Los rubíes y los zafiros han sido calentados por la misma razón, desde hace miles de años. Tome un corundum demasiado claro o demasiado naranja o demasiado morado o lo que sea, agregue calor controlado y obtendrá un color mucho más vivo en sus gemas. Por cada gema que hay en la creación, hay una forma—usualmente varias formas—de mejorarla."

Él se inclinó hacia la mesa y se convenció a sí mismo de

que no alcanzaba a percibir el delicioso aroma con un toque a limón. De verdad. "Entonces, ¿por qué tanto escándalo? Si todo el mundo sabe, ¿a quién le importa?"

"Rareza. Rareza. Rareza. Las gemas sintéticas se consiguen a la vuelta de la esquina. Pueden hacerse por toneladas. Las piedras tratadas son más valiosas porque las gemas de cualquier color o claridad que se dan naturalmente, por su misma naturaleza, son relativamente raras."

"Está diciendo que lo sintético apesta a agua podrida."

Sonrió y admitió que el hombre estaba entrando en sintonía con ella. "Sí. Las piedras tratadas son piedras naturales de calidad insuficiente. Todos los tratamientos que conozco pueden detectarse si uno es lo suficientemente bueno y las herramientas también lo son. Los tratamientos con calor dejan huellas que cualquier experto podría reconocer. A pesar de eso, una piedra tratada de buen color casi siempre costará más que una piedra natural de color inferior, y una sintética de cualquier color ni se tiene en cuenta."

"Entiendo." Él se inclinó ligeramente hacia ella e inspiró. Tibio limón. Definitivamente. "¿Entonces, cuál es el valor extraordinario de una piedra natural?"

El cabello de Kate se desenroscó. Musitando algunas palabras incomprensibles, desistió de intentar parecer profesional y se lo recogió a la altura del cuello.

"Digamos que usted tiene dos zafiros azules de peso y color exquisito equivalentes," dijo ella intentando de nuevo ponerse la hebilla. Logró sostenerse el cabello. "Uno de ellos es tratado al calor. El otro no. La piedra que no ha sido tratada vale por lo menos treinta por ciento más—a veces mucho más, dependiendo del tamaño—que la piedra tratada, de igual peso y color. Cuando hablamos de gemas naturales no tratadas, nos referimos a lo mejor de lo mejor."

"O sea que cuando Lee desapareció, usted empezó a buscar los zafiros azules naturales, magníficos y especialmente raros que él transportaba."

Ella parpadeó y se dijo a sí misma que un bigote medio untado de leche no significaba que el hombre fuera lento o estúpido. "Tuve la esperanza de poder rastrear alguno de los Siete Pecados o quizás todos y descubrir su procedencia."

"Debe haber tenido algo de suerte."

"¿Por qué lo dice?"

"Alguien ofreció matarla."

"Pero eso no tenía ningún sentido." Kate levantó las manos y desvió la mirada de los ojos azul intenso de Sam. "Bueno, he estado molestando al FBI y a la policía local, investigando en Internet y poniendo en línea fotos de las piedras desaparecidas con la esperanza de recibir alguna noticia, pero nada."

"Espere," cortó Sam. "¿Tiene fotos de los zafiros de McCloud?"

"Tanto de los Siete Pecados como de las piedras sintéticas que corté cuando diseñé la mejor forma de trabajar el material bruto."

Él sacudió la cabeza como un perro recién salido del agua. "De nuevo. ¿Usted corta zafiros *sintéticos?*"

"Claro."

Sam tuvo que armarse de paciencia. "¿Por qué?"

"Una piedra burmesa tan valiosa como la de McCloud no aparece cada año, ni siquiera cada cincuenta. Créame," dijo ella pasando a la siguiente pregunta. "Los comerciantes tailandeses que controlan el negocio de los zafiros y de los rubíes en bruto tienen total control de las minas, los mineros y los traficantes. Todo es tratado. La piedra bruta de McCloud había sido extraída de la mina hace más de un siglo, antes de que las últimas gemas fuera cocinadas, rellenadas, aceitadas, difundidas a presión, y manipuladas en general."

"Ya entiendo. Rareza, rareza, rareza."

"Exacto. O sea que cuando yo vi la piedra en bruto de McCloud, hice lo que muchos talladores de alto nivel hacen. Compré una versión sintética del material bruto y practiqué en él, ensayando varios cortes y tamaños con el objeto de asegurarme de obtener las piedras terminadas más valiosas que fuera posible lograr a partir del material natural en bruto."

"¿Acaso ese trabajo no puede computarizarse hoy en día?"

"Hoy en día eso se hace mucho, en especial en el nivel más bajo del negocio. Y algunos talladores de gemas sofisticados están bastante entusiasmados con los programas de diseño asistidos por computadora que utilizan para definir como cortar el bruto, pero a mí no me convencen." Ella se encogió de hombros. "Para mí, no hay nada como el trabajo manual."

"Bueno, eso lo explica."

"¿Qué?"

Sam se frotó el cabello corto y casi parado. "Por qué no tuvo que rebuscar aquí y allí a la brava una piedra azul grande para timar a Purcell. Usted ya tenía una a la mano. Pensé que quizás usted había ido la primera vez a medir el tamaño de la piedra, y que había regresado con la falsa al día siguiente."

"¿Habló de nuevo con Purcell?"

"Con su esposa. Ella se acuerda de usted."

"Qué arpía."

"Ella también la quiere mucho."

Kate hizo una mueca y empezó a jugar con una de las clavijas que tenía al lado de la hebilla.

"¿Qué es eso?" preguntó Sam, mirando la varita con cierto recelo.

"Una clavija. Una herramienta que usamos los talladores para sostener la piedra contra el esmeril." Ella se animó. "¿Quiere conocer mi taller?"

"Tan pronto como me diga por qué intercambió las piedras en el puesto de venta de Purcell. Dos veces."

Ella se mordió la esquina de la boca. "Usted es realmente rápido, Agente Especial Sam Groves."

Él habría podido decir lo mismo de ella, pero no lo hizo; si él hablaba, ella se callaba, así que esperó a que ella hablara. No era muy difícil. Esto le permitía analizar sus ojos marrón oscuro y su boca grande y provocadora.

Intentando ignorar a Sam, Kate apoyó la cadera contra la

mesa de trabajo, cruzó los brazos, y analizó cuanto podría decirle sin que eso representara un riesgo.

"Todo," dijo él.

Ella lo miró sorprendida. "¿Usted lee la mente?"

"No más que cualquier otro policía. No me ponga a prueba, Srta. Chandler. No le gustará lo que pueda ocurrir."

"Llámeme Kate," replicó ella. "El otro tipo que me amenazó lo hizo."

Sam lo archivó para futura referencia y esperó a que hubiera de nuevo un silencio para que Kate abriera la boca.

"Muy bien." Ella apoyó las manos en la mesa y cruzó los tobillos. "He estado buscando los Siete Pecados, utilizando mis fotos de las piedras terminadas."

"¿Ha tenido suerte?"

"Todas las personas que he interrogado me han respondido con alguna variación de la expresión, 'bonitas piedras' y 'seguro, nena, te mantendré informada si las veo.' Esperé las llamadas. La única que recibí fue una amenaza de muerte. Así que empecé a ir a las mejores exposiciones de gemas sin mencionar mi nombre ni la conexión con Lee. Estaba a punto de desistir cuando vi el zafiro de Purcell. Le pregunté sobre la gema pero me contestó una gran cantidad de basura."

"Así que salió corriendo a casa, tomó la piedra gemela y la cambió al día siguiente."

"Sí."

"Se necesitan cojones."

"Algo así."

Él sonrió.

Ella también. "Cuando era más joven, me gustaba hacer trucos de magia. Ganaba dinero en las fiestas infantiles de cumpleaños e incluso pensé en dedicarme a la magia como carrera. Luego me di cuenta de que las únicas mujeres que veía en los actos de magia eran modelitos que eran cortadas por mitad mientras lucían su ropa interior de lentejuelas. Un vistazo en mi espejo del baño, más una pasión especial por las gemas me libraron de los escenarios."

Los ojos de Sam brillaban al imaginar una Kate más joven maravillando a sus amigos al sacar monedas o conejitos de sus orejas. "Muy bien, así que hizo el intercambio en el puesto de Purcell. ¿Y luego?"

"Traje a casa el zafiro de Purcell y le tomé fotos desde todos los ángulos para luego comparar las fotos con las fotos originales de las piedras de McCloud. No hay ninguna duda. La piedra de Purcell es uno de los Siete Pecados."

"Así que después de verificar la identidad de la piedra, usted la cambió de nuevo."

"Ahí fue cuando nos encontramos." El sentido de humor de Kate se desvaneció. Sam no estaba allí para intercambiar sonrisas con ella. Había venido como agente de policía.

"¿Por qué regresó donde Purcell con el zafiro sintético? ¿Qué sentido tenía arriesgarse?"

"Mi idea no era intercambiar las piedras por diversión y por mi propio beneficio," dijo ella, con voz cortante. "Pensé que si tenía una prueba de que las piedras eran iguales, Purcell tendría que decirme de dónde provenían. Y si no me lo decía a mí, el FBI podía hacerlo cambiar de opinión. De cualquier forma, yo estaría más cerca de la verdad sobre lo que le ocurrió a Lee entre Fort Myers, su última escala, e Isla Captiva, su destino final."

"¿O sea que usted no sabe exactamente dónde desapareció Lee?" preguntó Sam.

"No. Me concentré primero en McCloud, pero él nunca oyó hablar de Lee. En ese momento yo me basaba en la hipótesis de que Lee se había detenido en Sanibel para almorzar en su café favorito."

Sam recordó una de las notas del fólder que había estado memorizando durante toda la tarde. "McCloud vive en Captiva."

Ella asintió. "Lee estaba transportando las piedras terminadas para devolvérselas a él."

"Los Siete Pecados. ¿Todos eran iguales?"

"No. Cada uno tenía una talla diferente, y un peso diferente. Fue un verdadero reto maximizar el valor de la piedra en bruto y al mismo tiempo satisfacer el deseo de McCloud de convertirla en siete zafiros de diferente forma cada uno, pero todos del mismo color extraordinario."

"Me pregunto por qué los quería."

"Es coleccionista. El objetivo principal del coleccionista es tener algo que nadie más tiene. Los Siete Pecados eran justamente eso—lo más raro entre lo raro."

"Como para que se justificara matar por ellos."

"Alguien lo hizo." Su voz, como su expresión, era de profunda tristeza.

"¿Puede hacer una lista de los coleccionistas que estarían interesados en esas gemas?"

"Todos."

"No todos matarían por ellas," señaló Sam. *Así espero*.

Kate seguía jugando con la clavija que estaba sobre la mesa. "Usted tiene más fe en la naturaleza humana que yo." Ella soltó la varita y esta se enredó en otra clavija haciendo un sonido metálico. "El punto es averiguar quién sabía que Lee tenía las piedras y estaría dispuesto a matar por los Siete Pecados."

"Cuando el FBI interrogó a McCloud, él dijo que no le había dicho a nadie acerca de las piedras."

"¿Qué esperaba que dijera? ¿Que había llamado a todos los coleccionistas de su lista para alardear que estaba por recibir semejante mercancía?"

"¿Cree usted que él hizo eso?"

"No sé, pero estoy totalmente segura de que *yo* no le dije a nadie excepto a Lee acerca de los zafiros."

"¿A quién puede haberle contado Lee que transportaría los Siete Pecados?"

Ella iba a decir que a nadie, pero luego se detuvo. "Puede haberle contado a su amante. No sé. Norm no dijo nada cuando me llamó a decirme que Lee no había regresado a Los Ángeles, ni llamado para decir dónde estaba o por qué."

"¿Usted sigue en contacto con Norm? ¿Tiene un apellido?"

"Norman Gallagher. Estaba demasiado herido cuando Lee desapareció sin decir palabra. Ambos acordamos llamarnos cuando supiéramos algo."

"¿Norm ha llamado de nuevo?"

"Sólo para hablar. Ninguna noticia."

"¿Dónde vive Norm?," preguntó Sam.

"En Los Ángeles. Le daré su dirección y su teléfono, pero es una pérdida de tiempo. Norm sabe menos que yo sobre el motivo de la desaparición de Lee."

Sam habría querido creer que ella le estaba mintiendo, pero a pesar suyo le creía. "¿Es posible que Lee haya conseguido otro amante y haya decidido echar todo por la borda por el resto de su vida?"

"Todo es posible, ¿pero probable? No. Eso va en contra de todo lo que Lee es." Sus ojos se llenaron de lágrimas. "Era. Si está muerto, y me temo que lo está. Maldición." Ella se secó las lágrimas con el dorso de la mano. "¿Cuánto tarda uno en superar el dolor?"

"El dolor nunca se supera. Uno sólo se acostumbra."

"Dios, usted le sube el ánimo a cualquiera."

"También a eso se va a acostumbrar."

Capítulo 22

Scottsdale
Miércoles por la noche

"¿No sabes?" Ted Sizemore preguntó indignado en el cuarto de hotel de su hija, que quedaba en el mismo piso en el que se alojaba su amante—algo que realmente lo enfurecía. "¿Qué diablos quiere decir que "no sabes"?"

Con disimulo, Sharon examinó el esmalte de sus uñas. El del índice derecho se había desconchado. Definitivamente tendría que retocarlo antes de salir esa noche. Como Sizemore, Peyton se fijaba en cada detalle de su aspecto, por pequeño que fuera. Era como estar de nuevo en el maldito FBI.

"¿Y bien?" preguntó Sizemore enardecido.

"Quiere decir que no sé." Se encontró con el humor de perros de su padre. O quizás era el alcohol más que la furia lo que le había puesto los cachetes colorados. De todas formas, ella estaba cansada de ser el objetivo de sus gritos y maltratos. "Se supone que la mensajera debía reportarse hace dos horas. Pero no ha llamado. No sé por qué. Lo único que sé es que no contesta su celular."

"¡Bueno, por Dios, encuéntrala!"

"La patrulla lanzó una alerta a todo el estado para buscar

su automóvil. El Departamento de Policía de Phoenix está verificando los estacionamientos del estadio y el aeropuerto, y otros lugares públicos donde alguien podría dejar un auto abandonado sin ser visto en horas o incluso días. El Departamento de Seguridad Pública de Arizona verificó en su sistema todos los accidentes de tránsito ocurridos desde que la mensajera se reportó. Su auto no aparece en ninguno de esos accidentes. Ya llamé a todos los hospitales y centros de urgencias que hay desde aquí hasta Quartzite, donde se reportó por última vez. Sólo me falta abrir la ventana y gritar "¡Hola! ¿Dónde estás?" He hecho todo lo que tú me sugeriste." *En realidad lo hice antes de que tú lo sugirieras, pero eso ni lo menciones.* "Nadie bajo su nombre o identidad ha sido atendido. Nadie bajo su nombre o identidad ha estado involucrado en ninguno de los accidentes de tránsito ocurridos en el estado. Nadie."

"No me cuentes tus problemas. ¡Dame soluciones!"

"Tan pronto como tenga una, señor, será el primero en conocerla."

"Bien, no te sientes sobre tu trasero esperando a que algo caiga del cielo. ¡Ve y haz que suceda!"

Antes de que Sharon pudiera decirle a su padre lo inútil que era como jefe, sonó su teléfono celular. Ella respondió, escuchó y desconectó.

"Encontraron a la mensajera en el estacionamiento de un motel en Quartzite," dijo Sharon. "En este momento un médico de urgencias está recogiendo pedacitos de cráneo incrustados en su cerebro. Aunque se despierte, no será de gran ayuda. Ese tipo de conmoción cerebral borra la memoria a corto plazo."

Sizemore gruñó. "Procedimiento operativo normal de las bandas suramericanas. Golpear a sus víctimas aunque no sea necesario. ¿Y qué pasó con el paquete que transportaba?"

¿Qué crees? Pero todo lo que dijo Sharon fue: "Branson & Sons pasarán un buen tiempo con sus aseguradores, puesto que utilizaron a uno de sus propios mensajeros." Ella esperó.

"¿No te interesa saber qué posibilidades de sobrevivir tiene la mensajera?"

"La única posibilidad de sobrevivir que me interesa es la mía. Si no agarramos lo más pronto posible a esos suramericanos, empezaré a perder clientes, y no me puedo dar ese lujo. Y si a ti te interesa seguir trabajando para mí, tampoco te lo puedes dar."

Sharon cerró la boca. Ella sabía más acerca de las finanzas de la compañía que su propio padre.

Y él tenía razón.

Capítulo 23

Glendale
Miércoles por la noche

Sam miró por encima de la taza de café que Kate le había servido. El expediente de Lee Mandel reposaba abierto sobre la mesa de trabajo, al lado de la herramienta que ella llamaba una clavija.

"Muy bien," dijo él. "El FBI y la policía local están de acuerdo en que el automóvil alquilado fue devuelto tarde pero intacto. El baúl no estaba abierto. Las cerraduras no estaban rotas. El sistema de seguridad funcionaba bien." Él la miró. "Ninguno de los autos que yo he alquilado tiene sistema de seguridad. La mayoría ni siquiera tienen cerraduras con control remoto."

"Trate de actualizarse."

"Trate de mantenerse con los viáticos del gobierno."

"El hecho de que la cerradura del baúl no esté rota no quiere decir que Lee sea un ladrón," dijo Kate con severidad. "El atacante o los atacantes pueden haberle quitado la llave."

"Nadie reportó ningún enfrentamiento donde hubiera estado involucrado un hombre bajo la descripción de Lee ni un automóvil blanco alquilado."

"¿Alguien preguntó?"

La expresión de Sam cambió. "Mire. No sabemos en qué punto entre el aeropuerto e Isla Cautiva tuvo lugar el atraco. *Si* es que tuvo lugar. Ninguno de los policías locales estaba interesado en que se reportara un atraco en su paraíso turístico. Nuestros hombres cubrieron las bases, pero fue un trabajo difícil. Nadie vio ni oyó nada. Para ser justos, sin importar lo que haya sucedido, se trata de un golpe que cualquiera habría visto, suponiendo que hubiera algo que ver en primer lugar."

"Eso es basura." Kate golpeó su taza de café contra la mesa. "Un hombre no desaparece del mapa entre el aeropuerto de Fort Myers e Isla Captiva."

"Usted se sorprendería," dijo Sam. "Es más fácil de lo que usted quiere creer, Kate. La gente que tiene algo que esconder lo hace todo el tiempo."

Ella arrugó el mentón. Hizo un gesto con la boca alineando los labios. "Usted suena exactamente como los demás agentes."

"¿Quiere que le mienta?"

"Quiero que me crea que no soy ninguna idiota. Lee no le habría hecho esto a la gente que lo quiere. Punto final. Si usted parte de ahí, quizás pueda idear preguntas *más útiles*".

Sam abrió la boca, la cerró, y asintió. "Tomaré nota."

Ella estaba demasiado afectada para decir cualquier cosa. Hubo un silencio mientras él tomaba café y trataba de ponerse en los zapatos de un mensajero que sabía que cargaba un millón de dólares en la palma de la mano.

Kate miró a Sam con curiosidad. Cada vez que pensaba que había logrado catalogarlo, quedaba sorprendida. Detrás de esos ojos azules llamativos había un cerebro de primera clase. Detrás de la línea dura de su boca había sentido de humor. Detrás de su arrogancia policial había una voluntad de aprender.

Eso la desconcertaba.

Él la desconcertaba.

"¿En qué piensa?" preguntó él suavemente.

"Um..." No sabía qué decir. Seguro que no le diría que él le atraía como hombre.

"Mentirle a un oficial del FBI es una infracción enjuiciable."

"Entonces usted debe ser un hombre muy ocupado."

Él sonrió. "Y a propósito, usted no puede hacer travesuras mientras sea informante confidencial."

"¿Hacer travesuras?"

"Intercambiar más piedras, si eso era lo que tenía en mente."

Ella lo miró sorprendida. "¿Serviría de algo hacerlo?"

"Se lo haré saber."

Y se aseguraría de que no fuera necesario.

Él ojeó algunas páginas del reporte. El silencio hacía que el ruido del papel fuera mucho más fuerte.

"¿Siempre fuerzan los baúles de los automóviles en los atracos a los mensajeros?" preguntó ella después de algunos minutos.

Él parpadeó, siguiendo el curso de su pensamiento, y dijo: "Los suramericanos tienen la costumbre de forzar los baúles de los autos. Y a veces golpean al mensajero que se niega a entregar la mercancía tan rápido como ellos quieren."

"Tal vez eso fue lo que le ocurrió a Lee... lo golpearon y escondieron el... resultado."

"Su método usual es dejar el cuerpo como advertencia para que el próximo no pretenda jugar al héroe."

"Encantador."

"Sí, son realmente adorables." Sam pasó otra hoja de papel, frunció el ceño y movió la cabeza.

"¿Qué?" preguntó ella.

"Usted dijo algo acerca de la parada favorita de Lee en Sanibel. Mencionó un café."

"El SoupOr Shrimp. Los mejores camarones de la isla Sanibel. También tenían un mesero con un trasero buenísimo—es lo que decía Lee. Nunca comprobé con mis propios ojos."

"¿Le comentó a la policía sobre el café?"

"Varias veces," dijo ella. "¿Por qué?"

"No veo aquí ningún seguimiento," dijo Sam.

"¿De qué tipo?"

"Por ejemplo que hayan entrevistado al personal de SoupOr Shrimp para verificar si Lee estuvo allí, y si así fue, cuándo, y si estaba solo. Simple rutina. Cosas básicas." Al tiempo que hablaba, Sam ojeaba rápidamente el expediente delgado. "No. Tal vez la policía no nos dio esa información."

"O tal vez no les importó," dijo ella con amargura.

Él sacó un cuaderno de espiral delgado y escribió. "Eso es lo que averiguaremos."

"Más vale que averigüe qué sabe Purcell."

Sam miró su reloj. "Demasiado tarde. A esta hora ya doblaron sus mesas, guardaron las joyas y deben estar en su segundo o tercer trago."

"Entonces vaya a su cuarto."

"Él no está hospedado en el hotel. Sólo va allí a recoger sus mensajes en la recepción tres veces al día."

Kate hizo un sonido impaciente.

Sam sonrió. "Usted está impaciente por ver su cara cuando yo le muestre mi placa."

Se mordió el labio pero no pudo evitar reír. "Usted tiene razón. Para desquitarme de todas sus insinuaciones morbosas y su cara de aberrado."

A Sam le gustaba demasiado verla reír. Se preguntó si su sabor sería tan tentador como su aroma.

Dejemos ese tema aquí.

Pasó otra página de su cuaderno. "¿Así que Lee siempre comía en el SoupOr Shrimp?"

"Hasta donde yo sé, sí."

"La mayoría de los mensajeros se cuidan de no seguir un patrón."

"Si usted los analiza bien siempre siguen un patrón."

Él levantó la ceja izquierda. "Usted parece estar muy segura."

"Lo estoy. Es lo que me da valor para tomar una piedra en bruto de un millón de dólares y transformarla en gemas talladas y pulidas que valen por lo menos el doble de su valor original. Porque si no sigo un patrón, obtengo una manotada de basura y me veo obligada a explicarle a mi cliente a donde fue a parar su millón."

"¿O sea que tallar una piedra es sólo cuestión de seguir un patrón?"

"Y de tener las agallas para botar lo que no encaja."

Sam pensó en eso por unos momentos. Luego empujó el expediente hacia ella. "Lea eso. Dígame si hay algo aquí que no encaja."

Capítulo 24

Scottsdale
Jueves, muy temprano en la mañana

Mientras Kirby se ponía bruscamente los guantes de plástico, vio el carrito de golf con el logo del Royale desplazarse lentamente por el estacionamiento de empleados. La velocidad no tenía nada que ver con el estado de alerta del guardia. El carrito simplemente no andaba más rápido. Un cigarrillo lanzó un destello breve, dándole al rostro del guardia un brillo rojizo contra las luces de vapor de sodio que inundaban el estacionamiento con un raro color amarillo.

Aquí tenemos a un verdadero centinela, pensó Kirby con desagrado. *Por si acaso un francotirador no logra verlo manejando bajo las luces, él no encuentra nada mejor que meterse un cigarillo en la boca como un faro.*

Aún peor, el guardia era tan predecible como un reloj atómico. Cada veinticuatro minutos daba una vuelta al estacionamiento de empleados. Y cada veinticuatro minutos encontraba lo mismo—un estacionamiento medio vacío, con pequeños carros y camiones livianos amontonados cerca de la entrada del hotel más cercana, y un puñado de casas rodantes y trailers de viaje parqueados en cualquier punto donde hubiera un árbol recién transplantado que pudiera ofrecerles un poquito de sombra en medio del calor matinal.

La casa rodante de Purcell estaba apiñada cerca de una palmera como un hombre gordo tratando de esconderse detrás de un poste de teléfono. Kirby miró desde la casa rodante hacia la central móvil de la unidad de lucha contra el crimen del FBI parqueada a menos de cien pies de allí. No temía que los agentes se dieran cuenta de que él rondaba por ahí, porque sabía que estarían encerrados en su vehículo hasta el próximo cambio de turno, el cual no ocurriría antes de dos horas. Y sólo un ruido realmente fuerte, como el de una granada o un disparo sin silenciador podría llamar la atención de los agentes ensimismados en sus audífonos, computadoras y radios oficiales.

Kirby no haría ningún ruido fuerte.

Tan pronto como el guardia desapareció hacia el estacionamiento público, Kirby tomó la pequeña bolsa de lona del asiento de pasajeros de su auto alquilado, salió en silencio y se dirigió a la casa rodante de Purcell. Le tomó menos de un minuto abrir el panel de servicios y desconectar los cables eléctricos de las grandes baterías.

La puerta lateral de la casa rodante estaba lejos de la luz del estacionamiento, lo que hacía que la puerta quedara en la sombra. Kirby casi sonríe, pero era demasiado profesional para sentirse demasiado seguro. Abrir la puerta lateral le tomó un poco más de tiempo que el panel de servicios porque Purcell no se había molestado en aceitar la cerradura. Aún así, no habían pasado los cinco minutos que Kirby se había propuesto como meta, cuando ya estaba adentro y había cerrado la puerta.

El lugar olía a hamburguesa, cebollas y cerveza rancias. Un ronquido rítmico provenía del dormitorio que daba hacia el pasillo a la izquierda de Kirby. Hacia la derecha estaba el asiento giratorio del pasajero y el asiento del conductor con los resortes gastados. Como todas las demás personas que acampaban en el desierto, los Purcell habían tapado el amplio parabrisas con un filtro solar que aislaba el calor durante el día y brindaba privacidad en la noche. Las cortinas que había entre el compartimiento del conductor y el área de habitación estaban parcialmente cerradas.

Desde afuera nadie podía ver hacia el interior.

Kirby esperó y escuchó. No tenía prisa. Lo importante era que había logrado entrar. Ahora tenía todo el tiempo del mundo o hasta el amanecer, lo que se presentara primero.

Acabar con Purcell, pensó, sería cuestión de algunos minutos.

Mientras los ojos de Kirby se adaptaban a la semioscuridad, escuchó el ronquido de dos personas. Veinte años atrás no le habría tomado tanto tiempo agudizar la visión, pero entre más viejo más dificultad tenía su cuerpo para responder a las órdenes de su cerebro, algo que de joven hacía automáticamente.

Veinte años persiguiendo cretinos que nadaban en billetes de cien dólares. Veinte años viéndolos darse la gran vida—la mejor comida, el mejor trago, las mejores nenas del mercado. Veinte años de comer mierda. ¿Y para qué? Los cretinos siguen nadando en dólares y yo sólo tengo una pensión con la que una cucaracha se moriría de hambre. Especialmente después de pagarle su parte a cada una de mis ex esposas. Su "parte." ¡Qué tal! Las dos perras se ganaban la vida sentadas en la casa mirando telenovelas y chillando por más plata mientras yo arriesgaba mi trasero como agente encubierto.

Uno de los ronquidos se detuvo. Después de un momento retomó el ritmo pero siguiendo un patrón ligeramente diferente.

Él sonrió al sentir la descarga familiar de adrenalina recorrer su cuerpo cuando cambió el ronquido, como si alguien hubiera despertado. En sus momentos más honestos, Kirby sabía que era esto, no el dinero, lo que lo había llevado a pasar de ser policía retirado a experto maleante. Aquel flujo de adrenalina lo hacía sentir vivo. Como el jugador a punto de lanzar su apuesta, el bebedor al destapar otra botella o al fumador de crack cuando prepara su pipa.

Kirby recorrió el lugar con la mirada. Ahora pudo distinguir la mesa del comedor rodeada parcialmente por una banca acolchada, una diminuta cocina con ollas y sartenes aún sobre la estufa y un lavaplatos donde no cabía ni un solo plato sucio más. En el sitio donde normalmente debería estar el pequeño salón, había unos armarios amplios con cajones estrechos fijados al piso. Una calculadora y una caja para efectivo se encontraban en la mesita del comedor al lado de un bloc de papel y un bolígrafo. Aparentemente, Purcell no había modernizado su negocio.

Kirby depositó la bolsa de tela que traía. Sacó unas botas de papel como las que usan los cirujanos y se cubrió los zapatos, luego sacó un rollo de cinta adhesiva y una pequeña linterna tipo bolígrafo. Siguiendo el delgado haz de luz, caminó en silencio hacia los armarios. No había señales de cables de alarma y, de todas formas, no valía la pena preocuparse—las alarmas eléctricas eran historia.

Como un fantasma, se dirigió hacia los ronquidos. Cuanto más se acercaba, más adrenalina y más ansiedad le hacían hervir la sangre. No sabía desde cuándo había empezado a disfrutar hacerle daño a la gente. Sólo sabía que le gustaba demasiado.

La puerta del dormitorio estaba abierta. Aún así, el tufo a cerveza rancia que exhalaban las dos personas dormidas era lo suficientemente espeso como para pasar de largo.

Esto es demasiado fácil.

Con un vago sentimiento de decepción, se acercó a Purcell, puso los dedos pulgares en el cuello del hombre y bloqueó sus arterias carótidas. Purcell se sacudió y quedó tieso sin siquiera despertar. Kirby unió y pegó con cinta adhesiva los pies y las manos del hombre en la espalda. Luego le tapó la boca con otro pedazo de la misma cinta. Pasó después a la esposa. Le hizo lo mismo, pero además agregó cinta adhesiva alrededor de la cabeza para cubrirle los ojos.

Aunque el sonido de la nariz era un indicio, aún si le dejaba los ojos descubiertos probablemente ella no sobreviviría el tiempo suficiente para identificarlo. Intentar respirar a través de la cinta adhesiva era una forma rápida de morir.

Un cambio en la tensión del cuerpo de Purcell le indicó a Kirby que el hombre estaba despierto. Kirby movió la linterna para alumbrar los ojos de su víctima. Estaban abiertos de par en par y desorbitados de pánico. Kirby sonrió y empezó a hablar con acentos y ritmos criollos que había aprendido muy bien en Miami.

"Buenos días, Miguel. Tú y yo, vamos a hablar. Pero primero una pequeña herida para que no me digas mentiras."

Kirby le bajó los calzoncillos a Purcell, agarró sus genitales y se los jaló. Cuando finalmente soltó a Purcell, el cuerpo del hombre estaba empapado en sudor y el olor salvaje de su miedo opacaba el olor a cerveza rancia. Kirby analizó a su víctima, le dio un golpe final en los testículos y esperó a que dejara de gimotear.

"Señor, me oye?" susurró Kirby.

Purcell asintió desesperado.

"Bueno. Usted llega a moverse y le arranco el pene y se lo refriego en su gordo trasero."

Purcell, acostado en la cama, trataba de mantenerse absolutamente quieto, pero no podía controlar el temblor de pánico que recorría su cuerpo.

Seguro de que el hombre no le daría ningún problema, Kirby volvió al otro cuarto y se acercó a los armarios. Sacó una palanca de la bolsa y sistemáticamente rompió las cerraduras. Moviéndose rápido, alumbró cada uno de los cajones antes de vaciar su contenido en la bolsa. El brillo que brotaba de los cajones era emocionante, pero no había nada que se pareciera a los zafiros que le habían ordenado tomar. Regresó al dormitorio, se inclinó hacia Purcell y susurró a su oído.

El olor a orina era más fuerte que todos los demás olores en la habitación.

Kirby despegó un pedazo de cinta de la boca de Purcell, justo lo suficiente para que pudiera hablar y decir: "leche—en—nevera."

Kirby volvió a tapar la boca de su víctima con la cinta, lo golpeó de nuevo en la cabeza calva y se dirigió a la cocina. Abrió una nevera increíblemente grande. Había tres cartones de leche adentro. Uno de ellos había sido tan manipulado que la vaca alegre de manchas blancas y negras que aparecía en el cartón se había borrado casi por completo.

Tomó el cartón y se dirigió al lavaplatos, lo tapó y derramó la leche. Cinco gemas brillantes emergieron en medio del líquido blanco. Él las tomó, las lavó y metió todas las gemas en la bolsa a excepción del zafiro. Todavía no sabía por qué era tan importante el zafiro para la Voz, pero sabía que lo era.

Eso hacía que también fuera importante para Kirby.

Desde la primera vez que la Voz lo había llamado en forma intempestiva y le había recitado todo su historial delictivo, Kirby había dejado de ser un hombre libre. La paga era buena y los trabajos habían sido bien planeados, pero no era lo mismo que ser su propio jefe. Quizás el zafiro sería la clave de su libertad. Quizás no.

De cualquier forma, se quedaría con el zafiro.

Sacó un cuchillo con mango de nácar de sus jeans. Se lo había quitado a un contrabandista colombiano hacía muchos años. Por lo regular Kirby lo usaba para limpiarse las uñas. Pero, ocasionalmente, lo utilizaba para trabajos más pesados.

La adrenalina y la ansiedad recorrieron su cuerpo al dirigirse de nuevo hacia el dormitorio e inclinarse hacia Purcell. Momentos después, el olor a sangre opacó el olor a orina.

Capítulo 25

Scottsdale
Jueves por la mañana

Cuando Sam pasó al interior del cuarto y cerró la puerta tras él a las nueve y tres minutos, la suite de Ted Sizemore estaba invadida de personal de la unidad de lucha contra el crimen. Sam miró a los presentes con ojos azules cansados y rostro inexpresivo. Al menos esperaba que pareciera inexpresivo. *Qué mierda* no era una observación que su AEE o su AES apreciarían.

En cuanto a Sizemore, éste parecía una bomba esperando cualquier excusa para explotar.

Al diablo con él, pensó Sam.

El hecho de que Sam había estado desde el amanecer revisando la escena del sangriento crimen, quizás tuviera algo que ver con su impaciencia. De todas las demás personas que estaban en el cuarto, sólo Mario había ido a inspeccionar el trailer. Nadie más se había interesado en el asesinato de un comerciante de gemas de tercer nivel y en la arpía de su esposa. La golpiza y el atraco a un mensajero de gemas había atraído mucho más la atención de la unidad contra el crimen.

Pero en ese momento Sam era el único que tenía la certeza intuitiva de que el ataque a los Purcell estaba ligado a la desaparición de un mensajero cinco meses atrás en el Estado de la Florida.

El timbre de un teléfono interrumpía las conversaciones que surgían en diferentes puntos de la habitación. Nadie contestaba. Todos sabían quién estaba al otro extremo de la línea—los medios de comunicación aullando por una entrevista a cualquiera que quisiera hacerse famoso con una primicia en el noticiero de las seis. Normalmente, Ted Sizemore se habría prestado gustoso a conceder una entrevista, con publicidad gratuita incluida, pero ésta no era una de aquellas ocasiones en las que a Sizemore Security Consulting le interesara que lo asociaran con un crimen sensacionalista. Sam sabía por qué Sizemore se acobardaba en esta ocasión. Todo parecía indicar que la muerte de los Purcell sería muy difícil de dilucidar. Esta no era una ocasión para vanagloriarse.

"Muy bien," dijo Kennedy en voz alta.

Todos se callaron.

El teléfono sonó.

"Arranquen esa maldita cosa de la pared," refunfuñó alguien.

Kennedy ignoró todo menos la agenda que tenía en mente: Cubre tu Trasero.

"Para los que acaban de llegar," dijo Kennedy con una mirada soslayada hacia Sam, "voy a resumir."

Sam quiso que esa mirada se debiera a los tres minutos de retraso, y no a que no había tenido tiempo de afeitarse.

Kennedy ojeó sus notas. "Ayer uno de los mensajeros de Mandel Inc. fue atacado en Quartzite. Estaba entregando un paquete para Branson and Sons. Necesitamos cuanto antes una lista completa de la mercancía faltante."

Kennedy prendió un cigarrillo.

Sizemore se levantó, le robó una fumada, y se sentó de nuevo. Por lo general prefería los cigarros, pero no encontró prudente prender el ambiente de esa manera.

La agente del Departamento de Policía de Nueva York

recién divorciada miró agradecida y encendió su propio cigarrillo.

Sam sabía que en menos de cinco minutos el ambiente se tornaría insoportable.

El teléfono dejó de sonar. La luz roja que indicaba mensajes urgentes estaba titilando. Eso no era nuevo. Había titilado desde el amanecer. Lo mismo el teléfono del cuarto contiguo, cuyo número se suponía que era privado.

"La mensajera no ha recobrado el conocimiento después de la cirugía que le practicaron para retirarle fragmentos de hueso incrustados en el cerebro," dijo Kennedy. "No será de ninguna utilidad para nosotros a no ser que despierte, y probablemente tampoco lo sea entonces."

Ante el comentario, se elevaron algunos murmullos que dejaron en claro que ninguno de los agentes pensaba que la mensajera fuera útil en términos de información, ni de cualquier otra cosa, después de un trauma cerebral de esa naturaleza.

"El *modus operandi* fue mas o menos lo mismo de siempre," dijo Kennedy, exhalando pesadamente. "Fue interceptada en una parada obvia y . . ."

"¿Por qué no fue un poco más precavida?" preguntó el agente de policía del Departamento de Policía de Nueva York.

Mario intervino desde el fondo de la habitación: "No estamos en Manhattan. Si has conducido desde Los Ángeles, parar en Quartzite no es una elección, es sentido común. Has estado al volante durante horas y millas por un desierto vacío. El automóvil necesita combustible para llegar a Phoenix. Si no llenas el tanque en Quartzite, tienes otras tantas horas por delante y más desierto vacío antes de llegar a la siguiente estación de gasolina. Sólo un estúpido conduciría desde Quatzite sin agua y sin llenar por lo menos tres cuartas partes del tanque."

"¿Quién querría vivir así?" musitó el agente del Departamento de Policía de Nueva York.

"Después de interceptar a la mensajera," dijo Kennedy,

"el asaltante la forzó a conducir hacia un lugar desierto. Luego la golpeó hasta dejarla inconsciente, le robó el paquete y se largó."

"¿Cómo dejó el lugar de los hechos?" preguntó Sharon Sizemore.

El teléfono sonó de nuevo.

Todos lo ignoraron.

"O bien el asaltante tenía un cómplice que siguió el auto de la mensajera y lo recogió o simplemente fue caminando hasta otro auto que había dejado estacionado cerca. Tengo la impresión," dijo Kennedy, mirando alrededor en busca de confirmación por parte de los demás, "de que Quartzite no es realmente grande."

"No, a menos de que sea enero," dijo Mario. "En esa época llegan varios cientos de miles de fanáticos de los mercados de pulgas a acampar en seco por todas partes."

El teléfono sonó en la segunda habitación.

"¿Acampar en seco?" preguntó la señora del Departamento de Policía de Nueva York.

"No hay agua, excepto la que lleva cada cual," explicó Sam.

"¿Y qué hay de los baños?" preguntó ella.

"Tienes que llevar tu propia pala."

"¡Válgame Dios!" Ella movió la cabeza y encogió los hombros. "Me quedo con con los adictos al crack."

Los teléfonos seguían sonando.

"Bien," dijo Kennedy, hablando con voz fuerte. "El punto es que el atraco fue fácil porque todo el mundo para en Quartzite y porque es un lugar muy pequeño."

"Él puede haberla seguido desde Los Ángeles," dijo Sizemore, mirando la colilla aún prendida de su cigarrillo. "El desierto está vacío pero la interestatal no lo está. De esa forma él habría podido saber exactamente donde se detuvo la mensajera. Parquea su auto, espera a que ella termine lo que está haciendo, la ataca, la sube a su auto y se la lleva a algún lugar cercano donde no pueda ser encontrada fácilmente."

Kennedy asintió. "Muy probablemente eso es justo lo que ocurrió."

"¿Y qué tal si hubo algún escape de información?" preguntó Sam.

Uno de los teléfonos dejó de sonar. El otro seguía sonando.

Kennedy le lanzó una mirada que era todo menos estimulante. "¿Acaso su simpática informante confidencial le dio información según la cual Branson and Sons son un frente para los suramericanos?"

"Nada de eso, señor," dijo Sam, manteniendo firme su tono de voz. "Simplemente estoy señalando que mucha gente tenía acceso al programa de la mensajera—Sizemore Security, la seguridad del hotel, Branson and Sons, además de todas las personas de la unidad contra el crimen que revisaron el horario de llegada de los mensajeros."

"¿Alguno de nosotros tiene cara de suramericano?," preguntó Sizemore sarcásticamente.

"Mi compañero de cuarto de la universidad se casó con un gitano húngaro," dijo Mario. "¿Eso cuenta?"

Las carcajadas silenciosas invadieron la habitación, pero todos tuvieron mucho cuidado de no dejarse pillar de Kennedy pues este ni siquiera sonreía.

El AEE se agarró las pelotas y se levantó. "El Agente Especial Groves tiene un punto que señalar," dijo Doug. "Si suponemos demasiado, corremos el riesgo de omitir algo."

El teléfono sonó.

"Mieeerda," dijo Sizemore. "¿Qué quieres, que la banda de Suramericanos deje su tarjeta profesional en el lugar de los hechos?"

"Naturalmente, buscamos cualquier posibilidad," dijo Kennedy bruscamente a Doug, "pero no puedo asignar recursos con base en la teoría de un soñador. Debo ceñirme a lo más probable según la información pasada y actual." Miró a Sam. "¿Alguna pregunta?"

"No, señor."

Kennedy le lanzó a Sam una mirada que llevaba impresa la palabra Fargo, North Dakota.

El teléfono dejó de sonar.

"El siguiente punto de la lista," dijo Kennedy con rigidez, "son los asesinatos de Mike y Lois Purcell en el estacionamiento de empleados del Hotel Royale, ubicado a unos noventa pies de la sede principal de la unidad de lucha contra el crimen."

Un murmullo recorrió la habitación.

"Sí. Realmente genial." La voz de Kennedy irradiaba disgusto. "No es culpa de nadie. No nos correspondía vigilar el campamento gitano instalado en el estacionamiento. Pero puesto que los medios se enteraron de que estamos a dos pasos de donde ocurrieron los crímenes, como van las cosas tendremos que pasar más tiempo cubriendo nuestros traseros que investigando. Quiero al asesino o a los asesinos antes de que quedemos como unos payasos en los noticieros." Hizo una pausa y miró alrededor del cuarto. "Ahora, sé que cada uno de ustedes tiene su medio de comunicación favorito. Pero voy a darles un consejo para lidiar con los medios, que no quiero tener que repetir: ¡cierren la boca!". Contó hasta tres. "¿Alguna pregunta sobre cómo manejar a los medios de comunicación?"

Nadie habló.

El teléfono empezó a sonar de nuevo.

Kennedy se inclinó, tomó el auricular, y colgó de inmediato. "Esto es lo que tenemos sobre los asesinatos hasta el momento."

Todos se inclinaron un poco hacia delante, para parecer atentos. Kennedy estaba de un humor de los mil demonios.

El teléfono sonó.

Sharon Sizemore contestó, puso la línea en espera, y colgó sin decir una palabra. "Gracias," musitó Kennedy.

"Con mucho gusto, señor."

El teléfono del otro cuarto empezó a sonar.

"Yo me encargo," dijo Sharon levantándose.

Él asintió mirándola, y luego volvió a sus notas. "No podemos estar seguros en este punto, pero de acuerdo con la evidencia recopilada hasta el momento, parece el trabajo de un solo hombre. La casa rodante es tan pequeña que si hubiera habido alguien más se habrían tropezado unos con otros. El asesino era un profesional. Abrió el panel de servicios del vehículo, desconectó la electricidad, luego desconectó la alarma y abrió la cerradura."

"¿Ningún otro indicio de entrada forzada?" Preguntó uno de los agentes del Departamento de Policía de Phoenix.

"Nada. Sólo algunos rasguños consistentes con lo que uno esperaría de alguien tratando de abrir una cerradura con rastrillos y picas," dijo Doug Smith.

Sharon regresó a la habitación y se sentó.

"Estamos tomando huellas dactilares en todo el lugar," dijo Kennedy, "pero no esperamos obtener mucho. Como les dije, es el trabajo de un profesional. Seguro usó guantes. Se metió en el vehículo y cerró la puerta mucho antes de que alguien pudiera verlo."

"¿Qué se sabe de la seguridad nocturna itinerante del Royale?" preguntó Sizemore.

"No vieron nada," dijo Doug Smith. "Mi teoría es que el guardia hacia rondas predecibles y el asesino sabía."

"En mi reunión con todos los empleados, hice énfasis en el hecho de que el personal de seguridad no debe ser predecible. ¿Acaso no escucharon? Mierda." Sizemore tomó una última fumada y apagó su cigarrillo en un plato donde antes había huevos fritos y salchichas y aún había fruta fresca sin probar. "La seguridad del hotel consiste en un montón de placas cuadradas. Brutos como ellos solos."

Se oyeron las risitas de los agentes. "Placas cuadradas" era el colmo del insulto. Los oficiales de las verdaderas fuerzas de seguridad tenían placas ovaladas.

"Uno obtiene lo que compra," dijo Sam. "Tu desayuno cuesta probablemente el doble de lo que ese pobre celador gana por hora."

"Placas cuadradas" fue todo lo que Sizemore dijo.

"Tan pronto entró al trailer," dijo Kennedy, "el asesino fue al dormitorio y amarró y amordazó a sus víctimas con cinta adhesiva para jardinería. Ahí no hay pistas. No tenemos todavía las autopsias, pero con base en las latas de cerveza apiladas, todo parece indicar que los Purcell habían tomado una buena cantidad de cerveza y murieron en la cama. No hay señales de pelea. Los ojos de la esposa estaban cubiertos con cinta, mas no los de Purcell."

"Él era el objetivo," dijo Sizemore. "Al tipo no le importaba que Purcell lo viera. Los hombres muertos no dan descripciones."

Kennedy apagó su cigarrillo. "Es lo que pensamos nosotros también. La evidencia de trauma en los genitales de la víctima, deja suponer que fue torturado antes de morir, a no ser que su esposa fuera una verdadera pervertida sexual."

Alguien rió.

"¿Había caja de seguridad?" preguntó alguien.

"Sólo unos gabinetes cerrados bajo llave," dijo Sizemore. "El asesino los abrió con una llave maestra."

Hubo varias sonrisas en el cuarto. "Llave maestra" era el termino en clave para palanca.

"¿O sea que no había razón para torturar a la víctima?" preguntó Sam. "¿Eso no aumentaba su botín?"

"El asesino era un matón suramericano que quería mandar un mensaje," dijo Sizemore. "Cuando terminó, le cortó el pescuezo a Purcell, le metió los dedos, le jaló hacia abajo la lengua de manera que esta saliera por el orificio que había abierto."

"La corbata colombiana," dijo Mario. "Hacía rato que no veíamos una de esas. Hoy en día por lo general simplemente cortan los genitales y rellenan con ellos la boca de la víctima."

"¡Vaya progreso!" dijo entre dientes Sam. "¿No es maravilloso?"

"Toda la evidencia que tenemos en este momento apunta a la idea de que el Sr. Purcell tenía jodidos a algunos suramericanos," dijo Kennedy, "y están tratando de dar el ejemplo con él."

"¿Y qué hay de su esposa?" preguntó Sharon. "¿Cómo murió?"

Kennedy pasó a la siguiente página. "Problemas con los senos nasales. Se ahogó antes de que la encontraran."

"¡Uy!" Sharon hizo un gesto de asco. "Bueno, tal vez fue mejor que despertar en una cama empapada en sangre y ver a su esposo con la lengua saliéndose por un hueco de su cuello."

Kennedy sonrió levemente. "Si alguna vez me la encuentro en el cielo, le preguntaré. Pero el asesino desangró muy bien a Purcell antes de degollarlo, de manera que el lugar no quedara tapizado en sangre ni él tampoco."

Sam asintió para sí mismo. Un profesional no se dejaría ver todo ensangrentado en la calle.

"En cuanto a la esposa," dijo Kennedy, "no hubo violación, no se encontró piel debajo de sus uñas ni debajo de las de su esposo, nada indica que haya habido una pelea de ningún tipo. De acuerdo con las huellas de sangre en el lavaplatos de la cocina, suponemos que el asesino se lavó antes de salir."

"¿Purcell tenía un inventario de sus piedras?" preguntó Sam.

"Si estaba en el trailer, desapareció," dijo Kennedy. "Después de hacer su truco de magia con la lengua de Purcell, el asesino asaltó el sitio. Inclusive sacó lo que había en la nevera. En todo ese desorden sólo se encontró una huella. El tipo usa zapatos talla diez y se puso botas asépticas."

"¿Se encontró alguna pista sobre la vestimenta a través de las botas de papel?" preguntó Sam.

Doug movió la cabeza de un lado a otro. "Los zapatos eran nuevos. Estamos investigando las pisadas en este momento, pero las botas dificultan la tarea."

"Bien," dijo Sizemore, "seguro que no nos dejó muchas pistas."

"Vamos a volver al trailer a recoger cabello y fibras," dijo

Kennedy. "Teniendo en cuenta que Purcell utilizaba su sitio para sus reuniones con los clientes y otros comerciantes, no tenemos mucha esperanza de resolver el caso de esta forma."

Nadie lo puso en duda. El trabajo de laboratorio era muy útil para enjuiciar delincuentes, pero no era de gran ayuda para la policía cuando se trataba de elaborar una lista de sospechosos. Tener el ADN era una cosa, pero que coincidiera con el de un criminal era otra muy distinta.

"¿Quién encontró los cuerpos?" preguntó Sam.

"Un comerciante local que iba a visitar a Purcell para intercambiar algún inventario," dijo Kennedy.

"¿Qué tipo de inventario?" preguntó Sam.

"Gemas, ¿qué más?" dijo Sizemore sarcásticamente. "¿Dónde has estado, muchacho?"

"La mayoría de estos comerciantes tienen especialidades," le dijo Sam a Kennedy. "¿Acaso Purcell se especializaba en algún tipo de gemas?"

"Ese será su trabajo," dijo Kennedy con una sonrisa fría. "Encuentre a todos los clientes de Purcell e interróguelos. Divídase el trabajo con Mario. Ustedes son de aquí, así que deberán manejar a la prensa local. El resto de nosotros nos ocuparemos del trabajo principal sin ustedes dos."

Varios de los agentes se movieron con cierta incomodidad. Todos los presentes tenían suficiente experiencia para saber que las posibilidades de resolver rápidamente aquel golpe profesional eran muy pocas.

Kennedy acababa de seleccionar a Sam y a Mario para que pusieran la cara si el caso no había sido resuelto a tiempo para las noticias de las seis.

Capítulo 26

Estacionamiento del hotel Royale
Jueves al mediodía

Sam tenía más experiencia con los medios de comunicación que Mario. Cuando el director de escena anunció una nueva pausa para maquillaje, Sam ni siquiera movió los pies.

Mario le dio un jalón a su corbata y dijo hablando entre dientes: "Creí que este era un noticiero 'en vivo'."

"Estamos respirando, ¿o no?"

"No será por mucho tiempo si el perfume de esa periodista no disminuye de intensidad." Mario estornudó por quinta vez en los últimos cinco minutos. "¿Será que se baña en una tina de perfume antes de aparecer ante la cámara?"

Sam susurró: "Nadie le ha dicho que la televisión apesta pero no huele."

Una asistente le arregló el cuello del vestido a la reportera de televisión, le echó polvos en la nariz y le escondió un mechón suelto de cabello rubio. La reportera intercambió chistes sexistas con uno de los técnicos hasta que el director dio la señal. Instantáneamente, una expresión grave reemplazó la expresión de humor en la cara de la reportera. Ella verificó sus notas y miró directamente a la cámara.

"Soy Tawny Dawn informando en vivo desde el estacionamiento de uno de los hoteles más exclusivos de Scottsdale, donde acaba de ocurrir un doble asesinato espeluznante. Aún se investigan los detalles de este terrible suceso, pero estamos aquí para darles toda la información que hemos recopilado en las entrevistas a personas cercanas al caso."

La reportera se volteó hacia Sam. "Usted es el Agente Especial Sam Groves del FBI."

"Sí, señora."

Luego a Mario, "y usted es Mario Hernández, detective del Departamento de Policía de Phoenix."

"Sí, señora."

Detrás de cámaras, el director suspiró, mas no interrumpió. Habría tiempo suficiente para editar entrecortes con las demás entrevistas "en vivo" con otros dos policías.

"Ustedes forman parte de la unidad de lucha contra el crimen que está recopilando evidencia contra las bandas que atacan a los mensajeros," dijo Tawny.

Ambos hombres asintieron y se preguntaron por qué diablos su jefe había decidido divulgar ese hecho a los noticieros de televisión. Probablemente Kennedy estaba tras un segmento en *America's Most Wanted*.

"¿Estos asesinatos son parte de su investigación?" preguntó Tawny.

"Mario hizo un esfuerzo por no reír por la forma como la reportera expresó la pregunta—*Sí, señora. Siempre matamos gente en el transcurso de nuestras investigaciones. Por eso nos llaman unidad del crimen*. Sam no dejó ver ni rastro de una sonrisa ni se dejó manipular al ser interrogado y, en cambio, le respondió con una serie de frases sin mucho sentido a la reportera de televisión. "No estamos seguros. Estamos investigando todas las posibilidades."

Sosteniendo el micrófono entre ella y los dos hombres, Tawny se inclinó aún más cerca y los miró directamente. "Sr. Groves, ¿qué puede decirnos acerca de este doble asesinato?"

Sam ni siquiera se inmutó al ser reducido a un simple "señor" civil. Había aprendido hacía mucho tiempo que la televisión seguía su propio juego. Él y Mano eran chivos expiatorios de la emoción que causaba la basura de noticias de última hora. Al diablo con los hechos. El sensacionalismo era lo que importaba.

"Todavía estamos recopilando evidencia, señora," dijo Sam. "Sería prematuro que yo divulgara detalles de la investigación en este momento."

"¿Cuáles eran los nombres de las víctimas?"

"Los nombres de las víctimas se mantienen bajo reserva hasta nueva orden," dijo Sam.

Mario estornudó.

"Sigan," dijo el director. "Si estornuda otra vez, hagan una toma de Tawny con el otro. Editaremos el sonido."

Mario miró de soslayo a Sam como diciéndole, *en vivo, ¿eh?*

Con la mirada, Sam parecía indicar que conocía muy bien todo esto.

"¿Pero con seguridad ya habrán llegado a alguna conclusión en cuanto a la forma en que murieron las víctimas?" preguntó Tawny.

"Inesperada," dijo Sam sin inflexión alguna en la voz.

Mario convirtió su sonrisa en un nuevo estornudo.

Tawny entrecerró los ojos. "¿Tiene alguna explicación que aclare por qué los agentes del FBI, que estaban a tan sólo unos cuantos metros de distancia, no escucharon nada?"

"La central móvil de la unidad de lucha contra el crimen está fuertemente protegida contra el ruido."

"Pero aún así, ¡a unos cuantos metros! Con seguridad las víctimas gritaron pidiendo ayuda."

No, si tenían cinta adhesiva cubriendo su boca. "Estamos interrogando a otras personas que pueden haber estado cerca," dijo Sam.

"¿Alguien oyó algo?"

"No, hasta donde sabemos."

"¿El motivo fue robo?" preguntó ella.

"Estamos investigando también esa posibilidad muy de cerca," dijo Sam con total falta de énfasis.

"¿Robaron algo?"

"También estamos investigando eso."

Dándole la espalda a la cámara, Tawny puso los ojos en blanco. Entrevistar a esta gente era tan interesante como entrevistar a un pez muerto. A este paso tendría suerte si lograba obtener veinte segundos en alguno de los noticieros.

"Están sacando los cuerpos," dijo uno de los técnicos.

Instantáneamente, la cámara se desvió hacia los dos cadáveres envueltos en bolsas negras que estaban siendo transferidos a unas camillas para el corto trayecto hacia la ambulancia que los esperaba.

"Repita la introducción," dijo el director.

Sin que se lo dijeran, Tawny se alejó de los dos agentes de policía de manera que la primera cámara pudiera tomar la escena tras ella, mientras que la segunda la tomaría a ella en primer plano.

"Soy Tawny Dawn, informando en vivo desde el estacionamiento de . . ."

Sam se estiró la corbata y salió a interrogar a los técnicos de la unidad de lucha contra el crimen que estaban todavía en el trailer. Si Tawny lo necesitaba para algo más, tendría que sacar la información de las primeras cinco entrevistas.

Capítulo 27

Glendale
Jueves por la noche

Kate miró por el ojo mágico de la puerta principal de su casa, y empezó a abrir las cerraduras para dejar entrar a Sam.

"Hola, tiene un aspecto terrible," dijo ella.

"Es porque estaba entrevistando a los clientes de las última víctimas."

"¿Los Purcell?"

Sam cerró la puerta con el talón y puso los seguros antes de que terminara el período de gracia de treinta segundos del sistema de alarma de Kate. "¿Cómo lo supo?"

Ella señaló el televisor de la sala.

Aunque no se escuchaba, Sam no tuvo ningún problema en ubicar la escena. Bajo un sol despiadado en un estacionamiento descubierto, dos cuerpos sin vida eran transportados en bolsas negras hacia una ambulancia. La cámara se acercó para tomar la escena en primer plano, pero no encontró sangre, y se devolvió para enfocar la cara inmaculadamente pintada y perfectamente solemne para la ocasión, de una joven mujer rubia que parecía como si hubiera empezado su vida como una muñeca barby y fuera a terminar como la esposa de un cirujano plástico. Sus labios bien pintados se movían. El generador de texto lanzaba palabras de un lado a otro en la parte inferior de la pantalla.

Sam y Mario, recién afeitados, vestían traje de dos piezas, corbata y camisa blanca. Estaban de pie detrás de la reportera, en actitud oficialmente imperturbable. No había sido fácil explicar cómo ocurrieron los dos asesinatos en las mismas narices de una unidad móvil llena de agentes del FBI.

"Ella pronunció el nombre de Mario como si su primer idioma fuera el español," dijo Sam. "¿Se llama realmente Tawny Dawn?"

Kate encogió los hombros. "Usted fue quien habló con ella."

"Como si tuviera la posibilidad de elegir." Él apretó los dientes para no bostezar.

"¿Qué ocurrió realmente?" dijo Kate. "Y no me diga la misma basura condescendiente que le dijo a la tal Tawny."

"Mike Purcell fue amarrado con cinta adhesiva, acuchillado en los genitales, las piernas y el cuello, y luego asesinado. Aparentemente, la esposa fue un accidente. No podía respirar bien por la nariz y no podía abrir la boca porque también se la taparon con cinta adhesiva. Tomó un tiempo, pero se ahogó. Probablemente después de que su esposo se desangró en la cama a su lado."

Kate se frotó los brazos como si tuviera frío.

"¿Frío?" preguntó él sarcásticamente. "Apague el aire acondicionado."

Ella levantó la cabeza. Iba a responderle algo, pues con su frialdad habría podido congelar un estadio, pero lo miró de nuevo y se dio cuenta de lo cansado que se veía.

Entrevistando cadáveres.

"Su trabajo apesta," dijo ella.

"Tiene sus momentos," admitió él. "¿Tiene café?"

"¿Eso es lo que hacen los informantes confidenciales?" preguntó ella con cierto humor, tratando de animar un poco el ambiente. "¿Mantener a sus agentes con café?"

En lugar de sonreír ante el chiste, él volteó la espalda hacia la puerta del frente. "Olvídese. Yo voy a..."

"Claro que tengo café," interrumpió ella, poniéndole la mano en su brazo para alejarlo de la puerta. "Hay una taza en mi cuarto de trabajo, si no le importa usar la mía. El lavaplatos está lleno y no tengo..."

"En este momento tomaría café sacado de un zapato sucio."

No tuvo que indicarle el camino hacia el cuarto de trabajo; él sabía exactamente dónde estaba. Allá había otra televisión encendida pero sin sonido. Seguían entrevistando a las personas que habían pasado por el estacionamiento de empleados la noche anterior. A Tawny le estaba costando trabajo hacer su reportaje.

Sam miró a lo lejos deseando que el día siguiente no fuera otro día de noticias lentas. Realmente odiaba hablar con jóvenes honestos entrenados para parecer horrorizados en un momento y felices al siguiente.

Se sirvió una taza de café, se la bebió en dos sorbos y se sirvió de nuevo tratando de pasar el sabor de la escena del crimen.

"Siéntese antes de que se caiga," le dijo Kate, rodando una de sus sillas de trabajo hacia él.

"Gracias." Se dejó caer en la silla y terminó su segunda taza de café. "Seguro que sabe mejor que la escena del crimen o la morgue."

Ella se quedó de pie junto a él, sin saber qué hacer. Esa era una faceta del agente Sam Groves que ella no había sospechado que existía. Agotado. Angustiado.

Demasiado humano.

"¿Ya comió algo hoy?" preguntó Kate.

"Más de lo que hubiera querido." Terminó el café, se refregó los ojos con fuerza y sacudió la cabeza como un perro recién salido del agua. Fijó sus duros ojos azules en los de ella. "Necesito que me diga todo lo que sabe acerca de Mike Purcell, especialmente sobre cualquier cliente que pudiera estar contento de bailar en su tumba."

Ella lo miró fijamente.

Él esperó.

"Como el interruptor de la luz," dijo ella finalmente.

"¿Qué?"

"Se apaga el ser humano cansado. Se enciende el agente de policía."

"Dos caras de una misma moneda. El agente de policía también está cansado. ¿Qué me dice de Purcell?"

"Sólo conocía de él lo necesario."

"¿Qué había oído decir de él?"

Kate tomó la taza de café vacía, la llenó y bebió. "Era el tipo de comerciante que le da al negocio mala fama."

"¿Eso qué quiere decir?"

"En otras palabras, él y su esposa administraban un sitio de Internet que era una estafa. La Ley de gemas de Murphy. Piedras de color como inversión. Una protección contra la inflación, la deflación, la guerra, la sequía, y las hemorroides."

"Interesante." dijo Sam, sacando su libreta de notas. "Nadie más mencionó eso."

"Eso es porque el sitio está diseñado para engañar a los principiantes y a los inversionistas vírgenes. Pero luego me di cuenta de que la dirección postal que aparecía en la página web era la misma que la de Purcell. Ningún comerciante de gemas le habría dado a la página una segunda mirada. La única razón por la cual yo lo hice fue porque busqué *absolutamente todos* los sitios de Internet sobre zafiros, incluso las páginas web diseñadas para los novatos en asuntos de gemas."

"¿O sea que él administraba un sitio para amateurs?"

"Peor que los de karaoke."

"Está diciendo que ninguno de los clientes de Purcell en Phoenix en este momento es novato, o sea que nadie asociaría la Ley de Gemas de Murphy con Purcell."

Ella pareció divertida. " 'Ninguno es novato' es una forma amable de decirlo. Muchos de los clientes de Purcell y sus colegas comerciantes son generosos en las descripciones de sus propias piedras como lo es él."

"Y tan descuidados con las facturas de ventas."

"¿Qué quiere decir?"

Él ojeó sus notas. "Dos mil quilates de piedras de Sri Lanka mezcladas, talla india. Tres kilos de piedras en bruto brasileñas."

"Facturas de ese tipo no son inusuales." Al hablar, ella se sacó una hebilla de nácar del cabello y se frotó el cuero cabelludo. "La mayoría de las personas piensan que las gemas son muy escasas, diminutas y valiosas. Pero no necesariamente lo son. Sri Lanka exporta circones y topacios, así como rubíes y zafiros. Brasil despacha *toneladas* de piedras de colores del distrito de Minas Gerais."

"¿Como cuáles?"

"Turmalina, amatista, cuarzo ahumado, para nombrar sólo algunas. Son el tipo de piedras que antes llamábamos semipreciosas pero que ahora nos instan a describir como 'gemas de color.' En el comercio de la joyería son mercancías con una salida fácil."

"¿O sea que el registro de Purcell no era más descuidado que el del próximo tipo?"

"Bueno, yo no iría tan lejos," dijo ella, sacudiéndose el cabello y frotándose el cuero cabelludo en la parte que le picaba por los dientes de la hebilla. "Cualquiera que venda piedras calentadas, rellenas, duplicadas, triplicadas, pegadas, fundidas, aceitadas y con cualquier otro tipo de tratamiento y no lo mencione al cliente ingenuo puede ser deliberadamente descuidado en otras formas."

"Espere, me está matando."

Ella parpadeó. "¿Perdón?"

"Cuando se pasa los dedos por el cabello, y con esos ojos adormilados y hermosos como si estuviera pensando en irse a la cama."

Kate se quedó boquiabierta.

"¿Purcell era conocido por ser un especialista de esmeraldas?" preguntó Sam, aunque lo que quería hacer realmente era deslizar sus dedos por el cabello negro de Kate y palpar el calor de su cuero cabelludo bajo las palmas de sus manos.

Ella cerró la boca, la abrió de nuevo y la volvió a cerrar.

"Discúlpeme por eso," dijo él, tomando la taza de café de las manos de ella. "Cuando estoy cansado y disgustado con mis congéneres, mi lado humano oculta al policía. Pero no se preocupe. No le voy a saltar encima."

Ella lo observó beber de su taza y se preguntó si él sentiría su sabor en el borde de la misma. Iba a preguntarle, pero se arrepintió. *Cuidado, nena. A no ser que planees meterte entre las sábanas con el Agente Especial Sam Groves, es mejor que pienses antes de hablar.*

Lo que realmente le preocupaba a ella era que la idea de arrastrarlo hasta el dormitorio le hacía latir el corazón y hervir la sangre. No estaba acostumbrada a tener esa reacción cuando se trataba de hombres.

Estaba nerviosa.

"Eh . . ." Soltó un poco de aire que había retenido inconscientemente. "¿Cuál era la pregunta?"

Su sonrisa era lenta, muy masculina, y daba a entender que le gustaba saber que la había tentado. "Esmeraldas."

"Ah, sí. Esmeraldas." Ella empezó a pasarse los dedos por el cabello, se detuvo y se preguntó qué se sentiría al tocar el cabello de Sam. "¿Qué?"

"Esmeraldas," repitió él. "O sexo. Tú eliges."

"Shsh, definitivamente usted sabe como endulzarle el oído a una chica."

Sam rió, luego miró a Kate directo a los ojos. "Usted es una mujer, no una chica. Y qué mujer. El FBI asignó sus mejores recursos para describir su perfil como una persona demasiado honesta e inteligente, ferozmente leal con la gente que quiere, una talladora de gemas de gran habilidad y creciente reputación, y lo suficientemente terca como para ponerse en peligro por investigar la desaparición de su medio hermano."

"¿Desaparición? Yo creo que fue asesinado . . ." Se calló al captar las últimas palabras que había dicho Sam. "¿El FBI me investigó a *mí*?"

"Sí."

"¿Si qué? ¿Que Lee fue asesinado o que el FBI me investigó a mí?"

"Ambos."

Kate quedó paralizada. Por primera vez, Sam dejaba de ver a Lee como un maleante y empezaba a verlo como víctima. Eso debería haberla hecho sentir mejor. En cambio, sintió un gran vacío en el alma.

Realmente quería que Lee estuviera vivo.

Realmente temía que no lo estuviera.

Por primera vez se preguntó a sí misma si se sentiría mejor al saber a ciencia cierta si su hermano estaba vivo o muerto.

No tenía la respuesta. Lo único que tenía era la certeza persistente de que no podría continuar viviendo sin saber la verdad. Quizás después de todo esa era la respuesta. Saber era mejor que temer. Y en este momento tenía miedo.

"¿Qué lo convenció acerca de Lee?" preguntó ella finalmente.

"El asesinato de Purcell."

"¿Por qué?"

"Primero volvamos a las esmeraldas. Quiero asegurarme de algunas cosas antes de . . ." él dudó. *Antes de arrastrarla a una situación más peligrosa que la que está viviendo en este instante* no era el tipo de frase que un agente le lanzaría a un informante. "¿Las esmeraldas eran la pasión o la especialidad de Purcell?"

"No he oído nada al respecto."

"¿Se lo habrían dicho?"

"Después de encontrar uno de los Siete Pecados en la vitrina de Purcell," dijo Kate, caminando hacia una de las mesas de trabajo, donde se sentó y dejó los pies colgando, "pregunté aquí y allí acerca de Mike y Lois Purcell. Nadie mencionó esmeraldas. Algunos mencionaron el mercado gris en Tailandia. Muchísimas gemas de color vienen de allí, pero muy pocas esmeraldas."

Mierda. Sam se frotó la barba de algunas horas que ya le había crecido después de su afeitada de la tarde. Si no fuera por el trabajo él ya habría dejado de afeitarse dos veces al día y se habría dejado crecer la barba.

"Por una vez preferiría estar equivocado," dijo él con cansancio.

"¿Acerca de qué?"

"Una conexión suramericana." Dejó de luchar contra el bostezo.

"Le ofrecería más café," dijo Kate, "pero la jarra está vacía y de todas maneras ya ha tomado demasiado."

"¿Se preocupa por mí?"

"No lo dude. Aunque no me guste la idea, usted es la única persona, además de mi misma, que cree que Lee fue asesinado." Ella dudó y luego le preguntó casi violentamente: "*¿Por qué lo cree?*"

"Usted sería una muy buena interrogadora," dijo él.

"Aprendí al lado de un maestro. Su turno."

"¿Qué maestro?"

"Usted." Después de decir esto, Kate se calló.

Y esperó.

Sam levantó las manos como rindiéndose. "Antes de que diga todo lo que sabe, pregúntese si realmente quiere saberlo todo. Lo que hay en torno a este tema no es agradable."

Ella recordó su descarnada descripción de los asesinatos de los Purcell. Luego pensó en Lee, metido en un manglar húmedo alimentando a los cangrejos. Sintió ganas de llorar.

Pero más aún, sintió ganas de hacer llorar a la persona que había herido a Lee. El carácter salvaje de su antojo la habría sorprendido a ella misma si se hubiera dado cuenta, pero no lo hizo. Estaba demasiado concentrada en Sam.

"Puedo soportarlo," dijo ella.

Él soltó una bocanada de aire. "Bien. Es difícil proteger a alguien que cree que la ignorancia es una bendición. ¿Está segura de que no hay más café?"

"¿Proteger? ¿De qué está hablando?"

Él no respondió.

Ella le alcanzó la jarra de la máquina automática de café. Quedaba una cucharada de líquido negro espeso ya frío en el fondo.

Él lo bebió.

Ella seguía esperando. En silencio.

Él hizo una mueca con la boca. "Muy bien. Los antecedentes preliminares que tenemos sobre Purcell se parecen mucho a lo que usted ya averiguó. Probablemente no es propiamente un bandido, pero con seguridad comercializaba gemas con algunos de ellos. Él no les preguntaba nada y ellos no le decían nada. Varias veces fue interrogado por diversas agencias y fuerzas de seguridad con respecto a gemas lavadas o desaparecidas, pero nunca fue arrestado, mucho menos acusado."

Sam miró la jarra vacía y pareció desanimarse.

Kate no se dio por aludida.

Él desconectó la máquina y se la llevó a la cocina. Ella no le quitaba los ojos de encima. Abrió el estante correcto, sacó el filtro y el café, abrió el cajón donde estaba el medidor de café y se puso en la tarea.

"Tiene buena memoria," dijo ella, impresionada al ver que sabía exactamente dónde estaba cada cosa después de haberla visto preparar café sólo una vez.

"Eso es coherente con mi línea de trabajo," dijo él. "Y todo lo que le diga desde este momento es información privilegiada. Usted no debe hablarle a nadie más excepto a mí. ¿De acuerdo?"

"¿Y es que acaso sé el número de teléfono de la casa de Tawny?" preguntó Kate sarcásticamente. Luego sacudió la mano. "Es obvio que no voy a hablar con nadie más aparte de usted."

Sam llenó la maquina de café con agua y conectó la máquina. Sacó una taza sucia de café de la lavadora de platos. No se molestó en enjuagar la taza antes de ponerla sobre la mesa. Había bebido en recipientes mucho peores en la sede y en su propia oficina incluso. Kate se acercó a la nevera y empezó a sacar comida. Sabía por experiencia que demasiado café era pésimo para el estomago. Dispuso en un plato queso, frutas, galletas y algunos brownies que la estaban tentando desde el día anterior y se lo acercó a Sam.

Ignorando la comida, él se recostó contra la mesa, cruzó los brazos sobre su chaqueta liviana y empezó a hablar. "Usualmente las mercancías que Purcell vendía y comercializaba no eran de la mejor calidad. Los demás comerciantes con quienes alquiló la sala de conferencias no lo habrían admitido allí, excepto por el hecho de que tenía cuatro gemas bastante buenas y una excelente, y que necesitaban ayuda para pagar el alquiler de la sala del Royale."

"La mejor piedra era el zafiro azul," dijo Kate sin dudarlo.

"Sí. No había esmeraldas. Ninguna provenía de Suramérica. Prácticamente todo provenía de Tailandia."

"¿O sea que no fue una banda suramericana la que mató a Purcell?"

"Lo dudo," dijo Sam, bostezando. "La corbata colombiana apareció hace años como una advertencia para ladrones y traidores en el negocio de las drogas. Si Purcell no tenía negocios regulares con los suramericanos, ellos no tenían ninguna razón para masacrarlo de esa manera."

A ella se le crispó el rostro al recordar la descripción de la escena del crimen, pero se acordó que ella había pedido explicaciones. Y *no* se dejaría afectar pensando que era posible que Lee hubiera sufrido la misma tortura. Ya había llorado la muerte de su hermano en sueños durante meses. Era hora de desquitarse.

"Muy bien," dijo ella sin ninguna inflexión en la voz. "¿Y eso dónde nos deja?"

"En la mierda."

"¿Alguna razón en particular?"

"Piense por un instante. Purcell llevó una vida larga y turbia como comerciante de gemas. Nunca fue lo suficientemente avaro ni lo suficientemente grande ni lo suficientemente estúpido como para atraer la atención de ninguno de los dos bandos de la ley."

Ella asintió.

"Es justo suponer," dijo Sam, "que tuvo en su poder el zafiro azul durante más de unos cuantos días o incluso ¿unas cuantas semanas?"

"Debe haberlo tenido por lo menos durante dos meses."

"¿Por qué?"

"Se necesita ese tiempo por adelantado para alquilar un espacio en el hotel Royale para la exposición de gemas. Yo lo sé. Papá casi nunca esperaba hasta el final de ese plazo. A él le gustaba alquilar un puesto de venta cerca de la salida, para que la gente pensara que Mandel Inc. era una forma segura de llevar sus piedras preciosas a casa." Kate miraba la cafetera mientras hablaba. Todavía era demasiado pronto para servirse la primera taza pues no había terminado de colar todo el café. "Y si los demás comerciantes normalmente no habrían instalado su negocio cerca de Purcell, pero lo invitaron al club al ver que tenía semejante zafiro azul, entonces..."

"Debe haber tenido la piedra por lo menos dos meses," terminó Sam. Él sonrió cansado. "Eso concuerda, maldición."

"¿Qué concuerda?"

"Purcell fue asesinado para terminar con las preguntas acerca de la fuente de ese zafiro."

"Pero si..." empezó ella. Luego calló.

"Sí. Si alguien pretendía cortarle las bolas a Purcell a causa del zafiro, lo habría hecho en la primera exposición de gemas a la que asistió con él, no en la tercera o cuarta. A no ser que él no se hubiera pavoneado con ella en las exposiciones de Kansas o Chicago."

"Preguntaré a algunos de los comerciante si..."

"No," cortó Sam en tono decidido. "Yo lo haré."

"La gente se pone nerviosa cuando habla con el FBI. Especialmente la gente que tenía que ver con Purcell. Es mucho más probable que hablen conmigo."

Ella tenía razón, pero él realmente no quería hacer las cosas de esa forma. Ella no tenía ni idea del riesgo que corría.

"Ya encontraré la forma de hablar con ellos," dijo él con seguridad. "Es sólo algo más por lo que me pagan."

"¿Para qué molestarse?" preguntó Kate. "La gente está acostumbrada a que yo les haga preguntas sobre las piedras. Soy talladora. Siempre estoy buscando buenas piedras en bruto o gemas indias mal talladas para trabajar y mejorar. No necesito una excusa para hablar sobre piedras interesantes con otros profesionales, y con seguridad no los pondré nerviosos. A los comerciantes y negociantes de gemas les fascina hablar con la gente del gremio."

Sam tomó la cafetera de vidrio que contenía una pequeña cantidad de café recién hecho. Ignorando el silbido y el olor a café quemado de las gotas que caían sobre el plato caliente, vertió café hirviendo en la taza. Llenó casi dos tercios. Colocó de nuevo la jarra en su lugar bajo el café goteante y dijo bruscamente: "no estás pensando claramente, Kate."

Ella levantó las cejas, tomó su taza de café y bebió un sorbo. "Estoy segura de que usted me dirá de qué me estoy perdiendo."

"Muy simple. Si Purcell tuvo en sus manos el gran zafiro durante meses y a nadie le importó un comino, ¿por qué lo mataron ahora? ¿Qué tiene de diferente *este* show?"

Kate bajó la taza de café con una mano que no era tan firme como antes. No le gustaba el rumbo que estaba tomando la conversación. "Yo vi el zafiro azul. Yo hice preguntas."

"Y fue pillada intercambiando piedras por el Agente Especial Sam Goves, un hecho que no es secreto, gracias al agente especial Bill Colton," agregó con desagrado. "Muy pronto después de eso, un profesional le calla la boca a Purcell y roba el zafiro. Fin de la primera pista prometedora que habría podido llevar a descubrir lo que realmente le ocurrió a Lee Mandel. La única buena noticia en este asunto es que yo soy el único que puede conectar su nombre con el de Purcell y con los Siete Pecados."

"Usted acaba de decir que eso no era un secreto."

"El intercambio de piedras no lo es, pero nadie excepto nosotros dos sabe que Natalie Cutter es Kate Chandler."

Sus ojos se abrieron de par en par cuando entendió lo que él estaba omitiendo. "¿Usted me está diciendo que . . ."

"Alguien de la unidad de lucha contra el crimen está hablando por fuera," interrumpió él. "No es la primera vez. Y no será la última."

"¿Quiere decir que usted no confía en ellos?"

"Con respecto a muchas cosas, sí. Pero no puedo arriesgarme a que algún agente ambicioso diga lo que no debe, que eso llegue a oídos de la prensa, y que lo próximo que veamos en las noticias sea el nombre de Natalie Cutter."

"Yo podría soportarlo."

"No tendría que soportarlo por mucho tiempo."

"¿Por qué?"

"Usted estaría muerta."

Capítulo 28

Glendale
Viernes
5:00 a.m.

El teléfono celular despertó a Sam. Él verificó la pantalla. Luego oprimió el botón para contestar.

"Hola, Hansen. ¿Qué tiene?"

"Tenemos voz de dormidos," replicó alegremente el técnico del laboratorio.

"Nosotros estamos en Arizona, no en la Costa Oriental."

"Me estoy desquitando de todas las veces que usted y los demás de su especie me levantan de la cama o me hacen trabajar horas extras en la noche. El miércoles pasado, por ejemplo, cuando usted destapó la olla podrida y me tocó a mi el trabajo sucio. Y luego el automóvil alquilado hace cinco meses. Pero, bueno, ¿quién está contabilizando? Yo no. Especialmente ahora que estamos de suerte con el automóvil."

Con una mano, Sam se refregó los ojos y miró a su alrededor, preguntándose dónde demonios estaba. Pero antes de responderse la pregunta, ya lo sabía: en casa de Kate. En el sofá de su cuarto de trabajo, para ser exactos. Alguien le había quitado los zapatos, había metido una almohada bajo su

cabeza y le había echado una cobija encima. Desafortunadamente no le había quitado el arnés de su revólver. Sentía
como si le hubieran golpeado las costillas.

"De acuerdo, estamos empatados," dijo Sam. "Cuénteme."

"¿Empatados? Demonios, me debe ésta. En el recubri-
miento interior del baúl del vehículo alquilado había rastros
de sangre y heces. El forro lo lavaron con shampoo pero
había suficiente residuo de sangre que brillaba en la oscuridad, cuando agregamos Luminol. Iniciamos a trabajar en
el ADN con las muestras utilizando una nueva técnica. Estamos esperando esos resultados en cualquier momento."

Sam sabía que *en cualquier momento* no era necesariamente rápido. Usualmente, pero no siempre. "¿La sangre era
humana?"

"Sí, O positivo. Puedo subdividirlo aún más en sub-
grupos si..."

"Hágalo," interrumpió Sam. "No actualizaré el expediente hasta no tener el informe de ADN. ¿Encontró
algo más?"

"Mugre y arena," dijo alegremente Hansen. "Mucha. La
mayor parte típica de la costa occidental de la Florida. También había algunos residuos de las costas central y oriental."

"¿Y es que las compañías de alquiler nunca limpian sus
automóviles?"

"No como lo hacemos nosotros."

"¿Y qué puede decirme de las huellas dactilares?" preguntó Sam. "¿Pudo obtener alguna?"

"Por favor, es un carro de alquiler. Claro que tenemos
huellas dactilares."

"Chequéelas, incluidas las parciales."

Hansen hizo un sonido ahogado. "Tiene idea de cuántas..."

"Sólo hágalo," interrumpió Sam. "Prioridad para la unidad de lucha contra el crimen. Esto debe hacerse antes que
cualquier otra cosa, excepto terroristas con bombas en la
Casa Blanca."

Cortó la conexión antes de que Hansen pudiera decirle cuánto lo amaba y por qué.

Luego sacudió la cabeza para desprenderse las últimas telarañas de sueño, divisó medio taza de café viejo y se lo bebió de un trago mientras digitaba el número de la oficina de Miami y preguntaba por el Agente Especial Mecklin.

"Agente Especial Sam Groves," dijo cuando Mecklin contestó. "Llamo con referencia a mi solicitud de entrevistar al…"

"Sí, sí, ya lo hice," interrumpió Mecklin. "El expediente está justo sobre mi escritorio."

"¿Y?"

"El chico—Bruce Conner, veintidós años, caucásico, no tiene ningún antecedente aparte de una multa por velocidad—ha trabajado en SoupOr Shrimp durante cinco años. Es el gran favorito de los clientes regulares. El gerente lo adora. Quizás demasiado. ¿Le mencioné que es un sitio frecuentado por gays?"

"No."

"Bien, pues lo es."

"La última vez que verifiqué, eso no era un delito federal. ¿Qué más?"

"Bruce recuerda a Lee Mandel. No se conocían mucho ni eran amigos íntimos, pero Bruce recuerda a los clientes que le dejan buenas propinas. Él siempre le conseguía a Mandel bolsas extras de las de llevar sobras. Mandel no le decía para qué eran y Bruce tampoco preguntaba. Como le digo, el tipo le dejaba buenas propinas."

Sam se recostó para escuchar. Él no conocía al Agente Especial Mecklin, pero era obvio que había realizado una entrevista real y que no había pasado por alto la solicitud de Sam.

"¿Y Lee ha regresado al sitio desde, digamos, diciembre?" preguntó Sam.

"No. Bruce está preocupado por eso. Se pregunta si le molestó algo."

"¿Por qué?"

"Porque Mandel se levantó y se fue sin esperar a que llegara su comida y nunca regresó. Incluso dejó las bolsas de papel."

Sam casi da un salto al sentir el flujo familiar de adrenalina cuando empezó a ver las piezas del rompecabezas encajar unas con otras. "¿Fue el mismo día en que se suponía que debía devolver el auto alquilado en el aeropuerto?"

"Sí."

"¿O sea que Bruce fue la última persona que vio a Lee?"

"Sí. Pero como le dije, el chico está limpio."

"¿Cómo reaccionó al ser interrogado por el FBI?" preguntó Sam.

"No estaba asustado, si a eso se refiere. Me sostuvo la mirada, no se puso nervioso, y mi presencia le causó curiosidad pero aceptó la explicación usual."

"¿Verificación rutinaria de antecedentes?"

"Sí."

"Muy bien. Gracias."

"Espere," dijo Mecklin rápido. "¿Abrió de nuevo el caso Mandel?"

"No," mintió Sam.

"¿Entonces de qué se trata todo esto?"

"Son simplemente preguntas que se han debido hacer hace cinco meses."

Capítulo 29

Scottsdale
Viernes
7:45 a.m.

Sharon se dio vuelta en la cama, vio el radio reloj despertador y maldijo. Tendría que correr como un caballo de
carreras si quería llegar a tiempo a la charla que daba su padre todas las mañanas para levantar la moral del personal de
seguridad.

*Sabía que deberíamos haber ido a mi cuarto anoche. Pey-
ton no sabe poner el despertador; necesita además a su secretaria para levantarse.*

Peyton hizo algunos ruidos medio dormido y metió la cabeza entre las almohadas.

Sharon lo sacudió con impaciencia. Algunas veces se sentía como una malabarista animando niñitos, para que al final
quedaran convencidos de que controlaban todo a la perfec-
ción.

"Ummmm," fue todo lo que dijo Peyton.

"Me dijiste que tenías un desayuno a las ocho con un comerciante," dijo Sharon, levantándose de la cama. "Son las
siete y cuarenta y cinco."

"No puede ser," dijo él entre dientes. "Puse el despertador a las seis y treinta."

Ella arrastró todo el cable del radio reloj despertador. "Míralo y llora."

Ella dejó el reloj cerca de él y empezó a ponerse la ropa, agradeciendo no haber salido la víspera. Si hubiera llegado tarde a la reunión con el vestido de cocktail de la noche anterior, a su padre le habría dado el infarto que el médico venía advirtiéndole y del que seguía salvándose.

Sólo los buenos mueren jóvenes. Ahora tráeme una maldita cerveza.

Había momentos en los que Sharon habría querido mandar a hacer una camiseta con esas palabras. Habría valido la pena sólo para ver la cara rojo tomate de su padre. Las reuniones matinales eran ridículas, pero que Dios se apiadara de aquél que no apareciera a escuchar los sabios discursos de Sizemore.

Como se había despertado tarde sólo tendría tiempo para cepillarse los dientes, aplanarse un poco el pelo y volar al ascensor. Otras dos personas estaban esperando. Ella las saludó con la cabeza en forma educada y se mantuvo a una distancia prudente, como lo exige la norma social.

Su teléfono celular sonó justo cuando llegó el ascensor. Miró la pantalla, suspiró y oprimió el botón para contestar.

"Hola, Sonny," dijo ella en voz baja. "¿Qué sucedió ahora?"

"Papá acaba de mandarme a la mierda."

¿Qué tiene eso de raro? Sharon entró al ascensor y oprimió el botón del piso al que se dirigía. "Él manda a todo el mundo a la mierda, pero para eso tú eres su favorito. ¿De qué pretexto estúpido se valió ésta vez?"

"Me echa la culpa de todo, desde la golpiza que le dieron al mensajero hasta los asesinatos del estacionamiento, y yo estoy aquí en Los Ángeles, por Dios. ¿Qué diablos se supone que haga? Yo soy un vendedor, no un agente."

Ella miró su reloj. Le quedaban tres minutos. Si el ascensor no se detenía en cada piso llegaría a tiempo. "Él le echa la culpa a todo el mundo. No lo tomes como algo personal."

"Tú siempre dices eso. Y luego me dices que busque otro empleo."

"Tú eres muy buen vendedor. Podrías vender arena en el Sahara. Otro empleador apreciaría eso. Papá nunca lo hará."

"Pero el año pasado aumenté el volumen de ventas en . . ."

"Renuncia," interrumpió ella impaciente. Le volteó la espalda a las otras dos personas que había en el ascensor y habló en un tono más discreto. "Fue realmente gracias a ti que nos mantuvimos a flote el año pasado. Papá puede darse cuenta de ello o no, pero de todas formas no lo dirá. Deberías tener mi pragmatismo o yo haber nacido con tu talento. Pero ni lo uno ni lo otro y papá no podrá superarlo. Se irá a la tumba decepcionado de sus hijos. Yo puedo vivir con eso. Tú no. Por eso debes irte."

"¿Puedes vivir con eso?" preguntó Sonny inesperadamente. "¿Quiero decir *realmente?* ¿Estás segura de que no estás tratando de compensar por haberle fallado al haber sido expulsada del FBI?"

"Yo renuncié," dijo ella entre dientes cuando el ascensor disminuyó la velocidad hasta parar en uno de los pisos.

"Ey, vamos. No te burles de mi inteligencia. No tenías opción y tuviste que renunciar y eso todo el mundo lo sabe."

"Seguro que la tenía. Podría haber demandado a los bastardos por discriminación sexual, por no haber obligado a renunciar a mi AEE cuando yo renuncié."

Sharon salió del ascensor, esquivó a alguien que trataba desesperadamente de colarse antes de que las puertas se cerraran y se dirigió hacia la suite de Sizemore Security Consulting. En realidad eran dos cuartos adyacentes, pero que Dios se apiade de quien se atreviera a señalarlo. Su padre aún estaba furioso porque el dinero de la reserva no había llegado a tiempo. Por culpa de ella, claro.

Como todo lo demás.

"Pero no demandaste a nadie," señaló Sonny. "Regresaste

a casa con el rabo entre las piernas y aceptaste el trabajo que papi te ofreció."

"Hombre, por lo visto papá realmente acabó con tu ego," dijo ella en voz baja y furiosa. "No te desquites conmigo. Tú sabes muy bien que busqué trabajo durante seis meses antes de regresar a casa." *Y durante cada uno de esos seis meses tuve que soportar las miradas morbosas de los tipos de las demás agencias de seguridad que habían oído lo que realmente había ocurrido. Y todos se habían enterado de lo que había ocurrido.* "El sueldo es el mismo en Sizemore Security Consulting y no tengo que acostarme con nadie para mantener mi trabajo. Es sólo una de las ventajas de trabajar para papá."

Sonny resopló fuerte por el teléfono. "Perdona, hermanita. No quise decir eso. Me sentía miserable y...lo siento."

"No te preocupes. Papá me ha hecho unas mucho peores. ¿Le gruñó a todo el personal de Los Ángeles o sólo a ti?"

"Fue bastante duro con Jason."

"Bueno, voy a llamarlo, no podemos darnos el lujo de perder a Jason. Es la mejor conexión que tenemos con el negocio de la joyería en general y con los coleccionistas exclusivos en particular. Él y su hermano saben dónde yacen todos los cuerpos, quién compra y quién miente."

"Traté de suavizar el asunto, pero Jason necesita que tú también lo tranquilices. En la empresa todos saben que tú compensas los gritos de papá y que todo funciona gracias a ti."

"Primero insultos y ahora halagos."

"No son halagos. Es la verdad."

"Sí, bueno, le contaré a Jason el chiste del gerente gaviota."

"¿Cómo es?" preguntó Sonny.

"Un gerente gaviota es aquel que aterriza de pronto, grazna todo el tiempo, se echa su cagada y en cualquier momento sale volando."

Sonny no pudo evitar reírse. "Acabas de describir a papá."

"¿Eso piensas?" preguntó ella sarcásticamente. "Oye, te llamaré más tarde. Debo irme o llegaré tarde a la charla con café que ofrece papá para levantar el ánimo del personal de aquí."

"No te envidio. Gracias, hermanita. Desde que mamá murió, no sé qué habría hecho sin ti."

"No me des las gracias. Lo que si puedes hacer es moverte a buscar más negocios. Los vamos a necesitar cuando se conozca la noticia del mensajero. Ya son tres los que hemos perdido en los últimos tres meses."

"Cuatro. Brady renunció esta mañana. Estamos buscando otro mensajero en este momento."

"Dios. ¿Le dijiste a papá?"

"Huy, no. Pensé dejarte a ti esa tarea."

"Tan querido. Realmente eres adorable."

Sharon oprimió el botón de desconectar en su celular, se enderezó y se dirigió rumbo al graznido matutino de su gerente gaviota.

Capítulo 30

Peyton tenía puesta la bata de baño cuando le abrió la puerta a Jack Kirby.

"¿Trasnochó"? preguntó Kirby.

Como de costumbre, Kirby llevaba puesto el tipo de pantalones y camisa que podían adaptarse a cualquier ocasión. Cuando uno sigue a un sujeto, nunca sabe hacia donde se dirigirá después. La bolsa de papel que colgaba pesadamente de su mano izquierda tenía el logo de una tienda local de café y bagels.

"Lo suficiente." Peyton se apresuró a cerrar la puerta. Aunque Kirby aparecía en la nómina de la Joyería Hall como especialista en personal, Peyton prefería que no lo vieran muy seguido con él.

"¿Tiene café? preguntó Kirby.

Peyton miró la bolsa marrón que llevaba Kirby en la mano. "Allá está." Peyton señaló una mesa. "Si quiere más crema hay en la nevera del bar. El servicio a la habitación debe llegar con comida en cualquier momento."

"Genial. Todavía no he comido nada. El lugar está patas

arriba desde que los Purcell fueron asesinados. De repente todo el mundo quiere noticias sobre su tía abuela Tillie." Kirby soltó la carcajada. "Me alegro de no ser uno de los muchachos de la unidad de lucha contra el crimen. Comer mierda en las noticias de las seis es lo peor que le puede pasar a un agente del gobierno."

"Terribles esos asesinatos," dijo Peyton frunciendo el ceño. "Con todas las maravillas que están ocurriendo en el Royale, ¿para qué asesinar a los Purcell por un puñado de gemas de segundo nivel? Y el FBI estaba en el maldito estacionamiento cuando ocurrieron los asesinatos. Qué locura. Debe haber sido algún psicópata."

"Probablemente." Kirby suspiró y sacudió la cabeza. "A mí ya nada me impresiona de la gente desde que vi a un niño de diez años adicto al crack prostituirse por orden de su madre, que también era una puta adicta al crack, pero que estaba demasiado embarazada para poder trabajar acostada, mucho menos arrodillada. Después de eso, la escena de un hombre cincuentón con una corbata colombiana y una esposa muerta en la cama con él no me hace ni cosquillas."

"Jesús. ¿Eso fue lo que le hicieron?"

Kirby se encogió de hombros. "Eso fue lo que oí."

Con un gesto de disgusto, Peyton se sirvió café. "¿Le importa cambiar el tema? Pensaba desayunar."

Kirby se contuvo de sonreír. Le fascinaba la reacción afeminada de Peyton ante los hechos de la vida real. "Lo siento. Tengo algo que lo pondrá de muy buen humor."

"¿Llegó algún envío?"

"Tengo algo fresquito que mandó mi conexión en Tailandia," mintió Kirby fácilmente, tomando la tasa de café que Peyton le alcanzaba. "Piedras de segundo nivel, de corte asiático, interesantes por el peso en quilates más que por el brillo."

"Precisamente como me gustan."

"Por eso pensé en usted." Kirby empezó a abrir la bolsa de papel que había traído.

"Espere a que se vayan los del servicio a la habitación," dijo Peyton rápidamente.

"Ah, seguro." Kirby hizo un esfuerzo por no sonreír ante el nerviosismo de Peyton. *Qué nena. Todo el mundo está mostrando gemas y a él le da miedo que el personal de servicio mexicano lo pille mirándolas.* "¿Su compañía tiene alguna mercancía tailandesa en proyecto?"

Peyton se acercó a su computador, ingresó una contraseña, luego otra, y una serie de números. Un bloque del disco duro de la computadora que no aparecía en el directorio se abrió obedientemente.

Alguien golpeó a la puerta y dijo: "servicio a la habitación."

Peyton se metió la computadora bajo el brazo, abrió la puerta y firmó el vale del restaurante.

Mientras el mesero organizaba la comida sobre un mantel de lino en la habitación contigua, Kirby y Peyton hablaban sobre deportes. Tan pronto como el muchacho terminó de arreglar los platos y se fue, Kirby sacó un paquete de la bolsa de papel.

"Sentémonos a comer antes de que se enfríe," dijo Peyton, acercándose a la comida. "Me muero de hambre."

"Seguro. Por una vez el olor me abre el apetito."

Kirby acercó una silla y se sentó frente a la mesita de la comida. Peyton levantó un pequeño florero con flores frescas y lo puso en otro lado, colocó su computadora cerca al plato y se dispuso a trabajar al tiempo que tomaba su desayuno.

"Vaya, está casi caliente," dijo Kirby, mordiendo una tortilla de salchichas con cebolla. "¿Cómo lo logró?"

Peyton le dio un gran mordisco a su tajada de carne semi cruda. "Doy buenas propinas. Algo que Sharon nunca imaginaría."

Kirby rió y se preguntó si Sharon Sizemore alguna vez se "imaginaría" que Peyton usaba su nombre para algo más que sexo. Cuando ella al fin se diera cuenta, no sería más que una mosca en la pared. Si su temperamento se parecía al del viejo, podría vender tiquetes para la explosión.

Después de algunos mordiscos, Peyton abrió de nuevo la computadora y empezó a desplazarse hacia abajo de la pantalla, comiendo al mismo tiempo.

Kirby no intentó ver lo que se desplegaba en la pantalla. No valía la pena espiar. Peyton no era su única fuente de información sobre los mensajeros y los detalles internos del comercio de las gemas—y viceversa, sin duda. Así que Kirby se acomodó y se concentró en limpiar su plato antes de que la grasa se enfriara lo suficiente como para escribir sobre ella. Prácticamente había terminado cuando Peyton habló de nuevo.

"Tenemos en proyecto varios envíos tailandeses de piedras talladas y en bruto mezcladas," dijo Peyton desayunando mientras hablaba. Aunque no había demasiado bruto. Justo lo suficiente como para evitar que un auditor preguntara de dónde provenían las piedras adicionales. La mayor parte de la mercancía en bruto iba a parar a donde pertenecía—a la basura. "Dos semanas es el plazo mínimo de llegada de la mercancía terminada." Se metió a la boca un tenedor lleno de huevos y papas. "¿Quiere llevarle personalmente las gemas a Eduardo o mandárselas a su apartado postal?"

"Se las mandaré al sitio habitual." Kirby tragó la comida y se tomó un trago de café.

"Muy bien," dijo Peyton. Ingresó una nota en el archivo abierto. En pocos días Eduardo recogería las piedras y las mezclaría con las que debían llegar de Tailandia. Peyton no sería nunca visto manipulando ninguno de los dos envíos. "¿Qué tipo de piedras son y cuánto pesan?"

"¿Cómo puedo saber? Yo no cargo una pesa."

"Más o menos."

"Quizás medio lingote de marihuana."

"¿Y eso es más o menos…?" preguntó Peyton impaciente.

"Cerca de medio kilo."

"Veámoslas."

Kirby empujó su plato vacío hacia un lado, sacudió su servilleta y alcanzó la bolsa de bagels. Sacó otra bolsa pequeña y vertió el contenido sobre el mantel. Las piedritas, que parecían confeti, se derramaron a lo largo y ancho del mantel como una gran lengua multicolor.

"Una bolsa de sorpresas," dijo Kirby. "Quizás ocho onzas de zafiros azules, dos de rubíes, y el resto son topacios, turmalina, circón, amatista, hay de todo. Diablos, yo no sé. Usted es el experto, no yo. ¿Quiere examinar la mercancía?"

Peyton miró las piedras brillantes. La que más resaltaba era un gran zafiro anaranjado rosadoso, seguido de cerca por una piedra chartreuse casi del mismo tamaño, un híbrido de esmeralda y brillante tallado, probablemente con relleno verde. Un excelente zafiro natural tallado en forma de estrella con una sombra inusual de oro luminoso llamó su atención. También había una piedra tallada en forma de cojín posiblemente con relleno y que podría valer muchísimo si fuera un rubí rosado natural.

Su mirada se dirigió de nuevo hacia la piedra brillante amarillo verdosa. La última vez que la había visto, Mike Purcell estaba tratando de venderla por veinte mil a un coleccionista que se especializaba en gemas semi preciosas de color inusual.

"El azul de algunos de estos zafiros no está nada mal," dijo Peyton, "pero son todos pequeños y garantizo que han sido tratados a más no poder." Algunas piedras del lote probablemente eran zafiros amarillos, que estaban en gran demanda en ese momento. Pero eso no se lo iba a mencionar a Kirby. Si el hombre no conocía bien sus piedras, peor para él. "¿Cuánto pide por el paquete?"

"Doscientos mil."

Peyton no lo dudó. "Ocho mil."

"Cien. Yo también tengo gastos."

Peyton lo dudó, vio que Kirby no tenía intenciones de ceder, y se encogió de hombros. Las cuatro piedras grandes representaban más o menos eso, fácilmente, incluso después de tallarlas de nuevo. O mejor aún, podría dejarlas en la caja fuerte y prepararse para su jubilación.

"Si no me gusta lo que veo cuando hayan sido inventariadas," dijo Peyton: "me desquitaré con la próxima mercancía que me traiga."

"Trato hecho," dijo Kirby aceptando.

Peyton miró la bolsa de bagels. Todavía estaba repleta.

"Tuve suerte con otro envío," dijo Kirby. "Piedras talladas. Bien talladas."

Masticando un pedazo de carne, Peyton dudó. "¿Qué tan grandes?"

"¿Cómo diablos voy a saber? El tipo dijo que eran de excelente calidad y no pequeñas. Mercancía de primera calidad."

"¿Peso total?"

Kirby levantó la bolsa para calcular el peso. "Tal vez una libra."

Peyton regresó a la computadora. "¿Preciosas o con tratamiento de color?"

"Usted me dirá."

Kirby enrolló el primer lote de piedras en su servilleta y lo puso del otro lado de la mesa. Abrió la bolsa de bagels y sacó cuidadosamente una bolsa de plástico gorda. Con un cuidado que no había demostrado con las otras piedras, sacó las gemas del paquete y las puso en el mantel blanco para poderlas ver individualmente.

Peyton puso su cara de jugador. Miró las piedras azules, rojas, verdes y ocasionalmente rosadas o azul plateadas—diamantes, posiblemente—sin la más mínima expresión.

"Zafiros azules, rubíes y esmeraldas." Kirby tomó café. "Puede haber uno o dos diamantes de color."

Peyton revolvió suavemente las piedras destellantes con la punta del dedo. Sacó unas pinzas del bolsillo de la bata de baño y las clasificó cuidadosamente por color. Luego sacó una lupa del bolsillo y agarró algunas piedras al azar para examinarlas. Después de algunos minutos, dejó a un lado la lupa sin dejar de toquetear las piedras con las pinzas. Eran piedras bonitas. Realmente bonitas. Bien cortadas. Bien pulidas. A excepción de los diamantes, no había ninguna más pequeña de cinco quilates. Sin embargo, ninguna de ellas era lo suficientemente grande como para que fuera necesario fotografiarla y documentarla para los seguros.

Si Peyton tuviera que apostar, apostaría a que esas piedras eran naturales. Y eran lo suficientemente grandes para dejar ver todas aquellas reconfortantes imperfecciones simplemente con una lupa 10x. Incluso a precios al por mayor, estaba observando una bonita bolsa de riqueza portátil.

"Lástima que no sean de corte asiático," dijo Peyton, suspirando.

Kirby encogió los hombros. "Yo tomo lo que me dan. ¿Está interesado?"

Peyton golpeó las pinzas sobre el lino grueso, las dejó a un lado y alcanzó la computadora.

Kirby observó los rápidos ojos almendrados de Peyton explorar toda la información que le pedía a la memoria de su computadora.

"Muy bien," dijo Peyton después de algunos minutos. "Haremos una promoción de piedras sueltas a nivel nacional dentro de cuatro meses. Se hará énfasis en las piedras de más alto nivel."

"Parece que ambos tenemos suerte hoy." Kirby sonrió y se sirvió más café.

"Tal vez." Peyton usó las pinzas para separar del resto las pequeñas piedras verdes. Cuando terminó, tenía dos montones de piedras desiguales. "Puedo usar las esmeraldas brasileñas," dijo, indicando el montón más grande, que era de un verde más oscuro y de un tono levemente azulado, "pero no las colombianas." Señaló el lote verde más pequeño y menos brillante, sin rastro de azul.

"¿Por qué no?" preguntó Kirby. "Quiero decir, son un poco más livianas que las otras, ¿pero quién diablos se da cuenta?"

"Yo." Peyton se encogió de hombros. "En este momento, los compradores están tratando de alejarse de la mala prensa acerca de Colombia, drogas, esmeraldas y política. Los comerciantes tratan de mantenerse al margen, porque todo lo que viene de las minas de Colombia hoy en día es tratado de comienzo a fin, y algunos de los tratamientos no son permanentes."

"¿Estas fueron tratadas?" preguntó Kirby.

Peyton agarró las pinzas, seleccionó una de las esmeraldas colombianas, y la observó desde diferentes ángulos.

"Parece que fue rellenada," dijo finalmente. "No puedo estar seguro si no le hago otras pruebas, pero últimamente a los colombianos lo único que les falta es hacer las esmeraldas en el laboratorio." Se encogió de hombros una vez más y gesticuló con las pinzas hacia una de las gemas de color del otro grupo. "Los zafiros azules siempre están en la primera línea de las listas de los clientes. Tomaré todo lo que tiene. Rubíes..." Peyton sacudió la cabeza y señaló las piedras rojas que brillaban como brasas azotadas por el viento. "Tomaré éstas porque valoro su negocio, pero no puedo ofrecerle mucho."

"¿Por qué?"

"Como le dije la última vez que me trajo piedras rojas, incluso en el extremo del negocio es decir en los centros comerciales, los rubíes vietnamitas tratados están arrasando con el mercado. Para no mencionar que cualquier cosa por encima de los cuatro o cinco quilates tiene que ser tallada de nuevo. Demasiado fácil de rastrear, si realmente es mercancía de primer nivel."

"Si usted lo dice."

"Yo soy el comprador, ¿recuerda?"

Kirby suspiró. No iba a obtener todo lo que quería de estas piedras. Por otra parte, sólo había pagado por ellas lo que le correspondía a White, veinte mil.

"Tallar de nuevo una piedra que ya está bien tallada," dijo Peyton sin énfasis, "cuesta tiempo, dinero y gran parte de su peso. Es una forma muy costosa de hacer negocios."

"No cuando usted obtiene las piedras por algunos centavos de dólar."

Peyton esbozó una leve sonrisa. "Aún así, no le puedo pagar las piedras según su peso, como tampoco lo haría si estuvieran mal talladas."

"Cien mil."

Peyton elevó las cejas. "¿Por dieciséis onzas de mercancía terminada caliente, que tengo que tallar de nuevo?"

"Sí." Sonrió Kirby. "Confíe en mí. Es una ganga."

Capítulo 31

Glendale
Viernes
9:00 a.m.

Apoyado en la mesa, Sam observaba a Kate trabajar con varias piezas del equipo. Aunque estaba tan cerca que podía tocarla, mantuvo las manos en los bolsillos.

Su cabello brillaba, a pesar de tenerlo recogido hacia atrás con una hebilla para despejarse la cara; habría querido quitarle la hebilla y penetrar sus dedos en la mata de cabello sedoso. Sus pestañas tan negras como la noche eran tan largas que proyectaban sombras; quería besarlas. El corte casual de sus jeans y la camiseta roja desteñida parecían tan suaves como mantequilla; quería tocarlos. A pesar de las curvas de los senos y la cadera, la elasticidad de cada uno de sus movimientos reflejaba un excelente tono muscular; habría querido probarlo con sus manos. La facilidad de sus movimientos indicaban que hacía sus tareas con gran familiaridad; él hubiera querido tener esa familiaridad con su cuerpo.

El hecho de que ella ni siquiera miraba en dirección suya le indicaba que no estaba interesada.

Maldición.

Puesto que había sido lo suficientemente caballero y profesional al mantener sus manos alejadas, cuando la deseaba tanto que las palmas de las manos le picaban, decidió aplicar el tratamiento del silencio. Era simplemente irritación profesional, claro está. Necesitaba su ayuda.

Y si se lo decía a sí mismo con frecuencia, acabaría por creerlo.

"¿Qué es eso?" preguntó finalmente señalando algo.

"Un dop." Ella no lo miró.

"No. No me refiero a la varita, sino a la máquina."

"Es una máquina fija de transferencia."

"¿Qué transfiere?"

Kate lo miró brevemente de reojo. "¿Qué es esto? ¿El juego de las veinte preguntas?"

"Sí."

"No quiero jugar." No era verdad, pero era mejor decir eso y no que el calor de sus ojos azules le hacía sentir la ropa demasiado apretada. Tomó un soplete especial. "Váyase. Tengo mucho trabajo."

"Yo también."

"Pues hágalo."

"Lo estoy haciendo." Antes de que ella pudiera decir cualquier cosa, Sam continuó. "Mire, en este momento yo soy Joe Schmuck y voy caminando por el centro comercial con mi esposa y mis tres hijos gritones. Veo un almacén en la esquina lleno de cosas brillantes y sé que estoy en problemas. Nuestro aniversario de boda se acerca y he oído que 'los diamantes son para siempre,' así que entro y le compro una pieza que vale cincuenta dólares y salgo. Eso es todo lo que sé del negocio de las gemas—lo que veo en las vitrinas de los almacenes y en los comerciales de televisión."

Kate terminó la transferencia de la piedra que estaba trabajando, dejó sobre la mesa el pequeño soplete manual que había usado para la cera de engastar, y lo miró directamente por primera vez. El calor todavía estaba ahí. Había disminuido pero todavía quemaba.

Ella también.

"¿Y eso qué tiene que ver conmigo?" preguntó ella irónicamente.

"Yo no quiero ser Joe Schmuck," dijo Sam. "Yo quiero saber qué ocurre *antes* de que todas esas cosas brillantes vayan a parar a la vitrina de una joyería. ¿De dónde proviene la piedra? ¿Quién las transporta? ¿Quién las trabajó? ¿Quién las extrajo de la mina? Pero sobre todo quiero saber quién murió y quién mintió para que los almacenes pudieran estar llenos de brillosos objetos."

Ella puso el molde de cera a un lado y apartó la mirada de Sam. Si no lo hacía, caería en la tentación de acercarse a él lo suficiente para probarlo. "Usted está hablando en serio."

"No le quepa duda. Sigo pensando que hay algo que no entiendo, porque yo sólo sé de policías y ladrones. Necesito más información sobre el negocio de las gemas en términos generales, no sólo sobre los momentos de peligro obvio cuando las mercancías pequeñas anónimas o valiosas son envueltas y transportadas del punto A al punto B por un mensajero."

Kate se quitó la gran hebilla que había usado para mantenerse el cabello lejos de los ojos mientras trabajaba. Sacudió la cabeza y suspiró con alivio. La hebilla cumplía su función, pero no era muy agradable llevarla puesta todo el tiempo.

"No soy experta en todo el negocio," dijo ella, frotándose el cuero cabelludo adolorido. "Sólo conozco el final del proceso."

"Usted sabe más que yo acerca del resto. Para mi eso es un experto. Alguien que sabe más que yo."

Ella sonrió. "De acuerdo. '¿Quién murió o quién mintió...'"

Sam la miró intensamente. Ella estaba jugueteando con otra máquina, un pequeño equipo que ella llamaba el esmeril o algo por el estilo. El sentido de observación le decía que ella lo usaba para cortar o pulir las piedras. Pero en ese momento no estaba trabajando en nada especial. Por fin había logrado distraerla.

Profesionalmente, claro está.

"Independientemente de la situación socioeconómica de los países donde hay gemas, como Tailandia, Camboya, Sri Lanka, Brasil, Venezuela, Rusia, Sudáfrica o en cualquier parte del mundo donde uno esté," dijo Kate lentamente, "la mayoría de piedras de color provienen de lugares casi salvajes donde el siglo veintiuno es casi un rumor. ¿Que el hombre estuvo en la luna? Olvídese. Eso nunca ha ocurrido. Mineros flacuchentos se agazapan en huecos cavados a mano en la selva, o gatean a través de túneles inclinados inestables donde apenas cabe encogido un minero. Si uno está en la superficie, los insectos y el agua pantanosa le hacen la vida miserable. Si uno está bajo tierra el agua estancada y el hundimiento de la tierra acaban con su vida miserable. ¿Es eso lo que quiere saber? ¿La eterna conexión entre la muerte y las gemas?"

"Es un punto de partida." Sam alejó la mirada de las ondas brillantes de su cabello suelto que lo distraían. Y de las manos en el cabello, que frotaban y resbalaban como él querría hacerlo. Lo estaba enloqueciendo y ella ni si quiera se daba cuenta. "¿Las minas de las que habla son privadas o del gobierno?"

Ella giró la cabeza sobre los hombros. "Eso varía pero al final da lo mismo."

Sam observó las máquinas y se dijo a sí mismo que era un idiota al sentirse excitado por algo tan simple como una mujer con dolor de cabeza. Pero allí estaba él, y no podía evitarlo. Deseó haberse puesto la chaqueta y haberse ido antes—era lo suficientemente larga como para cubrir la erección contra la cual estaba luchando. Y perdiendo.

"¿Por qué da lo mismo?" preguntó él.

"El gobierno siempre es el cuello de botella del comercio," dijo Kate. "En algunos países los soldados armados confiscan las piedras excavadas por mineros y lo llaman impuestos. En otros, los bandidos manejan las cosas, lo que los convierte en el gobierno, si es que se les puede llamar así. Los impuestos son directos y brutales. En esos países, Joe Schmuck es un hombre que se rompe la espalda trabajando y suda la gota gorda, año tras año, con la esperanza de excavar la gran piedra que podrá ocultar y le permitirá retirarse del negocio."

"¿Y eso sucede?" preguntó Sam mirándola.

"Seguro."

"¿Con frecuencia?"

"Las posibilidades de encontrar esa piedra grande son ligeramente peores que las de ganar un premio gordo de la lotería estatal, y salir corriendo desnudo en medio de una manada de ladrones y recolectores de impuestos a llevar el dinero ganado al banco."

Sam sonrió de medio lado.

Ella habría querido lamerle la boca, así que miró hacia otro lado.

"La mayoría del tiempo," dijo ella frotándose la parte de atrás del cuello para no tocarlo a él, "el minero simplemente encuentra una piedra lo suficientemente grande como para emborracharse o acostarse con una mujer y ganar apenas lo suficiente para comprar la comida de la próxima semana de juego. Sólo que en lugar de ir al supermercado de la esquina a comprar otro billete de lotería, estos Joe Schmucks regresan a las minas a jugarse la vida en hoyos inseguros y a morir jóvenes."

"Pero no sin esperanzas."

Ella suspiró y se puso la hebilla, dejándola floja en la base del cuello. El cabello no se le quedaría quieto por mucho tiempo, pero la forma como Sam lo estaba mirando—y a ella—le aceleraba el pulso.

Mi problema, no el suyo, Kate se dijo a sí misma con amargura. *Los robots federales no piensan con el pene. De hecho, me pregunto si saben que tienen uno.*

"Usted tiene razón," dijo ella. "Casi en todos los casos este es un trabajo voluntario más que esclavista. Es sólo que nunca olvidaré la primera vez que vi como se trabajaba en las minas en Brasil o en Tailandia. Fue un verdadero shock para esta niña del Primer Mundo. Obviamente, eso fue antes de que realmente entendiera el primer axioma de comprar gemas en bruto."

"¿Y cuál es?"

"Cuanto más cerca esté la mina, más probabilidades hay de comprar piedras sintéticas."

Sam se rió y deseó que no hubiera amaestrado su cabello intrigante con la hebilla. Le facilitaba las cosas, pero a veces lo fácil no era tan divertido como lo difícil.

Esto era algo en lo que tampoco iba a pensar.

"No estoy hablando en broma," dijo Kate.

Lo miró directamente. Camisa color pálida arremangada. El arma y el arnés que a ella le había dado tanto susto tocar cuando estaba arropándolo en el sofá. Jeans oscuros que dejaban adivinar piernas largas y ponían en evidencia su masculinidad.

Y su excitación.

Muy bien, o sea que no un es robot. ¿Y qué? Los hombres saludables tienen erecciones hasta viendo un comercial de crema dental.

Y desde donde ella estaba, podía ver a un hombre saludable.

"En los sitios alrededor de las minas encuentro piedras en bruto sintéticas mezcladas con algunas medio verdaderas," dijo Kate, mirando a todas partes excepto a él. "Cien yardas más lejos, encuentro piedras sintéticas cortadas localmente, mezcladas con lotes de gemas cortadas localmente también, más o menos naturales. Encuentro baldados de piedras sintéticas en los almacenes locales de joyería, cuyos dueños me han asegurado previamente que sólo tienen gemas naturales hermosamente montadas en oro de dieciocho quilates. Sí. Seguro. Y yo soy la Reina de los Condenados."

"Entonces, entre más cerca esté uno de la mina, más posibilidades tiene de que lo engañen?"

"Esa es mi experiencia." Ella se preguntó si sería seguro mirarlo de nuevo y decidió que nunca sería seguro. "Aquel que piense que al viajar a las aguas estancadas de un país lejano se va a ganar el premio mayor comprándoles directamente a los mineros 'ignorantes' y a los nativos, se llevará la gran sorpresa de que fue por lana y salió trasquilado."

"¿La voz de la experiencia?"

"Yo ya compré mi parte de basura," dijo ella irónicamente. "Lo considero como el precio de aprender un negocio. Ahora compro mis piedras en bruto a través de vendedores al por mayor de buena reputación. Les pago una marca, es cierto, pero el viaje no es barato ni tampoco la experiencia."

Sam caminó hacia una de las mesas de trabajo y se quedó mirando el equipo misterioso. Era eso o tocarla a ella y eso sería realmente estúpido.

Realmente tentador.

"Muy bien," dijo él. "Usted ha comprado las piedras en bruto de una fuente confiable. ¿Qué hace después?"

"Las estudio."

"¿Para qué? ¿Piensa que pueden haberla engañado incluso después de haber tomado las precauciones necesarias?"

"Yo no busco piedras sintéticas dentro de mis lotes en bruto," dijo Kate. Ella miró su propia mano agarrando el borde de la mesa. Los dedos estaban sucios por las herramientas y la arena. Uñas cortas, sin esmalte. Se preguntó si Sam querría que ella lo tocara con esas manos tan poco femeninas. Luego recordó sus jeans ajustados y supo la respuesta. Su pulso se aceleró. "Trato de decidir como trabajar la piedra para obtener el mejor resultado."

Sam trató de parecer satisfecho con su explicación.

"Una buena pieza en bruto también puede tener un cúmulo de imperfecciones," dijo ella rápidamente. "Si las retiro, la piedra en bruto restante puede significarme una buena cantidad de dinero. También podría romperse y dejarme con un pedazo de basura. Ese es el riesgo que corro. Por eso se pueden comprar piedras en bruto al por mayor a un precio decente. Nadie está seguro de cuánto valdrá la piedra o las piedras finales, si es que valen algo."

"Muy bien, es un juego." Se acercó a ella y se dijo a sí mismo que no le retiraría la hebilla del cabello. "Usted tiene el bruto. Lo estudia. Elige la forma. Empieza a cortar."

"A tallar, de hecho. Yo en realidad más que cortar las piedras lo que hago es tallar el exceso para que se revele la belleza natural que hay adentro." Con la punta del dedo golpeó la varita de metal que estaba sosteniendo una gema en la punta con la ayuda del molde de cera. "En ésta, ya decidí en qué ángulo lo áspero encontrará el lengüetazo del esmeril."

"¿Lengüetazo? ¿Como un perro frente a un plato de agua?" *O un hombre amando a una mujer.*

"Eh…" La intensidad repentina de sus ojos la hizo sentir como si estuviera recibiendo un lamido provocativo y sabroso. *Oh, Dios, estoy perdiendo el control.* Frenéticamente, Kate trató de componerse. "Piense en un esmeril como en una especie de lijadora plana, circular, como un CD con dientes de acero," dijo ella hablando tan rápido que las palabras se atropellaban unas con otras. "Uno usa el esmeril más burdo para dar la forma básica, luego va utilizando poco a poco esmeriles más finos y arenilla para el pulido. Durante el proceso, cada faceta de la piedra requiere que ésta sea montada en el equipo para garantizar que cada una de las facetas quede con la forma y los ángulos correctos."

"¿Y las máquinas no pueden hacer eso?" Su voz era más profunda que lo usual. Casi ronca.

"Claro que sí."

Kate alejó la mirada de Sam. Sus ojos azul intenso la ponían nerviosa. Desvalida. Hambrienta. No era que él ignorara sus palabras. La escuchaba con total atención.

Con demasiada atención. Ella casi podía sentir su interés.

"¿Kate?"

Y ella sabía que la atracción física que electrizaba el ambiente no era unilateral. Sólo que no sabía qué podría hacer al respecto, excepto hablar como si su vida dependiera de ello.

"La mayoría del trabajo de corte de piezas de calidad media y baja se hace con máquinas simples manejadas por trabajadores mal pagados del tercer mundo," dijo ella. "Filas y filas de cortadores encorvados sobre sus mesas de trabajo en cuartos impregnados del chirrido de la piedra al ser triturada y en medio de una nube de polvo de sílice. Una verdadera línea de ensamblaje, letal para los trabajadores si el aire no es adecuadamente filtrado."

"¿Y lo es?"

"Algunas veces. Y algunas veces..." Ella sacudió la cabeza. "La talla de piedras de excelente calidad es diferente. Es un trabajo especializado. En ese caso yo corto o tallo piedras de coleccionistas o piedras de diseñadores. Cada una es única. Los programas de computadora preestablecidos son inútiles para mí. Para mí el trabajo rápido y fácil no tiene ningún sentido. Ningún trabajo."

Sam le sacó la hebilla de su cabello negro y sonrió al ver el resultado—y al darse cuenta de que repentinamente a ella se le cortaba el aliento. "¿Y qué viene después?"

"¿Forcejeo con usted para que me devuelva mi hebilla?" dijo ella volteándose para mirarlo directamente. La mirada de sus ojos le hizo preguntarse cómo sería tener sexo en una mesa de trabajo. "Olvídese de lo que pregunté," dijo ella rápidamente.

"No creo que pueda."

"Una vez que las piedras han sido cortadas," dijo ella, sobreponiendo sus palabras a las de él, hablando rápido antes de hacer algo realmente estúpido, "en la mayoría de los casos son vendidas por libra o por kilo a fabricantes de joyas en masa. Una vez más, la mayor parte del trabajo de ensamblaje se hace en otros países como la India, y especialmente en China. Las piedras realmente raras son compradas tal cual por coleccionistas o inversionistas o diseñadores. La gran mayoría de piedras son cortadas en Asia con destino a los joyeros de los centros comerciales o a amateurs o—estoy tartamudeando. Deje ya de jugar con mi cabello."

"No se lo estoy tocando."

"Pero quiere hacerlo," lo acusó ella. "Lo está pensando."

"¿Y usted? ¿Lo está pensando?"

"Sam, ayúdeme con esto. ¿O me equivoco acerca de los

agentes que se involucran sexualmente con sus informantes?" preguntó ella esperanzada.

Él cerró los ojos. Cuando los abrió, ya no ardían de sed. "No. Yo sería enviado a Fargo o sería despedido. Si los jefes pudieran, harían ambas cosas."

Ella soltó el aire y trató de convencerse a sí misma de que no estaba decepcionada. Seguro. Sentir como si a uno lo soltaran al vacío desde el tejado no es ninguna decepción.

"Un destino peor que la muerte," dijo ella con voz suave. *Ahora recuerda respirar. Buena chica. Yo sabía que podías hacerlo.* "Sólo tenemos que asegurarnos de que eso no ocurra. ¿Correcto?"

"Déjeme pensarlo." Luego suspiró. "Correcto."

Sam pensó una vez más en hundir su cara en el cabello de Kate y sentir sus piernas enroscarse en su cuerpo, mientras él empujaba hasta el fondo. Luego ocultó su lado humano y sacó de nuevo a la superficie el agente que era.

"Si usted fuera asaltante de mensajeros," dijo él, "¿en qué parte de la cadena alimenticia de las gemas empezaría? ¿En el exterior?"

Como un interruptor de la luz. Encendemos de nuevo al agente. Kate se dijo a sí misma que se sentía agradecida. Y se lo repitió.

"No," dijo ella apretando los dientes. "No en el exterior."

"¿Por qué?"

Ella soltó el aire y se dijo a sí misma que su pulso había retornado al ritmo normal. Totalmente normal. *Para un velocista.* "Allá no han oído hablar de Miranda y sus cárceles son huecos de mierda."

"¿Experiencia personal?" preguntó él, sorprendido.

"No mía. Eso no quiere decir que no sea real."

"Oh, es real," aceptó él.

"¿Experiencia personal?" preguntó ella en tono seco.

Él no respondió. Reclinó una cadera sobre la mesa maciza y movió un poco el arnés de su arma para quedar más cómodo. "O sea que usted no empezaría cerca de las minas. ¿Adónde iría después?"

De hecho, estoy pensando en sacarle su revólver, y dispararle al policía para que Sam pueda salir de nuevo la superficie. Si hubiera sabido que tenía tan solo una oportunidad, me hubiera lanzado sin pensarlo.

Todo lo que dijo en voz alta fue: "iría a ver a uno de los grandes mayoristas que importa piedras a los Estados Unidos."

"¿Por qué?"

"Porque controlan gran cantidad de gemas y establecen inventarios por libras y kilos. Sería fácil mezclar las piedras robadas y las legales, siempre y cuando no haya robado algo muy sobresaliente."

"¿Como los Siete Pecados?"

Al sacudir la cabeza para confirmar que estaba de acuerdo, su cabello resbaló y se deslizó por su cuello.

Sam acalló completamente su lado humano y se mantuvo en el papel de policía.

"Con toda la costosa publicidad," dijo Kate, "las gemas de color—especialmente las gemas de color tratadas—no son *tan* raras. Ni tan únicas. Un puñado de pequeños zafiros en bruto no basta para acelerarle a uno el corazón, tal vez tratados y tallados podrían acelerar algo el pulso, pero sólo durante unos pocos instantes." Ella soltó el aire lenta, calladamente, y sintió su propio pulso disminuir. Mejor. Mucho mejor. "Luego uno empieza a ver las diferencias en la talla, la calidad y el color. Hay mucha basura por ahí."

Sam intentó imaginar un puñado de gemas. No pudo. Pero era por eso que tenía su experta privada. Ella podía imaginar eso y mucho más.

Era su propia imaginación lo que representaba un problema.

"Y si eso no es suficiente, una vez que haya pasado por todo el proceso de la operación en la línea de ensamblaje de corte y pulido," dijo Kate, "todo lo que debe hacer es tomar una manotada de gemas de tallado ordinario y pensar en el trabajo que representará poner todos esos pedacitos de brillo en un collar de plata o de oro de diez quilates."

Él no pudo evitar reír aunque lo intentó. Al menos, eso distensionó el deseo que lo invadía.

"Es cierto," dijo ella.

"Le creo. Sólo estaba pensando en los sueños de infancia sobre el cofre del tesoro y los piratas. ¿Qué habría dicho Barba Negra?"

"Barba Azul."

"Lo que sea." Por su sonrisa Sam decía *te pillé*. "O sea que usted también soñó."

"¿Acaso no sueñan todos los niños?"

Su sonrisa se desvaneció. "No. Soñar toma energía, salud, esperanza. Esas cosas son realmente escasas en algunos tiempos y lugares."

Antes de que Kate pudiera preguntar sobre la sombra en sus ojos—¿eran del agente o del ser humano?—él ya estaba hablando.

"Muy bien, usted ya tiene a su mayorista," dijo él. "¿Luego qué pasa?"

Ella parpadeó, aceptó el cambio de tema y dijo: "El mayorista podría ser también un fabricante de joyas, un minorista o un comerciante de gemas, todo lo que se requiere es recibir grandes cantidades de gemas, de manera que algunas piedritas extras aquí y allí no detonen la alarma. Es posible incluso que el dueño de la compañía ni siquiera sepa lo que ocurre. Sería suficiente tener unos pocos empleados corruptos."

"¿Y qué ocurre si las piedras no son, eh, ordinarias?"

"Uno las corta de nuevo hasta que lo sean. O las esconde hasta que el plazo de la ley de prescripción venza."

"Parece un desperdicio."

"Si en un comienzo usted pagó por la piedra terminada, es un desperdicio tallarlas todas de nuevo. Si no lo hizo, sólo perderá lo que representa el tiempo del tallador—y el tallador en este caso probablemente es una máquina."

"¿Y qué ocurre en el caso de los Siete Pecados?"

"Me temo que seis de los siete ya han sido tallados de nuevo y reducidos a piedras que deben pesar entre dos y cinco quilates." Su voz era lúgubre. "Quizás, sólo quizás, una piedra de diez quilates podría escabullirse y salir del anonimato. De cualquier forma..." Ella sacudió la cabeza. "Algo increíblemente raro y hermoso se ha perdido para siempre. Zafiros azules como los Siete Pecados simplemente ya no son extraídos de las minas. Quizás incluso ni siquiera existen, excepto en algunas pocas colecciones privadas y algunos museos, tan escasos que se pueden contar con los dedos de la mano."

La mirada en el rostro de Kate hizo que Sam deseara no haber preguntado. Pero ese era su trabajo—hacer preguntas que tenían respuestas tristes.

"O sea que las bandas que están asaltando a los mensajeros," dijo él, "no tienen ningún problema en deshacerse de mercancías en los Estados Unidos, incluso si se trata de gemas en bruto y no de Rolex Oysters."

Ella se arriesgó a mirarlo directamente a los ojos. Azules. Intensos. Fríos. *Concentrado en su trabajo de policía. Eso es bueno. De verdad.*

Bueno, no lo es, pero si duda es más seguro.

"Si las bandas no pudieran deshacerse de su mercancía aquí," dijo ella. "Podrían hacerlo en el exterior. No todo el mundo tiene mis prejuicios sobre las cárceles extranjeras."

"Pero en términos generales, ¿usted cree que es más probable que la mercancía robada a los mensajeros en Estados Unidos se quede en los Estados Unidos?" preguntó Sam.

"Depende del paquete." Soltó de nuevo el aire. *Muy bien, chica. El ritmo cardiaco regresa a la normalidad.* "Tenemos un inmenso mercado para las piedras de color de nivel bajo. Todo el mundo las vende y las compra, hasta su abuela, en las subastas de Internet. Teniendo en cuenta ese hecho, ¿para qué enviar mercancía a la India, que históricamente tiene sus propias líneas de suministro de gemas de color?"

"¿Podría darme una lista de puntos de venta probables para las gemas robadas?"

Kate dudó. Seguro que podría dársela. En ese momento era ciento por ciento policía. "¿Se refiere a probables negocios turbios o a una probable línea de suministro para esconder algunas mercancías adicionales?"

"Ambas. Los Purcell, por ejemplo. Según lo que usted sabe acerca del negocio, ¿ellos podrían haber sido un punto de venta regular para mercancías calientes?"

Ella se mordió el labio.

"No se preocupe," dijo Sam. "No tendrá que declarar bajo juramento en la corte." *Todavía.*

"He oído algunos chismes."

"¿De qué tipo?"

Ella se paseó por el borde de la mesa de trabajo más cercana. Al caminar, tocaba el equipo sin cambiar el orden de las cosas.

"¿Kate?"

Después de un momento ella se volteó y quedó cara a cara frente a Sam. "Odio los chismes."

"Lo imaginé por la forma como guardó el secreto sobre Lee," dijo Sam. Luego observó el cambio en su expresión al oír el nombre de su medio hermano. "¿Acaso Lee?"

"¿Acaso Lee qué?"

"Odiaba el chisme." La voz de Sam, como su expresión, era neutra e impaciente.

Kate dudó, luego sacudió la cabeza tristemente. "Era su único vicio."

"¿Qué le dijo?"

Ella entrelazó los dedos. "Cielos, Sam, podría abrir la boca y arruinar la vida de algún comerciante honesto."

"O podría mantener la boca cerrada y acortar su propia vida," dijo él sin rodeos. "Quien haya masacrado a los Purcell no se compadecería ni de Santa Teresa y usted lo sabe. Y si no lo sabe, se lo estoy diciendo ahora, fuerte y claro. A la gente mala le encanta que le jueguen limpio. No lo haga, Kate. Eso podría llevarla a la muerte."

Durante un largo lapso de tiempo sólo hubo silencio.

"De acuerdo," dijo ella finalmente, suspirando. "Los Purcell tenían la reputación de no hacer demasiadas preguntas acerca de los dueños anteriores si uno les vendía piedras a buen precio."

Sam ya sabía eso, pero asintió para que ella continuara.

"El negocio llamado Worldwide Wholesale Estate Gems, que vende joyas antiguas al por mayor provenientes de todo el mundo, no tiene buena reputación," dijo ella a regañadientes.

"¿En qué sentido?"

"Casi todo el mundo sabe que sacaron al mercado más piedras sueltas de las que el estado registró. Particularmente de fuentes suramericanas."

Sam anotó mentalmente el nombre. Apostó a que la sede de la compañía estaba ubicada en Aruba o en Panamá o en algún otro lugar donde los bancos eran amigables y no hacían preguntas. Tampoco obtenían respuestas. Sólo un acto de Dios o de algún pirata informático de clase mundial podría sacar información de esos lugares.

"La reputación de los importadores que abastecen el negocio de los coleccionistas varía," dijo Kate. "Estoy pensando en Starr Crystals y Overseas Coral and Gems."

"¿Esos negocios están en capacidad de manejar el tipo de mercancía de alto nivel que algunas veces transportan los mensajeros, especialmente para una exposición de gemas como ésta?"

"Probablemente no, a menos de que su objetivo sea negociar con coleccionistas privados o reforzar sus propias cuentas de jubilación."

Algunos de los mensajeros que perdimos transportaban relojes Rolex y monedas de oro," dijo Sam. "¿Cree usted que esas mercancías también van a parar a los mismos puntos de venta a donde son llevadas las piedras en bruto y las gemas sueltas?"

Kate reflexionó. "Si usted tiene una cadena de joyerías, tal vez. Algunas de esas operaciones siguen los circuitos de las gemas porque hacen sus propios trabajos de joyería y les gusta mantenerse al tanto de lo que está caliente en el negocio. Una de las operaciones familiares de ese tipo es la de la familia de Peyton Hall. Morgenstern e Hijos es otra. Joyas y Gemas Heartstone es la tercera. Todos están aquí en Scottsdale. Luego están las cadenas a nivel nacional."

Ella se encogió de hombros. "Hay otras tres grandes que podría mencionarle y quizás unas quince en el siguiente nivel. Cualquiera de ellas podría ser un punto de venta de mercancías robadas, ya sea a nivel nacional o a través de un gerente local corrupto. Sus representantes también siguen el circuito de las gemas para tener una idea de lo que ocurre en el mercado."

"¿Y qué puede decirme del predicador local?" dijo Sam irónicamente.

Ella rió. "¿En otras palabras, le estoy dando demasiados sospechosos?"

"Hey, yo pregunté."

Su sonrisa se desvaneció. "Estoy segura de que las compañías de mensajería también son sospechosas. Y los mensajeros mismos."

Él asintió.

"Incluso los mensajeros de mi padrastro," dijo ella.

"Sí."

"Y mi padrastro."

"Usted sabe la respuesta," dijo Sam.

"¡Mi padrastro no es un ladrón!"

Sam miró los ojos furiozos de Kate y su semblante decidido, y deseó con todas sus fuerzas que estuviera en lo cierto.

Por el bien de todos.

"Muy bien," dijo él. "Lea una vez más el expediente de Lee. Podría detectar algo nuevo ésta vez."

"No detecté nada las tres primeras veces."

"Cuando pueda recitarlo al pie de la letra, tendré compasión. Mientras tanto, hay alguna gente con la quiero hablar."

"Es más probable que hablen si yo también voy," dijo Kate.

"No."

"¿Por qué?"

Sam se dirigió a la puerta del cuarto de trabajo sin responder. Pensó que ella no querría saber que el expediente de Lee sería actualizado muy pronto, lanzándola a ella a la línea de fuego. Estaba seguro de que no quería ser él quien tuviera que decírselo.

Y sabía que sería él.

Capítulo 32

Scottsdale
Viernes
10:12 a.m.

"¿Dónde diablos está Groves?" preguntó Kennedy impaciente, cerrando tras él de un golpe la puerta de la suite de Sizemore que daba hacia el pasillo.

Doug se enderezó casi sin terminar de servirse una taza de café de la cafetera de Sizemore que permanecía caliente. En el otro extremo del cuarto, Sizemore gruñía por el teléfono, culpando a alguien de su oficina de Los Ángeles por no evitar que el sol saliera o se ocultara. Doug sólo escuchaba una parte de la conversación, así que no estaba seguro de cuál había sido el error garrafal que había cometido el pobre empleado.

"El Agente Especial Groves está trabajando en las pistas de su IC," dijo Doug. "Cuando obtenga algo significativo, usted será el primero en saberlo."

"Bravo," dijo Kennedy, poco impresionado. "Colton dijo que ella era una mujerzota."

"Bill Colton quiere ser el próximo AEE en Phoenix." Doug llenó su taza con el líquido negro letal antes de voltearse hacia su jefe y dijo: "Groves es un obstáculo para las ambiciones de Colton. Un pequeño asunto de jerarquía y casos resueltos."

"Colton es un gran trabajador."

Doug tragó saliva y se encogió de hombros. "Colton es un agente decente, un buen burócrata, y un adulador talentoso. Eso no debe ser una novedad para usted después de trabajar con él durante una semana."

"Usted gasta demasiado tiempo protegiendo a su mascota cabeza dura," replicó Kennedy. "En un momento yo no quise tener a Groves en la unidad de lucha contra el crimen."

"Groves obtiene resultados." *Y espero como un demonio que obtenga alguno bueno y pronto en este caso.*

"Entonces dígale al cerdo ese que deje de rascarse las pelotas y que me traiga algún resultado antes de mañana," gruñó Kennedy. Tomó una taza limpia y la llenó de café. Cada movimiento que hacía irradiaba furia. "Esta unidad se está convirtiendo en un verdadero mierdero. Ya llevamos cuánto—¿tres meses en esto?—y todo lo que tenemos son más atracos y más asesinatos, y ni una sola pista. Tengo al director llamándome para que le dé informes actualizados y todo lo que puedo decirle es la misma basura que Groves dijo en el noticiero de las seis."

"Estamos haciendo todo lo que está a nuestro alcance."

"Estamos quedando como idiotas."

Doug no lo contradijo. Tampoco señaló la verdadera razón que explicaba el humor de Kennedy. Todas las unidades de lucha contra el crimen empezaban y terminaban en política. Lo mismo ocurría con las carreras de los agentes especiales supervisores. Arthur McCloud, el hombre que había perdido el envío, dando lugar a la creación de la unidad de lucha contra el crimen, era hermano de la esposa del actual presidente. Si Kennedy rompía la red de atracadores, su carrera estaría hecha. Y si no lo hacía, bueno, podría retirarse antes de tiempo.

Para un hombre con la ambición de Kennedy, pensionarse era peor que la muerte.

Sizemore colgó con fuerza el teléfono y se dirigió indig-

nado hacia el balde de hielo y cerveza dejando a un lado el
gran recipiente de café. Antes de las 2 p.m. tomaba bebidas
ligeras. Después de esa hora, se pasaba a lo que realmente le
gustaba.

"¿Y bien?" le preguntó Kennedy.

Sizemore le dio un tirón a la lengüeta de la lata. La
espuma salió a borbotones. "Nada." Bebió un sorbo. "Ni
mierda. ¿Y tú?"

"Posible identificación de un ecuatoriano del que los informantes dicen que está metido en drogas, asesinato, robo y
gemas," dijo Kennedy. "Llegó en un avión privado que ate-
rrizó en el aeropuerto de Scottsdale."

"¿Lo atrapaste?"

"No hay orden judicial," dijo Doug. "No hay causa probable."

"Dámelo a mí," dijo Sizemore. "En unas cuantas horas
tendré suficiente mierda probable para enterrar a cualquier
juez."

"Está el pequeño asunto de la constitución," dijo Doug en
tono ligeramente irónico. "Se interpone bastante en nuestro
camino, aunque nos hemos encariñado con ella."

Sizemore resopló y se tomó otro gran sorbo de cerveza.

Kennedy sonrió de mala gana. Doug podía tener debili-
dad por los testarudos, pero también tenía facilidad para
desviar la ira. Con Sizemore rondando a su alrededor era un
talento útil.

"Bueno, de lo que tenemos, ¿qué puede conducirnos a
algo nuevo?" preguntó Sizemore.

"Hemos solicitado que la policía local esté muy atenta a
todos los mensajeros que transiten por su territorio y de quienes se sepa que están trayendo mercancías a la exposición."
Kennedy se encogió de hombros. "Los distintos agentes ha-
rán lo que puedan, pero todo aquel que trabaje para el estado,
para el condado o para la ciudad está realizando dos trabajos
para compensar las dificultades presupuestarias."

Sizemore gruñó. "Les he dicho a los comerciantes que pa-
guen la mitad de lo que vale contratar a alguien armado vein-

ticuatro horas por siete días a la semana para cuidar a sus mensajeros. Yo pago la otra mitad. Tuve que alquilar algunas placas cuadradas para cubrirlos a todos, pero no había otra opción." Hizo una mueca al pensar en contratar hombres que nunca habían pertenecido a una fuerza de seguridad. "Si perdemos más envíos los clientes perderán confianza. Es mejor subcontratar guardias de seguridad que no tener nada. O casi nada."

Kennedy terminó su café y se dejó caer en la silla más cercana con la pesadez de alguien que no ha dormido lo suficiente. "Si perdemos un envío más, será mi cara la que aparecerá en las noticias de la noche. Los medios de comunicación están aullando por sangre con relación a este caso." Encendió un cigarrillo y lanzó una bocanada de humo. "A los bastardos no les importa que uno esté muerto mientras puedan sacar una tajada."

Sizemore se sentó en su silla favorita—con la cerveza a un lado, los documentos apilados y la taza de café frente a él. "No es que los Purcell fueran ningunos santos," dijo Sizemore ojeando un informe que Sharon había preparado para él. "Según la investigación que hice parece un manual de instrucciones para perdedores y tramposos."

"¿Sí?" preguntó Kennedy estirando la mano. "Déjame ver. Tal vez puedo agregar algo a la fuente de los medios de comunicación y lograr una historia algo diferente en las noticias de hoy. Me estoy enfermando de escuchar sobre 'el cruel asesinato de una pareja de abuelos de tres niños.' "

Más valía no hablar con los medios de comunicación, pensó Doug. *Lo que es bueno para otros no lo es para un AES en aprietos.*

"¿Qué hay del informante confidencial de Groves?" preguntó Sizemore.

"Él está siguiendo todas las pistas que tiene," dijo Doug. "Mario está ayudando."

"¿Qué pistas?"

"Las que Kennedy le mencionó."

"No mencionó ninguna."

Doug hizo una expresión de preocupación. "Entonces yo no debo."

"Dile," dijo Kennedy sin dejar de mirar el informe de Sizemore.

Doug debió haber mantenido su boca cerrada, pero no sabía esquivar una orden directa. "Podría, sólo podría," enfatizó ligeramente la palabra, "haber alguna conexión entre los asesinatos de los Purcell y la desaparición de Lee Mandel hace cinco meses."

Sizemore frunció los ojos. "¿Mandel? Refresca mi memoria."

"El mensajero que desapareció en Sanibel, Florida," dijo Doug. "Estoy seguro de que tienes una copia de nuestro expediente sobre ese caso en alguna parte."

Sizemore buscó en una pila de papeles, luego en otra, hasta que sacó un expediente. Lo ojeó con una velocidad que decía que la cerveza podía ser su bebida favorita, pero que su cerebro no estaba en apuros todavía.

"Veamos, Lee Mandel... desaparecido, sin rastro... ningún contacto con la familia... el padre es dueño de Mandel Inc. Servicio de Mensajería..." Gruñó Sizemore. "No aparecen transacciones con tarjeta de crédito ni en cheque... no se menciona uso de teléfono celular... ninguna descripción del paquete desaparecido ni de su contenido."

"Esa fue la decisión de Arthur McCloud," dijo Doug. "Él dijo que tenía mejores medios de rastrear el envío perdido que nosotros, y que entre menos se dijera más fácil sería encontrar el paquete perdido. Su compañía de seguros estuvo de acuerdo."

"¿Pero crees que eran gemas?"

"Teniendo en cuenta que McCloud es un coleccionista conocido de gemas raras y extraordinarias," dijo cuidadosamente Doug, "el FBI supone que de alguna manera había gemas involucradas en este caso. McCloud no confirmó ni lo uno ni lo otro. Tampoco lo hizo su compañía de seguros, aunque avaluó en un millón de dólares el paquete desaparecido."

"Debe ser agradable ser el cuñado del presidente," dijo Sizemore. "Uno no tiene que decir sino lo que quiere."

"McCloud tiene mejores conexiones con la comunidad internacional de gemas que nosotros," dijo Kennedy, sin dejar de mirar todavía el expediente de Purcell. "Purcell era un imbécil. El tipo que lo mató le hizo al mundo un favor."

"Si ser un imbécil fuera un crimen capital, quedarían vivas doscientas personas en todo el planeta," dijo Doug, aliviado de que se hubiera dejado de lado el tema del informante confidencial de Sam, "y nos estaríamos cazando unos a otros."

"Pagaría por ver eso." Kennedy sonrió y botó de nuevo el expediente sobre una de las pilas de documentos de Sizemore. "Tengo que hacer una llamada. ¿Qué creen que suena mejor—abuelo viejo verde o abuelita ladrona?"

"¿Qué robó ella?" preguntó Doug.

"La página web que tenían era una estafa."

"¿Ah, sí? ¿Cuándo fueron condenados por eso?" preguntó Doug. "No vi nada de eso en su expediente."

Sizemore golpeó contra la mesa la lata vacía de cerveza. "No fueron condenados. Nadie pierde tiempo en timadores de Internet a menos que hagan pornografía con niños." Ojeó otra página del expediente de Mandel.

"Además," dijo Kennedy, "¿cuándo se han preocupado los reporteros por la letra menuda? Ellos necesitan noticias sensacionalitas para vender publicidad."

"¿Y qué hay de los abogados?" preguntó Doug.

"No se puede calumniar a un hombre muerto," dijo Kennedy animadamente, alcanzando el teléfono.

Capítulo 33

Peyton se ajustó la chaqueta de su traje oscuro y esperó impacientemente a que Eduardo respondiera el maldito teléfono celular que Hall Jewelry International le pagaba.

"Bueno, ¡hola!"

Haciendo una mueca, Peyton alejó el teléfono celular de su oreja. Eduardo gritaba para que le escucharan a través del ruido usual que hacían los cortadores de piedras provenientes de las "sucesiones."

"Retírese a un sitio menos ruidoso," dijo Peyton gritando. "Yo espero."

"Sí, sí, claro. Un momentito."

Peyton esperó hasta que el ruido y el parloteo del cuarto donde estaban tallando piedras disminuyó hasta convertirse en un sonido de fondo irritante.

"¿Así está mejor?" preguntó Eduardo.

Peyton no perdía tiempo en hablar tonterías. "Dentro de tres días recogerá un paquete en el casillero postal especial. Más o menos medio kilo. Mézclelo con el cuarto envío de mayo de Tailandia y siga el procedimiento normal."

"Sí. Sí."

"Habrá un segundo paquete al mismo tiempo. Buena mercancía. Una parte deberá ser retallada."

"Sí."

Peyton metió la corbata debajo de la chaqueta. "¿Eduardo?"

"¿Sí, señor?"

"Si saca más del cinco por ciento del segundo paquete, iré a llorar a su funeral."

"Mi primo estará muy triste, señor."

"Su primo no es la única persona en Los Ángeles que tiene un revolver," replicó Peyton. "No más del cinco por ciento, ¿entendió?"

"Entendí. No le haré trampa, señor. Usted lo sabe, ¿o no?"

"Sí claro, San Eduardo. No me crea estúpido." Peyton rió con voz ronca. "Cinco por ciento o es hombre muerto."

Y después de pensar en la mercancía que había visto una hora antes, Peyton sabía exactamente a quién llamaría para hacer el trabajo.

Capítulo 34

Worldwide Wholesale Estate Gems tenía un puesto de venta en el mismo salón donde habían estado recientemente los Purcell. Todo lo que había antes en el salón había sido reorganizado para cubrir el vacío que había quedado al retirar el puesto de los Purcell. WWEG había contribuido expandiendo su exposición con otra vitrina de gemas "antiguas."

"¿Un zafiro grande azul?," preguntó Tom Stafford inclinándose hacia adelante sobre el pesado mostrador de vidrio del puesto. "¿Qué tan grande?"

Sam metió su placa en el bolsillo de la cadera y sacó una de las fotografías de Kate del zafiro azul con talla de esmeralda. Puso la foto brillante sobre el mostrador de WWEG. "Aproximadamente cuarenta quilates, ¿lo toma o lo deja?"

Stafford silbó en silencio. "Si el registro de color de esa foto es real, es una piedra realmente hermosa."

"¿Ha visto recientemente alguna piedra que se le parezca?"

Stafford parecía incómodo. "Eh..."

Sam se preguntó si debería plantarle su placa en la nariz poco cooperativa de Stafford. Sin duda sentía ganas de hacerlo.

Kate tenía razón. Nadie quería hablarle al FBI, aún cuando hubiese ocurrido un asesinato macabro en su propio patio trasero repleto de gemas.

"Haga un esfuerzo por recordar, Sr. Stafford," dijo Sam aparentemente tranquilo. "Otras personas han identificado la piedra a partir de esta fotografía. Sería extraño que usted, un comerciante cuyo puesto estaba situado al lado de los Purcell, nunca hubiera notado una gema como ésta."

Stafford movió los pies, pasó los dedos por su corbata, y dio golpecitos con los dedos en la tapa del mostrador. "Los Purcell tenían una que podía parecerse a esa," dijo finalmente. "Pero no puedo estar seguro de que sea la misma piedra."

"Ah, ¿así que suele ver piedras como ésta habitualmente?" preguntó Sam, sonriendo.

Era el tipo de sonrisa que hacía que las personas más astutas quisieran salir corriendo por la puerta más cercana.

Stafford aclaró su garganta y se tocó de nuevo la corbata. "Bueno, no, no muchas, claro que no, pero he oído rumores sobre una piedra sintética muy parecida a la de su foto."

"¿Qué tipo de rumores?"

Stafford se movió incómodo y miró hacia el puesto cerca de la puerta. "No sé. Usted sabe, cuando uno anda con comerciantes de gemas oye cosas."

Sam siguió la mirada del otro hombre. En realidad, Sam no esperaba que la comerciante de pelo gris colaboradora tuviera un secreto tan jugoso, pero habría sido agradable.

"¿Ha oído hablar o ha visto alguna de las piedras desde el asesinato?" preguntó Sam.

"No." El rostro de Stafford, como su voz, no invitaban a formular más preguntas.

"Y usted nos diría si fuera así," dijo cínicamente Sam, metiendo en su bolsillo la foto del zafiro.

"Claro que sí. Que cosa tan terrible. Simplemente terrible."

"¿La piedra?" preguntó Sam, inexpresivo.

"Los crímenes," dijo Stafford, tratando de parecer un predicador o un empresario de pompas fúnebres—no alguien del círculo íntimo de las víctimas, pero, aún así, sintiéndolo. "Algo horrible. Oí que había sangre por todas partes. ¿Usted estuvo allí? ¿Usted lo vio?"

Dios, otro buitre. "Gracias por su ayuda, Sr. Stafford." Sam sacó una tarjeta profesional con el escudo azul profundo y dorado brillante del FBI en relieve. "Si recuerda algo, si piensa en algo, si escucha algo, en cualquier momento, por favor llame a este número."

"Claro que sí. Conozco mis deberes de ciudadano."

La sonrisa de Sam no fue más allá de sus dientes. "No me cabe la menor duda." Iba a voltearse, cuando decidió preguntar algo más. "¿Es inusual ver una piedra como ese zafiro?"

"Eh . . ." Stafford pensó y decidió que no arriesgaba nada al decir la verdad. "Si no hubiera sido tratada, la piedra sería muy inusual."

"¿Y si hubiera sido tratada?"

"Bueno, el corte es inusual tratándose de un zafiro azul, pero encontrar zafiros azules tratados de ese tamaño no es *tan* inusual, si usted entiende lo que quiero decir. Por WWEG pasan cientos de piedras grandes de color cada mes, en especial desde los recientes disturbios en el Medio Oriente, Pakistán, Afganistán, Rusia, etc. Esos países albergaban y albergan algunas de las más poderosas fortunas personales del mundo. Cuando las cosas se ponen feas, las joyas de la abuela van a parar al mercado. Las monturas no tienen mayor valor, pero las piedras por lo general son buenas."

"¿Qué tipo de formas de zafiros azules ha visto usted de más de cuarenta quilates?"

El hombre pareció de nuevo incómodo. "No estoy seguro de entender su pregunta."

Sam sonrió.

Stafford pareció aún más preocupado. "Eh, quiere usted decir que si he visto algún otro zafiro con corte de esmeralda . . ."

"Formas. De cualquier tipo. De más de cuarenta quilates."

"Eh, formas... eh... más de cuarenta..."

Sam esperó.

Stafford se parecía más a un hombre decidiendo si el próximo paso que daría sería sobre una mina terrestre que a un hombre tratando de hacer su deber cívico. "Eh..."

"Cuarenta quilates," dijo Sam de nuevo. "Eso sería del tamaño de su dedo gordo hasta la primera coyuntura."

"El quilate es una medida de peso, no de tamaño. Algunas piedras son más pesadas que otras, o sea que cuarenta quilates de una piedra más pesada no sería tan grande como cuarenta quilates digamos, de feldespato. De hecho..."

"De hecho, estamos hablando de un zafiro azul," interrumpió rudamente Sam. "Con talla de esmeralda, brillante, con forma de corazón, forma de pera, oval, cuadrado, de cualquier forma que usted pueda imaginarse. De más de cuarenta quilates. ¿Le suena o todavía no?"

"Eh..."

"¿Alguna vez ha oído hablar de los Siete Pecados?"

"Usted se refiere a cosas como la pereza, la glotonería y..."

"Como esto." Sam plantó una foto de los siete zafiros azules en las narices de Stafford y vio como se le desorbitaban sus ojos.

"Dios. Dios. Dios." Stafford tragó saliva con dificultad. "¿Son *reales?*"

"¿Ha visto u oído algo relacionado con estas piedras?"

Stafford trató de asir la foto.

Sam la retiró hacia atrás.

"¿Acaso Purcell tenía todas esas piedras?" preguntó Stafford con voz ronca. "Dios mío, ¿de dónde las sacó? Por qué no..."

"Nadie ha dicho que esas gemas fueran de Purcell. ¿Es eso lo que está diciendo?"

"No, no, no. Es sólo que si tenía una, yo supuse que tendría el resto."

"¿Es eso lo que todo el mundo supone?" preguntó Sam.

"Yo no sé." Stafford sacudió la cabeza como si estuviera emergiendo de aguas profundas. "Yo sólo sabía acerca de la piedra con talla de esmeralda. Fue la única que me mostró. No puedo creer que guardara el resto en secreto. A él le fascinaba hacer alarde de esa piedra y vernos babear por ella. Todavía no puedo imaginar por qué le fue ofrecida a él y no a..." La voz de Stafford desapareció.

"¿Y no a usted?"

Por su expresión, Stafford se sintió incómodo.

"Usted *es* uno de los principales compradores de WWEG, ¿no es cierto?" preguntó Sam.

"Sí." Habló casi susurrando.

"¿Purcell era conocido por comprar mercancía costosa?"

Involuntariamente, Stafford soltó la risa. "Casi todo lo que tenía eran baratijas."

"Sin embargo le cayó el premio gordo azul. ¿Por qué?"

"Eh..."

Sam esperó.

Stafford empezó a transpirar.

Sam esperó un poco más.

"Mire," dijo Stafford de prisa. "Yo no puedo ayudarle. Lo siento. Obviamente, Mike Purcell tenía algunos contactos que yo no tengo. Y le doy gracias a Dios por ello. Yo no quiero terminar como él, con la lengua colgando hacia afuera por la garganta, Dios me libre."

Sam se quedó quieto. "¿Quién le dijo eso?"

"Yo no sé, solamente lo escuché en alguna parte. Usted sabe, cuando uno anda en el negocio de las gemas..."

"Uno oye cosas," interrumpió Sam, porque ya había oído eso antes y estaba cansado de oír lo mismo. "Sí, ya sé. ¿Qué más ha oído?"

"Nada," dijo Stafford desesperado. "Mire, yo soy un hombre de negocios honrado. No puedo ayudarle y al quedarse ahí parado usted está arruinando mi negocio."

"¿Por qué un agente del FBI alejaría a los clientes de un hombre de negocios honrado?"

Stafford gruñó.

Sam decidió que tenía mejores cosas que hacer que ver a Stafford dar vueltas en el aire. Por lo menos Sam esperaba que así fuera. Tal vez con maña lograría sacarle algo a Stafford si pasara con él el resto del día encerrado en un cuarto. Pero, igualmente, era posible que no. Lo que Sam sabía con total certeza era que alguien estaba filtrando información.

La corbata colombiana no formaba parte de los hechos revelados a la prensa.

Capítulo 35

"Tenías razón," le dijo Sam a Kate al tiempo que ponía una bolsa de compras sobre la mesa de trabajo. No sacó la peluca roja ni los lentes de contacto de color. Eso lo tenía reservado para más tarde, cuando le hubiera contado las malas noticias.

Kate, sentada frente a la máquina de transferencia, lo miró. "¿Yo tenía razón? ¿Podrías darme una declaración autenticada y enmarcada?"

Él esbozó una sonrisa. "Oye, ¿así de malo soy?"

"Peor." En seguida ella sonrió. "A decir verdad, eres mucho mejor que la mayoría de los hombres con los que debo lidiar."

"Guau. Me infló el ego."

"Creo que el dicho original es con la palabra 'subió.'"

"Eso también."

Sam caminó por el pasillo entre dos hileras de mesas de trabajo, tocando las máquinas y las herramientas, pero sin moverlas ni dañar su alineación. Notó que el expediente de Lee estaba abierto en el centro de una de las mesas. A la derecha del fólder había una foto de Lee sonriéndole al mundo que muy pronto dejaría.

Sin decir nada, Sam sacó un sobre de su chaqueta liviana. Dejó caer el grueso sobre con el logo del Royale dentro del fólder. No se molestó en sacar el documento donde aparecía el grupo sanguíneo de Lee y su RH, así como un análisis de secuencia VNTR. Era el tipo de jerga que sólo tenía sentido para un técnico de laboratorio o para un fiscal que estuviera buscando clavar a un asesino en la cárcel.

O para alguien que intentara probar que la sangre hallada en el baúl de un automóvil alquilado hacía cinco meses era de Lee Mandel.

En realidad Sam no tenía dudas, pero eso no era de mucha ayuda dentro de un proceso ante el tribunal. Solicitaría una orden judicial para investigar la historia clínica de Lee, así como una orden de cateo de su apartamento, entre otras cosas. Unas cuantas cosas más dentro de una larga lista de diligencias que había iniciado Sam en nombre de un caso que todos habían querido hacer desaparecer hacía cinco meses.

Un caso que, a diferencia de Lee, no desaparecería.

Con expresión grave, Sam se preguntó cuánto tiempo pasaría antes de que alguien notara que el expediente de Mandel había sido reactivado. Semanas, si tenía suerte. Días, lo más probable.

Y si no tenía suerte, sería cuestión de horas antes de que se disparara alguna alarma en alguna parte y Kate tuviera que descubrir si la persona que la había llamado con voz distorsionada electrónicamente hablaba en broma.

La última vez que le dije algo al FBI, me dijeron que si seguía presionando moriría.

A Sam no le gustaba pensar en eso. Continuamente aparecía en su mente la imagen de Kate en una cama empapada de sangre, amarrada por todas partes con cinta adhesiva plateada y a su lado un sádico con un cuchillo.

Kate miró de reojo a Sam. La barba oscura empezaba a crecer en sus mejillas. Sus ojos estaban cansados, furiosos, y más hermosos que cualquier gema que hubiera visto jamás.

Pero había más que eso. Había una inteligencia que lo animaba y lo guiaba. Emociones que corrían veloces y profundas bajo la coraza de su disciplina. Ella sentía todo eso, la frustración y el miedo, la furia y la intensidad.

Le producía temor, pero de alguna manera ella lo conocía lo suficientemente bien como para saber que se estaba preparando para hacer algo que no quería.

"Muy bien," dijo ella, retirándose de su trabajo. "Lance el otro zapato."

"¿Acaso ya lancé el primero?"

"Usted está aquí cuando se supone que debería estar interrogando a los comerciantes acerca de un zafiro azul con talla de esmeralda, luego pone algo en el expediente de Lee y no dice qué es. Ese es el zapato número uno."

Sam se detuvo justo antes de tocar lo que parecía a sus ojos como un ingenioso soplete manual que reposaba a la derecha del fólder. Le lanzó a Kate una mirada de reojo. Sus ojos eran oscuros, y buscaban los suyos. Los dedos largos de su mano estaban quietos, a la espera. Había una fortaleza en ella que lo seducía más profundamente que cualquier atractivo físico. La apariencia se agotaba. El carácter no.

"Sabe, es realmente sorprendente que a los comerciantes *no* les gustan los chismes," dijo Sam. "A todas las personas a quienes les he mostrado la foto han dicho algo así como 'guau, bonita piedra,' Y eso es todo."

"¿Les mostró su placa?"

"Sí."

"Y ellos se callaron," dijo ella.

"Bueno, en realidad ellos hablaron. Sólo que no dijeron nada. Donde más cerca llegué fue con Stafford de WWEG."

Kate se quitó la hebilla y se frotó el cuero cabelludo. "¿Qué dijo?"

"Se sorprendió de que no hubieran contactado a WWEG para que comprara el zafiro."

"Yo también."

"¿Por qué?" dijo Sam, caminando hacia ella, diciéndose a sí mismo que no iba a tocarla. Sólo iba a acercarse lo sufi-

ciente para ver si todavía podía percibir aquel delicioso
aroma veraniego a limón. Se acercó lo suficiente para asegurarse de que ella estaba tibia, viva.

Segura.

"Si el chisme sobre Lee era cierto—hablo en condicional," agregó Kate, "entonces WWEG haría todo lo posible
por desaparecer la mercancía robada." Ella hizo círculos con
la cabeza sobre sus hombros y se frotó de nuevo su cuero
cabelludo. "De hecho WWEG fue uno de los primeros comerciantes a quienes yo me dirigí después de que Lee desapareció. Fue en la exposición de Miami."

"¿Le preguntó a Stafford?" preguntó Sam, deslizando sus
dedos en el cabello de Kate, masajeando suavemente.

"¿Qué está...? No, olvide la pregunta." Ella dejó caer los
brazos a los lados e hizo un ruido que fue casi como un gruñido. "Eso se siente tan bien que debería ser ilegal. Si alguna
vez cambia de carrera, lo recomendaré como masajista en
los clubes de salud locales."

El aire suave de la risa de Sam revolvió el cabello de Kate.
Esto provocó una sensación que se fue extendiendo por
todo su cuerpo.

"En la exposición de Miami no fue Stafford con quien
hablé," dijo ella rápidamente. "Era una mujer. Puedo buscar
su nombre si quiere."

Lo que el quería era sentir el cuerpo de Kate relajarse bajo
sus manos. Y lo que habría querido aún más era estrecharla
de nuevo, en forma diferente, y luego sentirla desbaratarse
entre sus brazos.

"Si Stafford o WWEG hacen algo alarmante," dijo Sam,
"necesitaré el nombre de la mujer. De otra forma..." Él se inclinó hacia ella justo lo suficiente para inhalar el olor a limón
y a verano.

"¿De otra forma?" preguntó Kate.

Ella relajó su cabeza haciendo círculos sobre sus hombros, tratando de ayudarle a él a relajar aquella tensión que
le adjudicaba más a la desaparición de Lee que a las horas
de trabajo que había dedicado puliendo un zafiro verde real-

mente hermoso. Cuando sintió la mano de él ejerciendo presión entre su hombro y su mejilla, dudó. Luego suspiró una vez más y se dejó tocar la mejilla. Con la palma de la mano, Sam sostuvo su quijada.

"Tenemos que hablar," dijo él con voz ronca.

Pero el dedo pulgar de él al acariciar la cara de Kate era lo suficientemente suave como para dejarla sin aliento.

"Creí que estábamos hablando," dijo ella.

"Tenemos dos problemas."

Ella movió el mentón justo lo suficiente para tocar con su boca el dedo pulgar de Sam. "¿Cuál es el primero?"

Su pecho hizo un pequeño silbido al sentir la lengua tibia de Kate en su piel. "Éste."

"¿Está seguro de que no es éste?" Con sus dientes apretó el dedo pulgar de Sam, lo probó y luego lo liberó lentamente.

"Me estás matando."

"Qué divertido, pensé que te estaba seduciendo."

La deseaba en una forma que era nueva para él. Deseaba tomar lo que ella quisiera darle. Deseaba...

Pero no podía. No hasta que no le hubiera dicho. Y después de haberle dicho, ella no querría darle más que el dorso de su mano. "Kate," dijo él, sin poder soltarla. "Yo no debería estar haciendo esto ni tú tampoco."

"Habla por ti mismo."

Él cerró los ojos y luchó contra lo que tanto deseaba saborear.

Kate se dio cuenta de la frustración en su rostro. Abruptamente, maldijo y se levantó, terminando el dulce contacto.

"Olvídate," dijo ella. "Esto no es justo para ninguno de los dos." Con los brazos cruzados sobre su camisa azul con restos de arena, miró a Sam a los ojos. "¿En cuánto tiempo crees que se acabará tu maldita unidad para que puedas ser seducido por una mujer que alguna vez fue tu informante confidencial, sin ser despedido?"

Sam abrió la boca, la cerró, y sacudió la cabeza. "Debo estar loco."

"¿Por qué?"

"Entendí lo que dijiste."

Ella abrió la boca, sacudió la cabeza, y se rió casi sin poder contenerse. "Somos una pareja genial."

"Cartas salvajes", dijo Sam.

Ella lo miró con curiosidad.

"Así es como nos llamó mi AES. Comodines. Cartas salvajes."

"¿Él sabe sobre mí? Pensé que . . ."

"Kennedy sabe acerca de Natalie Cutter," interrumpió Sam, "gracias a una bocota llamada Bill Colton."

"¿Quién es él?" preguntó ella.

"Un agente especial que trabaja en Phoenix y quisiera verme decapitado."

"¿Alguna razón en particular?"

"La usual," dijo Sam.

"¿Y cuál es?"

"Política de la oficina."

Kate se pasó una mano por el cabello suelto. "Ya veo, o sea que tu, eh AE—lo que sea—"

"Kennedy."

"Sabe que tú atrapaste a Natalie Cutter. ¿Y entonces?"

"Entonces me dijeron que te investigara y les informara."

"Y tú me encontraste," dijo Kate. Ella apretó los brazos contra su pecho defensivamente. "Esto no me está gustando. Tú dijiste que podías mantener el carácter confidencial de tu informante *confidencial*."

"Y lo hice."

"¿Entonces cuál es el problema?"

"Dos problemas."

Ella esperó con gran ansiedad.

"El primero es este," dijo Sam, alcanzando el expediente de Mandel y golpeando con los dedos el sobre que había traído con el. "Esto me llegó por fax al hotel."

"¿Qué es?"

"Son los resultados de laboratorio de pruebas tomadas en el baúl del auto alquilado."

Kate se estremeció y dijo con voz cortada, "¿Lee está muerto, no es cierto?"

"No podemos estar seguros hasta no encontrar el tipo de sangre y compararlo con su historia médica o mejor aún con el ADN de un folículo de cabello tomado de su cepillo o de su peine en su apartamento. O quizás se cortó afeitándose y no han desocupado la cesta de basura de su baño. No sabremos hasta que no hayamos investigado más."

Ella asintió muy tensa aún. "¿Cuánto se demorará?"

"Ya solicité órdenes judiciales. No debe haber ningún problema, pues la unidad de lucha contra el crimen tiene prioridad sobre el trabajo rutinario del FBI. Un día, dos, quizás menos. Depende de quién sea el juez. El laboratorio está revisando pruebas rápidas de ADN, o sea que tan pronto como tengamos la orden judicial, podremos proceder y no tomará mucho tiempo. Espero."

"¿Crees que es Lee?"

Sam dudó, se encogió de hombros y dijo, "Creo realmente que la probabilidad es alta."

"¿Qué tan alta?" Su voz era cortante.

"Noventa y nueve por ciento."

Ella flaqueó. "Aun cuando mi sentido común me decía que él estaba muerto, yo aún tenía esperanzas..."

Él estiró sus brazos hacia ella, pero luego dejó caer la mano sin tocarla. "No estaremos seguros hasta no obtener la confirmación del laboratorio."

Kate hizo un sonido que podría haber sido risa o llanto.

"La mala noticia," dijo Sam con voz neutra, "es que tan pronto como el resultado de las pruebas de sangre ingresen al sistema, el expediente de Lee será actualizado. Si—y no estamos para nada seguros—el fantasma que te ha llamado tiene acceso a los archivos del FBI, sabrá que el expediente de Lee ha sido reactivado."

"Pero no sabrá que yo soy quien forzó la reapertura del caso," dijo Kate rápidamente.

"Estas suponiendo que él es sensato y que no te echará

la culpa." Sam levantó una mano para detener la protesta de Kate. "Esa es una suposición que yo no me puedo permitir. Y aunque pudiera, es sólo cuestión de tiempo—poco tiempo—hasta que tu nombre sea de nuevo asociado con el caso."

"¿Por qué?"

"Kennedy está ansioso por saber sobre mi informante confidencia," dijo Sam.

"¿Y?"

"Por un lado están las reglas del FBI, y por otro está la forma como realmente funcionan las cosas. La realidad es que yo no le simpatizo a Kennedy, a Bill Colton le fascinaría echarme en cara que no he sabido manejar las cosas con mi informante confidencial, y él es lo suficientemente competente como para rastrearte de la misma forma como lo hice yo."

"Yo tenía esa duda. ¿Cómo me encontraste?"

"Te vi con Gavin y tomé el nombre de su credencial. Le mostré tu foto..."

"¿Qué foto?" interrumpió Kate.

"La obtuve gracias a las cámaras de seguridad del hotel. Gavin te reconoció de inmediato. Mi AES—Kennedy—tiene una copia de la foto, lo que quiere decir que el buen viejo Bill podría sacarla y mostrársela a todo el mundo hasta obtener tu identidad real tal como lo hice yo."

Kate absorbió lo que decía Sam en silencio. Luego enderezó los hombros. "No creo que haya ningún problema. Nadie obtendrá información del tío Gavin. Él se va hoy." Ella miró su reloj. "Dentro de dos horas tengo cita con él en el lobby del hotel Royale para llevarlo a Sky Harbor."

"¿Vas a ser vista con el único hombre que puede identificarte como Katherine Jessica Chandler, alias Natalie Cutter, alias la mujer que probablemente es mi informante confidencial, alias la mujer que aparece como número uno en la lista de alguien? Bravo, es una movida realmente brillante, cariño. ¿Cuál es tu último deseo antes de morir?"

"Dios mío." Kate se pasó los dedos por el cabello. Al oír a Sam expresarlo de esa forma, el hecho de ser vista con Gavin probablemente no era la idea más brillante que había tenido. "Muy bien. Lo llamaré y . . ."

"Yo lo llamaré," interrumpió Sam. "Y, a propósito, le diré que no hable sobre ti con nadie y que me llame de inmediato si alguien le pregunta por ti."

Ella trató de discutir, pensó en Lee y se calló. "Debe haber *algo* que yo pueda hacer además de adelantar mi trabajo atrasado de tallado de piedras," dijo ella finalmente.

"Lo que debes hacer es irte a un motel y no decirle a nadie excepto a mí dónde estás. Yo pagaré en efectivo de manera que no haya ningún registro de crédito. Que no haya forma de rastrearte."

"Eso es ridículo. No hay . . ."

"Hay muchos motivos," interrumpió él rudamente. "Todo lo que hay entre tú y un asesino con un cuchillo es la falsa identidad de Natalie Cutter."

"Genial," dijo Kate entre dientes.

"¿Qué pasaría si te dijera que empezaras a hacer las rondas de los comerciantes conmigo?"

Ella pareció sorprendida. "¿Me lo estás pidiendo?"

"Lo estoy pensando. De lo que estoy seguro ciento por ciento es de que no estoy obteniendo mucho por mi propia cuenta. ¿Cuántos comerciantes te conocen de vista?"

Ella se encogió de hombros. "No muchos."

"¿Cuántos son no muchos?"

"¿Aquí? ¿En esta exposición?" ella frunció el ceño. "Ninguno de los comerciantes que trabajaban con Purcell me conoce."

"Por ese lado tenemos suerte," musitó Sam. "¿Y qué hay de los que están instalando sus puestos de venta en este momento?"

"Depende de quién está administrando los puestos de los distintos comerciantes."

"Voy a obtener una lista."

"¿Eso quiere decir que me estás pidiendo que te ayude?"

Dijo algo ininteligible entre dientes. "Te estoy pidiendo que te pongas en la línea de fuego, sí."

"¿Cómo podré distinguir la diferencia?" preguntó ella irónicamente.

"Espero que no tengas que hacerlo."

Capítulo 36

A las afueras de Scottsdale
Viernes
3:15 p.m.

Kirby se sentó tras el volante de una camioneta SUV blanca con ventanas de vidrio totalmente polarizadas. Había un contrato de alquiler en la silla del pasajero junto a unas medias largas de mujer, recortadas de forma que sus rasgos serían imposibles de identificar si tenía la mala suerte de que aparecieran testigos. En el piso había una grabadora electrónica que utilizaría para captar la frecuencia de la llave del mensajero y programar una de las muchas llaves en blanco que cargaba siempre. Ahora todo lo que tenía que hacer era acercarse hasta estar a diez pies del automóvil del mensajero y abrirlo con su llave de control de fabricación casera.

Lo bueno de las máquinas era que eran confiables. Estúpidas, pero confiables. Así como el barro artísticamente salpicado en los huecos de las llantas de la pequeña SUV, en el bomper y en la placa de atrás. No había suficiente barro como para atraer la atención de la policía pero, como el hecho de cubrirse la cabeza con una media de nylon, esto hacía prácticamente imposible establecer la identificación.

En cuanto al resto, según los documentos de la agencia de

alquiler, él era Dick Major, jefe de producción de Western Trails Enterprises. Vivía en Hollywood y tenía licencia de conducción de California. En ese momento llevaba puesto un sombrero Stetson negro sobre su cabello temporalmente pintado de negro, tenía barba postiza que le picaba como hormigas de fuego, y una treinta y ocho en la cartuchera de la bota.

Y sudor. También se había puesto una gran cantidad. Había estacionado en la ridícula sombra de un "árbol" del desierto más bajito que él. Pero ese puesto del estacionamiento le facilitaba una vista excelente hacia el taller "Llantas Nuevas." El mensajero había traído su auto al almacén en tres llantas y un rin.

Kirby se había sentido tan aliviado como el mensajero al llegar finalmente a un almacén de llantas. Había sido endemoniadamente difícil seguir un automóvil a veinte millas por hora en una autopista sin llamar la atención. La única buena noticia era que había interceptado la señal de la llave cuando el mensajero cerró el baúl antes de instalar el gato para cambiar la llanta.

Esta vez Kirby no tendría que atravesar el estacionamiento con la palanca de hierro disimulada en la pierna. Podría abrir el baúl de su automóvil del modo fácil y con alta tecnología.

Esperando la oportunidad de hacer el trabajo, se pasó al asiento angosto. Los automóviles de alquiler baratos eran anónimos y endiabladamente incómodos después de las primeras veinte millas.

Cambia la puta llanta, ve a una estación de gasolina a orinar, yo abro el baúl, y cada cual para su casa.

La llanta fue finalmente reparada y el automóvil del mensajero arrancó. Kirby lo vio pasar al lado de dos bombas de gasolina con pequeñas tiendas y un café local que anunciaba cinco clases de cerveza. Cuando el mensajero tomó la ruta más corta de regreso a la autopista, Kirby sabía que no tendría opción. Si quería el paquete, tendría que tomarlo en el estacionamiento de empleados del Royale.

Dudó, luego decidió que si había cambio de turno cuando

llegara, anularía la acción, entregaría el automóvil y volvería a ser Jack Kirby. Pero si no…

Lo tomaré.

Sintió un flujo de adrenalina recorrer su cuerpo. Le gustaba ese golpe familiar, más fuerte y potente y agradable que cualquier cafeína o cualquier coca.

Abrió la guantera, sacó el silenciador, sacó el revólver, y le puso el silenciador. De esa forma, el revólver realmente no se ajustaba bien en la cartuchera de la bota, pero si tenía que disparar no haría suficiente ruido como para advertir a todos los policías del planeta.

Aún así, usar un revolver era arriesgado.

Vale la pena.

Apostaba a que Branson y Sons habían dejado limpias las cajas fuertes para reunir la mercancía de un segundo envío. Eso quería decir que estaba mucho más cerca de una vida tranquila en Venezuela, pescando en el Orinoco y haciendo viajes ocasionales al banco en Aruba.

Sonriendo, Kirby esperó y soñó con peces saltando en el río oscuro para morder la carnada.

Capítulo 37

"Siempre me había preguntado cómo me vería como una pelirroja de ojos verdes," dijo Kate.

"Dinamita," dijo Sam. Puso el freno de mano y miró a su compañera transformada en otra persona. "Pensé que tu piel te delataría, pero es rosada, no color aceituna, incluso sin maquillaje."

"Mis ancestros eran galeses, irlandeses y escoceses, no mediterráneos." Ella miró la actividad del estacionamiento del hotel sin verla realmente. "Antes me lamentaba por tener el cabello negro, los ojos oscuros y la tez del color de la barriga de un pescado. Yo quería tener una fabulosa piel color aceituna como la mayoría de las chicas quieren tener los senos grandes."

Sam sonrió. "¿Cómo se sienten los lentes de contacto?"

"No tan cómodos como los anuncian."

"Utiliza las gotas que compré en la farmacia."

"Ya lo hice."

Estiró la mano y agarró la manija de la puerta. Era eso

o tocarla a ella. Puesto que intentaba a toda costa de mantener todo a nivel profesional, más le valía no tocarla con cualquier pretexto.

"¿Lista?" preguntó él.

Ella soltó el aire. "Sí. Creo que ni el tío Gavin me reconocería."

"No creas. Tienes una forma de mirar de reojo a un hombre casi riendo que es inolvidable."

Kate lo miró perpleja, luego complacida. "¿De verdad?"

"No me digas que no lo sabías. Eso suena petulante y podría matarte."

"Oye, cuando una chica es rechazada busca su satisfacción donde puede."

"Yo no te rechacé."

"¿Entonces por qué me siento insatisfecha?" replicó ella.

"Kate..."

"Olvídalo. Yo estoy tratando de hacerlo."

Ella saltó del auto y se alisó los pantalones negros ligeros y la blusa de seda negra. Como conocía el aire acondicionado del hotel, llevaba en el brazo un ligero chal de seda verde tejido. No era la vestimenta que usaba para salir, por eso precisamente había decidido ponérsela. Lo mismo en cuanto al gran bolso de cuero y las sandalias de plataforma que elevaban su frente hasta los pómulos de Sam y no hasta su mentón. Sus aretes eran de ámbar verde en una montura de plata. Una cadena de plata montada con pedazos de ámbar verde y oro estaba sujetada holgadamente alrededor de su cintura.

Si la primera reacción de Sam al ver su vestimenta era un indicio fiable, podía asegurar que se veía fabulosa.

Con esto y un dólar puedo comprarme una taza de pésimo café. Estoy completamente segura de que no lograré que el Agente Especial Sam Groves se acueste conmigo.

Sam golpeó la puerta del auto. "Kate..."

"Branson and Sons abren su puesto hoy," dijo ella antes de que él intentara hablar. "¿Quiere empezar por ahí?"

Sam quería terminar lo que había empezado estúpidamente en la casa de Kate. Pero ese no era el asunto ahora. Lo más importante en este momento era atrapar a un asesino antes de que matara a Katherine Jessica Chandler.

"Suena bien," dijo Sam apretando los dientes.

Se jaló ligeramente el sombrero de vaquero Stetson y se sacudió los jeans Levi's sobre las botas. El arnés de su arma estaba oculto dentro de la chaqueta, que no tenía botones nacarados pero que de todas formas tenía una apariencia del oeste. En su opinión, los mejores disfraces eran siempre los más sencillos. Siempre ocurría algo con los disfraces demasiado elaborados.

"Espera un minuto," dijo él. "Yo creí que Branson and Sons habían perdido sus mercancías cuando su mensajero fue atacado."

"Así fue," dijo Kate. "Mandaron a otro."

"¿Cómo sabes?"

"No tenían otra opción si querían permanecer en la exposición. Lo último que oí fue que se quedaban en la exposición. O sea que o bien ya llegó su mensajero o está por llegar."

Kate empezó a caminar a paso acelerado—o tan acelerado como podía teniendo en cuenta las sandalias de plataforma—por el estacionamiento de empleados.

Sam no tenía ningún problema con sus botas de vaquero, porque eran las suyas, legado de una juventud malgastada en el rancho de su tío en Arizona.

"¿Ese bus enorme es realmente la sede del FBI?" preguntó ella cuando Sam la alcanzó.

Él no se molestó en mirar hacia el vehículo, cuyos generadores trabajaban a toda marcha para mantener el ambiente fresco adentro. "Cuando no estamos en la suite de Sizemore en el hotel, sí."

"¿Ustedes duermen en el bus?"

"No si queremos mantener nuestro trabajo," dijo él. "Tenemos una sede ordinaria en la parte de atrás del hotel que da al estacionamiento y al extractor de grasa y a los olores del restaurante. Puesto que mi compañero de cuarto es Bill Colton, yo no paso mucho tiempo allí. Sólo duermo, me afeito, me baño, y cada cual sale por su lado."

"¿Colton? ¿Quién dispuso eso?"

Sam se encogió de hombros. "Se define por sorteo. Tenemos otros dos agentes de Phoenix en misión temporal en la unidad de lucha contra el crimen durante nuestra permanencia en la exposición de gemas."

"¿Son como Colton?"

"Son agentes federales fuertes, trabajadores, políticamente hábiles, el tipo de personas que mueven el mundo burocrático. Sin ellos, nosotros, cartas salvajes no tendríamos ni la más mínima suerte."

Sam pasó una tarjeta llave plástica por la cerradura electrónica de la entrada de empleados y sostuvo la puerta para que Kate entrara. Cuando ella pasó a su lado, él le dijo en voz baja: "Tú no eres la única campista insatisfecha, Kate. No oprimas mis botones y yo no me meteré con los tuyos."

Ella lo miró de reojo. "Yo no podría oprimir tus botones ni siquiera con un mazo."

"Escucha..."

"Oiga, sosténgamela, por favor," dijo una mujer detrás de Sam.

Él se volteó, vio a una mujer de un poco más de veinte años vestida con el uniforme de las meseras del bar—camisa blanca arrugada a medio desabotonar, pantalones rojos apretados, pequeño delantal negro con una libreta de notas y un bolígrafo que se asomaban por el bolsillo. Él sostuvo la puerta atendiendo su solicitud.

"Gracias." La mujer pasó rozando a Sam mucho más cerca de lo que debería y preguntó en voz baja: "¿Hace tiempo que trabajas aquí, cariño?"

"Acabo de empezar."

"Pasa por el salón un poco más tarde, ¿de acuerdo? Tengo

un receso dentro de dos horas. Tengo que apurarme. Voy tarde."

Kate vio el diálogo pero no oyó nada. No era necesario. El lenguaje corporal lo había dicho todo. Lo único que le faltó hacer a la mujer fue plantar su mano en los pantalones de Sam.

Cuando él se acercó, Kate se abanicó y dijo: "Uf, y yo que creí que hacía calor en el estacionamiento."

Sam hizo un sonido parecido a un gruñido. Se veía irritado y ofuscado, y de mal humor al mismo tiempo. Agarró a Kate por el brazo y la jaló por los lockers de los empleados hacia el ascensor de servicio. Pasó de nuevo la tarjeta. La puertas se abrieron. Metió su llave en una ranura, oprimió el botón del piso más alto y esperó a que las puertas se cerraran.

Luego agarró a Kate.

"Qué..." empezó ella.

Una boca masculina impaciente, hambrienta, cerró la suya. Sabía a café y a algo más caliente, algo primitivo y ansioso. Ella metió las manos entre la chaqueta liviana de Sam y se sostuvo de lo primero que encontró para mantener el equilibrio.

Él sintió las manos de Kate serpenteando en el arnés de su arma y se llamó a sí mismo veinte veces estúpido. Luego él la aprisionó contra una esquina del ascensor y se inclinó sobre su calor femenino.

El ascensor se detuvo de un salto.

Sam arrastró su boca a la de Kate y oprimió el control para mantener las puertas cerradas. "Te dije que te mantuvieras lejos de mis botones," dijo él con voz ronca.

Kate parpadeó, tragó aire, y quiso golpearlo tanto como quería abalanzarse sobre él.

"Eso es pura basura," dijo ella. "Esa mesera quería oprimirte más de un botón, y tú no..."

"Ella no eres tú," interrumpió él. "Tú eres diferente." Él acercó su frente a la de ella. "Dios me ayude, Kate, tú eres diferente. Pienso en ti cuando debería estar pensando en el trabajo."

Ella cerró los ojos y dio gracias por tener la pared del ascensor como apoyo. "Yo sé. Serías despedido."

"Yo sobreviviría si me despidieran. Tú no sobrevivirías si te mataran."

Capítulo 38

Scottsdale
Viernes
4:45 p.m.

Sam inspeccionó a los hombres reunidos en la suite de Boris Peterson y se preguntó porqué serían las mujeres quienes usaban las joyas y los hombres quienes las compraban, las vendían, las negociaban y las cortaban. En esta reunión de negociantes como en la profesión de Kate, ella era de las pocas mujeres.

"Y yo que pensaba que el FBI era un club masculino," dijo Sam en voz baja.

Kate se estremeció al contacto de los labios de Sam contra su cabello. Aún después de dos horas del cataclismo en el ascensor, ella estaba inquieta. No le gustaba la situación, pero sí le había gustado besar a Sam.

"Estoy acostumbrada," dijo ella. "Ya ni siquiera me doy cuenta."

"Algunas mujeres que trabajan en el FBI dicen lo mismo."

"¿Y tú les crees?"

"No."

"Un hombre inteligente," dijo ella.

"Algunas veces soy realmente estúpido," dijo él en voz muy baja.

Kate no quiso adentrar en el tema de nuevo. Le molestó que él pensara que besarla era *realmente estúpido,* así que pensó que lo mejor era esconder ese sentimiento dentro de su peluca roja e ignorarlo.

Y a él.

Aunque le debía el crédito de haberle traído buen karma con sus conexiones para obtener invitaciones a exposiciones privadas, aquellas a las que ella no había sido invitada. Era una oportunidad que ella no iba a desperdiciar pensando en un hombre que encontraba que besarla era estúpido y que se llamaba a sí mismo estúpido unos cuantos minutos después.

Así que deja de pensar en él.

Kate soltó el aire y se concentró en la sala. Excluyendo al guardia parado frente a la puerta de la suite, había aproximadamente dieciséis personas. El murmullo de la conversación de hombres discutiendo sobre los méritos de las distintas gemas no ahogaba del todo las voces de los presentadores del canal de noticias que pasaban continuamente en la televisión ubicada en la esquina del cuarto. Había mesas en todas partes exponiendo gemas terminadas en cajas transparentes individuales con marquillas electrónicas incrustadas en el plástico transparente. Las cajas facilitaban la manipulación de las gemas. Las marquillas electrónicas dificultaban el robo.

Aun así algún estúpido podía tratar de sustraer una piedra valiosa, pero había un guardia en la única entrada, justo al lado de la "puerta" electrónica portátil, la cual empezaría a sonar si alguna etiqueta activa la disparaba. Todas las etiquetas estaban activas hasta que pasaban a través de un dispositivo al cual únicamente un empleado de Butterworth Gem Company tenía acceso; por consiguiente, el robo no significaba en realidad un problema.

Si un comprador potencial quería examinar una piedra más de cerca, un empleado de Butterworth lo escoltaría hasta otro cuarto, donde había instalados una amplia variedad de microscopios, fuentes de luz, polariscopios y otros aparatos. Cuando el empleado de Butterworth pasaba la caja protectora de la gema a través del dispositivo—parecido a un CD en un almacén de música—la caja se abría y la gema estaba disponible para ser analizada.

"Srta. Collins," dijo una voz masculina del otro lado del cuarto. "Usted parece estar en las mejores presentaciones privadas de hoy."

Después de un instante Kate recordó que ella era la Srta. Collins y le sonrió al hombre que se acercaba. Había conocido a Carter frente a la puerta cerrada de Branson and Sons—había una nota en la puerta que decía que abriría más tarde. Kate, Sam y Carter habían ido juntos a la siguiente exposición privada. Carter estaba vestido en forma casual pero costosa, con pantalones y camisa de seda gris. El reloj de pulsera que llevaba era un Rolex Oyster. El zafiro estrella cabochón de veinte quilates era un zafiro azul burmés de alta calidad. Su corte de pelo era una copia perfecta de un modelo de una revista del sur de California al estilo Hollywood. En él se veía bien.

"Sr. Carter," dijo ella. "Qué agradable verlo de nuevo. ¿Tuvo suerte comprando ese rubí?"

Sonrió con sus dientes blancos. Apenas miró a Sam. Carter puso su mano en el brazo de Kate y la condujo hacia una mesa cercana.

"¿Aquel rubí de cincuenta quilates?" suspiró Carter y sacudió la cabeza. "El tipo estaba enamorado de él. Así como de la peridotita compañera. Fabulosas mercancías, pero pedía la luna y las estrellas por ellas. Ni siquiera mis clientes de Hollywood pagarían esa suma de dinero. No hay ningún potencial de inversión si uno compra demasiado caro."

"Qué lástima. ¿Me he perdido de algún buen zafiro no tratado en bruto o de algunos zafiros azules terminados que valgan la pena?"

"Es precisamente lo que quería mostrarle," dijo Carter, sonriéndole a ella. "Hay un fabuloso trozo de umbra amarillo en bruto por aquí. No es el tipo de piedra que le recomendaría a mis clientes—yo sólo trabajo con piedras talladas—pero pensé en usted inmediatamente".

Sam quizo que lo que pensaba de Carter no se notara. En lo que a Sam se refería, Carter era pegajoso como un moco y un inútil. Cuando Carter supo que Sam era el guardaespaldas de la llamativa pelirroja y no su esposo, amante o novio, el hombre empezó a hacerle avances. Sam no tenía que ser un investigador entrenado para imaginarse lo que pasaba por la mente del grasoso bastardo.

No eran negocios.

Kate sintió como si los ojos de Sam le abrieran huecos en la espalda. Sentía una doble sensación entre el placer que le daba la irritación de Sam y el deseo de decirle que tuviera un poquito de fe en su gusto con respecto a los hombres. O quizás Sam pensaba que ella era demasiado estúpida para no darse cuenta de la marca que había dejado en el dedo anular de la mano izquierda de Carter una argolla de matrimonio. Ya fuera que la argolla acabara de ser retirada para flirtear o que se hubiera divorciado recientemente, a Kate no le importaba. Cualquiera de las dos cosas significaban un grave problema para cualquier mujer lo suficientemente inteligente como para interpretar las señales.

Carter llevó a Kate a un lado de la sala donde estaban expuestas muestras de gemas en bruto en grupos, de acuerdo al tipo y al color. Estos especímenes no estaban en cajas, simplemente tenían la marquilla electrónica pegada en una parte apenas visible de la piedra, donde la matriz de la piedra común se podía ver a través del valioso bloque de gemas. Miró el material en bruto y luego al empleado que se mantenía al lado inmóvil. "¿Puedo?"

"Claro que sí." Él se apresuró a atenderla. "¿Quiere que le pase una lupa?"

"No gracias, yo traje varias."

Kate sacó una lupa 10x de su gran bolso y examinó la pieza de zafiro amarillo intenso que provenía de alguna mina de África Oriental. Hacia cualquier lado y de cualquier forma que volteara y cambiara la luz sobre la piedra, algo de la bella bruma que era la característica principal del zafiro no tratado, brillaba en la gema. Contrariamente a los zafiros asiáticos, los zafiros amarillos y anaranjados de África Oriental no tenían que ser calentados para intensificar el color natural.

Había imperfecciones en la piedra bruta, pero ninguna que pudiera interferir con el corte de la piedra que al final sería de treinta o cuarenta quilates, dependiendo de la habilidad del cortador. Si la pieza terminada era de treinta quilates, el precio del material en bruto era más o menos equivalente al del cortador. Si se sacaba una pieza de cuarenta quilates, la utilidad era muy buena.

"Microscopio, por favor," dijo Kate.

Sam observaba con ojo vigilante la sala mientras ella examinaba la piedra en bruto de más cerca. Carter permanecía inmóvil como un buitre esperando una comida sustanciosa. El resto de la gente miraba rápidamente a Kate, pero nadie se detenía a observarla más de lo que cualquiera habría mirado a una mujer atractiva en un cuarto lleno de hombres. Los hombres estaban aquí para hacer negocios; si quisieran un mercado de carne, habrían bajado al bar o sobornado a los botones.

Qué cerdo, pensó Sam al mirar a Carter rondar alrededor de Kate. Casi tocándola, mas no exactamente. Nada que le permitiera acudir. Ninguna excusa para pararse encima de sus brillantes zapatos italianos.

"...una llanta pinchada, sólo eso me faltaba," dijo una voz masculina detrás de Sam. "¿Pueden creerlo?" El precio que hay que pagar por los mensajeros y los bastardos ordinarios y ni siquiera alquilan buenos autos para sus entregas."

"Branson and Sons pagarán por eso," dijo el compañero del hombre. Sus ojos fijos en una mesa larga de gemas terminadas. "Están perdiendo lo mejor de la acción. Tuvimos todo un día para mirar las mercancías de todo el mundo, ya escogimos nuestras piedras, y si Branson no arregla su problema no quedará dinero para él en esta exposición."

"Sí, especialmente ahora que todo el mundo sabe que la mejor mercancía de Branson ya fue robada."

"¿Sí? ¿Conoces a alguien que no *haya sido* robado?"

"Yo no. No en los últimos dos años." El hombre golpeó la mesa de madera más cercana con los nudillos de los dedos para pedir buena suerte.

Sam escuchaba al tiempo que seguía observando a Carter y le dedicaba parte de su atención. Si el cretino se acercaba un poco más a Kate la tocaría.

"¿puede creer el precio que pidió?"

Sam miró hacia otro lado. Dos hombres se acercaban lentamente hacia la mesa de gemas cortadas.

"Pues claro," dijo el segundo hombre. "Una gran pieza de kuncita terminada, de color, claridad y brillo magníficos. Guau. El cortador tiene que ser excelente para haber sacado esa pieza. La kuncita es aún más sensible que las esmeraldas."

"Pero ni siquiera consideraría echar un vistazo a mi inventario para un posible intercambio."

"Ensaya a proponerle después de la exposición. Si todavía tiene la piedra puede que esté dispuesto a negociar."

Sam escuchaba y observaba a la gente moverse de aquí para allá en busca del negocio que les permitiría salir de la sala más ricos de lo que habían entrado. No había nada inusual en eso. Así es la naturaleza humana, impura y nada simple. Esa era la buena noticia. La mala noticia era que ninguno de los presentes le despertaba su intuición de investigador. La mayoría, si no todas las conversaciones, no significaban nada en particular para él. Tal vez Kate pudiera extraer alguna información de tanta cháchara y habladuría. Tal vez no.

Gran parte del trabajo de investigación era pura pérdida de tiempo. Puro instinto. Uno nunca sabía a dónde lo llevaría el camino hasta no haberlo seguido hasta un callejón sin salida.

Kate apareció junto a él.

Carter estaba a dos centímetros de ella.

"Efectivo, por favor," dijo Kate, sacando la mano con la palma hacia arriba.

Sam sacó la billetera que había llenado de efectivo. Al sacar el dinero de las cuentas bancarias de Kate, éstas habían quedado prácticamente sin fondos. Así como las suyas, ya que Sam no se había atrevido a presentar una solicitud de fondos secretos al FBI para utilizarlos en su acto y hacer valer al prestigio y la pericia de su informante confidencial en el circuito de la compraventa de gemas.

Y Kate había dejado muy en claro que las tarjetas de crédito y los cheques no eran bienvenidos. Pague en efectivo y llévese la mercancía. Punto final.

Él le entregó la billetera sin parpadear, como si él no tuviera ningún dinero en juego. Pero al hacerlo, se encargó de que Carter le echara un buen vistazo al arnés del arma que llevaba puesto el "guardaespaldas." Tal vez al ver el revólver el hombre disminuyera un poco el descaro de sus avances.

Sin expresión, Sam observó a Kate contar los billetes. Cuando ella le devolvió la billetera, él la guardó. Dos minutos más tarde las piedras en bruto estaban empacadas y atesoradas en su bolso.

Sin decir ni una palabra, ella regresó a la mesa donde había un arco iris de colores en bruto.

Sam la siguió, empujando a Carter sólo por el placer de hacerlo. En el televisor de la esquina pasaban en ese momento una imagen con letreros que cruzaban la pantalla en la parte inferior: En directo desde el Scottsdale Royal. Por un momento, Sam dejó a un lado a Carter y se acercó al televisor. Estaban presentando una toma de primer plano de una rubia de labios exagerados hablando al micrófono. Él no pudo escuchar todo lo que decía Tawny Dawn, pero si lo suficiente.

"Fuentes cercanas a la investigación...los Purcell estaban involucrados con bandas suramericanas...que plagan el negocio de las joyas." Tawny se volteó hacia un lado. La cámara la siguió. "Agente especial del FBI Mario Hernández, podría decirnos usted..."

Sam maldijo entre dientes. Kennedy debía tener las pelotas de corbatín puesto para estar jugando el viejo juego de "ensáñate con las víctimas ya que no puedes hacerlo con los criminales," y así sacarse de encima a los buitres de las noticias.

Por lo menos ahora Sam no tenía que llamar a Mario ni a Doug. No dudaba de lo que le iban a decir.

Aún así no quería escucharlo.

Siento que te haya tocado bailar con la más fea, Mario. Pero míralo de esta forma—estás aprendiendo a manejar a los reporteros de televisión.

Carter se acercó aún más a Kate, cerrando los dos últimos centímetros de espacio que quedaba entre ellos. Aproximadamente tres segundos después Sam dio un brinco sobre los zapatos de Carter.

"¡Mucho cuidado," dijo Carter furioso.

"Deje de acosarla," dijo Sam con una voz que sólo Carter podía escuchar.

El hombre podía ser bonito pero no estúpido. Miró a los ojos a Sam y se retiró hacia el otro lado de la sala.

Sam continuó mirando y escuchando a los hombres trabajar alrededor, mientras Kate observaba una pieza azul profundo en bruto. La examinó con cuatro lupas diferentes que sacó de su bolso, y examinó el material bruto tan cuidadosamente como pudo sin microscopio. Luego la colocó sobre el mostrador y sacudió la cabeza.

"Yo pedí ver únicamente piedras en bruto naturales," dijo ella con voz clara.

El murmullo en la sala disminuyó.

"¿Perdón, señorita...?" dijo el empleado de Butterworth.

"Collins," informó Kate.

"Srta. Collins, usted está equivocada. Este es un excelente zafiro Burmese azul no tratado. Tengo un certificado que lo prueba."

El empleado estiró la mano hacia un cajón debajo de la vitrina. Un momento después sacó un documento con la certificación de un laboratorio suizo de un zafiro azul de 43.7 quilates de Burma. Lo plantó en la vitrina frente a Kate.

Ella lo leyó a una velocidad que indicaba que conocía de memoria las certificaciones de gemas.

"Muy bonito," dijo sin ninguna inflexión en la voz. "Sólo hay un problema."

"¿De veras? ¿Cuál es?" preguntó el empleado. Por su voz, él no le creía.

Aunque nadie se acercó, todos estaban callados, escuchando. Era poco común cuestionar una piedra, pero siempre era interesante cuando ocurría.

"Una piedra azul burmesa no tratada con los orígenes descritos en este certificado tendría inclusiones de pirrotita," dijo Kate con el mismo tono de voz de antes. "No he encontrado ningún rastro de ellas ni siquiera con mi lupa 40x. ¿Tal vez usted pueda señalármelas?"

El empleado abrió la boca, la cerró, y permaneció así. Tomó el pedazo de piedra en bruto objeto de discusión. "Perdón."

Se dirigió en dirección al cuarto donde tenía todos los equipos para examinar de cerca la mercancía.

La gente reanudó sus conversaciones en el cuarto, pero se sentía una expectativa silenciosa que no había antes.

Sam miró a Kate. Ella estaba observando otra pieza de zafiro en bruto—anaranjado esta vez. Él esperaba que ella no planeara comprarlo. Sus cuentas bancarias tomadas en conjunto no tenían los suficientes fondos para ese tipo de póquer de alto riesgo.

"¿Otra compra?" preguntó él en voz baja.

"No."

Hubo silencio de nuevo en el cuarto.

"A mí me parece bonita," dijo Sam con voz normal, mirando la radiante pieza en bruto naranja que ella tenía en la mano. "¿No es natural?"

"Es natural. Como espécimen, es muy bonito."

"¿Pero?" preguntó Sam dándole un codazo. El dinero era

una forma de establecer credenciales. El conocimiento era otra. Imaginó que ellos tenían mucho más conocimiento que dinero. Pero no sobraba subrayarlo para todos los que estaban parando la oreja.

"Con las piezas en bruto, yo busco rentabilidad después del corte," dijo Kate en una voz lo suficientemente alta para captar la atención de todos los que estaban en el cuarto. "Las inclusiones de zircón de esta pieza muestran el halo clásico con centro oscuro, que prueba que el color es natural, que no ha sido tratado al calor. Pero por la forma como están situadas las inclusiones..." Ella se encogió de hombros. "Las inclusiones son radioactivas, lo que ejerce una presión en el zafíro circundante. El resultado es que no encuentro esta pieza lo suficientemente segura como para que después del corte produzca utilidades."

"¿Crees que otro cortador podría lograrlo?"

"Hasta el momento no," dijo ella con voz seca. "Esta es la séptima exposición en la que veo esta pieza en bruto. Como te dije, el color es fabuloso para tratarse de un espécimen natural, prácticamente el mejor que he visto. Pero ha sido evaluado como si Butterworth creyera que quien lo compre podrá sacar una gema cortada y pulida de cincuenta quilates o por lo menos tres piedras de diez a doce quilates. En mi opinión, cualquiera que corte la pieza tendrá mucha suerte si al final consigue sacar dos piedras de cinco quilates. Serán piedras muy bonitas, puedes estar seguro, pero no cubrirán el precio del material en bruto."

Más de una cabeza en el cuarto asintió.

El empleado salió del otro cuarto. Por su mirada todos entendieron que el veredicto había recaído sobre Kate.

"Srta. Collins," dijo el empleado, "gracias por llamar nuestra atención sobre una dificultad potencial con esta piedra. La certificaremos de nuevo antes de ofrecerla de nuevo para la venta."

"Sabia decisión," murmuró ella. "¿Tiene algún otro zafiro de excelente calidad que sea azul burmés *natural?*"

"Justamente estaba trayendo unos," dijo él, llevando a Kate hacia una mesa al final del cuarto. "Nuestro comprador estaba bastante contento con estos."

Las conversaciones se reanudaron en la sala. La mayoría de ellas se centraron en torno a la pelirroja de visión aguda con un don especial por los zafiros. Gradualmente, la charla retomó su ritmo normal.

"Me dijo que su esposa le había dicho que Johnny fue pillado en la cama con otra."

"Eso lo explica todo."

"¿Qué?"

"Quiere negociar. Los abogados de divorcios están costosísimos. Lo mismo le ocurrió a . . ."

En silencio, Sam verificó su teléfono celular. Tres llamadas. Doug, Mario y alguien de la oficina de Miami. Miró su reloj. La oficina de la Florida estaba próxima a cerrar hasta el día siguiente.

Sam oprimió el botón para devolver la llamada. Después de unos pocos timbres alguien respondió.

"Agente Especial Mecklin."

"Usted me llamó hace aproximadamente una hora, con relación a unas entrevistas que le solicité, dijo Sam."

"¿Cuál es su nombre?"

"Dónde tiene la cabeza," preguntó Sam en voz baja y muy seria.

"Ah. ¿No puede hablar, eh? Perdón. Estaba alistándome para salir y pensando en la fiesta de cumpleaños de mi hijo. No me retrase demasiado, ¿de acuerdo? La bruja me mata si no llego pronto."

"Dígame algo interesante."

El hombre al otro lado de la línea apagó el cigarrillo y ojeó su libreta. "Muy bien. ¿Es usted el Agente Especial Groves?"

"Sí."

"De acuerdo. Entrevistamos a todos los empleados de la casa de empeños y a su propietario en Little Miami. Sólo uno de ellos nos dio una ligera pista. Apellido Jiménez, nombre por el que lo conocen, Seguro. Dijo que una rubia cara de crimen con tetas como misiles intentó venderle una piedra muy parecida al zafiro que usted está buscando."

"¿Y?"

"Él la rechazó. Dijo que temía que se tratara de una mercancía caliente y la despidió. Puesto que tuvimos que amenazar con reportar a Seguro y a sus dieciséis primos con los del Departamento de Inmigración para obtener esa información, no estábamos en posición de presionarlo más. ¿Quiere que regresemos y continuemos interrogándolo?"

Sam pensó rápidamente y recordó la página web profesional de Kate. "Hay una foto en Internet. ¿Tiene una impresora?"

"Simplemente lo pondré en mi registro de datos manual."

Mientras Sam le daba a Mecklin la URL, miró a Kate. Nadie la estaba acosando. "Tan pronto como obtenga la información, regrese a Little Miami y obtenga un boceto de la persona que le vendió la mercancía a Seguro."

El otro agente emitió un sonido de desagrado. "No creo que los ojos del cretino hayan ido más arriba de las tetas de la mujer."

"Inténtelo de todas formas. Hágalo sudar si es necesario. Quiero una descripción. Y quiero todos sus antecedentes y cualquier cosa que pueda obtener sobre sus primos. Conexiones del pasado, del presente, y supuestas conexiones. Antecedentes penales. Todo. ¿Me entendió?"

"¿Cuándo?"

"Ayer. Anteayer sería mejor. ¿O quiere escuchar la orden de mi AES y de mi AEE?"

"Mierda. No llegaré a la fiesta."

"¿Su casa queda en camino hacia Little Miami?"

"Sí. ¿Y eso qué tiene que ver?"

"Tiene que ver que se tiene que cambiar de ropa. Esté en la fiesta el tiempo suficiente para que su niño quede contento. Luego baje de Internet la foto y vuélese de regreso al trabajo. Quiero desayunar con ese boceto."

Sam desconectó la llamada. Miró los otros dos mensajes. Se imaginaba para qué había llamado Mario y lo que tenía que decirle Doug, pero Sam todavía no quería escucharlos.

Sin ninguna expresión en particular, Sam dejó que la gente siguiera hablando en torno a él y deseó estar en Miami, interrogando a Seguro Jiménez acerca de la rubia con tetas como misiles.

Capítulo 39

Scottsdale
Viernes
5:20 p.m.

"¿Estás seguro de que puedes soportar otro?" Kate le preguntó a Sam. "Podríamos esperar y llegar a primera hora mañana cuando abra la exposición."

Él encogió los hombros y tomó otro sorbo del horrible café del hotel. "Podré sobrevivir otro. Al menos ya todos saben que tienes buen ojo para los zafiros."

"No hay nadie tan chismoso como la gente del negocio de las gemas." Kate miró su lista y volvió a meterla dentro de su bolso. "Branson tendrá que esperar hasta mañana, suponiendo que su mensajero finalmente llegue. Reservé el mejor comerciante de zafiros para el final, Colored Gem Specialties International. Ellos abastecen el mercado de coleccionistas más que a los inversionistas. Tienen una lista A con todos los coleccionistas del mundo que pueden desembolsar un millón por un buen lote de mercancías. Es muy probable que de allá hayan salido los Siete Pecados. Si al tocar el mercado hubieran sido piedras terminadas, lo más probable es que CGSI las hubiera comprado y vendido.

"Los reservaste para el final, ¿eh?" dijo Sam. "¿Quisiste darles suficiente tiempo a las habladurías?"

"Sí."

Él se acercó a ella y le dijo en voz muy baja para que nadie escuchara: "Siempre pensando. Serías un buen agente."

"Soy mejor como talladora. Nada de comités, nada de reuniones, nada de cartas-bomba. Sólo tengo que poner un pedazo de material en bruto sobre el dop y ajustar el ángulo que se adapte al esmeril. Y repetir la operación hasta que la piedra esté terminada."

"Si fuera tan fácil, todo el mundo lo haría."

"Todo el mundo lo hace. Especialmente los abuelos retirados."

"¿Sí?" ¿Entonces cómo puedes vivir de eso?"

"Yo no dije que todo el mundo lo hiciera *bien.*"

Sonriendo, dejó su café y una propina sobre la mesa de la cafetería del hotel y siguió a Kate hacia el ascensor. Estaba volviéndose bueno para eso—para seguirla. Cualquier hombre que quisiera que una mujer lo siguiera a un paso detrás de él, desistiría en unos pocos minutos con Kate Chandler.

Sólo una cosa más de lo que le gustaba de ella.

Otra era el recuerdo de ella en el ascensor, la forma como le movió el piso con un simple beso, la forma como lo envolvió como si él fuera lo único en el mundo que valiera la pena.

Aleja ese recuerdo. Archívalo bajo errores grandes y estúpidos. Olvídalo.

Sí, claro. Al igual que olvidaría la mirada de reojo, como recordando algo, que le lanzó Kate por segunda vez hoy cuando estuvieron solos en el ascensor. Sus ojos sólo se encontraron por un instante, pero había sido suficiente. Demasiado. Trabajar excitado lo distraía.

Trabajar. Sí. Trabajar. En eso debería estar pensando. Por ejemplo, como su guardaespaldas contratado por el día, debía pasar primero por las puertas.

Las puertas del ascensor estaban cerradas.

Estaban solos otra vez.

"Por mucho que me guste seguirte . . ." dijo él.

"Esta maldita peluca..." dijo ella.

Ambos se callaron.

Kate se preguntó si Sam estaba tan desesperado como ella por encontrar un tema sexualmente neutral.

"Como tu 'guardaespaldas' durante las entrevistas," dijo él, "yo debería chequear los sitios antes de dejarte entrar por la puerta."

"Ah. Claro." Afanosamente, ella intentaba buscar algo más que decir. Algo impersonal.

"¿Qué te hace pensar que Colored Gem Specialties International tuvo en sus manos el material en bruto de los Siete Pecados?" preguntó rápidamente Sam.

"Eh." Ella se rascó cuidadosamente debajo de la peluca, tratando de no moverla.

Él no la miró. Pensó que no podía oler su perfume esquivo, enloquecedor. Se dijo a sí mismo que todavía no podía sentirla. Se dijo a sí mismo una cantidad de mentiras mientras miraba los números de los pisos encenderse uno tras otro como si guardaran en secreto el número de la siguiente lotería y no quisieran revelarlo.

"Hay muchísimos comerciantes de gemas," dijo ella finalmente, tocando otra parte de la peluca, "pero sólo un puñado de ellos sería capaz de comprar y revender material de clase mundial y artículos terminados."

"¿Por qué no mencionaste eso antes?"

"No creí que fuera importante. El material bruto no fue robado de CGSI. Ellos no hacen entregas regulares en ningún sentido de la palabra, o sea que ellos no han sufrido las pérdidas que los comerciantes más grandes y menos especializados han sufrido."

"¿Acudiste a CGSI en alguna otra exposición desde que Lee desapareció?"

"Ellos no se presentaron en ninguna otra parte. El evento de Scottsdale es nuevo para el circuito más sofisticado. CGSI quiere mostrar su bandera en caso de que haya un coleccionista rico por ahí que haya estado viviendo debajo de un cactus y no haya escuchado hablar de ellos. Luego están los coleccionistas y cortadores alemanes. Ellos aparecen en cualquier sitio a una distancia razonable y en un auto rodeado por un paisaje de rocas rojas, lo que significa que Arizona es uno de sus sitios favoritos."

"¿Quieres decir que no es probable que alguien te reconozca aquí?"

"No. Yo nunca le he comprado nada a CGSI. No tenía los medios."

"Todavía no los tienes. No lo olvides."

"No pongas esa cara de preocupado. Se supone que los guardaespaldas estén tranquilos aunque alerta."

Él dijo algo entre dientes y golpeó la puerta cerrada de la habitación 1516. Alguien abrió la puerta justo lo suficiente para dejar ver dos pulgadas de alguien que les daba la amable bienvenida al estilo perro de chatarrería.

"Srta. Collins y su guardaespalda," dijo Sam, y esperó que el hombre no fuera tan familiar como parecía.

El guardia dejó sólo una rendija de la puerta abierta, ojeó una lista y abrió la puerta. Llevaba puesto un arnés de arma y parecía un hombre que está acostumbrado a ir armado.

Era Bill Colton.

Ninguno de los hombres demostró reconocer al otro, pero Colton miró a Kate como tratando de memorizarla.

Sam sabía lo que estaba haciendo.

Kate sólo le lanzó una breve mirada al guardia. Ella se dirigió directo a la mesa que tenía todos los colores del arco iris excepto el rojo. A diferencia de los demás comerciantes, CGSI no separaba las piezas en bruto de los artículos terminados. Prefería dejarlos juntos para reforzar y aumentar la apariencia de cada uno. Por el murmullo de la gente que había en la habitación, la táctica les funcionaba.

Preguntándose cómo advertirle acerca de Colton, Sam se paró junto a Kate cuando ella se inclinó para observar la muestra de zafiros.

"¿Quién es ese?" preguntó ella en voz baja.

Una vez más, Sam agradeció que Kate fuera inteligente y no lenta. "Mi compañero de habitación."

"Tu . . ." Ella recordó el resumen sarcástico que Sam le había hecho poco antes sobre Colton. "Ah, mierda."

"Algo así."

"¿Quieres irte?"

"El daño ya está hecho. Veamos si podemos sacar algo bueno."

"Podríamos sacar unas piedras fabulosas si pudiéramos comprar el bruto," dijo Kate con cierta melancolía.

Sam miró la muestra. Aun cuando sus ojos no estaba entrenados, las gemas le parecieron más brillantes, más claras, más coloridas que cualesquiera otras que hubiera visto antes. Silbó.

"Sí," dijo Kate, pasando la punta de sus dedos suavemente sobre una gema del mismo color azul profundo de los ojos de Sam. "Esto es como ir al Smithsonian y codiciar las gemas que hay allí."

"Afortunadamente yo tengo el control de la billetera."

Kate puso los ojos en blanco.

En la mesa situada justo del otro lado de donde se encontraba Sam había rubíes de todos los tonos, matices y tonalidades de rojo. Dos hombres estaban de pie al lado. Uno de ellos miraba. El otro hablaba.

"Es la gema del futuro, créeme," dijo el hombre enfáticamente, señalando los rubíes. "Las esmeraldas están teñidas por la política, los zafiros son demasiado comunes y los diamantes son piedras en las cuales no vale la pena invertir porque DeBeers ya no sostiene el mercado con todas las nuevas piedras sintéticas. Sólo quedan los rubíes. Y esos, amigo mío, son *rubíes*".

"¿Vendedor?" murmuró Sam contra el cabello de Kate.

La oleada tibia le cortó a ella la respiración. "No, a no ser que sea de autos usados. Apuesto a que el callado es un inversionista y el ruidoso un comerciante que tiene algún 'acuerdo' con CGSI."

"¿Si lleva uno vivo a la caja registradora, obtiene parte de la presa?"

Kate se rió en voz baja. "Bingo."

Al igual que en las cinco exhibiciones privadas anteriores, Kate analizaba las piedras y Sam a la gente. No había nadie inoportuno ni fuera de lugar. Nadie que se detuviera demasiado tiempo analizando los dispositivos de seguridad. Nadie que...

"¿Siete Pecados?" preguntó un hombre detrás de Sam. "Nunca he oído hablar de ellos."

"No mucha gente ha oído hablar de ellos," dijo otra voz masculina. "El único que los ha visto ha sido el tallador. Y McCloud, claro está."

Muy lentamente, Sam se volteó hasta que pudo ver a ambos hombres con el rabillo del ojo. No tenían nada diferente a las demás personas que había en la habitación, parecían americanos o europeos, estaban vestidos en forma casual, se veía que buscaban obtener algún benefício. El que conocía acerca de los Siete Pecados tenía el pelo oscuro y el tipo de bronceado que sugería que había vivido en el sur de la Florida o que había pasado su vida en los campos de golf de Arizona. El otro hombre era calvo, gordito, y tenía ojos sagaces.

"¿Arthur McCloud?" preguntó el hombre calvo.

"¿Ha oído hablar de él?"

"Diablos, sí. Me ganó en una subasta una pieza de rubí en bruto que habría dado lo que fuera, excepto demasiado dinero, por poseer."

Con una sonrisa atribulada el hombre de pelo oscuro mostró los dientes y movió la cabeza. "Ese es McCloud. Me ganó a mi también en una subasta unos fabulosos zafiros azules en bruto, el tipo de zafiros que, una convertidos en gemas, la gente adora como ídolos."

"Tiene la mejor subasta y la mejor colección de artículos terminados que existen fuera de los más grandes museos," dijo enfáticamente el hombre regordete. "Pero últimamente he oído que está comprando esmeraldas en bruto sacadas de los barcos españoles naufragados. Es sólo un rumor, ojo. No hay en este momento ninguna exploración legal de naufragios."

"Yo he oído lo mismo." El hombre de cabello oscuro se encogió de hombros. "Yo no estoy en el negocio de las esmeraldas. Pero en semana santa del año pasado, McCloud me llamó para alardear acerca de los Siete Pecados que había robado bajo mis narices. Esa pieza en bruto que yo tanto quería se había convertido en siete zafiros azules ultra finos no tratados de diferente peso y corte, cuyas piedras coincidían perfectamente en términos de color. El más grande era poco menos de cien quilates."

El hombre calvo quedó boquiabierto. "¿No tratadas? ¿Color ultra fino? Dios mío. ¿Está seguro?"

"Sí, estoy seguro. He debido ofrecer más. No pensé que un cortador pudiera sacar tanto de la pieza en bruto. Me imaginé que sacaría seis grandes piedras, muy buenas, pero de no más de cincuenta quilates."

"¿Quién hizo el corte?"

"Una mujer, si puedes creerlo."

El hombre calvo sonrió. "Lo creo. ¿Alguna vez has visto el trabajo de mi esposa?"

"No, pero de lo que sí estoy seguro es de que me habría gustado ver los Siete Pecados."

"Apuesto a que les dejó marcas de babas por todas partes."

"Nunca llegué tan cerca."

"¿Qué ocurrió? ¿Te enemistaste con McCloud?"

El hombre de cabello oscuro sacudió la cabeza. "Me llamó algunas semanas después y me dijo que debido a los seguros, no dejaría que nadie viera ninguna parte de su colección durante algún tiempo."

"Raro."

"Los coleccionistas son raros. Por eso son coleccionistas."

Sam caminó hacia la puerta, donde estaba Colton con la lista de invitados.

"El hombre bronceado de cabello oscuro," dijo Sam en voz baja.

"¿El que está parado al lado del hombre calvo?"

"Sí. ¿Quién es?"

Colton puso una cara como si quisiera rehusarse a contestar, pero no lo hizo. Echó una mirada a la lista de invitados y dijo: "Jeremy Baxter, no está afiliado a ninguna compañía. Habitación ocho dieciocho."

"Gracias." Sam se volteó.

"Espera," dijo Colton. "¿Qué hizo?"

"Te diré cuando lo sepa."

Sam cruzó la habitación hacia Kate. "¿Cuánto tiempo más tienes que quedarte aquí?"

Ella lo miró. "Tú también lo escuchaste."

"Eres tan rápida que me asustas. Sí, los escuché."

"Me pregunto a cuántas otras personas llamó McCloud."

"Esa es sólo una de las cosas que voy a preguntarle."

"De paso," dijo Kate, "pregunta en CGSI quiénes fueron los otros perdedores de la subasta que querían el lote de piedras en bruto. Uno de ellos puede haber estado tan loco como para matar."

Sam sonrió lentamente. "Me gusta la forma como piensas."

"Ahora *sí* tengo miedo."

Capítulo 40

Scottsdale
Viernes
5:40 p.m.

Kirby condujo su auto alquilado al interior del estacionamiento de empleados del Royale unos pocos minutos después de que lo hiciera el mensajero. Se detuvo a varios autos de distancia, vio dónde estacionó el mensajero y continuó conduciendo sin mirar demasiado hacia la dirección en la que éste se encontraba. Usualmente el mensajero entraba y se reportaba en Sizemore Security Consulting dejando las mercancías en el baúl del carro debidamente cerrado con llave. Luego, dependiendo de lo que dispusiera el destinatario, el mensajero podría firmar el traspaso del paquete a la compañía de Sizemore y conseguir un escolta para que lo acompañara caminando desde el estacionamiento hasta la caja de seguridad del hotel.

Cualquiera que fuera el protocolo, a Kirby no le importaba. Él abriría y cerraría el baúl en veinte segundos. Treinta y cinco segundos, máximo. Para cuando el mensajero y el escolta regresaran al estacionamiento, Kirby ya estaría en camino hacia Sky Harbor para dejar botado el auto alquilado y el incómodo disfraz que le producía rasquiña por todas partes.

Volteó por un pasillo entre vehículos estacionados y se detuvo cuando vio una fila desocupada directamente opuesta a donde se encontraba el auto del mensajero. Parqueó su SUV y dejó el motor prendido con la llave puesta. Con la pericia de un cirujano o un dentista, se puso los guantes quirúrgicos. Un par de tirones rápidos bastaron para acomodarse las medias veladas elásticas, borrando casi por completo los rasgos de su cara. Se puso de nuevo el sombrero de vaquero, escondiendo aún más su identidad. Luego oprimió la clave que había programado con el código del mensajero.

Las luces del auto alquilado del mensajero se encendieron respondiendo.

Llegó la hora de la fiesta.

Capítulo 41

Un hombre entró por la puerta de empleados, rozó a Sam y a Kate sin mirarlos y se apresuró a bajar el corredor que conducía al lobby. La puerta se cerró con dificultad tras él, acentuando su apuro.

Sam y Kate llegaron a abrir la puerta que conducía al estacionamiento de empleados. Suavemente, él le quitó los dedos de la manija.

"Los hombres primero," dijo él.

"¿Desde cuándo?"

"Desde que me convertí en tu guardaespaldas, ¿recuerdas?"

Ella lo miró fijamente.

Él se inclinó hacia ella y le dijo en voz baja: "cuando uno trabaja encubierto, nunca se sale de su papel, ¿recuerdas?"

Ella resopló. "De acuerdo. Tú primero."

"¡Ay, mierda! ¡No puedo creer que haya hecho eso!" se oyó una voz en el corredor.

Sam y Kate se voltearon para averiguar qué estaba sucediendo. El hombre que había entrado tan apresuradamente al hotel hacía algunos momentos, ahora se apresuraba a salir.

"Perdón," dijo el hombre corriendo por el pasillo. "Tengo que . . . ¡ahora mismo!"

"La última vez que oí eso," le dijo Sam a Kate al tiempo que saltaban hacia atrás para salirse del camino del hombre, "fue en el baño de hombres con todos los inodoros ocupados."

La puerta se cerró de un golpe.

Sam la abrió de nuevo. Kate le hizo un gesto irónico como diciéndole "después de usted" y lo siguió por el umbral de la puerta hacia el estacionamiento de empleados. El auto de Sam estaba del otro lado del estacionamiento, a la sombra miserable de un poste de luz. Se dirigieron hacia el auto, cortando camino entre las filas de autos.

Treinta metros más adelante por el tercer pasillo entre las hileras de vehículos, una pequeña SUV se hallaba estacionada en el centro del pasillo como un corcho entre una botella. La puerta del conductor estaba parcialmente abierta, como si alguien hubiera desistido de buscar un puesto en el estacionamiento y simplemente hubiera decidido parquear ilegalmente para entrar al hotel a hacer alguna diligencia.

"¡Qué bruto!," dijo Kate pasando el pasillo bloqueado. "¿Me pregunto qué ocurriría si alguien regresa antes que el dueño y quiere sacar su auto?"

Sam no respondió. De repente, analizó intencionalmente la hilera de automóviles estacionados a la derecha.

"¡Oiga! ¿Qué esta haciendo?" gritó alguien a la izquierda.

Era el hombre que se había cruzado con ellos en la puerta, el hombre apurado. Iba corriendo y gritando.

Sam se volteó y captó todo con una rápida mirada, como si todo sucediera en cámara lenta, todo era claro y preciso a la luz rojiza del atardecer.

A unos treinta metros de distancia, un hombre con sombrero, botas de vaquero y guantes quirúrgicos tenía una palanca debajo de la tapa del baúl de un automóvil estacionado.

El hombre del hotel corría hacia él gritando.

Luego todo se aceleró cuando el vaquero se inclinó hacia abajo y sacó un revólver de la bota. El mensajero se tiró al piso boca abajo. El vaquero brincó hacia la SUV parqueada ilegalmente. El motor aceleró bruscamente y las llantas rechinaron.

El vehículo se dirigía directo hacia ellos.

Sam le dio un tirón a Kate al tiempo que ella literalmente se lanzaba lejos del pasillo del estacionamiento para esquivar la SUV decidida a embestirlos. Fue a caer a un lado del estacionamiento con tanta fuerza que su peluca voló por los aires.

Sam, con el corazón batiendo a toda marcha estaba sobre ella, cubriéndola.

"¿Qué?," preguntó Kate sin aliento?

El metal rebotó contra el metal haciendo un ruido que parecía un grido ahogado.

Un parabrisas muy cerca se volvió añicos.

Sam no necesitaba ver para entender lo que estaba ocurriendo. Con una mano empujó a Kate hacia el piso entre los automóviles estacionados. Con la otra sacó su arma. No pretendía herir al vaquero, pero por lo menos podría asustar al bastardo lo suficiente como para evitar que siguiera disparando. Ignorando las políticas del FBI, Sam disparó dos tiros rápidos a la SUV en movimiento.

A diferencia del arma del vaquero, la de Sam hizo suficiente ruido como para hacer que varios policías salieran de inmediato del bus del FBI estacionado al otro lado del estacionamiento.

Sam sacó su placa y la mostró con la mano izquierda. Puso ambas manos en alto para que lo vieran.

"¡Soy del FBI!" les gritó a los agentes. "¡Hay un hombre en el piso cerca del Mercedes negro!"

Dos agentes se dirigieron rápidamente hacia el Mercedes.

Otros tres llegaron corriendo hacia donde estaba Sam, apuntando con sus armas.

"Quédate en el piso," le dijo a Kate. "Ellos están nerviosos."

"*Ellos* están nerviosos. *¡Nosotros* fuimos el blanco de los disparos!"

"Ellos todavía no saben eso. ¿Pudiste ver la placa?"

"Sí, claro. ¿Cuándo crees que la vi, cuando me empujaste contra el auto o cuando me tenías las narices pegadas contra el pavimento?"

"¿Estás bien?" preguntó Sam, sin quitar la mirada de los hombres que se acercaban a ellos.

"¿Cómo diablos voy a saber?"

"Te preguntaré de nuevo cuando estés más calmada. Mantente abajo hasta nueva orden."

La respuesta de Kate se perdió cuando uno de los agentes gritó: "¿Sam? ¿Eres tú debajo del sombrero de vaquero?"

"Soy yo, Doug."

Inmediatamente, Doug les indicó a los agentes que estaban con él que se dirigieran al Mercedes negro.

"Tengo un civil aquí," dijo Sam, "así que no te sorprendas cuando ella se levante."

"¿Está armada?"

"No."

"¿Están ambos bien?"

"Eso intentamos," Sam guardó su arma, metió su placa en el bolsillo delantero de sus jeans de manera que se alcanzara a ver el escudo y levantó a Kate.

Ella no le agradeció. Estaba demasiado exhaltada y asustada como para preocuparse por ser educada. Quería gritar. Golpear algo. Temblar, esconderse. Gritar de nuevo.

Así que se inclinó contra el auto y actuó lo más natural que pudo.

"Me parece que el otro civil está herido," le dijo Sam a Doug.

"¿Por ti?" preguntó Doug.

"No."

"Sólo escuchamos dos tiros, con un ligero intervalo. Me pareció que provenían de una treinta y ocho."

"Esos fueron míos. El vaquero tenía silenciador. No estaba lo suficientemente cerca como para ver la marca o el modelo del arma pero sí tenía silenciador con la suficiente fuerza para haber dado de baja a un hombre a diez pies, mínimo."

Doug guardó su arma y miró hacia el Mercedes. Allí alguien gritaba llamando a los paramédicos. Otra persona con un celular al oído, probablemente hablaba con la policía.

Kate empezó a caminar para ver si podía ayudar a atender al hombre herido. Pero sus rodillas no cooperaron.

Sin dejar de mirar a su supervisor, Sam la sostuvo y la recostó contra el auto en forma casual. Ella no sabía si agradecerle o golpearlo.

Respira, se dijo a sí misma. *Despacio y hondo. Puedes hacerlo. Diablos, incluso un bebé puede hacerlo.*

Sam la miró preocupado.

Ella entreabrió la boca.

"¿Qué viste?" le preguntó Doug a Sam.

Él dejó de mirar a Kate. "Una Subaru Forrester blanca, modelo de este año, con ventanas muy polarizadas, limpio excepto las llantas y la placa, que estaban embarradas."

"Muy conveniente," dijo Doug, nada sorprendido.

"Sí. No tenía placa al frente. La placa sucia de atrás era de Arizona. Apuesto a que era un automóvil alquilado. El hombre tenía sombrero y botas de vaquero, guantes quirúrgicos, jeans y una camisa de trabajo azulosa, una media de mujer le tapaba la cara, y se le alcanzaba a ver una barba corta oscura. Caucásico, hispano, posiblemente euroasiático. No pude ver sus ojos. Era más o menos una pulgada o dos más bajito que yo, delgado. Disparó con la mano derecha. Tenía una cartuchera en la bota."

"¿Dijo algo?"

"No."

"¿Tu impresión?"

"Todo un profesional. Su próximo paso será dejar abandonado el auto cerca de donde haya estacionado el suyo, lanzar el sombrero y las botas en su propio baúl y desaparecer."

"Mierda. Justo lo que necesitábamos." Doug miró a Kate por primera vez. "¿Quién es usted?"

Sam dio un paso frente a ella, bloqueando la visión de Doug.

"Ella no está aquí," dijo Sam.

"Madre mía," musitó Doug. "Sácala de aquí. Te espero en mi oficina. Máximo en una hora."

Capítulo 42

"¿Es lo mejor que puedes hacer?" preguntó Sizemore con aspereza, abriendo otra cerveza ultra fina en una botella sofisticada escarchada por el hielo. Con el pulgar y el índice, quitó la tapa, que fue a dar al cesto de basura. La tapa cayó adentro haciendo un ruido de botellas y latas vacías.

Había sido un largo día.

Haciendo caso omiso de su nerviosismo, Sharon respiró profundamente y lo intentó de nuevo. "Si le bajaras a la cerveza…"

"Si tu hicieras lo que te digo en lugar de enfrentarme cada vez," interrumpió él salvajemente, "nada de esto habría ocurrido."

Ella se puso las manos en la cintura como midiendo su nivel de alcohol y su genio. Por el color de su cara, ambos estaban altos. Él se había aflojado el cuello y la corbata, pero por lo demás estaba vestido exactamente como todos los días de trabajo desde que ingresó al FBI.

Quizás ella debería simplemente empacar, largarse a

una playa tropical y dejar que su viejo resolviera solo su propio caos.

Pronto, se prometió a sí misma. *Muy, muy pronto. Pero mientras tanto...*

"El mensajero," dijo ella con total claridad y precisión, "está despierto y muy bien. Tres hurras para él."

"Yo dirijo las porras si el tonto vio algo."

"Para ser justos," dijo ella, "estaba nervioso por la llanta pinchada y el atraso. Así que entró corriendo al hotel para decirnos que ya había llegado y para conseguir un escolta para..."

"Sí, sí," interrumpió Sizemore. "Y luego el cretino recuerda que no le había echado llave al auto y se devuelve corriendo al estacionamiento." Hizo un sonido de disgusto y bajó el nivel de la cerveza a un tercio. "Mensajero de mierda."

"El punto es," empezó Sharon.

"El punto es que parecemos los policías de la serie Keystone Kops," dijo Sizemore rudamente. "El mensajero no bloquea los seguros del auto. El ladrón usa su llave de control remoto para abrir el baúl, sólo que lo bloquea puesto que estaba abierto. Primer chiste. Ja, ja. ja. Luego el ladrón piensa que su llave está defectuosa y decide ir a abrir el baúl con una varilla de hierro."

"Nosotros..."

Sizemore bebió un gran sorbo de cerveza y siguió hablando. "El mensajero sale corriendo del hotel para cerrar el baúl, sólo que este ya quedó con llave, gracias al ladrón. Segundo gran chiste. Ja, ja, ja. El ladrón le dispara al mensajero con un revólver con silenciador. Enseguida el brillante Agente Especial Sam Groves corre al rescate y le dispara a la SUV, que para entonces ya ha salido a perderse, lo cual va en contra de las políticas del FBI, por Dios Santo."

Sharon esperó a que a su padre se le acabara el veneno. O la cerveza.

"Entonces los agentes empiezan a salir despavoridos de la sede rodante del FBI como murciélagos saliendo del in-

fierno," continuó Sizemore, tomó un gran sorbo y luego otro.
"¿Y dónde está mientras tanto Sizemore Security Consulting?" Rascándose las pelotas, ahí está. El único momento en que nos mencionarán en las noticias será durante las 'risas' al final del show."

"Así que por eso es que te has estado escondiendo de los reporteros."

Ignorándola, bebió, eructó, y lanzó la botella de cerveza vacía al cesto de basura. El golpe causó un ruido estruendoso. Luego, se levantó y golpeó de una patada el cesto hasta el otro lado de la habitación, haciendo un verdadero desorden de botellas y tapas que se desparramaron sobre la alfombra lujosa del hotel.

"Como excelente gerente de la oficina que eres," le gritó a Sharon. "Deberías saber que . . ."

"¿Cómo se supone que yo sepa lo que todo el FBI no ha podido averiguar?" interrumpió ella.

"¡Tu trabajo es saber! Demonios, pregúntale a Jason. Mierda, él sabe todo acerca del negocio de las gemas y no es capaz de contarte nada. He debido despedir al cretino el año pasado cuando me pidió por segunda vez un ascenso en diez meses."

Sharon no sabía qué era peor, si su jaqueca o la ira que revolvía su estómago. Algunas veces enfrentarse cara a cara con su padre funcionaba, porque era lo único que él respetaba. Pero no cuando estaba medio borracho.

"El punto es," dijo ella, "que Sizemore Security Consulting entregó el paquete intacto a Branson and Sons. Eso importa más que unos pocos segundos en el noticiero local de televisión."

"¿Ah, sí?"

"Perder otro paquete en el estacionamiento del hotel habría sido un desastre en términos de relaciones públicas. Lo que lleva a mi siguiente punto."

Sizemore destapó otra botella de cerveza y le dio la espalda a Sharon.

Ella estaba acostumbrada. Siguió hablando aunque se

preparaba para el efecto que tendrían sus palabras. A decir verdad, parte de ella esperaba ansiosa aquel efecto.

A lo mejor hasta se dejaría llevar, le gritaría y al diablo esas pequeñas cosas como la seguridad a largo plazo y suficiente dinero para no pasar su vida sintiendo pánico por la llegada de las cuentas.

"Sé que no quieres escuchar esto," dijo ella claramente, "pero debo decirlo. Hay una filtración en alguna parte que..."

"Eso es *pura mierda*."

"...que debemos detener," terminó ella.

"Has investigado a los mensajeros y a los guardias una y otra vez. Yo también lo he hecho." Sizemore lanzó la tapa de la botella a volar en dirección al cesto de basura volteado en el piso. "Investigaste sus tarjetas de crédito, sus tarjetas de débito y sus cuentas corrientes. Todos y cada uno de ellos son ciudadanos comunes y corrientes. Si en sus cuentas no aparece efectivo sin justificación, no ha ingresado a ellas dinero que valga la pena rastrear. *No es una filtración nuestra.*"

"*Si la filtración no es nuestra, entonces es del FBI.*"

Sizemore empezó a explotar, y luego pareció pensativo.

Abruptamente, Sharon se dio cuenta de que no estaba tan borracho como parecía. Como ella—como cualquier buen agente—podía ser un verdadero jugador cuando valía la pena el esfuerzo.

"Sí, tienes razón," dijo él. "Tiene que ser Groves."

Sus cejas marrón se elevaron. "Interesante. ¿Alguna razón o es el primer nombre que te viene a la mente?"

"No te pases de lista conmigo," dijo Sizemore. "Ya eres muy vieja para darte una cachetada y no quiero hacerlo. Te di trabajo cuando lo único que querían los demás era acostarse contigo, y no lo olvides."

¿Cómo podría? Me lo recuerdas dos veces al día. Pero esa era una vieja historia, así que todo lo que ella dijo en voz alta fue: "¿Por qué crees que Groves sea quien está filtrando información?"

"¿A ti que te importa?"

"No podemos darnos el lujo de embarrarla de nuevo," dijo ella. "Tuvimos suerte de no perder el segundo paquete de Branson and Sons. Si hay algo que no sé, quisiera saberlo."

"Groves estaba en el estacionamiento."

"Una coincidencia."

"¿Ah, sí?" Sizemore tomó un gran sorbo de cerveza. "Groves tiene una informante confidencial y no está compartiendo información con nadie, ni siquiera con Kennedy. Luego, Groves se aparece en el estacionamiento justo a tiempo para evitar un robo y convertirse en héroe. Coincidencia, a otro con ese cuento. Él tiene alguna conexión con las bandas que nosotros no conocemos. Quiero a su informante confidencial antes de que algo más ocurra y nos vayamos a la mierda, peor de lo que ya estamos."

Sharon se quedó callada por un momento. Luego asintió. "De acuerdo. ¿Cómo?"

"Apuesto a que el informante confidencial es Natalie Harrison Cutter."

"¿La mujer que Groves pilló intercambiando piedras?"

"Sí."

"¿Tú crees que él la convenció de ser su informante a cambio de no ser arrestada?"

"Todo parece indicar." Se metió la mano al bolsillo del saco y le alcanzó a Sharon una foto. "Esta fue tomada por las cámaras de seguridad."

Ella miró la foto con atención. "¿La Srta. Cutter?"

"Eso dice Groves, sólo que no hay ninguna persona registrada bajo ese nombre ni en el hotel ni en la exposición de gemas."

"¿Nombre falso?"

"Eso es lo que yo supongo. En los bancos de datos del FBI tampoco aparece nadie bajo ese nombre."

"¿Y qué hay de la policía de Arizona?" preguntó Sharon.

"Nada."

"¿Alguien vio al civil que estaba con Groves en el estacionamiento?"

"Su agente especial a cargo dijo que ella estaba boca abajo entre los autos. Mujer caucásica o hispana, de menos de cincuenta."

Sharon le dio unos golpecitos a la foto con las uñas. "Según lo que he oído, la mujer con quien Groves estaba en el hotel era una pelirroja de ojos verdes, alrededor de los treinta. Excepto por la edad, el resto no coincide con Cutter."

"El pelo era una peluca. No sé en cuanto a los ojos."

"¿Peluca? ¿Cómo puedes estar seguro?"

"Kennedy me dijo que encontraron una peluca roja en el estacionamiento cerca del sitio donde estaba la mujer."

"Así que estoy buscando a una mujer caucásica o hispana de unos treinta años cuyos ojos pueden ser verdes o no—es fácil conseguir lentes de contacto de color. ¿Qué se sabe de la estatura? ¿Del peso?"

"Cinco o seis pies. Uno treinta a uno cuarenta. No es tan delgada."

"Me alegro por ella," dijo Sharon. "¿Algo más?"

"Mierda, ¿quieres que te haga un dibujo?"

"Muy bien. Mostraré la foto aquí y allí tan pronto como termine mi trabajo sobre…"

"Dame la maldita foto," interrumpió Sizemore, quitándole la foto. "Me ocuparé yo mismo."

Capítulo 43

Phoenix
Viernes
6:30 p.m.

Kirby parqueó la SUV blanca en el costado oriental del estacionamiento económico de Sky Harbor. Ya se había quitado la falsa barba y la había metido entre el sombrero de vaquero junto con las medias. Ahora se cambió las botas por unos tenis y guardó todo en una pequeña bolsa de nylon. Cuando salió del auto, no quedaba nada de su disfraz excepto el cabello oscuro y los jeans—que no llamaban la atención en Arizona—y los guantes quirúrgicos que sólo se quitaría cuando hubiera cerrado la puerta del auto.

El orificio que había dejado la bala en el panel trasero, que le había parecido tan grande como una bola de baseball cuando iba manejando por la autopista, pareció insignificante bajo la luz dorada del atardecer en el desierto.

Los revólveres cortos son pésimos después de diez pies. Pero por lo menos el bastardo no le dio a una ventana. Eso habría sido difícil de esconder.

Y una bala en su cuerpo habría sido peor aún.

Kirby se quitó los guantes y se los metió al bolsillo. Luego caminó hacia el paradero del bus y entró al edificio del estacionamiento, donde los automóviles podían protegerse del sol pagando un poco más. Tomó el bus hacia el aeropuerto, se bajó en el primer paradero, y se dirigió al baño más cercano. Echó en un inodoro la barba postiza y descargó el inodoro, caminó hacia la siguiente terminal aérea y en el siguiente baño echó los guantes por el inodoro. Descargó el mismo tres veces. Aprovechando que estaba en el baño, se quitó la mayor parte del color del cabello con toallas de papel y agua. Botó las medias en un cesto de basura cerrado en el sector de alimentos. En otro baño se sentó en un inodoro, rompió el contrato y la falsa identidad, los botó por el inodoro y lo descargó hasta que no quedó ni un pedazo de papel. Aprovechando que no había nadie en el baño, terminó de quitarse la pintura del pelo en uno de los lavamanos.

Con el bolso en la mano, Kirby tomó el bus de regreso al estacionamiento en el lado oeste, donde había dejado su propio auto. Estaría de vuelta en el hotel a la hora de la cena.

Capítulo 44

Scottsdale
Viernes
7:00 p.m.

Doug retrocedió con la silla frente al ingenioso espacio convertido en escritorio que tenía en la central móvil. Miró a Sam, y deseó que Ted Sizemore viviera en lo más profundo del infierno. En algún lugar sellado. Sin posibilidad de comunicación.

Especialmente con el AES Patrick Kennedy.

"Llegas tarde," dijo Doug.

"El tráfico," dijo Sam.

"Sí, sí. Todo el mundo habla de él pero nadie hace nada al respecto. Mierda." Doug golpeó la mesa con los dedos. "Tenemos problemas."

Sam no imaginó que fuera el tráfico. "¿Sizemore?"

"Estamos quedando como verdaderos cretinos. Ese es el problema."

"¿Y cómo está quedando Sizemore?" preguntó Sam. "¿Alguien del FBI sabía cuándo llegaba el mensajero?"

"Estamos investigando. En lo que se refiere a Kennedy y a Sizemore..." Doug hizo una mueca. "¿Quién diablos puede estar seguro? Es más turbio y confuso de lo que uno se puede imaginar."

Sam no discutió. Él había pensado lo mismo mucho antes de que la unidad contra el crimen llegara a Scottsdale.

"Actualízame acerca de tu informante confidencial," le dijo Doug, lanzándole a Sam una mirada sombría. "¿Ella sabía?"

"No."

"¿Estás seguro?"

"Sí."

"Encontramos una peluca roja en el estacionamiento. ¿Sabes algo acerca de eso?"

"¿Debería saberlo?"

Doug golpeó la mesa con la mano. "No me creas tan tonto."

"Si se filtra *cualquier cosa* en los registros oficiales, mi informante confidencial se convertirá en el objetivo del mismo hombre que mató a los Purcell."

Doug se quedó totalmente quieto. "¿Estás seguro de eso?"

"Tan seguro como puedo estarlo sin asistir a un funeral."

"¿Estás diciendo que el asesino lleva una placa? ¿Es por eso que no quieres que el FBI sepa el nombre de tu IC?"

Sam pensó muy bien en las palabras que iba a decir. "No sé."

Doug esperó.

Sam también.

"Vas directo a tener unas vacaciones no pagas," dijo Doug con voz plana. "Háblame."

"Necesito que me des tu palabra de que no le dirás a nadie. Y eso incluye a Kennedy. De otra forma me tomaré esas vacaciones no pagas y el record desagradable en mi expediente y cualquier otro castigo que el FBI quiera imponerme."

"Mierda. No puedo creerlo. Colton tiene razón. Te estás acostando con tu IC."

"No."

Sam se imaginó que el hecho de que efectivamente quisiera acostarse con Kate no era asunto del FBI. Y el hecho de preguntarse cuánto tiempo pasaría antes de que él aceptara la invitación que le lanzaban sus ojos, bueno, pues ese era su problema.

Hubo un largo silencio.

"Colton dice que la pelirroja que vio contigo es tu informante confidencial," dijo finalmente Doug.

"Este es un país libre. Hasta los burros tienen derecho a rebuznar."

Hubo otro largo silencio.

"De acuerdo," dijo Doug. "Nada de lo que digamos aquí saldrá de estas cuatro paredes. Y que Dios nos ayude a ambos si Kennedy se entera. Ahora por favor siéntate. Estoy cansado de mirar hacia arriba para hablar contigo."

Sam tomó algunos archivos de la silla y se sentó al borde de esta. Estaba lejos de sentirse aliviado o relajado. Confiaba en Doug con su vida, pero detestaba tener que confiar en él en nombre de Kate.

"Mi informante confidencial se imaginó que esta conversación tendría lugar contigo después del tiroteo en el estacionamiento," dijo Sam. "Ella me autorizó a hablar contigo pero con nadie más. Yo le di mi palabra."

Doug oyó el resto de lo que no fue dicho: si Doug no cumplía su palabra, él y Sam tendrían que arreglarlo personalmente en lugar de acusarse el uno al otro a través de la burocracia del FBI.

"¿Estás seguro de que no te estás acostando con ella?" preguntó Doug.

"Totalmente."

"Pero eso quisieras."

"Si la agencia empieza a perseguir por lo que la gente 'quisiera', no quedaría libre ni un solo agente."

Doug casi sonrió. "¿Tu informante confidencial sabía sobre el envío de hoy?" preguntó él por segunda vez.

"No."

"¿Y tú?"

"Tampoco."

"¿Entonces cómo explicas el hecho de que estabas en el estacionamiento con una mujer disfrazada?"

"Mala suerte. O buena suerte, dependiendo del punto de vista. Mala suerte en el sentido de que casi la matan. Buena suerte en el sentido de que el mensajero se habría desangrado antes de ser encontrado."

"¿Serías capaz de jurar que el hecho de que estuvieras en el estacionamiento cuando ocurrió el intento de robo fue una coincidencia?" preguntó Doug.

"Sí."

"Difícil de creer."

"¿Por qué? Si no existieran las coincidencias, no existiría una palabra para referirse a ellas. Caramba, hay agentes todo el tiempo entrando y saliendo del estacionamiento. Cualquiera habría podido tropezarse con ese robo. Además, como te dije, el hecho de que me hayan encontrado allí no me favorece en nada. Ni a ella."

Doug puso los codos sobre la mesa y se frotó los ojos. Se estaba volviendo demasiado viejo para pasar cuatro noches seguidas con tan poco sueño, apenas lo suficiente para mantener vivo a un estudiante durante los exámenes finales.

"De acuerdo." Doug oprimió el puente de su nariz, abrió el cajón, y buscó una aspirina. Cuando encontró tres, miró hacia arriba. "¿Qué estaban haciendo tú y tu informante confidencial en el hotel?"

"Estábamos mirando lo mejor de las exhibiciones privadas."

Doug se metió las pastillas en la boca e hizo una mueca. "¿Por qué?"

Sam se levantó y llenó un vaso desechable con agua del recipiente cerca de la puerta. "Toma esto," le dijo a Doug. "Verte tomar la aspirina en seco me da dolor de garganta."

"Hacerlo es aún peor. Gracias."

Aunque habría querido caminar, Sam se sentó de nuevo. "Aquí es donde entra a jugar la vida de mi IC."

Doug dudó, y luego asintió.

"¿Recuerdas el caso del mensajero de la Florida hace cinco meses?" preguntó Sam. "¿Aquel caso que causó revuelo en toda la unidad de lucha contra el crimen?"

"El envío de McCloud. El caso del mensajero que se robó el paquete y escapó."

"Eso es lo que alguien quiere que nosotros creamos."

Doug se recostó en su silla de oficina y jugando con la taza desechable, preguntó: "¿Cuál es tu versión?"

"Eso fue un montaje. El mensajero—Lee Mandel—muy probablemente está en algún pantano alimentando a los cangrejos."

"¿Entonces quién robó el paquete?"

"La persona que lo mató." Sam hizo un movimiento impaciente, interrumpiendo la siguiente pregunta de Doug. "Mi informante confidencial no creyó en ese montaje. Empezó a hacer preguntas, presionó y forzó al FBI a reabrir el caso. Luego, cuando el expediente fue actualizado de nuevo hace unos pocos meses, recibió una llamada en su contestador automático diciéndole que dejara de investigar o que moriría. La persona que la llamó utilizó un distorsionador de voz. Mi informante no está segura de si la voz era de hombre o de mujer."

Los dedos de Doug se quedaron quietos. "¿Justo después de que el expediente fue actualizado?"

"Sí."

"Crees que es alguien dentro del FBI."

No era una pregunta.

Sam dudó. "De lo que estoy totalmente seguro es que quien haya hecho esa llamada tenía acceso a los archivos del FBI. Sabía cuando algún expediente era actualizado."

"Pudo ser un pirata de Internet."

"Pudo haber sido Superman con sus ojos de rayos X," replicó Sam. "Mira, al comienzo yo no quise creer tampoco. Pero potencialmente eso explica muchas cosas."

"¿Cómo qué?"

"Como por qué seguimos quedando una y otra vez como

unos estúpidos en este trabajo. Si alguien de adentro está filtrando información hacia fuera estamos jodidos."

"De acuerdo, esa es una posibilidad." Doug lo dijo como si tuviera un mal sabor en la boca. "¿Podría ser uno de los comerciantes de gemas o una de las compañías de mensajeros, o no?"

"No a no ser que mi IC este mintiendo."

"¿Qué quiere decir eso?"

"Ella sabía lo que Lee Mandel estaba transportando, o sea que . . ."

"Ella fue quien lo robo," dijo rápidamente Doug. "Demonios, ni siquiera el FBI sabe lo que había en ese maldito paquete."

"Ella sabía porque fue quien talló las gemas que Mandel debía entregar a McCloud."

Doug abrió la boca. La cerró. Se quedó muy pensativo. "¿Ella es talladora?"

"Y demasiado buena. Pero por todos los años de experiencia en investigación estoy seguro de que ella no fue."

"¿Entonces quién fue? ¿Quién más sabía lo que había dentro del paquete?"

"Su padrastro. Él es el dueño del servicio de mensajería para el cual Mandel trabajaba cuando lo atacaron."

"¿Mandel Inc.?"

"Sí."

"Investígalo."

"Ya lo hice," dijo Sam, resistiendo a la señal urgente de señalar que él no era ningún novato. "El Sr. Mandel tiene mi nominación para el premio del ciudadano del año. Usa su cinturón de seguridad y paga sus multas de estacionamiento a tiempo. También paga a tiempo sus impuestos. En algún momento le hicieron una auditoría de manera aleatoria. El gobierno terminó debiéndole dinero *a él.*"

"Necesita conseguir un mejor contador para sus impuestos. ¿Cómo están los libros de su compañía? ¿Necesitas una orden judicial para investigar?"

"Él está cooperando," dijo Sam. "Hasta el momento nuestro contador no ha descubierto sino errores de ingreso de datos, y la mayoría de ellos favorece a los clientes."

"Así que por eso me hiciste firmar una solicitud para conseguir un contador forense y no quisiste decirme quién dónde, cuándo y por qué."

"Estaba protegiendo a mi..."

"Olvidas que estamos en el mismo bote," gruñó Doug. "Sigue hablando y quizás no te empuje fuera de borda ¿Quién más sabía qué contenía el paquete?"

"Mandel, o sea que su amante posiblemente también."

"¿Es tu talladora?"

"No. Mandel era gay."

Doug parpadeó. "Pásame el expediente. Está en el piso junto a ti."

Sam buscó entre las pilas de papeles y encontró el expediente de Mandel y lo puso en la mesa. "No te servirá de nada. Mandel estaba tan metido en el clóset que sólo lo sabían sus amantes. Y mi informante. Eran medio hermanos por parte de madre. El padre de Mandel es el padrastro de mi informante. Lee sólo le contó a ella que él era gay."

"¿Qué dice su amante? ¿Sabía acerca del paquete?"

"Él lo niega. Todavía está llorando por la desaparición de Mandel. Planeaban casarse el ocho de junio, el día del aniversario de su primera cita."

"Investígalo de todas formas."

"Un agente en Los Ángeles lo está haciendo en este momento." Sam desistió de permanecer sentado y se levantó con los dedos pulgares metidos en los bolsillos traseros de sus jeans. "No hay nada que valga la pena reportar hasta el momento. Norm Gallagher—el amante de Mandel—es socio junior de una firma de inversión que se especializa en administrar dinero para clientes 'de estilos de vida alternativos.' Todo el mundo sabe que Norm es gay y a nadie le importa. En otras palabras, no está siendo chantajeado, no tiene el vicio del juego, no consume drogas, y ayuda a cuidar a sus padres enfermos, quienes sabían que era gay antes de que él mismo lo supiera."

"Un callejón sin salida," resumió Doug.

"Les dije que siguieran investigando, pero no estoy esperando ninguna gran revelación por ese lado."

Doug resopló. "De acuerdo. Tu soplona..."

"Informante confidencial," cortó Sam. "Los soplones son personas bajas. Ella no cuadra con ese perfil."

"Lo que sea. Ella sabía lo que había en el paquete, pero Mandel, el mensajero, no. Su padrastro conocía los horarios, pero tampoco sabía, esperando nueva evidencia. ¿Quién más sabía?"

"McCloud."

"¿Tú crees que el cuñado de un presidente al mando es un asesino y un ladrón?" preguntó Doug subiendo el tono de voz.

"Tengo a un agente trabajando en una entrevista de seguimiento con McCloud."

"Santa María, madre de Dios." Doug se cogió la cara entre las manos. "¿Y mi nombre está en la solicitud para la entrevista, no es cierto?"

"Tú eres mi Agente Especial Encargado."

"Empiezo a visualizar un retiro prematuro en Fargo." Doug se estiró y suspiró. "Bueno, finalmente podré intentar hacer esquí de fondo."

"No olvides hacer escultura con hielo."

"Estás pensando en Minesota. En North Dakota no hay tanta agua. Dime que alguien además de McCloud sabía acerca del envío."

"Según lo que él dijo, no le contó a nadie," dijo Sam.

"¿Y tú le crees?"

"No. Yo creo que debe haber algo relacionado con el seguro si habló sobre los envíos. Lo que sea. Probablemente no importa. Los mensajeros son atacados todo el tiempo y el ladrón sólo sabe lo que hay en el paquete cuando lo abre."

Doug tomó un bolígrafo, quería romperlo, y lo dejó a un lado. "No me estás haciendo sentir mejor en lo mas mínimo."

"Es la historia de mi vida."

"Cámbiala. Hazme sentir mejor."

"Mi informante confidencial encontró una de las piedras de McCloud desaparecidas en la vitrina de Mike Purcell," dijo Sam.

"¿Cuál de ellas?"

"Un zafiro azul con corte de esmeralda tan grande como tu dedo pulgar. Más grande, de hecho. Tus manos son pequeñas."

"¿Zafiro azul? ¿Acaso no son todos azules?"

"No empieces. Y no."

Doug arrugó los ojos. "Espera. ¿No habían dicho algo acerca de que una tal Natalie Cutter había intercambiado unas piedras en el puesto de Purcell?"

"Sí. Yo la pillé en el segundo intercambio."

"Actualízame. Estoy perdido."

"Ella estaba—y aún está—intentando probar que su medio hermano, Lee Mandel, no es el ladrón que se escapó al trópico con una rubia de senos exuberantes."

"Dijiste que era gay."

"Lo era," dijo Sam. "Aparentemente, la persona que ha estado poniéndonos pistas falsas no lo sabía. Como te dije, Mandel estaba totalmente metido en el clóset."

"De acuerdo." Doug se echó hacia atrás y jugaba con un clip para papel. "O sea que tú supones que la persona que atacó a Mandel no sabía que él era gay. Volvamos al zafiro de Purcell."

"Una vez más, esto no puede salir de estas cuatro paredes. Si la gente de la unidad de lucha contra el crimen llega a enterarse, estaremos dando un gran paso hacia atrás en nuestro intento por atrapar al tipo."

Doug sacudió la cabeza.

"El envío de McCloud consistía en siete zafiros azules que habían sido tallados y pulidos en siete formas diferentes por mi informante confidencial. Él los llamaba los Siete Pecados."

"Siete piedras que valían un millón de dólares."

"Mi informante confidencial dice que eso valía el material en bruto más su trabajo. El valor del mercado sería por lo menos del doble de ese monto, quizás más. Dependía de quién se enamoraría de las piedras y qué tan caliente serían las ofertas."

Doug estiró una de las curvas del clip.

"Lo importante es que de alguna manera uno de los Siete Pecados llegó a manos de Purcell," dijo Sam. "Mi informante confidencial lo demostró cuando tuvo en sus manos la piedra verdadera, dejó la sintética, fue a su casa, y estudió y analizó la piedra y las fotografías que había tomado de ella antes de enviarla con el mensajero."

"¿No hay duda de que las dos piedras son la misma?"

"Ninguna."

Doug asintió con la cabeza y siguió jugando con la otra curva del clip.

"Una vez que se aseguró de lo que te digo," dijo Sam, "devolvió la piedra verdadera y la cambió por la que había dejado el día anterior."

"¿Por qué?"

"Ella no es una ladrona," dijo Sam impaciente. "Sólo quería tener evidencia de que las piedras eran las mismas, de manera que el FBI pudiera agarrar a Purcell y hacerlo hablar."

Silencio.

Doug hizo serpentear el último segmento del clip entre sus dedos. Se quedó mirando la línea de metal, pero pensaba en otra cosa. Sea lo que fuera, no estaba feliz al respecto. Se veía agotado.

"Pero antes de que yo pudiera llegar a donde Purcell, alguien más lo hizo," continuó Sam. "Tengo a Mario investigando los papeles de Purcell—los pocos que tenía—pero no ha encontrado ninguna mención al gran zafiro comprado en los últimos cinco meses, ni ningún retiro grande de efectivo o transferencia de fondos que tenga que ver con el hecho de que Purcell estuviera involucrado con una piedra como esa."

Doug hizo un sonido como un gruñido. Podía ver hacia dónde iba Sam. En realidad no quería ser conducido allí.

"Me imagino que Purcell había tenido la piedra por lo menos desde hacia dos meses, quizás más," dijo Sam. "¿Quieres oír mi razonamiento?"

"Todavía no." Las palabras salieron de los labios apretados de Doug.

Sam pensó muy bien lo que iba a decir. No le gustaba hacia dónde iba, como tampoco a su AEE.

"Purcell había mostrado su piedra en otras exposiciones de gemas antes de la de Scottsdale," dijo Sam. "No había habido ningún problema. La mostró aquí. No hubo problema. Y luego yo atrapo a una mujer haciendo un intercambio de piedras y Colton abre su bocota para contarlo en una reunión de la unidad de lucha contra el crimen en la suite de Sizemore. Cuando averigüé la verdadera identidad de Cutter y la razón que tuvo para hacer el intercambio, Purcell ya estaba muerto, así como cualquier oportunidad que tenía el FBI de averiguar cómo una selección tan increíble de gemas había ido a parar a manos de un mediocre como Purcell."

Doug empezó a hacer una curva con el alambre del clip.

"Simplemente para ponerle la cereza al pastel de mi investigación," dijo Sam, "el asesino de Purcell hace la gran representación de la corbata colombiana y de pronto Kennedy y Sizemore empiezan a ver suramericanos detrás de cada puerta."

"¿No crees que hayan sido suramericanos?"

"Purcell no manejaba esmeraldas ni drogas colombianas. ¿Por qué lo atacarían?"

"Para cerrarle la boca."

Sam hizo un ruido impaciente. "Si el golpe de Mandel fue suramericano, fue uno muy especial. El baúl no fue forzado. El mensajero desaparece en lugar de ser abandonado con sus propios genitales en la boca como advertencia para los demás. El automóvil de Mandel fue devuelto a la compañía de alquiler—después de un shampoo—tarde en el aeropuerto. ¿Alguna vez has oído que los suramericanos devuelvan un automóvil alquilado a nombre de un hombre muerto, habiéndolo lavado antes?"

Doug hizo una segunda curva con el clip.

"Empiezan a circular rumores de una rubia de grandes senos," continuó Sam. "El nombre de Mandel es arrastrado por el barro. Él es muy cercano a su familia y sin embargo nunca llama a casa, no manda ninguna señal de que está bien. Silencio total y sin embargo la policía parece 'saber' que Mandel está en Aruba o en Río, de luna de miel con la rubia misteriosa. ¿Te mencioné a su amante gay? Tampoco él ha tenido noticias."

Silencio.

El clip de papel se rompió. Doug lanzó las piezas a un cesto de basura.

Más silencio.

"Muy bien," dijo Doug finalmente. "Seguiré respaldando tus solicitudes y eludiendo a Kennedy. ¿Tu informante confidencial guardó el mensaje de su contestador automático?"

"¿El de la amenaza? Sí."

"Mándalo al laboratorio."

"Ya lo hice."

"¿Se ha sabido algo?"

"Aún no."

Doug miró a Sam directo a los ojos. "Agarra a ese hijo de puta. Agárralo rápido."

"¿Estás cansado de las noticias en los medios?" preguntó Sam.

"Al diablo con los medios. Si la filtración está en la Agencia, eres un hombre muerto caminando."

Sam ya se había imaginado eso. Lo que no sabía era cómo evitar que Kate fuera asesinada junto con él.

Capítulo 45

Hacía mucho tiempo que Sizemore se había retirado del FBI, pero no había olvidado las costumbres. Nunca lo haría. Aún vivía y respiraba por la agencia.

"Estoy haciendo un seguimiento de una entrevista que su gerente tenía con el Agente Especial del FBI Sam Groves," dijo Sizemore en el mostrador del lobby. "¿Madeline Dermott está de turno?"

No habían pasado cuarenta segundos cuando Sizemore era conducido por una puerta lateral a la oficina del gerente. Cuando el empleado de recepción introdujo a Sizemore como agente del FBI, este no lo corrigió. En lugar de eso, le estiró la mano a Madeline. Un apretón ejecutivo, una sonrisa profesional de parte y parte, y pasaron rápidamente al asunto que les ocupaba.

"¿En qué puedo ayudarle?" preguntó Madeline.

"El martes por la tarde el Agente Especial Sam Groves le preguntó acerca de esta mujer," dijo Sizemore, sacando la foto. "Su nombre es Natalie Harrison Cutter."

"Lo recuerdo. Ella no estaba registrada aquí en el hotel ni en ninguno de los congresos que tenemos en este momento."

"Detesto cuando eso sucede," dijo Sizemore, con una sonrisa cómplice.

Madeline también sonrió y confesó: "En este caso, sentí alivio. No me gusta que nadie bajo sospecha por parte del FBI esté registrado en mi hotel. El otro también se fue."

"¿El otro?"

"La otra persona con quien el Sr. Groves quería hablar. Su nombre era Gavi...Gavi..." Madeline se volteó hacia su computadora. Sus uñas con un bonito manicure volaban por el teclado. "Gavin Greenfield. Florida."

"Greenfield. Claro." Sizemore le lanzó a Madeline una mirada de aprecio. "¿Es el Greenfield que vive en Miami o será el de...?"

Madeline miró la pantalla de la computadora. "Coral Gables."

"Qué raro. No contesta el teléfono en ese sitio. ¿Podría verificar mi número con el que le dejó a usted?"

"Claro." Madeline volteó la pantalla de la computadora para que Sizemore pudiera leer.

Memorizó el número y luego dijo: "Claro, eso lo explica todo."

"¿Qué cosa?"

"Alguien invirtió los dos últimos números cuando me dio el teléfono. Ocurre todo el tiempo. Gracias."

"Con gusto. Siempre me complace cooperar con el FBI."

Sizemore sonrió de nuevo y salió de la oficina. Se dirigió a una esquina tranquila del lobby, sacó su teléfono celular, y marcó el número que había memorizado. Le respondieron al tercer timbre.

"Si se trata otra vez del maldito telemercadeo," empezó el hombre.

"No, no es eso," interrumpió Sizemore. "Le estoy haciendo seguimiento a la entrevista que usted tuvo con el Agente Especial del FBI Sam Groves."

Silencio, seguido de: "¿Quién es usted?"

"Mejor dígame, ¿qué relación tiene usted con Natalie Cutter?"

"El Agente Especial Sam Groves me dijo que si alguien me preguntaba sobre ella, debían llamarlo a él. Puesto que usted está en el FBI, estoy seguro de que tiene su número. Hasta luego."

Gavin Greenfield cortó la comunicación alterado.

Sizemore se sentó por algunos minutos, pensando en las diversas tácticas que podría utilizar con el poco colaborador Sr. Greenfield. Puesto que no tenía credencial, realmente no tenía ningún apoyo. De lo que sí estaba seguro era de que Greenfield había oído antes el nombre de Natalie Cutter.

De eso, y del hecho de que Sam Groves no quería que Greenfield hablara de ella.

Sizemore regresó a la recepción del lobby. Una vez más, el empleado lo llevó a la oficina de Madeline.

"Discúlpeme por molestarla de nuevo," dijo Sizemore, "pero hay un pequeño problema. No con sus registros, sino con los nuestros. Yo supongo que usted conserva una lista de las llamadas que hace cada huésped."

"Claro que sí. Las llamadas telefónicas eran uno de nuestros rubros más rentables en el pasado. Ahora no tanto desde que se ha generalizado tanto el uso de los celulares."

Sizemore cruzó los dedos para que Greenfield no tuviera teléfono celular. El mismo Sizemore detestaba esos aparatos. Sólo había accedido a tener uno porque eran muy útiles.

"¿El Sr. Greenfield hizo alguna llamada?" preguntó Sizemore.

Los dedos de la gerente corrían por el teclado de la computadora. "Ah, sí. Hizo algunas llamadas. Aquí las tengo, se las voy a imprimir."

"Gracias. Eso sería de gran ayuda."

Con la lista en la mano, Sizemore subió a su suite y encendió la computadora que rara vez utilizaba, ya que tenía con esa máquina la misma relación de amor y odio que tenía con los teléfonos celulares. Se conectó a Internet e ingresó a un sitio donde aparecían listadas las direcciones de todos los números telefónicos. Sitios como éste eran una de las razones por las cuales había aprendido a usar las computadoras. Le ahorraba a un investigador una cantidad impresionante de tiempo.

La mayoría de las llamadas que había hecho Greenfield habían sido a su casa en Coral Gables. Otras habían sido a almacenes de muebles. Había dos llamadas a una residencia en Glendale, Arizona. Ese número aparecía bajo el nombre de K. J. Chandler.

Sizemore escribió el nombre y la dirección, entró a un sitio de mapas e ingresó la dirección de Chandler como destino y la del hotel como punto de partida. Rápidamente se desplegó un mapa en la pantalla. Después de musitar algunas palabras entre dientes logró conectar una impresora portátil a la computadora. Imprimió el mapa, lo analizó y miró su reloj. Suponiendo que hubiera alguien en casa, tendría que prever por lo menos una hora para ir, entrevistar a la persona y regresar.

Llegaría tarde a la cena con Kennedy.

Sizemore le dejó un mensaje a Kennedy en el escritorio y salió. Sólo se perdió dos veces en el camino hacia la casa de K. J. Chandler. Phoenix crecía a pasos tan agigantados que los mapas se desactualizaban incluso antes de haber sido impresos. Con los Ángeles había ocurrido lo mismo en alguna época, pero ya se había estabilizado su crecimiento. El estado cobraba impuestos por todo lo que se movía, y por aquello que no se movía, cobraba el doble.

Entre más conocía Sizemore la ciudad de Phoenix más le gustaba.

Hacia las siete conducía por una calle suburbana a lado y lado de la cual se alineaban, por esa característica rara de Phoenix—casas construidas hacía treinta años. A diferencia de las casas viejas de Los Ángeles, los jardines no se caracterizaban por grandes diseños. Una temperatura de ciento dieciséis grados en el verano era una forma efectiva de impedir que las plantas crecieran.

Aplicando su viejo entrenamiento, Sizemore no se detuvo

en la dirección. Simplemente pasó en su automóvil, mirando otros números de casas como si todavía no hubiese encontrado su destino.

Sin aparentarlo, anotó en su mente todos los detalles concernientes a la casa de Chandler. Lo primero que notó fue una señal justo frente al jardín advirtiéndole al mundo que el lugar estaba protegido. Al menos no tendría que entrar y examinar las puertas y ventanas para asegurarse de que estaban conectadas a un sistema de alarma. Aunque en realidad poco le importaba. Nada detenía a los verdaderos profesionales. Lo máximo que se podía hacer era evitar que entraran demasiado aprisa.

En ninguna de las demás casas por las que pasó había señales de ese tipo, salvo alguno que otro aviso borroso de *conectado a sistema de vigilancia* en cada cuadra.

"Interesante," se dijo Sizemore a sí mismo. "Me pregunto qué estará escondiendo. O talvez Chandler es el tipo de mujer que oye acerca de un violador en las noticias de la noche y se convence de que va a entrar por su ventana la noche siguiente, y ni siquiera escucha que el violador trabaja en un condado a cincuenta millas de distancia." Sacudió la cabeza. "Mujeres. Nunca las entenderé."

"Sizemore volteó a la derecha, anduvo algunas cuadras, y regresó a la casa desde una dirección diferente. Por la apariencia exterior de la casa, supuso que la Srta. Chandler no sería tan colaboradora como la gerente del hotel. No intentaría golpear a la puerta excepto si fuera el último recurso antes de idear alguna otra artimaña.

A media cuadra de distancia de la casa, dejando la residencia tras él, estacionó y observó la casa por el espejo retrovisor. Analizó los riesgos de utilizar la insignia ceremonial que le habían dado para su retiro. Hacerse pasar como agente del FBI podría traerle problemas—sólo si lo descubrían.

Otro auto volteó por la misma calle. Marca americana. Ya tenía algunos años. Modelo básico.

Era evidente que era del gobierno.

El automóvil se detuvo frente a la dirección de Chandler.

Sizemore vio a Sam Groves bajarse de él y dirigirse hacia la puerta. Ninguna duda acerca de la identidad, incluso en la penumbra. Groves tenía una forma de moverse como diciendo mis bolas cuelgan, que definitivamente irritaba a Sizemore.

Dos segundos después, Sam estaba dentro de la casa.

Bingo.

Sizemore condujo de regreso, planeando la forma como investigaría los diversos registros oficiales y no oficiales sobre K. J. Chandler.

Pero primero tendría tiempo de refregarle en las narices a su hija que había encontrado información acerca de la informante confidencial mientras ella se maquillaba para salir con el estúpido de Peyton.

Capítulo 46

Glendale
Viernes
8:00 p.m.

Tan pronto como Kate cerró la puerta después de que Sam entró, automáticamente empezó a pasar todas las cerraduras. Él la miraba con ojos obsesivos y una intensidad que la habría puesto nerviosa si lo estuviera mirando.

No había duda de que él lo estaba haciendo. Observaba cada detalle de ella. Llevaba puesta una bata verde esmeralda. Estaba descalza, con el cabello suelto. Olía a algo entre limón y especias. Pudo ver cada rasguño y cada raspadura en sus manos por lo ocurrido en el estacionamiento, vio el leve golpe en su quijada y el rasguño a lo largo de la línea vulnerable de su cuello. En cuestión de un segundo pudo sentir de nuevo la rabia que lo había sacudido cuando se dio cuenta de que ella había estado a unos pocos instantes de ser asesinada.

"¿Seguro que estás bien?" preguntó él. "Tal vez debería verte un médico."

Ella se volteó y se inclinó contra la puerta, deseando haber tenido puesta una sudadera en lugar de la bata sedosa que revelaba mucho su cuerpo. Pero ni muerta se subiría el cuello y se bajaría el dobladillo, ni se estiraría nerviosamente la ropa como una niña en su primera cita.

Además, Sam parecía cansado, ensimismado, todo menos un hombre mirando a una mujer que deseaba.

Nada nuevo. El control está encendido en modo policía. Punto final.

"Como te dije hace unos segundos cuando me trajiste a casa," dijo ella, "estoy bien."

"Estabas temblando." Él también había temblado, pero no era precisamente algo de lo que quisiera hablar.

"¿Tú crees?" dijo ella, abriendo los ojos. "La próxima vez que alguien intente matarme, me aseguraré de mantener el labio superior quieto. Y el inferior también."

Sam gruñó e hizo lo que debía haber hecho antes y no se había atrevido porque sabía lo que ocurriría; se lanzó hacia ella para abrazarla. Antes había querido decir la verdad cuando Doug le preguntó sobre el sexo y Kate. Si Sam la hubiera tocado antes, sabía que no habría podido detenerse. Y entonces habría tenido que mentirle a Doug para permanecer lo suficientemente cerca de Kate para mantenerla viva.

Pero ahora no era antes. Sam pasó la punta de uno de sus dedos sobre los labios de Kate, y tocó suavemente su mejilla golpeada.

"Maldición, Kate, casi me matas del susto."

A ella se le cortó la respiración al ver la confusión que revelaban sus ojos, que revelaba el leve temblor de sus dedos. En ese momento ya el policía no mantenía el control. Quizás al siguiente segundo cambiaría, pero no *en ese momento*. Ella quería recostarse sobre él, abrazarlo, mantenerlo abrazado hasta que no quedara nada en su mente más que el sabor, el olor y la sensación de estar con él.

Ella no se movió.

Kate no sabría qué hacer si intentaba tocarlo y él se alejaba de nuevo.

"Estaba muy nerviosa con ese tipo tratando de perseguirnos," dijo ella con voz ronca. "Y de dispararnos. Olvidaba ese pequeño detalle."

"Kate," Sam susurró.

"¿Qué?"

"Nada." El se inclinó aún más cerca. "Sólo Kate."

Ella se estremeció cuando él susurró las últimas palabras tocando sus labios, que estaban temblando de nuevo. No de miedo esta vez, sino por la necesidad que él había despertado en ella por el simple hecho de estar vivo, por el simple hecho de ser Sam.

Lo suficientemente cerca como para probarlo.

Sus labios rozaron los suyos, los rozaron una vez más. Con la punta de la lengua él repasó la línea de su boca.

Con las manos a los lados, ella no se movió.

"¿Kate?" Él levantó la cabeza. "Yo creí que me deseabas."

Sus grandes ojos negros reflejaban emoción. "Y yo creí que tú no me deseabas a mí."

"Creíste mal. Te deseo tanto que me da miedo."

"Lo mismo por este lado. Pero tú no haces sino evitarme."

Sus manos resbalaron por la abundante cabellera negra que le había fascinado desde la primera vez que la había visto ondear pesada y suavemente a la vez sobre sus hombros. Esta noche su cabello estaba húmedo y tibio después de la ducha. Él se acercó hasta que sus labios prácticamente se tocaron.

"Si retrocedo lo suficiente," preguntó él, "¿llegaré a la cama?"

Sonriendo a medias y riendo a medias, ella renunció completamente a mantener su distancia de él.

"Sam," dijo ella.

"¿Qué?"

"Sólo," ella besó la esquina de su boca, "Sam."

Él sacó suavemente una mano del cabello de Kate. Con ella le rodeó las caderas, acercándola ansiosamente hacia él para abrazarla tan íntimamente que dejó muy claro que había desistido de mantenerla a un brazo de distancia.

"¿Estás segura de que deseas esto?" preguntó él.

Ella se mordió el labio inferior. "¿Tú lo deseas?"

"¿Qué crees?"

Ella sonrió. "Parece que llevas tu cartuchera un poco baja."

Él soltó una carcajada y apretó aún más las caderas de ella contra él, ladeándola para que sintiera su erección. "¿Estás segura?"

"Déjame ver."

Él tomó su mano y la miró. "Última oportunidad."

"¿Para ti o para mí?"

"Para ti. Tan pronto te conocí quedé perdido."

Ella parpadeó. "Pues lo ocultaste muy bien."

"Instinto de conservación." Lentamente, con una caricia, él soltó la mano. "¿Y qué hay de ti?"

Ella movió la mano hacia abajo, lo acarició, palpó la forma, midió. Dejó escapar un largo suspiro que había retenido sin darse cuenta. "Sam, no sé si estoy preparada para este calibre. Yo estoy acostumbrada al, eh, veintidós."

"Yo te mostraré todos los detalles del manejo y la seguridad."

Ella rió. "¿Estás seguro?"

"Nunca he estado tan seguro de algo. Será bueno, Kate. Para los dos."

Ella respiró profundamente. "De acuerdo."

Él la miró, vio que ella realmente lo deseaba y sintió una combinación de ternura y excitación que prácticamente lo hizo caer de rodillas.

"¿Cuarto, sofá o piso?" preguntó él.

"De acuerdo," dijo ella de nuevo.

El se inclinó y juntó su boca con la de ella, en mutua exploración que los dejó a ambos casi sin aliento.

"Cuarto," dijo él finalmente. "No quiero que tengas más moretones."

"Sólo si te vas desnudando en el camino."

Él le sonrió. "Desnudando, ¿eh?"

"Sí, quitándote las prendas hasta que quedemos parejos."

"¿Parejos?"

"Todo lo que llevo puesto es esta bata."

Él bajó la mirada. Respiró con dificultad al observarla

desde las uñas de los pies rosadas pasando por las pantorri-
llas relucientes, la curva de su cintura y la sombra entre sus
senos que lo tenían al borde del infarto. Sin dejar de mirar, se
quitó la chaqueta y la lanzó a un lado. Las manos de Kate ya
estaban en el arnés del arma, intentando quitárselo, haciendo
un verdadero esfuerzo para soltarlo.

"Aquí," dijo él, guiando sus dedos. "Y aquí."

Sus manos bajaron aún más. "¿Qué te parece aquí?"

Él se estremeció como si lo hubiera alcanzado un relámpago. "Arma equivocada," dijo él rápidamente.

"¿Estás seguro?"

"Sólo si quieres llegar hasta la cama."

"Si es en el piso, te toca abajo."

"Trato hecho."

Él puso a un lado la última prenda y se dispuso a quitarle
a ella la bata. Su mirada lo detuvo.

"¿Pasa algo?" preguntó él.

"Sólo estaba disfrutando, eh, el paisaje"

"¿El qué?"

Ella se mojó los labios. "El paisaje masculino."

Con un movimiento de la mano, Sam le quitó la bata.

"El paisaje femenino es extraordinario," dijo él, siguiendo
con la mirada sus manos, su boca, hasta que quedó de
rodillas frente a ella. Él pasó el dorso de las manos entre sus
piernas, desde los tobillos hasta los muslos, separándolas
suavemente. Con sus dedos pulgares acarició la nube negra
de vello femenino separándolo. "Si voy demasiado rápido
para ti, dímelo."

Ella iba a preguntar a qué se refería, cuando sintió la caricia resbalosa e inquieta de su lengua. Ella hizo un sonido que
parecía un grito gutural de sorpresa o de placer o de ambos a
la vez. Algunos momentos después sus rodillas se relajaron,
y luego se doblaron a medida que las olas de calor la atrave-
saban, sacudiéndola, atormentándola como algo más allá de
su alcance.

"Sam, no puedo—soportar—más."

"Ven aquí y me lo dices."

Ella sintió las manos en sus caderas, halándola hacia abajo. Ella se lanzó ansiosamente, desesperada buscando más de lo que él le había dado. Cuando él alcanzó los pantalones que había lanzado a un lado, ella los arrastró hacia él.

"¿Quieres jugar a los disfraces?" preguntó él sacando un condón de su bolsillo. "¿O quieres que yo lo haga?"

Ella alcanzó el empaque, vio que sus manos estaban temblando y se rió. "Es mejor que tú lo hagas."

"¿Y qué pasa si las mías también están temblando?"

"Imposible."

"Estaban temblando antes."

"¿Cuándo?" se burló ella.

"En el estacionamiento. Creí que te perdía." El abrió el empaque y se puso rápidamente el condón. Luego la acarició lentamente y profundamente, provocándola y al mismo tiempo sopesando que tan lista estaba para aceptarlo. Su pulgar hizo círculos en el reluciente nudo de carne que en silencio pedía ser acariciado. "¿Pero no te perdí, o sí?"

Ella no podía responder, estaba demasiado exitada.

Con una sonrisa felina, él la atrajo hacia él y la penetró facilmente. Se sentía apretado y suave al mismo tiempo, perfecto, exactamente lo que había soñado cuando decidió abrirle las piernas y penetrarla hasta el fondo. Apretó los dientes ante la exigencia de ella, y el irresistible reclamo de su propia necesidad. Deseaba saborear cada parte de ella, hasta hacer salir la última gota de su éxtasis, sentir . . .

Era demasiado tarde. No pudo detener el calor que explotaba dentro de sí, obligándolo a eyacular dentro de ella una y otra vez mientras el mundo se tornaba rojo y negro e incontrolable a su alrededor.

Con un último estremecimiento, Kate se aferró a él suspirando. Luego se desplomó sobre su pecho y descansó sobre él tratando de respirar al ritmo de la dulce presión que él ejercía llenándola. La satisfacción seguía recorriéndola, sorprendiéndola, entrecortando totalmente su respiración.

"Disculpa lo rápido," dijo Sam, recorriendo la columna

de Kate con la punta de los dedos. "He estado saliendo conmigo mismo durante mucho tiempo. Será mejor la próxima vez."

"Rápido, Dios. Casi me desbaratas." Dejó escapar de nuevo su respiración entrecortada y besó su cuello, lo lamió, le gustó el sabor y lo lamió de nuevo. "Yo también he estado saliendo conmigo misma. Se siente muy bien cuando estas dentro de mí, Sam. Demasiado bien. Perfecto."

"¿Después de todo el calibre no está mal, o si?"

"¿Te estás burlando de mí?" preguntó ella perezosamente. "¿Crees que lo haría?"

"Sí." Ella lo mordió. "Pero te perdono."

"¿Eso quiere decir que me dejas hacerlo de nuevo?"

"¿Te estás burlando de mí?"

"Eventualmente."

Ella lo sintió moverse ligeramente debajo de ella, abrió los ojos y lo vio tanteando alrededor, buscando su pantalón sin molestarla. Ella se inclinó hacia el lado para ayudarle a acercarlo, le gustó la forma como se sentía él con su cuerpo en ese ángulo y moviéndose un poquito.

La respiración de él cambió. "Eh, mi amor."

"¿Sí?"

"Los condones sólo funcionan una vez, ¿recuerdas?"

"Ese problema nunca se me había presentado antes."

"Bueno, se ha presentado ahora, pero bueno."

Ella sonrió. "Ya lo noté."

Con una ligera resistencia que casi arruina las buenas intenciones de Sam, Kate se levantó. "De acuerdo."

"La última vez que estuviste de acuerdo conmigo terminamos en el piso."

"Contigo abajo."

Sam se levantó, haciendo una mueca de dolor y dijo esperanzado: "¿La cama?"

"¿Contigo abajo?"

"En la posición que quieras." Sacó una manotada de condones de su pantalón.

"Eh," dijo ella, abriéndole la mano y revolviendo los pequeños paquetes. "Déjame contar las posiciones. Una, dos, tres, cuatro . . ."

"Ofrezco garantía."

"Yo también."

Sam la atrajo hacia él, y la besó estrechándola aún más. "Es un trato."

Capítulo 47

Scottsdale
Viernes
9:00 p.m.

El timbre de un teléfono celular interrumpió a Sam y a Kate en el momento en que se disponían a levantarse de la cama para preparar una cena tardía.

"Es el tuyo," dijo Kate.

"Intento ignorarlo."

"¿Y te funciona?"

Sam maldijo y siguió hacia la sala donde su teléfono celular estaba aún atado a su cinturón, el cual aún estaba atado a sus pantalones, que no estaban atados a él. Cuando reconoció el número, su irritación se desvaneció. No sabía qué podía querer decirle el padrino de Lee Mandel pero dudaba que fueran buenas noticias. Oprimió el botón para responder.

"Agente Especial Groves."

"Habla Gavin Greenfield. Lamento molestarlo un viernes por la noche, pero usted me dijo que lo llamara si alguien me preguntaba acerca de Kate o de Natalie Cutter."

Sam tragó saliva. *Tan rápido, Dios, este asesino es rápido.*

"Sí. ¿Quién llamó?"

"No dejó su nombre."

"Cuénteme todo lo que recuerde de la conversación. Palabra por palabra, si es posible."

"Yo respondí el teléfono," dijo Gavin. "Él me dijo que le estaba haciendo seguimiento a una entrevista con usted".

"¿Usó mi nombre?"

"Sí. Se refirió a usted como el Agente Especial del FBI Sam Groves."

Sam frunció el ceño. La mayoría de los civiles quedaban contentos con una parte del título. "Continúe."

"Le pregunté quién era, tal como usted me dijo."

"¿Y?"

"No dijo nada. Sólo me preguntó que relación tenía yo con Natalie Cutter. Le dije que puesto que él estaba en el FBI debería preguntarle a usted. Luego colgué. ¿Hice lo correcto?"

"Sí. ¿Recuerda si él se presentó a sí mismo como miembro del FBI?"

Gavin dudó. "No. Cuando él dijo que se trataba de un seguimiento a su entrevista yo simplemente supuse..." Luego, ansiosamente, "él es del FBI, ¿no es cierto?"

Espero que no, pero no apuesto la vida de Kate. "Gracias, Sr. Greenfield. Usted hizo lo correcto. Si alguien más llama por favor infórmeme de inmediato."

Sam colgó, metió su teléfono celular en la funda, e intentó resolver la sensación vertiginosa de saber que el asesino iba dos pasos adelante de todos.

Especialmente de Sam Groves.

"¿De qué se trata?" preguntó Kate.

Él la miró parada en el umbral de la puerta, desnuda y hermosa. Vulnerable. Su garganta se cerró. Se le revolvieron las tripas.

"Mencionaste los vales de garantía," dijo él.

"¿Quieres uno?"

"No, pero no tengo otra opción que pedírtelo."

"Es tuyo." *Y yo también.* Pero eso era algo para lo que Kate aún no estaba lista a decir en voz alta.

Sam la alcanzó dando solo tres pasos y la tomó en sus brazos. En lugar de la pasión impulsiva que esperaba de él, esta vez él la tomó suavemente entre sus brazos y la meció contra su pecho.

"Tengo que regresar al hotel y ocuparme de algunas cosas," dijo él, con voz tan ruda como tiernas eran sus manos. "No quisiera. Pero si paso la noche aquí, me sacarán de un punta pie de la unidad." Inclinó la cabeza hacia atrás y la miró a los ojos. "¿Entiendes?"

Ella asintió.

"Quiero que registres el número de mi celular en tu discado rápido para que tengas simplemente que oprimir un botón para llamarme," dijo él. "¿De acuerdo?"

Ella asintió de nuevo.

"No dejes entrar a nadie excepto a mí, y sólo si vengo solo," dijo él. "Si no estoy solo, llama al 911, saca tu pistola y no abras la puerta. ¿De acuerdo?"

"Sam..."

"Prométeme, amor."

Ella no terminó la frase. "De acuerdo."

"Si alguien golpea o llama o hace cualquier cosa que te haga sentir insegura, llámame, no importa la hora."

"Sam, ¿quién llamó hace un instante?"

Él dudó, pues no quería hacerla sentir más nerviosa de lo que estaba. Luego se dijo a sí mismo que eso no era muy inteligente. Ella no podía protegerse a sí misma si no sabía lo que estaba ocurriendo.

"Gavin," dijo Sam. "Alguien lo llamó, para preguntarle sobre tí."

El vio como desaparecía la luz de sus ojos cuando comprendió.

"Ya veo," dijo ella con voz apagada. "Eso fue rápido."

"Kate, yo me quedo si tu..." empezó él.

"No," interrumpió ella. "Está bien. No quiero que te despidan de la unidad." *Y que me dejes con hombres en los que no confío porque estaré todo el tiempo preguntándome cuál es el cómplice del asesino.* "Haré lo que tengo que hacer." Ella se paró en las puntas de los pies y besó sus labios. "Cuídate mucho."

Él la atrajo hacia sí y la abrazó, sólo la abrazó, tratando de no pensar en lo frágil que era la vida.

Capítulo 48

Scottsdale
Sábado
4:00 a.m.

Sam se despertó con el timbre del teléfono del hotel. Sonó más de una vez. Miró el reloj despertador, y luego la otra cama. Estaba vacía. Colton debía tener el turno del cementerio esta noche.

Sam levantó el teléfono y respondió. "¡Qué!"

"Lo siento mucho, Señor," dijo rápidamente el empleado de la recepción. "Un fax acaba de llegar para usted. La portada dice que es muy urgente. Yo . . ."

"Ya bajo."

Desconectó, se refregó la cara que parecía papel de lija, y se dijo a sí mismo que debía resistir, que no le quedaban sino unos pocos años y que luego podría botar a la basura su máquina de afeitar y no volver a pensar en ese molesto problema. Fue al baño, se echó agua fría en los ojos, y se puso los jeans que había dejado en el piso la noche anterior luego de terminar de dibujar toda clase de diagramas sobre mensajeros y entregas. Luego los miró y le dieron ganas de golpearse la cabeza contra el muro.

Tenía suficientes sospechosos como para llenar una convención de odontólogos—además de una jaqueca.

Esa no se le había quitado. Cuatro horas de sueño no eran suficiente.

Me estoy volviendo demasiado viejo para esta mierda.

Pero no del todo. Sonrió al recordar la forma como había pasado la mejor parte de la noche con Kate. A ella le había gustado todo lo que había hecho, fuerte y suave, lento y alucinante, resbalando, girando y volteando hasta que sólo su aliento le había quedado en los pulmones...

Se echó más agua en la cara y luego programó de nuevo la cafetera automática cortesía del hotel, para poner a hacer café ahora mismo en lugar de a las siete de la mañana.

Con los pies descalzos, abotonándose aún la camisa que no se había tomado la molestia de meterse dentro del pantalón, con el cabello que parecía como si hubiese pasado no una peinilla sino una batidora, y el arnés de su arma colgando suelto en los hombros, Sam tomó el ascensor hacia el lobby.

El empleado se quedó mirando al hombre que salía del ascensor hacia el mostrador y miró nerviosamente hacia el guardia del lobby.

Sam sacó su credencial del bolsillo de atrás y dijo: "Agente Especial Groves. Usted tiene un fax para mí."

El guardia y el empleado se relajaron.

"Sí, señor. Por favor firme aquí..." El empleado le pasó un formulario y un bolígrafo a Sam.

Firmó el recibo del fax, se preguntó si diez dólares por página incluirían el elegante fólder cerrado con el logo del hotel y se llevó los papeles a su habitación. El agradable olor a café le dio la bienvenida. Lanzó el fólder sobre la cama, se sirvió una taza de café, la bebió y se sirvió de nuevo. Ese era todo el café que suministraba el hotel. Si deseaba más, tendría que esperar hasta que la camarera viniera a llenar de nuevo el filtro dentro de aproximadamente nueve horas, o podría ordenar más al servicio a la habitación y ver como la presión sanguínea de Doug se disparaba al ver la cuenta.

Sam se acercó al teléfono. "Llamo de la habitación dos doce. Envíeme por favor una jarra de café. Negro."

Colgó el arnés de su arma en una silla y regresó a la cama. Tomando algunos sorbos del líquido negro letal, abrió el fólder. La carátula del fax le indicaba que el contenido era información confidencial que sólo debía ser leída por personal autorizado del FBI.

"Más vale que esto valga la pena, Mecklin," dijo Sam, "o tendré que llamarte mañana a las cuatro de la mañana y cantarte cada uno de los malditos versos del Himno Nacional."

Sam dejó escapar un bostezo y volteó la página de la portada. Esta se levantó, resbaló y fue a parar a mitad de camino hacia la puerta del corredor. Él lo ignoró.

El primer bosquejo mostraba una llamativa figura femenina de ojos claros, cabello al estilo Dolly Parton, y senos que iban muy bien con la figura. Caucásica, si podía confiarse en la interpretación artística de una descripción dada por un ciudadano infeliz al recordar lo que había ocurrido hacía cinco meses.

En el segundo bosquejo aparecía la misma figura femenina de busto exageradamente grande, cabello oscuro y ojos oscuros, como Sam la había solicitado. Él la analizó por varios minutos, pero no pudo definir por qué le parecía familiar. Caucásica, hispana, cualquiera era posible. Lo que quería decir que más de la mitad de la población femenina de los Estados Unidos entre los veinte y los cincuenta años se ajustaba a esa descripción.

Con razón le parecía familiar.

El lanzó el bosquejo sobre la cama desarreglada. El tercero y cuarto bosquejo lo sorprendieron. En ambos aparecía la misma persona, sin maquillaje ni peluca, con corte de pelo masculino y camisa también. El resultado era un hombre sutilmente afeminado de contextura ligera y apariencia ordinaria. El tercer bosquejo mostraba a un hombre rubio de ojos claros. La cuarta versión demasiado oscura.

Sam silbó en silencio. *Me pregunto si Lee Mandel se parecía a alguno de estos personajes.*

Sólo Kate podía ayudar en eso, y era muy temprano para despertarla. A no ser que hubiera estado en la cama con ella.

No pienses en eso. Eso acabará de quemarte lo que te queda de cerebro.

Organizó los bocetos en una hilera a lo largo del pie de la cama y alcanzó de nuevo el fólder. Las dos páginas restantes eran un resumen de las dos entrevistas con Seguro Jiménez.

Cuando Sam terminó de leer, botó los papeles sobre la cama y agarró su teléfono celular. Después de una gran dosis de perseverancia, finalmente logró rastrear el teléfono de Mecklin.

"Ya llegaron los documentos," dijo Sam.

"¿Me despertaste para decirme eso?"

"Lo siento," dijo Sam. "Pensé que estabas despierto, puesto que acabas de mandar el fax."

La respuesta de Mecklin fue un refunfuño ininteligible.

"Simplemente quería verificar algunos datos contigo," dijo Sam.

"¿Seguro sabía que la persona que estaba intentando empeñar el zafiro era un travesti?"

"Si leíste el resumen de la entrevista sabrás que eso no se pudo definir."

"Tú estabas allí," dijo Sam. "¿Qué pensaste?"

"Seguro Jiménez le juega a todo. No le importa el genero, siempre y cuando el no sea el catcher. Le gustó lo que vio, hombre o mujer. Así que ahora tenemos a toda una población por investigar, hombres, mujeres e indecisos."

"¿Seguro dijo algo que te hiciera pensar que él/ella no se sentía cómodo con su vestimenta, como por ejemplo que fuera un disfraz temporal?" preguntó Sam.

"No. De hecho, pensó que sus tetas habían sido compradas a la medida, el tipo de cosas costosas para travestis que compran los tipos que no están dispuestos a inyectarse estrógenos y ponerse implantes de silicona para atraer a los hombres heterosexuales. Por eso llevaba puesto un suéter de cuello alto—puede ponerse un relleno en el brasier, pero es difícil falsear un escote real de cerca y desnudo."

"Así como el resto del equipo," dijo Sam.

Mecklin soltó una risotada. "Sí, ¿puedes imaginar la reacción de un tipo que espera encontrar un pubis entre las piernas de su conquista y encuentre en su lugar tremendo regalo?"

"No quiero imaginármelo, gracias. ¿Seguro estuvo cerca de admitir que compró la piedra?"

"¿Ese ciudadano recto? No, qué diablos. Es un verdadero príncipe. Sacó volando al sujeto con tetas y piedra directo por la puerta. Lo divertido es que cuando le mostramos a Seguro la foto que imprimí de la piedra, sus ojos no parpadearon. La reconoció. Se la mostraré a los demás mañana, pero apuesto a que Seguro negocia cosas robadas."

"Muy bien. Cuéntame más sobre su familia."

"Son proxenetas, timadores, ladrones y uno que otro asesino involucrado con piedras."

"Se parece a la descripción de todos los grupos de inmigrantes que he oído mencionar, incluidos mis ancestros. ¿Qué más?"

"Aún estamos investigando, pero por lo pronto estoy seguro de que está besando a sus primos que están besando a otros primos que están besando a los primos de la banda de los Santos."

"¿Ecuatorianos?"

"Sí, pero son como los chinos. Tienen ramas de la familia en la mayoría de ciudades de los Estados Unidos. Nada formal. Sólo amigos de los amigos de los primos. Si uno no tiene algún compinche, no entra a su casa."

Con cierta sensación amarga, Sam se preguntó si Mecklin habría hablado con Sizemore. "¿Crees que fue un golpe de la banda desde el comienzo?"

Mecklin hizo una pausa para encender un cigarillo y soltar una bocanada de humo por el receptor. "No. Yo trabajé en

Los Ángeles. Leí el expediente de Mandel después de que recibí tu solicitud. El *modus operandi* (MO) es totalmente diferente."

"Aleluya. Alguien que entiende pequeños detalles como MO," dijo Sam entre dientes.

"¿Qué?"

"Nada. Si Seguro comercializó la gema robada, ¿dónde crees que lo haría? ¿en Miami?"

"Demasiado cerca." Mecklin exhaló pesadamente. "Ninguno de sus familiares tiene aquí las conexiones adecuadas. Pero se casó con una mujer que su apellido de soltera es Santos."

"¿De Santos y de los Santos? ¿la misma familia?"

"Sí. Entre más tiempo estás aquí, es menos probable que conserves tu apellido completo. Lo primero que se va es 'los.' Luego 'de.' Tenemos muchos Santos."

"¿Los nuestros son de Ecuador?"

"El mismo país. El mismo pueblo. Los Santos han traído a todos los suyos menos al idiota del pueblo. No puedo probarlo, pero mi intuición me dice que Seguro Jiménez mandó la piedra a Los Ángeles a la familia de su esposa."

"¿A quién?"

Mecklin botó otra bocanada de humo. "Lo más probable es que haya sido a José de Santos, que trabaja en el distrito de las joyerías lavando dinero de la droga mediante la compra de oro. Podría ser Eduardo de Santos, quien trabaja como tallador principal para Hall Jewelry International y si los chismes son ciertos, tiene un bonito negocio paralelo trabajando de nuevo gemas robadas que le envía su familia extensa."

"¿Qué tan grande es ese negocio paralelo?"

"No mucho. Toma parte de este envío, toma parte de este otro, se queda allí con una tajada del botín. Más como un hobby o una cuenta de retiro que una profesión. Es una forma de convertirse en patrón respetado en su pequeño pueblo en Ecuador."

"Debe ser mi día de suerte," dijo Sam. "Al fin."

"¿Por qué?"

"Conoces bien Los Ángeles y sus bandas."

"Alguna vez trabajé con drogas en el sur de California con una unidad de la DEA y unos tipos de inmigración cuando se llamaba el INS. Los mismos jugadores, diferente mercancía."

Sam dudó. "Su nombre no estaba en el expediente de Mandel, pero la oficina de Miami lo suministró."

"Fui transferido hace dos meses."

"De Los Ángeles a Miami." Sam intentó no sentirse celoso. Él había ido de Los Ángeles a Seattle y luego a Phoenix. Claramente una espiral hacia abajo. "¿Antiterrorismo, correcto?"

"Sí."

"El camino más rápido hacia la cima."

"Díselo a mi esposa," dijo Mecklin. "Ella odia el FBI."

"¿Alguna vez has conocido a alguna esposa que no lo odie? Lo mismo se aplica a los esposos cuyas esposas son agentes."

Mecklin dijo algo entre dientes.

Sam dudó. "Yo necesito a alguien como tú, pero debo decirte de una vez que yo voy directo hacia Fargo así como van las cosas. ¿Todavía te interesa?"

"Te escucho."

Pero no me comprometo.

Sam no lo culpó. Nadie ingresaba al Buró para terminar en North Dakota.

"Si llamo a Los Ángeles y pido un seguimiento del clan de Santos," dijo Sam, "es posible que obtenga algo en este siglo aunque es posible que no, independientemente del número de estampillas de prioridad que le ponga a la solicitud."

"¿Con quién te peleaste en L.A.?"

"Con Hurley."

"Cristo Jesús." Mecklin tosió. "Averiguaré y veré qué puedo hacer."

"Gracias."

"No prometo nada," dijo Mecklin. "Todos están realmente ocupados cubriendo las mezquitas y sus traseros esperando que algo explote. Y eso es lo que ocurrira."

"Pase lo que pase, mantenme informado."

"Lo haré. Y Groves..."

"¿Sí?"

"Gracias por mandarme a la fiesta de mi hijo. Hubieras visto su sonrisa cuando me vio llegar, nunca lo olvidaré. Hace que todo el resto del trabajo de mierda no parezca tan espantoso, si entiendes lo que quiero decir."

Por segunda vez Sam estaba celoso. Ni siquiera tenía una esposa que le gritara cuando llegara tarde a casa, mucho menos un hijo que le sonriera de felicidad al ver a su papá.

"De nada," dijo Sam. "Si algo pasa, mantendré tu nombre en reserva."

"Te lo agradezco." Mecklin soltó una larga bocanada de aire. "Hurley. No te peleaste casi con nadie. Sabes que será director en unos años, ¿no es cierto?"

"Sí."

"Te escribiré a Fargo."

Capítulo 49

Scottsdale
Sábado
9:10 a.m.

La mayor diferencia entre la "oficina" de Kennedy y el vehículo motorizado de Doug era que Kennedy tenía una televisión que funcionaba, cuatro teléfonos, y ninguna computadora ni archivo a la vista. Los medios de comunicación no conocían ninguno de los números telefónicos, lo que en este momento significaba que la oficina de Kennedy era el espacio más tranquilo ocupado por cualquier miembro de la unidad de lucha contra el crimen.

Sin embargo, no se libraba de todo lo que ocurría, la televisión muda mostraba a una Tawny Dawn con gestos entusiastas en una repetición de las noticias de ayer. Ese era el problema con los noticieros de cable 24/7. Realmente no había nada *nuevo*, mucho menos que valiera la pena desde el punto de vista de la noticia. Repetición, especulación, sensacionalismo, y autopromoción llenaban los vacíos. Tawny era buena para todos ellos.

Una línea de letras impresas circulaba por la parte inferior de la pantalla mientras ella le preguntaba sin aliento a Sam Groves acerca de la horrible balacera del estacionamiento. Y por cierto, ¿cómo es posible que no le haya dado al hombre si usted le disparó dos veces?

"Civiles," dijo Doug. "Ven demasiada televisión. Piensan que una pistola es un rifle y que cada policía es un maldito disparo, especialmente cuando alguien dispara en respuesta y uno tiene suficiente adrenalina como para encender una ciudad."

"Sí, pero por lo menos atinó a darle al que es," dijo Kennedy. "Lo tiene embobado. Informante confidencial, no me creas idiota. Colton tiene razón. Groves se está acostando con ella."

Doug hizo un sonido evasivo, aliviado de que el eje de atención de Kennedy fuera la informante confidencial y no el hecho de que las políticas del FBI prohibieran a los agentes disparar a vehículos en marcha.

"Los medios están disparando corto," dijo Kennedy. "Dos mensajeros asesinados, dos abuelos muertos..."

"De acuerdo a lo último que oí," interrumpió Doug suavemente, "los abuelos trabajaban con las bandas suramericanas."

Kennedy encogió los hombros. "Eso es noticia de ayer. Hoy tenemos cuatro—digo bien, cuatro—víctimas de una ola de asesinatos violentos que está sacudiendo todo el etc. etc. etc."

"Ahí no hay nada nuevo."

"¿Tú que dices?" dijo Kennedy, apagando el televisor con un golpe al control remoto. "¿Tienes algo nuevo?"

"Hemos contabilizado todas las entregas de gemas."

"Al diablo las piedras. Quiero al tipo que mató a los Purcell. Quiero evidencia real que vincule a los Purcell con las bandas suramericanas. Quiero al tipo que golpeó al mensajero en Quartzite."

"Ella murió anoche."

"¿Crees que no sé? Fue la nota más importante del noticiero de esta mañana. Tienen enlace continuo con Tawny entrevistando al esposo llorando y a la hermana en el hospital. Gracias a Dios la pobre no tenía hijos. Era lo que nos faltaba."

Doug hizo una mueca y esperó a que Kennedy llegara al punto, fuera el que fuera. Doug sabía que el jefe no lo había llamado simplemente para quejarse sobre los medios de comunicación. Doug sabía que estaba a punto de recibir una segunda carta bomba en su archivo sobre Sam Groves. Pero esperaba fervientemente que no ocurriera justo en este momento. No quería ser el responsable de enviar a una informante confidencial a la línea de fuego.

Tampoco quería que su propio trasero fuera enviado a volar.

Maldito Sam Groves en todo caso. ¿Por qué lo habré dejado meterme en esto?

¡Otra vez!

Kennedy organizó de nuevo el cenicero en su escritorio, jugueteó con un encendedor, y finalmente se dejó vencer por la necesidad de nicotina. Abrió el cajón de su escritorio, metió la mano hasta el fondo hasta que sacó un paquete con las esquinas dobladas por tanto manoseo, en el que quedaban dos cigarrillos. Algún día dejaría de fumar. De eso estaba seguro.

Pero no hoy.

Lo encendió, aspiró profundo y lanzó una gran bocanada con satisfacción antes de preguntar: "¿Hasta cuándo vas a alcahuetearle a Groves su cuento con esa basura de IC?"

"No estoy seguro de lo que usted quiere decir, señor," dijo Doug.

"Basura. Sólo porque es Groves quien te está alimentando con eso, no esperes que me lo trague entero y me guste."

Doug se resistió a la urgencia de mover los pies o meter las manos en los bolsillos. Estaba esperando unos días más antes de lanzarse al borde de este particular abismo.

"El Agente Especial Groves sigue las políticas de la Agencia con respecto a su IC," dijo Doug. "Teniendo en cuenta la violencia asociada a nuestra investigación actual, es natural que se preocupe por la seguridad de su IC y por consiguiente tenga un particular interés en mantener en secreto su identidad."

"¿Cómo sabes que no está simplemente dándose placer?"

"El historial de Groves demuestra que usualmente él cierra sus casos. Yo tengo confianza en su record."

"Él tiene un historial de ser una piedra en el zapato," dijo Kennedy.

"Sí, señor. Una piedra útil."

Kennedy gruñó. "¿Tú conoces la identidad de su informante?"

"En realidad no."

"¿Qué demonios quiere decir eso?"

"Sé lo suficiente," dijo Doug cuidando sus palabras, "para confiar en que la informante confidencial de Groves podrá representar un beneficio para la unidad."

"Entonces comunícame esa confianza." Kennedy apagó el cigarrillo en el cenicero y fijó en Doug el tipo de mirada que hace sudar a un hombre adulto.

"La informante confidencial no nos hará ningún bien estando muerta," dijo Doug.

"¿Y eso se supone que me haga sentir bien?"

"Tenemos buenas razones para creer que si la identidad de la informante llega a conocerse," dijo Doug, "la misma gente que asesinó a los Purcell la asesinará."

"No estoy sugiriendo que llamemos a Tawny para que saque la noticia en el noticiero de la noche," dijo Kennedy en forma brusca. "Lo mantendremos en familia."

"Señor, usted sabe que las filtraciones son inevitables."

"¿Está diciendo que no confía en mí?"

"No, señor. En absoluto." Doug pensó rápidamente en el camino más seguro para atravesar este campo minado sin hacer explotar su carrera. "Estoy diciendo que, incluso con la mejor voluntad del mundo, entre más personas conozcan un secreto, más probabilidad hay de que termine apareciendo en las noticias."

"¿Se está rehusando a decirme lo que sabe?"

"No, señor."

Kennedy esperó.

En silencio Doug maldijo la posición terrible en la que se

encontraba. "Todo lo que sé es que Natalie Cutter tenía cierta información que podría llevar a otra información que podría ser útil para la unidad de lucha contra el crimen. Groves está haciendo el seguimiento."

"Colton investigó el nombre de Cutter por su propia cuenta," dijo Kennedy. "Encontró una gran cantidad de basura."

"Eso fue lo que Groves me dijo cuando investigó su nombre."

"¿Qué más le dijo?"

"Dijo que su informante podría ayudar con el caso Mandel de la Florida," dijo Doug.

"Mandel, Mandel, Man...¿Te refieres al mensajero que se largó a una isla con el paquete de McCloud?"

"Es posible, quizás incluso es probable que el mensajero en ese caso hubiera sido asesinado."

"¡Mierda!" Kennedy golpeó la mesa con el puño. "Sólo eso me faltaba, otro asesinato en mis narices. Encuentra a Groves. Tráelo de una oreja. Puede hablarme o entregarme sus credenciales y largarse. No me importa mucho lo que ocurra. ¿Entendiste?"

"Sí, señor."

Doug se volteó, se dirigió hacia la salida y por poco golpea a alguien al abrir la puerta del estrecho pasillo. Sizemore entró rápidamente, apenas haciendo una pequeña pausa para saludar a Doug con la cabeza y cerró la puerta en sus narices.

"¿Recuerdas a Natalie Cutter, la mujer que cambió las piedras?" le preguntó Sizemore a Kennedy.

"Sí."

"Su nombre real es Katherine Jessica Chandler."

"¿Y eso debe importarme porque...?" preguntó Kennedy.

Sizemore sonrió. "Resulta que ella es la IC que Groves ha estado escondiendo. Y ella nos remite al caso del mensajero de Florida. Lee Mandel. Es su medio hermana."

Kennedy le lanzó a Doug una mirada mortífera. "Consigue a ese hijo de puta y tráelo aquí. *Ahora*".

Capítulo 50

Glendale
Sábado
9:10 a.m.

Sam esparció los bocetos sobre la mesa de trabajo que Kate había despejado para él. Ella rondaba cerca, mirando los papeles y oliendo a sexo. Lo estaba volviendo loco.

Y él saboreaba cada oleada que respiraba.

¿Qué voy a hacer con ella?

La única idea que le vino a la mente era explícitamente prohibida por las normas del Buró con respecto al manejo de los informantes.

Las demás ideas que no eran mencionadas por el Buró seguían siendo ilegales en algunos estados.

"Muy bien," dijo él, convenciéndose a sí mismo que en realidad no alcanzaba a sentir el calor de su cuerpo y que no podía saborear su aliento. "¿Reconoces a alguien?"

"No."

"Eso fue rápido."

Kate lanzó una mirada a sus ojos azul oscuro ahumados y a una boca que habría podido prender un incendio, en medio de unas mejillas cuya sombra de barba esperaba la caricia de una mujer. Abruptamente, volteó la mirada a los bocetos.

Era mucho más seguro.

El agente de policía había retomado pleno control. El hombre deseaba salir y jugar, pero eso no ocurriría.

Maldición.

"Estaba observando estos bocetos cuando tú los esparciste," dijo ella, mostrando los bocetos con un gesto de la mano.

Él le acercó el dibujo del hombre delgado. "¿Estás segura? ¿Ninguno de ellos se parece aunque sea ligeramente a alguien que conozcas?"

"Estoy segura."

"¿Ni siguiera éste?" insistió él, acercándole aún más el dibujo.

"Ni siquiera éste," dijo ella con paciencia.

"Bueno, qué diablos."

"¿Quiénes son ellos?" preguntó ella.

"Son diferentes tomas de la misma persona. Él/ella intentó empeñar uno de los Siete Pecados de McCloud en Miami poco después de que Lee desapareció."

"¿Cuál de ellos? El que fue a parar a manos de Purcell?"

"Sí, pero todavía no puedo probarlo. No tengo pruebas para presentar ante un juez."

Kate se puso seria. "Así que este es el asesino de Lee."

"Quizás," dijo Sam. "Y quizás él/ella sea simplemente un eslabón en la cadena corrupta".

Kate analizó los bocetos en silencio. Con detenimiento.

"Yo no estoy pidiendo que me digas que son idénticos", dijo Sam. "¿Alguno de estos bocetos por lo menos te recuerda a alguien?"

Ella acercó una de las lámparas de trabajo y miró un poco más. "Lo siento," dijo ella finalmente. "No puedo ayudarte con esto."

"¿Ninguno de estos bocetos ni siquiera se parece en algo a Lee?"

Ella levantó la cabeza y la volteó directamente hacia Sam. "¿Es eso lo que dijo la persona de la casa de empeños? ¿Qué este es Lee?"

"No en forma tan exacta. La persona llegó vestida de mujer, pero mucho de lo que llevaba puesto no era real. Él/ella tenía ojos azul claro y cabello rubio, exactamente como la mujer que se supone se fue con él a Aruba."

"Espérame un momento," dijo Kate. "Déjame asegurarme de que me ha quedado claro. ¿Él, ella tenían ojos claros y cabello rubio?"

"Sí."

"Millones de personas tienen ojos claros. Y aquellos que no los tienen pueden comprar lentes de contacto de color. Lo mismo en cuanto al cabello. ¿Y entonces?"

"¿Entonces qué tan parecido es este boceto a Lee Mandel?" preguntó Sam. "Olvídate del peinado y del color. Concéntrate en la estructura ósea, el grosor de los labios, la línea de la quijada, la nariz y las cejas."

"Precisamente," dijo Kate. "Lee era ancho de hombros, tenía huesos bien marcados, nariz aguileña y boca ancha y…" Su voz se descompuso. Aclaró la garganta. "Este boceto no se parece en nada a Lee," dijo ella neutralmente.

Sam secó con el dedo pulgar una lágrima que Kate no pudo retener. "Lo siento, mi amor," dijo él. "Pero tenía que asegurarme." El se lamió el dedo con el que había secado la lágrima de Kate. "A mi Agente Especial Supervisor no le gustará la idea de que Lee sea una víctima y no un ladrón."

Ella suspiró, respondiendo tanto a la ternura de Sam como a su tristeza por Lee. "¿Por qué?"

"¿Por qué te estoy tocando?" preguntó Sam irónicamente. "Porque no puedo evitarlo." El se echó para atrás, lejos de su alcance. "En cuanto a Kennedy, si Lee es una víctima, el FBI quedará como un estúpido. Una vez más."

Kate se reclinó contra la mesa de trabajo. No era suficiente. Se agarró de la mesa. El hombre le quitaba el aliento y el mundo en un instante, y lo lamentaba al siguiente.

La noche anterior no había cambiado nada.

"Maldición, Sam," susurró ella.

"Sí," dijo él. "Maldición. El momento equivocado. El lugar equivocado. La mujer correcta." Él soltó una larga bocanada de aire. "Mi culpa. Se supone que estoy entrenado, que soy disciplinado, y que sé qué hacer." Pasó las manos por sus jeans. "De todas maneras, mi Agente Especial Supervisor va a ponerse molesto cuando se entere de tu relación con Lee."

"¿Cuándo será eso?"

"Tan pronto como recibamos el resultado de la prueba de ADN de la Florida," dijo Sam resistiéndose. "No podré esconderte a partir de ese momento."

"Yo sé. Tú me lo advertiste."

"Lo siento."

"También me dijiste eso." Ella sonrió melancólicamente. "No hay problema, Agente Especial Sam Groves. Yo quería que el FBI le pusiera atención a la muerte de Lee. Lo logré. Si cualquier cosa me ocurre debido a eso, es mi responsabilidad, no la tuya."

Sam abrió la boca para decirle cuan equivocada estaba.

Su teléfono celular sonó.

Lo sacó abruptamente de su bolsillo de atrás y miró el número en la pantalla. *Mi AEE. Genial.*

Sam habría querido pretender que no estaba en casa. Demonios, habría querido pretender que ni siquiera vivía en el mismo planeta.

Pero no era así.

Sam oprimió el botón verde. "¿Qué ocurre, Doug?"

Kate vio cómo la expresión de Sam cambiaba de irritada a furiosa.

"Ya voy para allá," dijo Sam. "Me enfrentaré a la histeria de Kennedy y luego regresaré directamente a la casa de Kate. A partir de ese momento, me quedaré con ella hasta que atrapemos a los bastardos que están matando gente a diestra y siniestra. Si eso representa un problema para el FBI, ya sabes lo que puedes hacer al respecto."

Sam oprimió el botón para desconectar la llamada antes de que su jefe pudiera responderle.

"¿Qué pasó?" preguntó Kate. "¿Mataron a alguien más?"

Todavía no, pensó él alterado. "Ted Sizemore tenía que llevarse a todo el mundo por delante."

"¿Qué quieres decir?"

"El bastardo te rastreó de la misma forma como yo lo hice. Ya sabe tu nombre, tu cara, tu dirección, y todo lo que hay sobre ti en cualquier registro público en cualquier parte. Y no está muy interesado que digamos en mantenerlo en secreto. Como civil, puede publicarlo en las noticias."

Kate se inclinó un poco más sobre la mesa de trabajo. Escuchó de nuevo en su mente la voz que le decía que moriría. Cerró los ojos, respiró profundamente y se alejó de la mesa.

"Bueno, tú me advertiste que eso podría ocurrir," dijo ella. "Ahora ha ocurrido."

La única respuesta de Sam fue golpear su puño contra la mesa tan fuerte que hizo saltar los bocetos. Maldiciendo, los recogió y los metió en el fólder de Mandel, y se lo puso bajo el brazo.

"Tengo que reportarme a la central móvil," dijo él. "Cuando me vaya, cierra muy bien todo con llave. Carga tu arma y mantenla a mano. No le abras la puerta a nadie excepto a mí. Y quiero decir *a nadie*. Regresaré tan pronto pueda."

"¿Y qué pasa si tu jefe no te deja?"

"Entonces dejará de ser mi jefe."

Capítulo 51

Scottsdale
Sábado
9:48 a.m.

La puerta de la oficina de Kennedy se abrió bruscamente antes de que Sam alcanzara a golpear.

"Buenos días," le dijo Doug a Sam con voz neutral.

Pero los ojos de su Agente Especial Encargado se disculpaban y le advertían al mismo tiempo.

"Tiene razón, aún es por la mañana," admitió Sam. Ignoró a Sizemore y saludó con la cabeza a Kennedy. "Entiendo que quiere hablar conmigo."

"Sí. Una cosa es tener una informante confidencial. Otra cosa es sabotear deliberadamente una investigación de la unidad de lucha contra el crimen."

"No lo he hecho."

"Seguro que no," replicó Kennedy. "Durante tres días me ha ocultado información."

"Eso no es correcto," dijo Sam sin alterarse. "El Buró me da derecho a mantener la identidad de una informante confidencial en secreto."

"¡No cuando encubrir a una ladrona hace que la unidad de lucha contra el crimen quede como un zapato!"

Independientemente de quién tuviera razón, Sam no podría ganar una estúpida batalla burocrática con su Agente Especial Supervisor. Todo lo que podía hacer era intentar mantenerse en una posición que protegiera a Kate. Lo que quería decir que tenía que encontrar la forma de darle a Kennedy las malas noticias acerca de la filtración, de forma que no acudiera a balística.

Sí. Seguro. Eso ocurriría justo después de que Sam comiera diamantes de carbón y mierda.

"La vida de mi informante ha sido amenazada," dijo Sam, manteniendo una voz tranquila y profesional. "Teniendo en cuenta los asesinatos que ya han ocurrido, el mantener su identidad secreta era un Procedimiento Operativo Estándar."

"Procedimiento Operativo Estándar, las pelotas." Kennedy rebuscó en el cajón del escritorio su último cigarrillo.

Doug tomó el encendedor y esperó. Cuando su jefe encontró el cigarrillo, el encendedor estaría listo. Un pequeño detalle, pero quizás contribuiría a que Kennedy bajara un poco la intensidad de su genio iracundo y dejara de echar chispas.

El encendedor hizo clic. Kennedy aspiró profundamente.

"¿Cuándo pensaba decirme?" preguntó Kennedy sarcásticamente. "¿Cuando el caso estuviera cerrado?"

"Le abría contado a Doug tan pronto como hubiera recibido un informe positivo del ADN de la sangre que apareció en el baúl del vehículo alquilado, y se hubiera determinado si dicha sangre coincidía con la de Lee Mandel."

"¿Cuál vehículo alquilado?" Sizemore y Kennedy preguntaron al unísono.

"El que Lee Mandel utilizó desde el aeropuerto y el mismo que alguien devolvió en el aeropuerto un día después."

"¿Por qué nadie me dijo acerca de esto?" preguntó Kennedy.

"Porque yo no sabré si esa información es correcta hasta tanto no reciba el informe del ADN."

"Si había sangre en el baúl del automóvil alquilado, puede

haber sido de un pedazo de carne para asar mal envuelto," dijo Sizemore encogiendo los hombros. "¡Qué embarrada!"

"No sería la primera vez," convino Sam. "Es por eso que quería esperar a recibir los resultados del laboratorio."

Doug tomó aire con cautela y empezó a pensar que su carrera podría sobrevivir. La ayuda de Sizemore era inesperada, pero en este negocio uno tomaba ayuda y consuelo de donde pudiera.

Kennedy aspiró de nuevo su cigarrillo. "Dígame que más tiene."

"El baúl del auto no fue forzado," dijo Sam. "Si Mandel no hizo él mismo el trabajo, este fue hecho por alguien lo suficientemente sofisticado como para registrar el código de la llave electrónica y hacer un duplicado."

"¿Y eso qué tiene que ver?" dijo Sizemore. "¿En qué puede eso ayudarnos en Phoenix, donde tenemos bastardos aquí y allí abriendo baúles y disparando en los estacionamientos?"

"El vaquero del estacionamiento tenía una llave duplicada que había hecho de antemano," dijo Sam. "Él utilizó la varilla de la llanta cuando creyó que la llave le había quedado mal hecha. Si el mensajero no se hubiera devuelto corriendo, el vaquero se habría podido llevar todo. Es un verdadero profesional. ¿Quién sabe si no ocurrió lo mismo en Florida, excepto por el hecho de que Mandel fue asesinado, metido en un baúl, y luego tirado a un pantano?"

Sizemore gruñó.

Kennedy dijo: "¿Y qué tiene eso que ver con nuestra timadora experta en intercambiar gemas? ¿Es buena para eso?"

"No," dijo Sam rápidamente. "Es la mujer que talló los Siete Pecados—siete zafiros muy costosos—que Mandel transportaba cuando desapareció. Ella no creyó que él los hubiera robado, así que decidió hacerle un seguimiento al circuito de gemas, esperando encontrar la mercancía. Purcell tenía uno de los zafiros. Ella lo cambió por uno sintético, se llevó a casa el verdadero y lo comparó con unas fotografías que tenía. No había ninguna duda. Purcell tenía una de las piedras que transportaba el mensajero la última vez que alguien lo vio. Ella intercambió de nuevo las piedras, porque su idea no era en ningún momento robar sino simplemente identificar lo que había sido robado. Cuando yo la sorprendí ella acababa de remplazar el original."

"¿Cómo obtuvo Purcell la piedra?" preguntó Kennedy.

Sam tuvo que admitir que su Agente Especial Supervisor tenía buen instinto investigativo. Entendió la asociación de hechos de una forma que Colton jamás lo habría hecho. "Estamos verificando eso precisamente en este momento."

"¿Qué tiene, *justo en este momento?*"

"Una casa de empeños en Little Miami, una rubia con tetas falsas grandes, y el propietario de la casa de empeños que jura que nunca ha puesto un dedo sobre esa piedra. Dicho propietario tiene familia en Los Ángeles que podría haber puesto la piedra en circulación."

Kennedy sacudió la cabeza. "Chequéelo. Y asegúrese de rastrear absolutamente todo—nombres, fechas, testigos—y de consignarlo en un informe con copia para Ted. Él está realmente bien conectado en Los Ángeles. Eso podría ahorrarle a los contribuyentes algún dinero."

"Lo haré tan pronto reciba el informe," dijo Sizemore.

"Tetas falsas," dijo Kennedy. "¿Es algún tipo de travesti? ¿Un mensajero dejando una pista falsa?" Ojeó rápidamente el archivo. "Aquí están de nuevo las tetas. Y aquí también."

"Se supone que Mandel emprendió vuelo a algún lugar desconocido con una rubia de grandes senos en un brazo y el paquete bajo el otro, ¿no fue así?" le preguntó Sam a Kennedy.

Kennedy miró a Sizemore, quien encogió los hombros.

Sam ojeó el expediente de Mandel y sacó la hoja que había subrayado. "De acuerdo con este testigo—cuyo nombre, por cierto, parece haberse perdido—Mandel estaba en compañía de la rubia mencionada. Alguien, sin nombre una vez más, vio a una pareja, que puede coincidir con la descripción de Mandel y la rubia, dejar el carro en la agencia de alquiler del aeropuerto."

"¿Y entonces?" dijo Kennedy.

"Lee Mandel es gay."

Kennedy miró el extremo de su cigarrillo y luego a Doug, quien sacudió la cabeza, insinuándole en silencio a su AES que eso también era novedad para él.

"Deme ese expediente," dijo Kennedy.

Sam se lo entregó.

Nadie habló mientras Kennedy leía el expediente con la velocidad y la intensidad de alguien que conoce de memoria ese tipo de documentos. Cuando terminó, no estaba sonriendo.

"Veo muchas cosas que no estaban en mi archivo," dijo Kennedy.

"Tan pronto como usted actualice su archivo, Kate Chandler será nominada para el papel principal en un tiroteo de pavos," dijo Sam

"¿Quién dice eso?"

"La última vez que el FBI actualizó el expediente de Mandel," dijo Sam, "ella recibió una amenaza en su contestador automático—deje de presionar sobre el caso de Mandel o morirá. Distorsionador mecánico de voz. El laboratorio está en eso, pero no he recibido aún nada al respecto."

Kennedy no tardó ni un segundo en adivinar la conclusión implícita. Le lanzó a Sam una mirada implacable. "¿Dónde está la filtración?"

"No sé."

"Adivine," dijo Kennedy con voz inexpresiva.

"Alguien de la unidad de lucha contra el crimen organizado," dijo Sam.

Doug se preparó para la explosión que terminaría con la carrera de Sam y probablemente con la suya también.

Dos llamaradas de color aparecieron en las mejillas de Kennedy. Abrió la boca para decirle a Sam la clase de miserable que era.

Pero Kennedy no había llegado a donde estaba por ignorar los hechos inconvenientes—sólo la mayoría de ellos. Era grave ignorar algunos de esos hechos desafortunados. La investigación de Sam se perfilaba como uno de esos hechos que puede terminar con la carrera de alguien.

O, si se manejaba correctamente, podría hacer que la carrera de alguien fuera un éxito.

El silencio sólo se rompía sutilmente con el sonido de un hombre que fumaba, golpeaba su cigarrillo suavemente para botar la ceniza, y continuaba fumando. Pensando rápido, intensamente y de mal humor.

El teléfono celular de Sam sonó. Miró la pantalla para ver el identificador de llamadas, respondió y escuchó. No tomó mucho tiempo. Oprimió el botón de desconexión y miró de frente a Kennedy.

"No era carne para asar," dijo Sam.

"¿Mandel?" preguntó Doug.

"No hay duda de ello. La policía local empezará a buscar en los terrenos y basureros más usuales. Después de cinco meses..." Sam encogió los hombros. "Ya no habrá carne; la marea, las tormentas y los depredadores habrán esparcido los huesos. Por la familia Mandel, ojalá tengamos suerte y encontremos algo que nos permita cerrar el caso, pero yo no apostaría mucho."

Sizemore sacudió la cabeza. "Detesto esos trabajos en los pantanos. Es peor que la cremación, cuando se trata de buscar evidencia."

Todos miraron a Kennedy.

"Muy bien," dijo Kennedy, levantándose. "Así es como vamos a trabajar. Ese expediente se actualizará y se actualizará ya mismo, junto con un resumen completo que redactará el Agente Especial Groves acerca de dónde va la investigación, cuáles son los resultados y pistas, imaginarias o sólidas. Quiero todo."

Sam asintió.

"Incluya un resumen de sus conversaciones con su IC," dijo Kennedy. "Puede omitir el nombre."

"Eso no será suficiente para mantenerla a salvo," dijo Sam. "La persona que está detrás de estos asesinatos no es estúpida. Conectará rápidamente los hilos y luego intentará asesinar a Kate."

"¿Su ladrona tiene alguna otra información que no esté en el expediente?" preguntó Kennedy.

Sam escuchó lo que no había sido dicho: *Si le saca toda la información a su ladrona, ¿a quién le importa lo que le pueda pasar después?*

"Mi IC no es ninguna ladrona," dijo Sam plantándose cara a cara frente a Kennedy. "Es ese tipo de víctima que haría que Tawny Dawn se encendiera como un árbol de navidad. Si quiere lucir realmente mal en las noticias de las seis—y como un verdadero cretino, desproteja a mi IC. Le garantizo que el resultado destruirá su carrera."

"¿Me está amenazando?"

"No."

Sam se encontró de frente con la mirada de Kennedy, la sostuvo, y esperó. Después de un momento largo y tenso, Kennedy asintió.

"De acuerdo, Groves. Lo haremos a su manera. Ocultaremos su nombre o lo pondremos en letra resaltada en el expediente. Lo pondremos en las noticias de la noche, qué me importa." Viciosamente Kennedy terminó de fumar su cigarrillo. "A partir de este momento usted es responsable de mantener viva a su IC."

"¿Veinticuatro/7?"

"Sí."

"Un hombre no es suficiente para…" empezó Sam.

"Me aseguraré de explicarle eso a Tawny Dawn," dijo Kennedy, "mientras me retuerzo las manos ante la cámara acerca de los recortes del presupuesto federal y la oleada de asesinatos." Sonrió levemente y miró de frente a una cámara imaginaria. "Sólo piense, la encantadora joven mujer y su valiente escolta del FBI aún estarían vivos si no fuera por un congreso avaro y tacaño…"

Sam ya estaba del otro lado del umbral de la puerta, corriendo hacia su automóvil y hacia la mujer que había confiado en él con su vida.

"Quiero el informe en dos horas," le alcanzó a gritar Kennedy.

La única respuesta de Sam fue una señal con la mano que habría hecho que Kennedy lo despidiera si éste no había imaginado ya otra forma de desquitarse.

Doug se volteó hacia Kennedy y dijo: "Al menos pongamos a la IC en protección de testigos."

"Ella es una bandida, no un testigo," dijo Kennedy.

Sizemore encogió los hombros. "Oye, Doug. Ahórrale a los contribuyentes unos cuantos centavos y deja de preocuparte. Ella vive en una fortaleza."

"¿Qué quieres decir?" preguntó Doug. "¿Y cómo lo sabes?"

"Yo estuve allí. Ella está conectada a una compañía local de alarmas. Estará bien."

"¿Contra un asesino que trabaja para el Bureau?" replicó Doug.

"Eso no lo sabemos todavía," dijo Kennedy sin esperar. "En este momento, sólo es una posibilidad. Una fea posibilidad."

"Dios, hombre, estamos hablando de la vida de una mujer," dijo Doug.

"Quizás. Y quizás Sam Groves sea quien está filtrando información a través de su IC para perjudicarnos," dijo Sizemore.

"¿Realmente crees eso?" preguntó Doug sorprendido.

Sizemore encogió los hombros. "Como dijo su jefe, hay muchas posibilidades, y en este momento esa es una tan buena como cualquier otra. Groves no juega en equipo. Tiene una cuenta pendiente con el FBI."

Kennedy se rió brevemente. "Esta vez el HP tendrá que pagarla con su propio cráneo."

"¿Y qué pasa si Sam tiene razón?" dijo Doug.

"Entonces atraparemos al asesino," dijo Kennedy. "Si

Groves no tiene razón, será expulsado de una patada en el trasero y será responsabilizado por todo lo que ha ocurrido. De cualquier manera, yo gano."

"Procedimiento Operativo Estándar," dijo Doug entre dientes.

"¿Tienes algún problema con eso?" preguntó Kennedy.

"¿Eso cambiaría algo?"

"Para mí, no. ¿Para ti?" Kennedy encogió los hombros. "Si quieres que te despidan con él, por mi no hay ningún problema."

"Tú no eres el único que tiene amigos en las altas esferas," dijo Doug. "No me amenaces."

"¿Quieres subirte al ring conmigo?"

"No quiero a una IC muerta en mi conciencia."

Kennedy sonrió con frialdad. "Entonces más te vale rezar para que tu agente mascota sea tan bueno como piensas que es."

Capítulo 52

Glendale
Sábado
1:15 p.m.

Con los ojos cubiertos por sus largas pestañas, Kate levantó
la mirada de su rueda pulidora y la dirigió hacia Sam, quien
estaba sentado frente a una mesa ubicada a lo largo de la
pared, trabajando en la computadora de Kate. Él había empezado a trabajar desde que había aparecido en el umbral de
su puerta varias horas antes con una pila de archivos y una
mirada lúgubre alrededor de los ojos. A duras penas si había
dicho hola al entrar.

Y desde entonces no había dicho nada más.

Aquello en lo que estaba trabajando, fuera lo que fuera,
lo convertía en un hombre lleno de ira que lo hacía parecer
salvaje.

Sin previo aviso golpeó la tecla de enviar, se retiró de la
computadora y miró la pantalla como si tuviera ganas de
atravesarla con el puño.

"¿Terminaste?" preguntó ella.

Él gruñó.

"¿Te importa si consulto mi e-mail?" preguntó ella. *Después de todo, la computadora que estás usando es mía.*

"Ah, sí, ya terminé," dijo Sam. *Ahora si voy de mal en peor. Dios, realmente no quisiera ser el encargado de contarle acerca de Lee.* "Mi Agente Especial Supervisor puede imprimir todas las malditas copias de mi informe que quiera. Todo lo que tiene que recordar es abrir su correo electrónico."

"Mencionaste algo sobre un fax cuando empezaste a trabajar," dijo ella.

"Maldito fax. Ya es hora de que el FBI entre al siglo veintiuno."

Kate resopló. "¿Estás listo para decirme lo que ocurrió?"

"Creí que querías consultar tu correo electrónico."

"Eso puede esperar."

Abruptamente, Sam se puso de pie. "Trabajo para un desgraciado."

"Ah, sí. Eso hace que unos días sean peores que otros. ¿Hay algo más que debiera saber?"

Sam no quería contarle lo que había ocurrido en la oficina de Kennedy y mucho menos acerca de su medio hermano. Pero no tenía opción. Se trataba de su vida.

Y él estaba a punto de herirla profundamente.

"Acabé de actualizar el archivo de tu medio hermano," dijo Sam intentando ser ecuánime. Kate se sostuvo de la mesa de trabajo y esperó.

"Apareció el informe del ADN," dijo Sam. "La sangre que se encontró en el baúl del automóvil alquilado era de Lee."

Ella cerró los ojos y dijo: "¿No hay error?" Luego miró a Sam. "¿Ninguno?"

Él le tocó el cabello, y luego dejó caer la mano, desconfiando de sí mismo, la deseaba tanto que tenía problemas manteniéndose de pie. Eso no era lo que ella necesitaba en este momento. Necesitaba a un agente de policía, no a un amante con una erección.

"Lo siento," dijo Sam. "No hay forma de saberlo hasta no encontrarlo en los pantanos o de sacarle una confesión al asesino. Dicho esto, debo agregar que si Lee está vivo, sería la primera vez en mi carrera que encontrar sangre en el baúl de un auto conduce a un reencuentro feliz."

Ella se mordió el labio, parpadeó ferozmente y dijo: "Tengo que llamar a mamá."

"Yo lo hare."

"No, yo..."

"Es más fácil si proviene de un policía," cortó Sam abruptamente. "La familia puede ponerse furiosa, gritar, maldecir, llorar, dejar salir la ira y el dolor. No pueden hacerlo contigo."

"Pero..."

"Cuando termine, te pasaré el teléfono." Él le tocó suavemente la mejilla. "Por favor, Kate. Será más fácil para todos."

Con reticencia, ella asintió con la cabeza.

Sam dudó, pero era poco lo que podía hacer. La necesitaba, la necesitaba pensando, no llorando. "Antes de llamar, consígueme el número de McCloud, el que usaste para el informe del progreso de las piedras."

"¿Cómo lo sabes?" preguntó ella con voz apagada.

"El hombre tenía un millón de dólares invertidos. Es lógico que quisiera informes regulares."

Ella se acercó a su computadora y abrió un archivo de direcciones.

Él observó la cabeza inclinada de Kate y la línea tensa de sus hombros y deseó que hubiera algo que pudiera hacer que no la hiciera sentir peor.

"Lo siento," dijo él.

Ella asintió con la cabeza y miró los nombres en la pantalla.

"De verdad, lo siento," dijo él.

"Lo sé." Su voz era ronca. "Es sólo que..." movió los hombros casi impacientemente.

"Sí," dijo él. "Es sólo que decir lo siento no cambia nada."

Ella lo miró por encima del hombro. "Cambia mi opinión del FBI. O por lo menos de algunos de sus integrantes. De uno de ellos. El mejor. Tú."

Sam se dio por vencido y abrió los brazos. Kate se acercó y se dejó abrazar, muy fuerte. Luego dio rienda suelta a su dolor.

"En mi mente y en lo profundo de mi ser sabía que Lee no iba a regresar," dijo cuando pudo hablar de nuevo. "Aún así seguía teniendo la esperanza, no puedo evitar preguntar... Dios, Sam, ¿estás seguro?"

"Tan seguro como puedo estar sin haber encontrado un cuerpo." Él rozó los labios contra su mejilla, la esquina del ojo, probó las lágrimas y sintió que su propia garganta se cerraba. "Kate, no creo que sea posible encontrar los restos de Lee," dijo con voz ronca. "Lo siento. Sé que de alguna forma eso haría las cosas más fáciles, se podría dar cierre al caso, pero el pantano y cinco meses harían de la búsqueda una hazaña casi imposible. ¿Entiendes?"

Ella asintió, suspiró y miró a Sam. La preocupación que vio en su rostro casi la hace llorar de nuevo. De alguna forma, ella había logrado sobrepasar al policía y tocar al hombre vulnerable.

Se paró en las puntas de los pies, lo besó suavemente en los labios y le dijo: "Gracias."

Él volteó ligeramente la boca. "¿Por qué? ¿Por arruinar todo de comienzo a fin?"

Sus labios temblaban, pero sonreían al mismo tiempo. "Por ser sincero, por preocuparte, por estar aquí cuando otros hombres habrían salido corriendo con su profesión. Por ser Sam Groves." Ella aclaró la garganta. "Un hombre bueno, muy bueno." Ella tocó sus labios con las puntas de los dedos. "Voy a buscarte el teléfono de McCloud."

Sam miró la línea de su espalda y de su cuello al inclinarse hacia la computadora. Sólo quería volver a abrazarla, para protegerla de un mundo que devoraba la inocencia como si fuera un aperitivo antes de pasar a un plato fuerte más satisfactorio de violencia y muerte.

Puedes protegerla mejor como policía que como hombre.

Desafortunadamente, él quería hacer lo uno y lo otro con ella.

"Este es el número," dijo Kate. "¿Quieres que te lo escriba en un papel?"

Sam miró el número resaltado con un vistazo rápido, que era todo lo que necesitaba para guardarlo en su memoria personal. "Ya lo tengo. Consulta tu e-mail mientras yo llamo a tus padres."

Ella se estremeció, y asintió.

"Puedo hacerlo desde aquí o desde la sala," dijo Sam.

"Desde la sala." Ella lo miró directamente a los ojos. "Confío en que serás con ellos tan gentil como lo has sido conmigo."

Él le acarició el rostro con sus dedos, tocó sus labios y luego se dirigió hacia el salón para hacer la llamada que todo policía detesta.

No había una forma gentil de decirles a unos padres que su hijo estaba muerto.

Capítulo 53

"Jason, tú sabes que sin ti nos desmoronaremos," dijo Sharon al teléfono mientras leía la pantalla de la computadora. Estaba—como se le había ordenado—trabajando desde la suite de su padre, de manera que estaría disponible si él necesitaba algo. Peyton estaba sentado a seis pies de distancia, tomando cerveza y comiendo pretzels, matando el tiempo antes de su cita de las tres. "Especialmente ahora, con todo este problema. La próxima vez que papá te grite, piensa en la gaviota, ¿de acuerdo?"

El hombre al otro lado de la línea miró hacia el techo de su oficina en Sizemore Security Consulting. No clasificaba para tener una ventana en su oficina, más no resentía ese hecho. Sólo el gran jefe tenía una.

"Me gustaría recibir un aumento," dijo Jason.

"A mí tampoco me vendría mal uno. Sacaré a relucir el tema la próxima vez que se ponga histérico por algo."

"No puedo esperar tanto tiempo."

Sharon suspiró y se preguntó si todos los hombres eran prima donas, o sólo aquellos que ella tenía la mala suerte de conocer. "Mira, sabes que estoy haciendo todo lo que puedo por ti."

"Y yo estoy haciendo lo mismo por ti. Separar la verdad del chisme en el negocio de la joyería es más arte que ciencia. Le he mandado muchísimos negocios a Sizemore y he evitado que una gran cantidad de proyectos entren por la puerta delantera. Tú sabes eso tanto como yo."

Peyton se levantó y se acercó hacia Sharon. Mientras él miraba la pantalla de la computadora, sus dedos fríos por la cerveza jugaban con los rizos de cabello que rozaban la mejilla de Sharon. Ella oprimió el botón del mouse para pasar a la siguiente página del documento, leyendo, pensando y escuchando al mismo tiempo.

Después de un momento, Peyton se dio cuenta de que ella estaba consultando el e-mail de su padre. El documento que estaba leyendo había sido enviado al Agente Especial Supervisor Patrick Kennedy y reenviado a Ted Sizemore. Algo acerca de Lee Mandel.

Peyton acarició la mejilla de Sharon mientras leía a máxima velocidad.

"De acuerdo," dijo Sharon cuando Jason dejó de quejarse. "Hablaré con papá dentro de unos días. En este momento está mordiendo a todo el que se le acerca, incluidos sus amigotes del Buró. Pedirle un aumento ahora sería estúpido."

Jason golpeó la mesa con sus dedos. "Una semana. No más. Tuve una oferta realmente buena de Mandel Inc."

"Ya sé." Jason no había esperado ni siquiera dos minutos para llamarla tan pronto como le hicieron la oferta. Ella no lo culpaba. Eran negocios, nada personal. Pasó con el mouse a la siguiente página del documento que estaba leyendo en pantalla y preguntó: "¿Todo lo demás está bien?"

"Mi hermano." Jason suspiró. "Sigue mirando por la ventana, esperando a que su amante llame, y preguntándose qué diablos sucedió."

Sharon dudó una vez más. Hizo un clic para pasar a la siguiente página. Leyó con rapidez y concentración y luego releyó para asegurarse.

"¿Sharon?"

"Todavía estoy aquí. Sólo estoy..."

"Múltiples tareas como de costumbre," interrumpió Jason. "Le prometí a Norm que no diría nada, pero tengo que hacerlo. Su amante es Lee Mandel, el mensajero que desapareció en la Florida a finales del año pasado."

Sharon quedó congelada. "¿Mandel? ¿Gay?"

"Sí. ¿Has oído algo que pueda decirle a Norm? Realmente está muy afectado con esto. Esperar y no saber que pasa es un infierno."

Sharon sacudió la cabeza como un perro recién salido del agua. "Lee es gay. Oh, Dios mío. Yo entrevisté a Mandel y ni siquiera me pasó por la mente."

"¿Acaso eso importa?" preguntó él bruscamente.

Ella se sacudió de nuevo y se quedó pensativa, pero todo lo que dijo fue: "Papá se va a caer de espaldas."

"Lee no ha salido del clóset, así que no le digas a nadie. Mucho menos a tu papa."

"Espera un momento." Sharon se quedó mirando fijamente a la pantalla, uniendo frenéticamente las piezas del rompecabezas. Ella decidió rápidamente que no había pasado nada todavía y que aún era tiempo de hacer algo. "Papá me cortaría la cabeza si supiera lo que pienso hacer."

"En todo caso te decapitará. Así es él."

"Si no lo sabré yo. El archivo de Mandel acaba de ser actualizado. Dile a Norm que ya no espere más ni se pregunte más. No fue nada que él hubiera hecho o que hubiera dejado de hacer."

"¿Qué quiere decir eso?"

"El Buró está buscando el cuerpo de Lee en algún pantano en la Isla Sanibel."

Los dedos juguetones de Peyton se quedaron quietos.

Al otro lado de la línea, Jason cerró los ojos. "¿Asalto o crimen pasional?"

"Presuntamente asalto," dijo Sharon.

"Esto va a matar a Norm. Él y Lee se iban a casar en Los Ángeles dentro de dos meses."

"Mierda, Jason. Esto realmente apesta. Lo siento."

"¿Estás segura de que la muerte de Lee no fue un crimen pasional?" preguntó Jason. "Florida no es lo que yo llamaría un caldo de cultivo del recato sexual. Cuando él estaba lejos de casa y sabía que nadie lo reconocería, Lee ocasionalmente iba a bares gay sólo para relajarse. Alguien puede haberlo visto y seguido."

"Me aseguraré de que el FBI tenga en cuenta ese dato."

"Muy bien. Gracias," dijo Jason.

"No esperes nada." Sharon se masajeó el cuello y se preguntó si llegaría a los cincuenta antes de que algo la matara o de que ella matara a su padre o mandara todo al diablo y se fuera lejos. "Francamente, según lo que he visto de este caso, Lee no era ningún mártir sino que tuvo mala suerte."

La puerta de la suite se abrió. Peyton salió dejando a Sharon y se fue a saludar a Ted Sizemore. Los dos hombres no simpatizaban, pero negocios eran negocios.

"Gracias por la sugerencia," dijo rápidamente Sharon. "Volveré a llamarte tan pronto pueda."

Ella colgó y les sonrió alegremente a los dos hombres temperamentales de su vida. Se preguntó por cuánto tiempo podría manejarlos antes de que sus nervios estallaran. *Necesito unas vacaciones. Largas.* Pero en este momento no podía darse ese lujo. Tendría simplemente que tragarse los problemas y seguir jugando a la mujer hacendosa y obediente en un mundo de hombres necesitados.

"El archivo de Lee Mandel acaba de entrar," dijo Sharon.

Sizemore miró a Peyton: "Estoy seguro de que nos excusarás. Negocios."

"Claro." Peyton le sonrió a ella. "Nos vemos a las siete."

"Quizás," dijo Sizemore rápidamente. "Quizás no. Puedo necesitarla."

"Y yo *sé* que necesitaré un receso," dijo Sharon. "A las siete."

Peyton cerró la puerta tras él, dejando a padre e hija definir quién comería qué, dónde, cuándo, y con qué hombre.

"¿Por qué no despides a ese cretino y te buscas a un buen hombre?" dijo Sizemore. "Deberías tener hijos. Ser una mujer."

"Todos los hombres que conozco se cuidan de la número uno. ¿Por qué no lo haría yo?"

"Porque eres una mujer."

"¿O sea que el egoísmo está en las pelotas? ¿O en el pene?"

"Estás como enervada. ¿Es por la época del mes?"

Ella sonrió ligeramente. "Por lo menos mis estados de ánimo son predecibles." Ella se levantó y señaló con la mano la computadora. "El informe del Agente Especial Groves sobre su IC, Lee Mandel y el hecho de que Groves sigue sosteniendo la teoría de que los responsables de los golpes a los mensajeros, incluido el ataque a Mandel, son los miembros de la banda de Teflón."

Sizemore revisó el informe a una velocidad que ocultaba la hinchazón de sus ojos y de la línea de la mandíbula causada por el alcohol.

"¿Pueden rastrear la piedra desde Florida hasta Purcell?" preguntó Sharon mientras su padre leía.

"Están trabajando en eso. El dueño de la casa de empeños que presuntamente rechazó la piedra tiene conexiones en Los Ángeles, donde Purcell tenía su base de operaciones."

"¿O sea que piensan que el cretino envió la piedra a través de la versión suramericana de la red de amigos?" preguntó ella impaciente.

Sizemore asintió con la cabeza.

"¿Y qué hay del travesti?" preguntó ella. "¿Era local?"

"En este momento están mostrando bocetos por doquier para tratar de encontrar información sobre él."

"¿Bocetos? Yo no he visto ninguno."

Sizemore oprimió el botón del mouse para ir a la última página del documento. Cuatro bocetos escaneados habían sido incluidos allí. Él los amplió uno por uno.

Sharon observó detenidamente cada uno de los bocetos.

El dolor de cabeza detrás de sus ojos con la etiqueta "necesito unas vacaciones" se instaló durante un largo tiempo. Un trago le habría ayudado a relajar los nervios, pero Sizemore no le permitía tomar en horas de trabajo.

"¿Ves algo?" preguntó él.

"No. ¿Y tú?"

"Yo he conocido a uno que otro travesti en mi vida, pero no a éste." Sin embargo, Sizemore seguía mirando detenidamente los bocetos, frunciendo el ceño.

"¿Será posible que Lee Mandel haya dispuesto una pista falsa?" preguntó Sharon después de un momento.

"No si ya estaba muerto," dijo Sizemore. "Además, la IC dice que los bocetos no son de Mandel."

"¿Natalie Cutter?"

"Cuyo nombre real es Kate Chandler, quien resulta ser medio hermana de Mandel. Si alguien puede reconocerlo, es ella."

"Bien, esto le pone picante a esta encrucijada," dijo Sharon, sacudiendo la cabeza. "La medio hermana tiene una fuente regular de pistas falsas. ¿Cómo entró ella al juego?"

"Ella es la informante confidencial."

"¡Está chiflada!"

"El Buró no lo cree así. Ni tampoco los resultados de ADN. La única buena noticia es que alguien intenta matarla."

"¿Perdón?"

"Amenaza de muerte. Distorsionador mecánico de voz. El laboratorio está trabajando en eso en este momento."

"Es una pérdida de dinero de los contribuyentes," dijo rápidamente Sharon. "Aún cuando tengan la voz, ningún tribunal la aceptará. Demasiadas opciones. Si usas una frecuencia x para tu plantilla, obtendrás una voz x. Si usas una frecuencia y, obtendrás una plantilla y. Si usas un gato obtendrás un gato."

Sizemore se encogió de hombros. "Uno nunca sabe. El laboratorio ha sacado más de un conejo blanco del sombrero."

"Chiflados, cretinos y conejos blancos," dijo Sharon, levantando las manos. "No creo esa mierda. ¿Qué está *pensando* Kennedy?"

"Él ante todo cubre su trasero. Es demasiado bueno para eso. Ha aislado a Groves y a Chandler de tal forma que, pase lo que pase, Kennedy gana. Es un bastardo muy inteligente."

Sharon pensó que lo de bastardo era muy cierto. "¿Y ahora qué?"

"El Buró está sacudiendo el árbol para ver si caen algunos ecuatorianos."

"¿Aquí?"

"En Los Ángeles."

Sharon frunció el ceño y pensó rápidamente a pesar de que su cabeza estaba a punto de estallar. "¿Por qué en Los Ángeles? ¿Purcell y la piedra?"

"Sí. Todo vuelve de nuevo a la piedra." Él agarró una cerveza, la destapó, y levantó la botella brindando sarcásticamente. "Brindemos por el color de la muerte."

"¿Qué?"

"Azul. Zafiro azul."

Capítulo 54

Kirby estaba encerrado en su habitación del hotel. Estaba sentado mirando fijamente la palma de su mano.

Un ojo azul rectangular lo miraba a él.

"Ojalá pudieras hablar," dijo él. "Estoy seguro de que sabrías por qué la Voz quería que Purcell muriera y que a ti te recortaran en piedras más pequeñas."

La luz cambió de dirección y la piedra resplandeció como si estuviera viva, respirando. Azul sobre azul sobre azul, más profundo que el tiempo, un pozo sin fondo, hipnótico.

Kirby le había vendido a Peyton el resto de piedras de Purcell, pero no ésta. Él seguía pensando que podría utilizar la gema como un arma contra la Voz. De lo contrario, bueno, valía mucho dinero en algunos mercados en los que estaba pensando. Arabia Saudita, por ejemplo.

"Te venderé y me iré para Río o Aruba," le dijo a la gema, "pero creo que eso sería un tiquete rápido al infierno si la Voz empieza a presionarme. Tienes que servir para algo más que dinero, ¿de acuerdo? Estoy seguro como un demonio de que no necesito que la Voz me siga hasta mi lugar de retiro."

O que contrate a algún sicario para matarme.

Pero eso era algo que Kirby no quería decir en voz alta, ni siquiera en la privacidad de su cuarto con llave. Movió la mano, haciendo que la piedra brillara como un relámpago azul.

"¿Sabes lo que quiero decir?"

Si la piedra lo sabía no lo diría.

El celular de Kirby que estaba sobre la mesita de noche sonó. Cerró su puño izquierdo para proteger la piedra y tomó el teléfono con la derecha.

No aparecía en la pantalla ninguna identificación.

A Kirby se le erizaron los pelos del cuello. *¿Acaso la Voz sabe que le estoy jugando doble?*

"¿Sí?" dijo Kirby contestando el teléfono.

Una voz mecánica con un tono espeluznante dijo: "Necesito a alguien en Los Ángeles."

"¿Por qué?"

"Algunos estúpidos de la banda de Santos están caminando por las calles equivocadas."

"¿Y entonces?"

"José de Santos. Eduardo de Santos. José lava dinero colombiano en el distrito de las joyerías. Eduardo consigue gemas calientes para Peyton Hall y las corta para convertirlas en piedras frías."

"¿Cómo sabe?" preguntó Kirby.

"¿Qué le importa?"

"A mi no me importa en realidad," dijo Kirby rápidamente.

"Hay que sacar a los de Santos de escena. A José hay que darle un corbatín. Haga lo que sea con el otro. Están robando a la gente equivocada."

"¿Cuánto me queda a mí?" preguntó Kirby.

"Lo que pueda ganarse en el trabajo."

"¿Ningún porcentaje para usted?"

"Yo obtendré el mío en el otro extremo," dijo la Voz.

Kirby se preguntó lo que eso significaba pero sabía que era mejor no preguntar.

"¿Tiene un lápiz?" preguntó la Voz.

"Seguro," dijo Kirby. Se metió la piedra al bolsillo, tomó un bloc de notas y un lápiz de la mesa de noche, y empezó a escribir las direcciones tan rápido como la Voz se las dictaba. "¿Son recientes?"

"Eduardo no se ha mudado en diez años. José puede ser más difícil. Pero Eduardo quizás pueda ayudar. Sólo hágalo rápido."

"¿Algo más?"

"Kate Chandler, Phoenix."

Kirby escribió la dirección rápidamente.

"Hágalo parecer como una violación con asesinato," dijo la Voz.

A Kirby no le gustó eso. "¿Violación? Es una forma muy fácil de dejar evidencia."

"Use condón."

"Pero . . ."

"Eso vale cien mil en su cuenta de Aruba."

"¿Cien mil?" preguntó Kirby.

"Ya me oyó. Si no puede hacer que se le pare para una violación, use un palo de escoba. Sólo me interesa que no aparezca como un golpe."

Kirby sintió la forma de la piedra en su bolsillo y se preguntó si ya era hora de salirse. "Quiero esos cien mil en mi cuenta esta noche."

"Obtendrá ese dinero cuando vea el cuerpo de la mujer en las noticias."

Kirby dudó. Tres asesinatos. Boom boom boom. Y los Purcell antes de eso, y el mensajero. Demasiadas muertes que ensuciaban un juego relativamente limpio.

Había algo que no le gustaba.

"El efectivo de ante mano o encuentre a otro hombre," dijo Kirby.

El silencio se alargó tanto que Kirby temió ser malinterpretado. Una gran cantidad de sudor se le acumuló en las axilas.

"De acuerdo. Hágalo en veinticuatro horas y obtendrá cincuenta extras."

La Voz desconectó.

Kirby sacó el zafiro del bolsillo. Estuvo sentado por largo tiempo con la gema en una mano y el celular en la otra.

"Tiempo de retirarse," dijo Kirby.

Pero antes tení un trabajo que hacer.

Digitó un número en su teléfono celular. Respondieron rápido. Se escuchaba en el fondo música ranchera. La voz de una mujer enronquecida por el humo cantaba en español.

Kirby habría querido manejar ambos extremos del trabajo, pero no podía hacer eso y además ganarse el premio mayor, independientemente de la cantidad de vuelos que hubiera entre Los Ángeles y Phoenix. Así que le daría Los Ángeles a Tex White. De esa forma, si había alguna retaliación de los colombianos para vengar a su lavador de dinero consentido, le caerían a White.

"¿Qué hay de nuevo?" White preguntó antes de saludar.

Por el sonido de la voz del hombre, Kirby pudo adivinar que había consumido bastante cocaína. O tal vez sólo metadona. Lo que fuera. No importaba. White nunca tendría dinero para salirse del negocio. Todo se le iba a sus narices. Había pasado de ser un soldado recto a un delincuente callejero.

Pero ese no era problema de Kirby. Después de este golpe, no usaría de nuevo a White. Después de este golpe, no usaría a nadie más. Luego se largaría para el sur.

"Otro trabajo," dijo Kirby. "¿Le interesa?"

"¿Cuánto?"

"Veinte."

"¿Veinte? Qué tipo de mensajero transporta ese tipo de mercancía tan insignificante, incluso por una venta al por mayor? ¿Estamos hablando de relojes de pulsera?"

"No se trata de un mensajero. Dos idiotas de Los Ángeles, Eduardo de Santos y su primo, José de Santos. Al viejo José le damos un corbatín. Has con el otro lo que quieras."

"Dame las direcciones."

"Recuerda bien. A José un corbatín."

"Sí, sí. Ya te oí. Dame las malditas direcciones."

Kirby leyó los números, luego desconectó y empezó a pensar en el trabajo que le esperaba. Simultáneamente, sacó el zafiro y lo apretó suavemente entre la palma de su mano. El azul brillaba y resplandecía, brillaba y resplandecía, como un ojo de la muerte mirando todo fijamente con igual claridad.

Después de un momento largo puso de nuevo la piedra en el bolsillo secreto que tenía en sus interiores. Había asaltado demasiadas cajas fuertes para confiar en guardar algo valioso en una de ellas, y el zafiro era lo más valioso que Kirby había poseído en toda su vida.

Sospechaba que también era lo más mortal.

Capítulo 55

Sam no era un pirata informático o experto en computadoras del Buró, pero uno de ellos le había enseñado como sacar cosas de la red. Los registros financieros y tributarios casi siempre estaban disponibles en una u otra página web. Era simplemente cuestión de conocer el número de la seguridad social de alguien, el apellido de soltera de la madre, y la fecha de nacimiento, los cuales usualmente estaban disponibles en otras páginas web.

Él habría podido solicitar al Buró hacerlo. Aún podría hacerlo si se veía obligado. Y podía imaginarse a Kennedy echando chispas cuando el director le preguntara qué demonios estaba haciendo el Bureau entrometiéndose en la vida privada y en las finanzas del cuñado del presidente—sin una orden judicial.

Sam continuó hurgando los archivos privados. Después de un rato, se estiró y suspiró.

"Bueno, puedo decirte con certeza que a Arthur McCloud no le preocupa de dónde viene su próximo Silver Cloud

Rolls-Royce," dijo Sam. "Es más rico que Dios y casi como Bill Gates."

Kate levantó la mirada de la pieza de zafiro amarillo intenso en bruto que estaba estudiando mientras Sam utilizaba su computadora. "¿Tú pensaste que no lo era?"

"Siempre existe la posibilidad. Los timadores que estafan a las aseguradoras son más comunes que las garrapatas en un pastor ovejero."

"Sin embargo no me imagino a Art matando a nadie, ni siquiera por un millón de dólares."

"La mayoría de la gente simplemente le paga a un sicario," dijo Sam ausente mientras ingresaba a otro sitio de Internet.

"Tal como lo pintas, contratar a un asesino suena tan fácil como contratar a una empleada de servicio o a un jardinero."

Sam la miró con ojos cansados. "Más fácil, en realidad. Es sólo cuestión de conexiones. Si las tienes, contratar a alguien es más barato y mucho más sencillo que conseguir a una buena niñera. Claro está, si quieres que un profesional haga el trabajo y no cualquier cretino drogadicto con una pistola, deberás pagar más. Mucho más. Pero no he oído ninguna queja de la gente que deposita dinero en cuentas en el exterior."

Kate se mantuvo en silencio durante algunos momentos antes de preguntar finalmente: "¿A ti te gusta el mundo en el que vives?"

"Mucho menos de lo que me gustaba antes, ¿por qué?"

"Es . . . horrible."

"Alguien tiene que hacer este trabajo, de lo contrario otros tendrían que hacerlo. ¿Terminaste el café?"

"Sí."

"Eso sí es horrible."

Ella sonrió sin querer. "Haré un poco más."

"Creo que es mi turno."

"Te cambio una jarra de café fresco por una sonrisa."

Él sonrió en la misma forma en que ella lo había hecho,

sin realmente proponérselo. Les gustaba sorprenderse todo el tiempo con ese tipo de frases y bromas.

"Y un vale de garantía por un abrazo," agregó ella. *Porque en este momento sólo quiero abrazarte.*

"Tres abrazos."

"Ese trato es injusto." Kate dejó de lado la pieza amarillo intenso en bruto y tomó la garrafa de café vacía. "Ya regreso con más café. ¿Quieres comer algo?"

Sam lo pensó y en realidad la idea de almorzar no le llamaba mucho la atención. Hablar con los Mandel había sido más duro de lo esperado. Quizás porque la voz de la Sra. Mandel le había sonado muy parecida a la de Kate.

Sam intentó no imaginar si Lee sonaba como su padre. Si el medio hermano de Kate tenía la rapidez y la valentía de ella. Si . . .

"¿Sam? ¿Tienes hambre?"

No tenía, pero sabía que debía comer algo además de café molido. "¿Todavía está en la cocina el resto de sándwich que dejé del almuerzo?"

"¿El cesto de basura cuenta como 'en la cocina'?"

"¿Y qué tal unas papas fritas?"

"¿Qué tal algo de fruta, queso, galletas y una siesta antes de la comida?"

Sam no respondió, porque Kate había lanzado la última pregunta sobre su hombro antes de desaparecer en dirección de la cocina. Él tomó su teléfono celular que había dejado al lado de la computadora y oprimió el número de cuarto del hotel de Jeremy Baxter. Tarde o temprano tendría suerte y encontraría al hombre cambiándose de ropa o usando el baño.

"¿Hola?"

"¿Jeremy Baxter?" preguntó Sam.

"Sí."

Sam sacó un bloc gordo de papelitos de notas amarillos y tomó un bolígrafo. "Agente Especial Sam Groves del FBI," dijo él. "Tengo algunas preguntas acerca de los siete zafiros azules llamados los Siete Pecados."

"¿De qué se trata esto?"

"No puedo decirle mucho en este momento."

Silencio, un suspiro y algunas groserías en voz baja. "¿Fueron robados, no es cierto?"

"No puedo decirle."

Baxter dudó.

"Si tiene alguna duda acerca de mi identidad," dijo Sam, "vaya al bus grande negro que está estacionado en el estacionamiento de empleados, golpee en la puerta y pregunte por Doug Smith. Él le mis mostrará credenciales y le dará referencias sobre mí."

El sonido del hielo pegando contra el vidrio se oyó en la línea. Sam pudo visualizar a Baxter pensando y revolviendo su trago en el vaso casi vacío.

"Muy bien," dijo Baxter. "Pero no sé como puedo ayudarle. Yo no sé nada acerca de las piedras, además del nombre y del hecho de que son propiedad de Art McCloud. Yo nunca las vi después de que fueron talladas."

"¿Conoce a alguien que las haya visto?"

"Art y la persona que las avaluó para efectos de los seguros. Y la mujer que cortó las piedras, claro está."

El FBI ya había investigado al avaluador de los seguros hasta los detalles más mínimos y no había hallado nada, pero Baxter no necesitaba saber eso.

La investigación de Kate había sido aún más minuciosa.

"¿Y qué puede decirme de los colegas coleccionistas?," dijo Sam. "¿Amigos, novias, alguien?"

De nuevo se oyó el hielo contra el vidrio. "Art tiene competidores amistosos, no amigos. En cuanto a la familia, no he conocido a nadie excepto por los periódicos. ¿Novias? No he oído ningún chisme al respecto."

El FBI sí, pero ninguno recientemente y ciertamente ninguno resentido por la indemnización recibida en el momento de su despido.

"¿Y qué puede decirme de sus competidores no amigables?" preguntó Sam.

"Bueno, él le cae mal a una que otra persona por tener más dinero que un príncipe Saudita. Pero ningún enemigo peligroso, que yo sepa. Simplemente nos irrita que pueda ofrecer más dinero que nosotros en las subastas sin tener realmente que pensar en la cuenta bancaria. Gracias a Dios solamente le han gustado los zafiros y ocasionalmente los rubíes."

"¿Usted subastó contra él por la pieza en bruto que se convirtió luego en los Siete Pecados?" preguntó Sam.

"Sí, desafortunadamente."

"¿Quién más estaba en esa subasta?"

Kate se acercó caminando mientras Sam empezó a escribir rápidamente en el bloc que ella utilizaba para tomar notas sobre cualquiera de las piezas en las que estaba trabajando. Ella colocó un plato de comida y el café junto al bloc.

Él alcanzó el café. Con el teléfono entre el hombro y la oreja, tomaba sorbos de café y escribía y hacía preguntas. "¿Quién manipuló la pieza en bruto?"

"CGSI. Colored Gem Specialties International. ¿Algo más? Tengo una cita en pocos minutos."

"Estoy investigando una exposición que tuvo lugar en la segunda semana de noviembre."

"Hubo varias. ¿De gemas cortadas o de mercancía en bruto?"

"¿A cuáles asistió?" preguntó Sam sin perder detalle.

"Sólo a la de Fort Worth, en la que se presentaban joyas de herencias rusas. Una mercancía increíble. Realmente increíble. Es obvio que ellos sabían lo que tenían. Yo sólo compré unas cuantas esmeraldas antiguas. Basilov arrasó con todo."

"¿Él estaba allí?"

"Diablos, se robó el show y también se asoció con algunos tipos de Singapur y Hong Kong a quienes les quedaba dinero. Como le dije, arrasó con todo. Al fin los asiáticos entraron al negocio de las piedras de color para inversión, junto con sus tradicionales perlas y el jade."

"¿Estaba también alguno de los comerciantes que asisten regularmente?" preguntó Sam. Un momento después empezó a escribir rápidamente. Luego se detuvo y empezó a resaltar los nombres que Baxter ya le había dado. "¿Y eso fue entre el ocho y el nueve de noviembre?"

"Sí, pero todos los que sabían distinguir entre un rubí y una espinela se fueron después del primer día. No hubo exposición preliminar, así que el show fue continuo desde las ocho de la mañana hasta las nueve de la noche de ese día. Después de eso, la mercancía buena ya se había ido. Excúseme, pero realmente tengo que dejarlo. Llegaré tarde."

"Gracias por su ayuda," dijo Sam. Luego agregó rápidamente: "Es posible que alguien lo llame para hacer seguimiento."

"No hay problema, pero ahora tengo que irme."

Baxter colgó el teléfono.

Sam terminó su taza de café y alcanzó la cafetera para servirse más.

Kate le acercó un plato con queso, frutas y galletas y lo miró.

Él aceptó y empezó a comer. Después de probar algunas galletas y algunas uvas rojas realmente excelentes, se dio cuenta de lo hambriento que estaba. Comió más rápido, con verdadero apetito. Cuando descubrió el salami escondido debajo del queso sonrió.

"¿Le sacaste algo a Baxter?" preguntó Kate.

"Mucho más que lo que le saqué a la gente de CGSI." Sam comió un poco de queso después del salami y se tomó un sorbo de café. "Disfrutaré dejándoles una orden judicial. ¿Alguno de estos nombres te es familiar?"

Ella corrió su silla de trabajo para acercarse a él y mirar los nombres. "Los nombres, sí. La gente, no. Son coleccionistas y comerciantes. He tallado piedras para dos de ellos."

"¿Están limpios, sucios, locos, qué?"

"¿Quieres decir que si matarían por los Siete Pecados?"

"Sí."

"No los conozco lo suficiente para decirlo."

"Trata de adivinarlo." Sam se comió otra uva y tomó otro poco de queso. "¿Si tuvieras que empezar por algo, qué nombre sacarías del sombrero?"

Kate frunció el ceño ojeando la lista. "Basilov, creo. Entró a escena hace cinco años y apareció de la nada."

"En este caso, la nada es Georgia, la antigua Unión Soviética."

"Tiene muchísimo dinero en efectivo para gastar. No es como Art—no compra las cosas porque se enamora de ellas y no le importa en lo más mínimo el 'valor'—pero a Basilov no le gana nadie cuando se trata de comprar material de primera calidad."

Sam bebió un poco de café y dijo: "Les diré a los muchachos que empiecen por él."

"¿Hablaste con Art?" preguntó Kate con curiosidad.

"Sí, cuando estabas en el teléfono con tu mamá."

"¿Basilov fue uno de los nombres que obtuviste?"

"McCloud no me dio tiempo de nada. Dijo que si necesitaba hablar con alguien del FBI, se pondría en contacto con el director."

"Ay, ay, ay," dijo Kate.

"Sí. Nada personal, por lo poco que sé acerca del hombre, es sólo un tonto con plata y conexiones."

"Supongo que sería conveniente para mí estar en desacuerdo con tu descripción de Art, teniendo en cuenta que he trabajado para él en el pasado."

Sam sonrió y se sirvió más queso y uvas. "Sólo si quieres seguir trabajando piezas para él en el futuro.

"Arthur McCloud es una persona excelente, proba…"

"Etc., etc., etc.," interrumpió Sam. "Si alguna vez tengo el privilegio de hablar con él, me aseguraré de decirle que lo defendiste hasta el colmo de la hipocresía."

Kate miró las fechas que Sam había enmarcado dentro de un círculo. "¿Ocho?"

"Noviembre."

"Cuando Lee…"

"Cuando Lee fue asesinado," dijo Sam con voz pausada. "Sí."

Kate se estremeció.

Sam sabía que hablaba con frialdad. También sabía por experiencia que evadir la realidad de la muerte sólo empeoraba el proceso doloroso de la aceptación.

"No fue mi intención que sonara así," dijo Sam levantándose y acercándola hacia él.

"Yo sé."

Él sintió la respiración tibia contra su cuello. Su cuerpo estaba tibio de nuevo. Y si no la soltaba de inmediato, sólo podría soltarla cuando ya fuera demasiado tarde.

"De todas formas," dijo él, separándose un poco y sirviéndose uvas, "según Baxter, las mismas personas que supuestamente saben acerca de los Siete Pecados, son las mismas personas que ofrecieron dinero en la subasta por la mercancía en bruto, estaban en Fort Worth el día en que Lee fue asesinado."

"Conveniente," dijo Kate amargamente.

"Quizás, quizás no. Tengo la sensación de que muchas de estas personas van a las mismas ventas."

Ella suspiró. "Sí, así es. Lo siento, no quise decir...es sólo que estoy..."

"Sí." Él apartó la mirada porque de lo contrario habría querido abrazarla. Y si lo hacía, estaría haciéndole el amor en lugar de intentar salvar su vida. Por mucho que la deseara, no le quedaba otra opción. El policía ganó por una milla. "Verificaré todos los nombres, pero no creo que eso nos lleve a ninguna parte. Quienquiera que haya matado a Lee no estaba comprando piedras en Fort Worth el día ocho."

"El automóvil sólo fue devuelto el nueve."

"El automóvil no lo mató. Alguien que estaba en la Isla Sanibel antes del medio día del ocho lo hizo, alguien que conocía los hábitos de Lee, alguien que o bien le interrumpió el almuerzo y lo llamó, o bien forzó el baúl del auto de forma que Lee vio o escuchó, acudió corriendo, y lo mataron."

"¿Por qué?" preguntó Kate con crudeza. "¿Por qué no simplemente lo atracaron o lo golpearon como a los demás mensajeros?"

"Esa es la pregunta del millón de dólares," dijo Sam. "De todos los mensajeros, él es el único cuyo cuerpo fue escondido. ¿Por qué? La respuesta está en nuestro asesino."

"¿Qué quieres decir?"

Él dio golpecitos con sus dedos en la taza de café, pensó en no decirle nada y luego decidió que era mejor que ella supiera la verdad a ocultársela con buenas intenciones.

"Creo que quien mató a tu medio hermano forma parte de un grupo que yo he denominado la banda de Teflón. Creo que son americanos. Creo que tienen a alguien dentro del negocio de las gemas. Bien adentro. Creo que Lee debe haber reconocido a la persona que lo atracó en la Florida. Creo que por eso Lee murió." Sam miró hacia arriba. Sus ojos estaban tan sombríos como la línea de su boca. "Y me temo que la banda tiene a alguien dentro de la unidad de lucha contra el crimen."

"¿No querrás decir alguien simplemente con ambición y contactos en los medios y chismoso?"

"Quiero decir alguien que sabe exactamente lo que dice y cuales serán los resultados."

Kate cerró los ojos por un momento, luego los abrió. Reflejaban exactamente sus sentimientos—rabia, miedo y determinación. "¿Qué podemos hacer?"

"Primero que todo voy a llevarte a un lugar seguro."

"Eso ya está resuelto. Mira a tu alrededor, agente especial. Pestillos y cerrojos y alarmas por todas partes. ¿Qué hacemos en segundo lugar?"

"Quiero trasladarte a otro sitio."

"Yo no quiero irme. Estoy más segura aquí de lo que estaría en cualquier cuarto de motel enloqueciéndome mirando arte mediocre y preguntándome si la próxima persona que entre por la puerta serás tú o un asesino con placa. Hablo en serio, Sam. Yo me quedo aquí. Estoy más segura aquí."

"Yo soy sólo un hombre. No puedo protegerte veinticuatro horas al día siete días a la semana."

"Yo soy sólo una mujer y tengo tan buena puntería como para dispararle a un hombre a veintitrés pies de distancia con ambas manos."

Sam levantó las cejas. "¿Alguna vez has disparado a alguien que portara un arma?"

"Nuestro instructor decía que eso formaba parte del trabajo de postgrado, y que esperaba que nunca tuviéramos que hacer esa práctica."

"Yo también espero." Sam miró su reloj sin mirarlo realmente. Cualquiera que fuera la hora, no importaba.

No había mucho tiempo.

Pero sea lo que fuera, era todo lo que tenía. "Muy bien, lo haremos a tu manera hasta que deje de funcionar. Luego lo haremos a mi manera."

Kate ignoró el escalofrío que recorrió toda su piel. "Suena bien."

Él trató de sonreír. Nada sonaba tan bien como tomarla por el brazo y salir corriendo. Desafortunadamente, salir corriendo no arreglaría las cosas.

"Haremos una lista de todas las personas que Lee conocía en el negocio de las joyas," dijo Sam. "Después haremos una lista de todas las personas que forman parte de la unidad. Luego determinaremos las coincidencias."

"¿Y si no hay ninguna coincidencia?"

"Entonces haremos una lista de los amigos de los amigos. En alguna parte, de alguna manera, tiene que haber un vínculo entre Lee y el FBI."

"Siempre hay un patrón, ¿no es cierto? ¿Como cortar una piedra en bruto?"

Él trató de sonreír. "Esa es una forma de ver las cosas."

"O sea que todo lo que tenemos que hacer es desechar los hechos que no son significativos."

"Sí, eso es todo. Sam soltó una risa preocupada. "Eso es todo. Espero que no estuvieras planeando dormir mucho. Será una noche larga."

"¿Dormir? ¿Qué es eso?"

Kate tomó el bloc de papelitos amarillos, pasó a una nueva página y trazó una línea negra gruesa hacia el centro inferior de la hoja. En letras clara empezó a escribir el nombre de todas las personas que Lee conocía en el negocio de las joyas. Sam tenía razón. Sería una noche larga.

Pero al menos no la pasaría sola.

Capítulo 56

Glendale
Sábado
11:08 p.m.

Kirby conducía su automóvil alquilado azul oscuro cuando se acercó a la casa de Kate Chandler. El Lexus no era llamativo, pero estaba lejos de ser una vieja chatarra. Se suponía que un hombre en traje formal que conducía un automóvil costoso era un ciudadano respetable que regresaba tarde a casa. Era mucho menos probable que una patrulla lo obligara a detenerse para requisarlo e interrogarlo que si fuera algún estúpido en jeans sucios conduciendo un Ford despedazado.

Y si alguien notaba que Kirby llevaba puesto un suéter cuello de tortuga negro bajo su chaqueta, que sus pantalones eran unos jeans negros y que llevaba tenis negros en lugar de mocasines, de todas formas tampoco importaría. La mayoría de los trabajadores de nivel medio se vestían así en el oeste.

El maletín que estaba sobre el asiento al lado de Kirby era de cuero brillante y estaba acorde con su vestimenta. El hecho de que la maleta estaba repleta de herramientas de ladrón no se veía desde el exterior.

Todo parecía rutinario hasta que vio el sedan de cuatro puertas común y corriente frente a la casa de Kate. La Voz no le había advertido que la mujer tuviera un guardia, pero por el aspecto sólo faltaba que el automóvil llevara un anuncio en letras mayúsculas "esta mierda con ruedas es de propiedad oficial."

Sólo la policía conducía ese tipo de sedanes americanos baratos.

Mierda.

Por unos segundos pensó en devolverse, y al diablo con el dinero, pero revisaba sus planes antes de que la idea de escapar se concretara. No era sólo el dinero, aunque el dinero siempre era útil. Era que ya se había hecho...a la idea.

Carne tibia. Acero frío. Gritos ahogados por la cinta adhesiva. Ojos de pánico. El olor a sangre, la sangre caliente derramada, el afán que le indicaba que aún era joven.

No había nada malo en que un hombre disfrutara de su trabajo.

Pasó frente al auto estacionado. No pudo ver a nadie a través de los vidrios. Posiblemente el policía estaba recostado en la parte de atrás del sedan, durmiendo mientras trabajaba. Quizás se trataba de un agente en su hora de descanso y estaba con su novia dentro de la casa. De cualquier forma, no había ninguna alarma en el radio del sedan. Pero si el hombre estaba dentro de la casa, sería diferente.

Kirby pensaba en eso mientras exploraba las casas vecinas. Ninguna de ellas tenía las luces prendidas. En vecindarios como ese, la mayoría de los residentes eran personas mayores y se acostaban temprano o bien jóvenes que debían levantarse al alba para ir al trabajo. En últimas, jóvenes o viejos, todos se acostaban antes de las diez.

La casa que a él le interesaba tenía las luces encendidas. Al contrario de sus vecinos, ahí si había alguien despierto.

Hijo de puta. La gente decente está dormida a esta hora.

Memorizó las casas en el área inmediata, sus entradas, sus cercas. La casa que a él le interesaba tenía lotes vacíos del otro lado de la calle. No estarían vacíos por mucho tiempo porque había un gran cartel de una compañía de urbanismo que anunciaba la construcción de un edificio de apartamentos. El anuncio sólo le interesó a Kirby por el hecho de que podía ayudarle a cubrirlo. Siguió conduciendo, giró a la derecha y de nuevo a la derecha por la siguiente calle. La casa que estaba situada directamente detrás de su objetivo estaba en mal estado, apagada y tenía un aviso de SE ARRIENDA en el jardín reseco. Las casas de lado y lado estaban oscuras, y había autos viejos estacionados en las entradas.

Después de dar otra vuelta alrededor de la cuadra desde otra dirección, Kirby entró al bar que había detectado en un pequeño centro comercial a una milla de distancia. Se sentó en el estacionamiento y marcó el teléfono celular de White. Algo de ayuda vendría bien.

Nadie respondió.

Marcó de nuevo, colgó, y llamó por tercera vez. Era la señal que habían acordado previamente para responder aún cuando alguno estuviera en la cama con su vieja.

No hubo respuesta.

Tampoco mensaje en el contestador. Kirby tampoco abría dejado mensaje aunque hubiera podido. El tipo de negocios que él y White sostenían no eran como para dejar mensajes en los contestadores.

Así que no puede parecer como un golpe y, o bien ella tiene un guardaespaldas, o bien tiene un novio que conduce un auto especial del gobierno.

Maldiciendo en silencio, Kirby consideró las distintas posibilidades. Si está sola, a él no le habría importado que las luces estuvieran encendidas, pero no estaba sola y a él si le importaba. Tendría que esperar hasta que el guardaespaldas o el novio o lo que fuera se largara o que se cansaran de hacer el amor y se quedaran dormidos.

Y en ese momento él estaría preparado y listo para la acción.

Salió del carro, guardó el maletín y la chaqueta en el baúl y caminó hacia el bar. Con su vestimenta oscura, era simplemente una sombra más en el estacionamiento.

Capítulo 57

Los escasos restos de pizza y demasiadas tazas de café reposaban en una de las mesas de trabajo de Kate. Otra mesa estaba cubierta de archivos de Sam. En una tercera pululaban notas adhesivas con información que aún no había sido asignada a una categoría específica. Kate estaba sentada en la cuarta mesa con blocs titulados Principales Sospechosos, Personas Desconocidas, Último Recurso, Cero Posibilidad, Activos y Pendientes, esparcidos frente a ella. Sam estaba a su lado. Como ninguno de los dos tenía conocimientos para desplegar enlaces complejos en la computadora, estaban trabajando a la antigua—blocs de papel tamaño oficio, lápices y borradores.

Y notas adhesivas. Una gran cantidad de notas adhesivas.

La computadora estaba al alcance de la mano para cuando Sam necesitara acceder a información pública—o no tan pública—sobre las personas objeto de discusión.

"Muy bien," dijo Sam, "es tu turno para leer. Desde el comienzo."

¿Otra vez? Kate quería golpearse la cabeza contra la

mesa, pero en lugar de eso alcanzó en silencio un bloc de papel amarillo. Cuando Sam le había dicho que gran parte del trabajo de investigación era una pérdida de tiempo, Kate no le había creído. Ahora le creía.

"Junio del año pasado," dijo ella con voz inexpresiva leyendo el cronograma en el que habían estado discutiendo durante varias horas, sin ningún resultado en particular excepto un dolor de cabeza y un cerro de tazas sucias de café. "Arthur McCloud compra zafiros azules en bruto en la subasta de CGSI. Seis postores. Presuntamente McCloud hace alarde de los Siete Pecados frente a uno o más postores derrotados. Los mismos seis postores asisten a diferentes subastas en Texas el día en que Lee presuntamente es asesinado y los zafiros robados."

"Pon a esos postores en la lista de Último Recurso," dijo Sam, levantando su taza de café frío. "Incluso en caso de que hayan asistido a la subasta de Texas en la mañana y no en la tarde, habría sido muy difícil para ellos llegar a tiempo al lugar indicado para recoger a Lee en el aeropuerto y seguirlo hasta el SoupOr Shrimp. Hasta el momento, sus coartadas son buenas. Tengo a alguien en la oficina investigando sus estados financieros. Si surge algo, lo estudiaremos más de cerca. Por el momento, olvidémoslo."

Kate tomó un pequeño bloc de notas adhesivas rosadas con una lista de seis nombres y los puso en un bloc de papel legal titulado Último Recurso. Ninguna de las notas tenía las palabras oportunidad o medios escrito en la parte inferior de la página. El motivo—codicia—estaba representado por una C mayúscula en cada nota.

"Además de McCloud, se sabe que otras tres personas tenían información sobre el contenido del paquete del mensajero desaparecido," continuo Kate. "La talladora, el propietario de Mandel Inc. y la esposa del propietario. Esos cuatro..."

"Ni siquiera clasifican para la lista de Último Recurso," terminó Sam cuando Kate hizo una pausa para voltear a una nueva página. "McCloud no tiene motivo excepto el dinero, y ya tiene bastante. El dinero no es un motivo que pueda adjudicársele a tu familia o a ti. Incluso si lo fuera, no hay ninguna pista en sus registros financieros que indique que el dinero proviene de una fuente cuestionable. Sí, tenemos a un contador forense investigando a tu familia en caso de que yo haya pasado algo por alto, pero mi intuición me dice que por ese lado todo está bien. Sin motivo, la oportunidad y los medios no son muy relevantes. Pon esos cuatro nombres en la lista de Cero Posibilidad."

Kate transfirió debidamente las notas adhesivas blancas a otro bloc tamaño oficio con el encabezado pertinente.

"Es probable, mas no se ha demostrado," continuó leyendo, "que Norm Gallagher supiera lo que Lee transportaría y cuándo. En cuanto a la motivación, hasta el momento no hay. No he podido hablar con Norm para preguntarle si sabía." *Ni siquiera he sido capaz de decirle que el FBI supone que Lee está muerto.*

De todas formas Sam no la habría dejado. Esa era información confidencial. Inclusive sus padres habían prometido no decirle a nadie que casi con total certeza su hijo estaba muerto.

Sam rasgó la nota con el nombre de Norm y la pegó en el bloc titulado Activo.

"Aproximadamente dos días después de la muerte del mensajero," leyó ella, "Seguro Jiménez es abordado por un hombre o una mujer que puede haber sido o no rubia de ojos azules. Dicha persona tenía uno de los Siete Pecados. Seguro afirma no haberlo comprado."

Sam tomó la nota adhesiva roja bajo el título Personas Desconocidas y pegó una nota en un tercer bloc oficio, que decía Sospechosos Principales. El nombre de Seguro en una nota rosada, quedó pegado en otro bloc titulado Pendientes.

Con un bostezo reprimido, Kate continuó leyendo en voz alta. "La primera investigación sobre el mensajero desaparecido fue realizada por . . ."

Mientras ella recitaba los lúgubres hechos que no habían llevado a ninguna parte dentro de una investigación que no había interesado en lo más mínimo a ninguno de los policías locales, del estado o federales, Sam observaba a Kate con una ternura y un deseo que intentaba a toda costa ocultar. Si no surgía nada más después de las últimas horas tediosas, al menos ahora podía recitar los hechos en torno a la muerte de su medio hermano sin estremecerse. No era mucho, pero había aprendido con los años que era mejor algo que nada.

Pasó la página sin transferir ninguna nota adhesiva a ninguna parte. Ninguna de las investigaciones había arrojado nada que valiera la pena investigar, punto.

"¿Crees que el café ya está listo?" preguntó Sam.

"Creo que tomas demasiado café."

"Tú también. ¿Quieres una taza?"

"¿Tú qué crees?"

"Creo que el café está listo."

Sam fue a la cocina, inspeccionó el estado de la cafetera y pensó que estaba aceptable para el trabajo gubernamental. Sirvió café en dos tazas y se dirigió al cuarto de trabajo. De paso, verificó automáticamente las luces del sistema de alarma.

Todas verdes.

"¿Quieres un poco de pizza con el café?" preguntó él, colocando una taza frente a ella.

Ella sacudió la cabeza, frunciendo el ceño al leer algo en el papel frente a ella.

"¿Estás segura?" preguntó él. "Es posible que no quede nada si cambias de opinión en algunos minutos."

Ella sonrió levemente e hizo un gesto con la mano señalando los restos de comida rápida. "Estoy segura. Termínala tú."

Él acercó la caja casi vacía de pizza y sólo dejó las manchas de grasa en el cartón. Mientras comía, escuchaba, esperando que los mismos hechos ensamblados en forma diferente los condujeran a nueva información, nuevos sospechosos, *algo*.

Cuando Kate llegó a la parte cuando recibe la amenaza de muerte, él intentó no pensar en cuan satisfactorio sería estrangular al cobarde bastardo.

Tendré que atraparlo primero. Un hecho a la vez, paso a paso, repasemos una y otra vez, repitamos si es necesario. Algo surgirá.

Tiene que surgir.

Kate transfirió otra nota roja al bloc de sospechosos principales. Esta nota decía personas desconocidas/ Amenaza de muerte. Cuando empezó a leer la lista de comerciantes que habían asistido a la misma convención en los meses en los que apareció Purcell con uno de los Siete Pecados, Sam la interrumpió.

"Tengo a Mario con estos," dijo Sam. "A no ser que un nombre aparezca bajo otro encabezado en otro bloc, ponlos bajo Tiro Largo."

Ambos sabían ya que ninguno de los nombres de expertos civiles o comerciantes aparecía bajo ningún otro encabezado, excepto Peyton Hall, CGSI, Purcell y Sizemore Security Consulting. Pero incluso después de haber pegado sus nombres en el bloc de Activos, el bloc titulado Tiro Largo tenía tantas notas pegadas que parecía como un tablero de ajedrez borracho.

"¿Y qué hay de Mandel Inc.?" preguntó Kate. "Son civiles."

"Tus padres dijeron que nadie dentro de la organización tenía acceso a las rutas, horarios o mercancías de los mensajeros."

"Algún pirata informático puede haber ingresado al sistema y robado los archivos."

Sam casi sonrió ante su determinación de tratar a todos como igualmente sospechosos. Cuando él le dijo que cada vez que repasaban de nuevo los hechos, tenían que tratarlos como si fuera la primera vez, no esperaba el nivel de intensidad y la concentración obstinada que ella le había puesto al trabajo.

"La computadora de Mandel Inc. que maneja las rutas, los mensajeros, etc., no está conectada a Internet, así que no puede haber sido saqueada le recordó él a ella. "Unicamente tus padres tienen el código de entrada al sistema. Lo mismo ocurre en la compañía de Sizemore y en CGSI. A no ser que me digas algo nuevo, tus padres se quedan en la categoría de Cero Posibilidad. El jurado no se inclina por ninguno de los demás personajes de esa compañía."

"De acuerdo." Como ausente, Kate se frotó el cuello. "Ahora llegamos a la parte donde empieza a complicarse. Tu turno."

Sin querer, ambos miraron hacia la mesa cubierta de notas adhesivas en espera de ser asignadas bajo alguno de los titulares. Muchos de los nombres estaban duplicados, lo cual representaba una forma de llevar un registro de cuántas veces aparecía cada uno de los nombres en el curso de la investigación, y si las coincidencias se referían a un motivo, oportunidad y/o medios.

Sam tomó su propio bloc y empezó a leer. "Personal de la unidad de lucha contra el crimen. Pendiente de investigar más a fondo, el presunto motivo es dinero."

Otra ráfaga de notas fueron levantadas de la mesa y pegadas en los blocs. Todos salvo un nombre fueron asignados a la categoría de Activos. El nombre de Sam fue asignado a la lista de Último Recurso.

"Cero Posibilidad," dijo Kate, arrancando la nota y pegándola en otro bloc.

"¿Y que pasaría si todo esto es un ardid elaborado de parte mía para . . ."

"Ahí, por favor," interrumpió Kate. "No me hagas perder tiempo."

"¿Por qué estás tan segura?"

Ella puso los ojos en blanco y luego vio que él hablaba en serio. "Hay ciertas cosas que un hombre no puede fingir."

"¿Las emociones? Mi amorcito, siento decirte pero . . ."

"Las erecciones," dijo ella sin rodeos. "Puedes haber

hecho el amor conmigo una vez porque estaba a mano y porque tú estabas excitado, pero se necesita sentir verdadera pasión para hacerlo cuatro veces seguidas."

"Y energía también."

"Exactamente."

"Eso se aplica también a ti."

"¿Te diste cuenta?"

Él sonrió y le tocó la esquina de la boca. "Me di cuenta."

Ella besó la punta de su dedo. "Y eres muy tierno conmigo. Al menos lo eres ahora que no crees que soy una estafadora. No fuiste muy amable conmigo antes de eso."

"No me pagan para ser amable."

"¿Ves? Ahí vas de nuevo. Pero eres amable conmigo y eres inocente." Ella miró el bloc que sostenía en una de las manos. "¿Cuántas personas de la unidad tenían conexión previa con Lee o con Mandel Inc.?"

"Por lo que hemos averiguado gracias a los registros de tu padre, ninguno."

"¿Y qué hay de Sizemore Security Consulting?" dijo Kate. "Lee trabajó para ellos en un par de ocasiones."

"La compañía de Sizemore no forma parte de nuestra unidad."

"Por favor. ¿Me estás diciendo que la Leyenda no sabe todo lo que el estúpido de Kennedy sabe?"

"No. Te estoy diciendo que es una conexión informal y no formal."

"Sí, sí, sí," musitó Kate. "Un poco más formales y ya estarían casados."

Ella tomó con energía un papel con el nombre de Sizemore y lo pegó en el archivo de Activos. Luego escribió "Lee" en la nota y le lanzó a Sam una mirada desafiante.

Él estaba sonriendo.

Luego tomó el nombre de Kennedy y escribió en la parte inferior de la nota "¿Lee?" luego pegó la nota al lado de Sizemore en la categoría de Activos.

"¿Por qué?" preguntó Kate.

"Ellos han estado intercambiando información durante treinta años. Es mejor que contemplemos la posibilidad de que hayan compartido información en lugar de enterrar la cabeza en la arena."

"Siempre he pensado que eso suena muy incómodo."

"¿Qué?"

"La sensación de toda esa arena en los ojos."

Sam sacudió la cabeza, tomó su bloc y siguió leyendo. "Aunque me encantaría poner a Bill Colton en una papeleta rosada, hasta el momento todo lo que tengo en contra de él es su dulce personalidad. Cortaría mi garganta y la tuya para convertirse en Agente Especial Encargado, pero por lo demás está limpio."

Kate tomó la nota con el nombre de Colton y la pegó en el bloc de Activos.

"¿Por qué?" preguntó Sam, señalando la nota. "Como máximo es un Tiro Largo."

Ella le quitó la mano para impedir que despegara la nota de donde ella la había puesto. "Él no me gusta."

"No lo conoces."

"Lo he visto. Eso es suficiente."

"Una mujer de percepción y gusto inusuales."

Sonriendo, Sam continuó leyendo. "Sigamos con el componente de Civiles. Sizemore Security Consulting tenía los medios y la oportunidad para sacar del juego a todos los mensajeros. Las excepciones se anotan al lado del nombre del mensajero."

Kate revisó la lista de mensajeros. Diecinueve en total. Se impresionaba cada vez que debía confrontar la lista. Luego se dijo, así misma que representaban menos del uno por ciento de los transportes de joyas a través de mensajeros en los Estados Unidos en el mismo período de tiempo.

"Sin embargo, no hay conexión con Lee," dijo Sam. "Pero el motivo está ahí. Dinero. La compañía de Sizemore ha ido en declive en los últimos seis años. Algo de dinero aquí y allí sería bienvenido."

"Pero gracias a que todos estos mensajeros han sido golpeados cuando pertenecían a la red supuesta de seguridad de Sizemore, Sizemore está teniendo mala reputación entre sus clientes," dijo Kate. "Lo que pueda obtener a corto plazo no justifica arruinar su propio negocio. ¿O sí?"

Sam hizo una mueca. "¿Estás segura acerca de lo que dices de su reputación?"

"Totalmente. En el negocio de las joyas la gente habla mucho. La compañía Sizemore Security Consulting no es vista con buenos ojos."

"Bueno, maldición. A no ser que esté arruinado, no tiene ningún motivo obvio. O quizás esté desviando los fondos del crimen para su retiro."

"¿Eso concuerda con su personalidad?" preguntó Kate.

"No soy siquiatra, pero me suena bastante. De otra parte, ¿quién puede saber lo que motiva a la gente a convertirse en asesinos por dinero? Él podría estar sintiendo que al acercarse la vejez, todo lo que le queda es una pensión del FBI, una compañía en decadencia... y cerveza."

"Es cierto. Y por lo que tú has dicho, ciertamente es bastante arrogante como para ser un bandido."

"Sí." Sam miró a la distancia hacia un punto que sólo él podía ver. "En algunos aspectos la línea divisoria entre un policía y un bandido es mucho más delgada de lo que creemos, mucho más delgada de lo que se dice."

Después de algunos momentos Sam se encogió de hombros y trasladó el nombre de Sizemore de Activo a Sospechoso. Al menos era un nombre y no una persona o unas personas desconocidas.

"¿Qué se sabe de las demás personas de la compañía de Sizemore?" preguntó Kate. "Incluso si él es inocente como la sonrisa de un bebé, puede haber alguien dentro de su compañía que esté utilizando o vendiendo información, ¿no crees?"

"Estamos verificando eso. Hasta el momento no se ha encontrado nada. El hijo es un trabajador incansable que quiere complacer a su papá. La hija es una trabajadora incansable que mantiene la operación en funcionamiento. El tercero en mando, Jason Gallagher, es..."

"¿Quién?" cortó Kate, sorprendida.

"Jason Gallagher."

"Creo—no estoy segura—pero creo que Norm tiene un hermano que se llama Jason. Por lo menos su apodo es Jase."

"Nunca dijiste que tuviera un hermano."

"Es porque realmente no sé mucho acerca de Norm, excepto el hecho de que Lee está…" Ella se detuvo abruptamente, luego tras una breve pausa, "Lee estaba loco de amor por él. Sólo hablaba de él cuando me llamaba. De él y del hecho de que Norm le insistía que le dijera a mamá y a papá. La familia de Norm lo apoyaba muchísimo." Frunciendo el ceño, Kate se quitó la hebilla del cabello y se frotó el cuero cabelludo como si eso estimulara su memoria. "Lee dijo que había algo que él y Norm tenían en común. Jase apoyaba a Norm y yo apoyaba a Lee. Teniendo en cuenta el contexto, yo simplemente supuse que Jase era el hermano de Norm."

"Es totalmente comprensible. Y eso ciertamente conectaría a la compañía de Sizemore con Lee muy de cerca," dijo Sam. "Si Lee le dijo a Norm lo que había en el paquete que iba a transportar y Norm le dijo a su hermano Jase, que es a su vez Jason Gallagher, y Jason se lo mencionó a su jefe…"

"Hay demasiado sí, sí, sí," dijo Kate dudosa.

"Sí. Pero tenemos ahora una conexión que no teníamos antes. Veamos si nos lleva a alguna parte."

"¿Vas a llamar a Jase?"

"Primero voy a asegurarme de que son hermanos. Si lo son, asumiremos que hay una conexión."

"¿Por qué no simplemente le preguntamos a Jase?"

"Porque si Sizemore está implicado, Jase podría estarlo también."

Kate cambió de tono. "¿Estás diciendo que Jase le puso una trampa al amante de su hermano?"

"Estoy diciendo que no sé quién está implicado y quien no. Hasta no tener una hipótesis razonable, no voy a divulgar mis sospechas."

"Pero ellos se iban a casar."

Le tomó a Sam un momento, pero hizo la conexión. "Mira, Jase puede haberle dado propina a alguien, o Sizemore puede haberlo hecho, o alguien más que tuviera la información, sin tener la intención de perjudicar a nadie excepto a la compañía de seguros. Hasta que Lee murió, los mensajeros no eran asesinados."

"¿Qué hizo que eso cambiara?"

"Buena pregunta." Sam jugaba con un pedazo de pizza y se quedó mirando a media distancia. "Los Purcell fueron asesinados para silenciarlos acerca de la proveniencia del zafiro. Creo que a la mensajera le dieron una paliza para cambiar el *modus operandi* de forma que la policía supusiera que las bandas suramericanas estaban implicadas, y no los tipos que yo denomino la banda de Teflón. Resultó que la mensajera tenía el cerebro muy frágil y murió. El mensajero abaleado en el estacionamiento es sólo uno de esos accidentes que ocurre cuando los maleantes portan armas. Una embarrada. Se trataba del típico trabajo de la banda de Teflón—llave de control remoto de fabricación casera, información interna sobre el mensajero y su ruta, el mensajero no está allí cuando ocurre el robo, nadie sale herido y todo queda listo en treinta segundos."

"¿Cuántos de esos diecinueve mensajeros concuerdan con el perfíl?"

"Doce, si estoy en lo correcto acerca de la mensajera y del golpe fallido en el estacionamiento, y uno o dos cuyos *modus operandi* son una mezcla de varios."

"¿Qué dice tu jefe acerca de tu teoría?"

"Mi Agente Especial Encargado dice que su jefe le dijo que cuando investiguemos a todos los cretinos suramericanos y si los golpes a los mensajeros continúan, únicamente en ese momento Kennedy empezará a buscar fantasmas de Teflón debajo de la cama de su tía solterona."

"Ya entiendo. Kennedy no está impresionado."

"Tampoco lo está Sizemore. Kennedy controla el flujo de

información del FBI, así que nada que lo haga infeliz es registrado en los archivos. Sizemore tiene a los medios de comunicación en su bolsillo, lo que sólo alimenta la histeria colectiva por las bandas suramericanas."

"A eso te referías cuando decías que los hechos que no le gustaban a los altos mandos no llegaban al informe final."

"Sí."

"Me sorprende que haya cosas que se lleven a término en el FBI."

Él sonrió cansado. "No es sólo el FBI. Es la naturaleza humana. No queremos ser los portadores de malas noticias. Recompensamos a la gente que lleva buenas noticias. ¿Adivina cuál es el mensajero que sale adelante en el mundo?"

Kate simplemente sacudió la cabeza.

"Muy bien," dijo Sam, "el siguiente civil bajo investigación es CGSI. Raúl Mendoza hizo una investigación preliminar sobre ellos y no vio nada interesante. Lo mismo con respecto al contador. Lo único interesante es que ellos manejan la información de sus propios mensajeros y de su propia seguridad, siempre."

"Mi papá ha tratado de ofrecerles los servicios de su compañía. No han aceptado."

"Dile que no lo tome personalmente. Sizemore fue tratado de la misma forma cuando intentó incluirlos dentro de su sistema de seguridad para esta exposición. Lo mandó a freír espárragos. Otras compañías de seguridad intentaron lo mismo, pero no eran especialistas de gemas y joyería."

"¿A CGSI le va mejor al tener su propio sistema de seguridad?" preguntó ella.

Sam se volteó y continuó digitando en el teclado de la computadora. "Han sido golpeados una vez en cuatro años. *Modus operandi* de la banda suramericana. Eso fue hace dos años." Él digitó una serie rápida de comandos, solicitando al FBI una evaluación de diversas compañías involucradas en el negocio de las gemas y de las joyas. Apareció entonces en la pantalla una representación gráfica. "Considerando el monto y el valor de la mercancía que manejan, CGSI ha tenido la suerte de no ser golpeada como el promedio de las compañías con el mismo volumen de mercancías."

"Eso no deja muy bien librados a Mandel Inc. ni a Sizemore Security Consulting, ¿no es cierto?"

Por un momento, Sam no respondió. "No, no lo es. Pero eso podría ser simplemente una coincidencia. Es demasiado pronto para decirlo."

"¿Una coincidencia?"

"Sí, una coincidencia que no significa nada en el contexto amplio. Si se obtiene un número suficiente de ellas y todas apuntan a la misma dirección, entonces hay que investigarlas con más detenimiento."

"Ya veo." Kate tomó un lápiz e hizo un pequeño círculo en las notas donde aparecían los nombres de Mandel Inc. y Sizemore Security Consulting. Luego puso círculos en cada una de las notas de los empleados.

"¿Qué estás haciendo?"

"Ingresando coincidencias."

"Te vas a enloquecer."

"Lo dices como si eso fuera malo."

Suavemente, él entretejió sus dedos en el cabello de Kate. "¿Te sientes bien, cariño?"

"No. ¿Y tú?"

"¿Quieres que hagamos una pausa?"

"Después de que terminemos con los civiles."

"Tienen muchas referencias cruzadas y coicidencias," le advirtió él.

"No hay problema. Tengo suficientes lápices."

Él miró su reloj. "Si quieres sácales las puntas mientras hago algunas llamadas para solicitar huellas dactilares de algunos de los nombres."

"¿Qué nombres? ¿Por qué?"

"Mis seis sospechosos personales más probables. Quiero que el laboratorio compare sus huellas dactilares con las que hayan obtenido en el automóvil alquilado."

"¿No es un poco tarde—y sábado por la noche?" preguntó ella.

"Ese no es problema tratándose del recomendado de Kennedy."

"No sabía que él te estaba recomendando."

"Él tampoco."

"Se pondrá furioso."

Sam sonrió irónico. "¿Cómo podré notar la diferencia?"

Capítulo 58

Glendale
Domingo
2:15 a.m.

Si el vecindario había estado tranquilo hacía unas horas, ahora estaba muerto. Unas pocas luces nocturnas brillaban en alguna casa aquí y allí, y los viejos postes de luz polvorientos lanzaban pequeños halos dorados en la oscuridad. Aparte de eso, estaba completamente oscuro. Incluso la luna en forma de uña ya se había ocultado.

Con las luces delanteras apagadas, Kirby estacionó en el sendero para autos frente a una casa de alquiler detrás de la dirección que a él le interesaba y esperó, temiendo haber olvidado su cerveza. Eso habría sido estúpido. Inclusive pensó que había sido una tontería tomarse aquellas cervezas mientras esperaba a que cerraran el bar, pero no había tenido otra opción. Los cantineros y las meseras siempre se fijan en las personas que no beben. No quería quedar fichado.

Después de cinco minutos de observar la calle, Kirby se sintió seguro de que nadie lo había detectado, no les importaba. Ninguna luz se encendió. Ninguna puerta se abrió.

En silencio, abrió la puerta del automóvil. El bombillo interior no se encendió pues ya había desconectado el fusible que controla las luces. Ningún perro ladró al oír sus pasos porque sus suelas eran suaves y caminaba sigilosamente. Llegó muy pronto al garaje, pasó por encima de la cerca que había en un patio lateral estrecho y siguió hacia el patio trasero. En cada paso del camino, la cerca de arbustos de hojas delgadas y espinas largas rozaba su ropa oscura. Bajo de la máscara de esquí negra, transpiraba una combinación de cerveza y adrenalina.

En el lote vecino a la casa que era su objetivo había aún más maleza de un lado a otro del terreno baldío. En lugar de evitarla, usó su delgado manto para ocultar el perfil de su silueta contra el mugre arenoso. No era una decisión consciente sino parte de su entrenamiento pasado lo que lo hacía moverse a paso lento y constante, deslizándose de un arbusto a otro hasta llegar a su objetivo.

Lo primero que llamó su atención fueron los cables que recorrían todas las ventanas y puertas.

Lo segundo fueron las alarmas.

Sonrió.

La gente dormía más profundamente cuando se sentía cuidada por cables y alarmas. Esto facilitaba su trabajo una vez que estaba adentro. Y él lograría entrar. La seguridad dependía de la electricidad, la cual podía desconectarse manipulando los cables correctos. Lo mismo en cuanto a las alarmas.

Lo que era realmente agradable acerca de los sistemas de alarma residenciales era que tenían incorporado un período de gracia de treinta segundos. En treinta segundos él podría hacer un corto circuito en los dos cables de una de las ventanas, dejándola desconectada del sistema de alarma. Luego podría cortar un gran hueco en el vidrio y echar un vistazo alrededor. Si ella tenía censores de movimiento, podría ocuparse de ellos también.

El período de gracia de treinta segundos incorporado en la alarma le facilitaba la vida.

Echó una última mirada alrededor. Sonriendo ante el flujo candente de su sangre que despertaba todos sus sentidos, abrió el maletín y empezó a trabajar. Su corazón se aceleró de excitación al imaginar la suavidad de la mujer y el terror cuando su cuchillo le penetrara la carne.

Capítulo 59

Glendale
Domingo
2:25 a.m.

Sam se despertó con una descarga de adrenalina que le decía que algo estaba mal. No sabía exactamente qué era pero sabía que era real.

A su lado, Kate se movió brevemente y luego se quedó completamente quieta. El cambio en su respiración le indicó que ella estaba despierta. Totalmente despierta. Lo mismo que lo había despertado a él, también la había despertado a ella.

Las luces de todas las estaciones del panel de alarma que había sobre la cama estaban verdes.

Sam no lo podía creer.

Lentamente, acercó los labios al cabello de Kate. Cuando habló no era un susurro, ya que éste habría sido transportado en la quietud como un silbido de vapor. Su voz era un ligero hilo de sonido que apenas si llegaba al oído de Kate.

"No te muevas," él respiró, alcanzando el arnés de su arma que había dejado a la derecha al lado de la cama. "Voy a dar una vuelta por la casa."

"Mi revólver," murmuró ella, moviéndose cuidadosamente al hablar.

"¿Dónde?"

"Ella se inclinó hacia abajo y sacó de debajo de la cama algo metálico. "Aquí."

El revólver era más pequeño que el suyo, pero de ninguna manera un arma para niñas. Serviría perfectamente para abrir un buen agujero y perforar las malas intenciones de alguien. "No me dispares por error," murmuró Sam.

"Lo mismo te digo yo."

"Quédate aquí." Él pasó la mano por su cabello. "Promételo."

"A no ser que oiga disparos."

Él quiso protestar. Se calló porque sabía que no ganaría y que discutir en ese momento les haría perder tiempo a ellos y ganar tiempo a la persona que estaba en el patio.

O en la casa.

Jesús, espero que no.

Pero Sam no se confiaba. La persona que hubiera logrado acercarse lo suficiente como para despertarlos a ambos sin activar ninguna de las alarmas era un profesional, no un drogadicto descuidado tratando de meterse a las casas a robar dinero para droga.

Desnudo como el revólver que tenía en la mano, Sam caminó sigilosamente hacia la puerta cerrada del dormitorio y escuchó.

Y escuchó.

Todo lo que oyó fue su propia respiración lenta y ligera, y un susurro más suave aún detrás de él, en el mismo cuarto, que era la respiración cuidadosa de Kate al sentarse sobre la cama.

De alguna parte dentro de la casa provino un ruido sordo. Si Kate hubiera tenido un gato, Sam habría pensado que el sonido provenía de un felino saltando de la mesa de la cocina al piso. Pero Kate no tenía gato . . .

En silencio, Sam esperó, sopesando qué sería más peligroso, si quedarse quieto o hacer girar la ruidosa manija de la puerta del dormitorio e ir a inspeccionar el resto de la casa. Optó por quedarse donde estaba y dejar que el atacante viniera hacia él. Suponiendo que hubiera alguien del otro lado de la puerta.

Aunque esperaba que no hubiera nadie.

Un leve crujido de la cama le indicó que Kate se estaba moviendo. Miró brevemente sobre su hombro. El cuerpo desnudo de Kate deslizándose a su derecha, era un tono más claro que la oscuridad. Él quería decirle que se detuviera, que se metiera en el clóset o que saliera por la ventana y echara a correr—que hiciera cualquier cosa excepto ubicarse en posición, sigilosamente, de manera que si la puerta se abría rápidamente y lo golpeaba a él, ella tendría la posibilidad de dispararle un tiro limpio al intruso.

Si Sam quería que ella saliera corriendo, en silencio agradecía su pragmatismo. Ella sabía que la manija de la puerta de su dormitorio chirriaba, y que ninguno de los dos podría escapar sin abandonar el juego.

Así que esperaron.

Algunos minutos después oyeron otro ruido sordo, no lo suficientemente fuerte como para preocupar a alguien, sólo que ambos sabían que no había ninguna razón para que algo se moviera dentro de la casa.

La manija de la puerta giró levemente, con un chirrido suave.

Se detuvo.

Sam ya tenía el revólver cargado. Remotamente, era consciente de la adrenalina que fluía por sus venas, agudizando sus sentidos, acelerando el ritmo de su corazón y ordenándole en silencio a su cuerpo que *hiciera algo*.

Todo lo que podía hacer en ese momento era esperar y rezar que sólo hubiera un hombre probando la puerta, y que el atacante no tuviera oportunidad de acercarse a Kate.

La manija siguió girando. Chirrió.

Se detuvo.

Kate sintió gotas de sudor frío resbalarle por la espalda y llegar hasta sus costillas. Lo ignoró, así como el latido salvaje de su corazón. Las palabras de su instructor sonaban en su mente como la repetición de un comercial sin fin.

Cuando no puedas correr, usa el arma. Cuando no puedas...

Chirriiiiido.

Silencio.

La manija de la puerta ya había dado medio giro. Un poco más de paciencia, unos cuantos chirridos más y se abriría.

Cuando no puedas correr, usa el arma.

Por reflejo, Kate le quitó silenciosamente el seguro a su arma y se puso en la posición de disparo que tantas veces había practicado durante largas horas de ejercicios que le habían dejado las manos dormidas y los brazos adoloridos.

¿Los blancos tienen armas?

Como le habían enseñado, dejó a un lado sus pensamientos y dejó que su cuerpo actuara.

Chirrido—Chirriiiiido

Ella levantó el arma y sintió como si fuera otra persona la que estuviera sosteniendo el arma, alguien que apuntaba hacia la puerta a la derecha de Sam, alguien más esperando. Le costaba trabajo creer que esto le estuviera ocurriendo a ella.

Esto no es real. Es sólo otra práctica. Es sólo...

Esperar.

Esperar el nuevo *chirrido* y una sombra deslizarse en la oscuridad que sería un hombre intentando matarla.

Esperar.

La puerta se movió con una lentitud angustiosa, y se abrió hacia el cuarto.

"¡No dispares!" le gritó Sam a Kate golpeando la puerta con toda la fuerza de su cuerpo.

Un hombre gritó de miedo, rabia y dolor. Su brazo izquierdo se quedó atrapado en el filo de la puerta. El cuchillo que sostenía en la mano alcanzaba a brillar.

"FBI," gritó Sam. "¡Suelte el cuchillo!"

Kirby giró y se lanzó hacia la puerta, intentando liberar su brazo y tumbar al atacante.

Casi lo logra. Sam esperaba que el hombre se retirara en lugar de atacar. Si Sam había tenido alguna duda acerca del peligro que enfrentaban, ya no le cabía ni la más mínima.

No era sólo un profesional, era uno muy bien entrenado.

Sam dejó escapar un gruñido por el esfuerzo y apoyó todo su peso en la puerta. "Si intenta lanzarse hacia mí, empieza a disparar y no te detengas. ¿De acuerdo?"

"Sí." La voz plana y delgada no sonaba como la de Kate, pero se entendía claramente.

"Última oportunidad, cretino," dijo Sam. "¡Suelte el cuchillo!"

Kirby aflojó.

Sam se lanzó para alcanzar el cuchillo.

Del otro lado de la puerta, Kirby arremetió. Con todo su cuerpo se lanzó hacia la puerta, golpeando a Sam hacia atrás una pulgada. Sólo una.

Demasiado.

Kirby sacó su brazo atrapado. En vez de huir, regresó y embistió la puerta como una pala mecánica. La madera se astilló y se soltó de las bisagras. Perdiendo el equilibrio, Kirby se tambaleó hacia el interior del cuarto.

Sam se dobló bajo el impacto de la puerta y del atacante, dio un bote y un salto de tijera. No pudo enlazar sus movimientos en la forma como quería, pero logró golpear y desequilibrar una vez más al atacante.

Kate buscó un blanco. Todo lo que pudo ver fue un objeto que daba vueltas como un molino atravesar el umbral de la puerta.

La lámina de un cuchillo voló por el aire y se incrustó en la pared, tan cerca de su mejilla que sintió un roce metálico frío y caliente a la vez. Lanzó un grito de horror.

Sam disparó dos tiros rápidos, y dos más. En el pequeño cuarto sonaron como cuatro petardos explotando uno tras otro.

El hombre que estaba en el piso gritó y se quedó quieto.

"Sam, estás..."

"No todavía," dijo Sam bruscamente. Se acercó al hombre y se inclinó hacia abajo lo suficiente para hundir el Glock que le suministraba el gobierno bajo el mentón del intruso. Aunque el hombre se estuviera haciendo el muerto, no podría moverse sin que le volaran la cabeza. "Mira a ver si funcionan las luces," le dijo Sam a Kate. "Si prenden, no mires de muy cerca."

Las luces funcionaron.

Ella intentó no mirar. Era imposible. Había sangre y... *algo*... en todas partes. El intruso chorreaba líquido escarlata por todas partes. El hueso alcanzaba a asomarse por la herida abierta.

Se le revolvió el estómago.

"Maldición, te dije que no miraras," dijo Sam. "Respira por la nariz y bota el aire por la boca. Te ayudará a controlar las náuseas."

Él lo sabía bien. Así era como lograba mantener su estómago en su lugar. Luego la miró brevemente y vio que tenía sangre en la mejilla.

Se le cortó la respiración.

"Kate. Estás sangrando."

Ella parpadeó. "¿Yo? ¿Dónde?"

"En la mejilla."

Ella se tocó la mejilla con la mano libre. Sus dedos quedaron rojos. Vagamente, tomó conciencia de una sensación de fuego en la cara. Se tocó de nuevo.

"Sólo una ligera cortada," dijo ella. "Estoy bien."

"¿Estás segura?"

"Sí."

"Bueno," Sam respiró de nuevo. Se sentía mejor. "Busca mi teléfono celular. Oprime el uno y luego el dos. Cuando Doug conteste, dile lo que ocurrió. ¿Puedes hacer eso?"

Ella se limpió los dedos ensangrentados en la pierna desnuda y miró a todas partes excepto al hombre en el piso. "Sí."

De rodillas, Sam puso los dedos de su mano izquierda ligeramente sobre el cuello del atacante donde podría sentir el pulso si aún vivía. Si el hombre tenía pulso, le sería difícil saberlo, ya que su propio corazón latía tan fuerte que no lo sentiría. Pero no creía que encontraría ningún pulso.

Mierda.

Le habría gustado interrogar al desgraciado.

En forma poco entusiasta, Sam inició el trabajo de examinar la vestimenta del asesino en potencia, buscando algo que pudiera identificarlo. No tenía billetera, lo cual no lo sorprendió. Los profesionales no le hacen la vida fácil a la policía. Había una llave de control remoto de un automóvil con una etiqueta de una agencia de alquiler en un bolsillo delantero de los pantalones ensangrentados del hombre. Nada más. No había tarjeta de crédito, no había dinero, ni siquiera monedas en los bolsillos, ya que el ruido lo habría delatado.

Automáticamente, Sam palpó la parte inferior del cuerpo en busca de otra arma.

Le tomó aproximadamente cuarenta segundos encontrar el zafiro.

Capítulo 60

Scottsdale
Domingo
8:00 a.m.

"¿Cómo así que Eduardo está muerto?" preguntó Peyton como exigiendo una explicación.

Sharon estaba tomando su desayuno con Peyton hasta que sonó el teléfono. Sin mirarla, él le hizo un gesto indicándole que se quedara quieta y callada. Ella se encogió de hombros y siguió comiéndose sus waffles.

"Geraldo," Peyton insistió. "¿Fue un ataque cardíaco?"

En Los Ángeles, su tío suspiró y miró a su hermana, la madre de Peyton. Ella sacudió la cabeza, diciendo en silencio lo que no se atrevía a decirle a su hijo en ese momento. Así eran los negocios, y el trabajo de Geraldo de Selva era ocuparse de ellos, porque la Santa Madre sabía que Peyton estaba demasiado ocupado levantando faldas para centrar su atención en los negocios. De tal padre tal hijo.

"Desafortunadamente," dijo Geraldo, "parece que Eduardo estaba involucrado en un pequeño negocio paralelo de talla de gemas. Negocios familiares, si se puede dar fe a los chismes callejeros."

Peyton le creyó. Sólo esperó que Geraldo no estuviera oyendo chismes en las mismas esquinas que su sobrino.

"Los de Santos..." Geraldo pensó mejor sus palabras. "Bueno, la gente dice que tienen muchos intereses, pocos de ellos legales. Un primo de Eduardo que está metido en el distrito de las joyas también murió anoche. Dicen los rumores que se quedó con demasiado dinero del que estaba lavando para los capos de la droga. Dejaron su marca en su cuerpo."

"¿Cómo?"

"Le hicieron la corbata colombiana," suspiró Geraldo. "Madre de Dios, son hombres brutales."

"¿Y qué hay de Eduardo?"

"Está muerto, como te dije."

"¿Pero también estaba metido con los colombianos?"

"No sabemos. No le cortaron la garganta, si es a lo que te refieres. Fue torturado y luego estrangulado."

Peyton gruñó. "Maldición. Lo entrené durante años. ¿Cómo ocurrió?"

"Tampoco lo sabemos. Lo único que sabemos es que su cuerpo estaba en el taller de corte de gemas cuando el celador llegó. En este momento voy a reunirme con el agente de seguros para evaluar el robo."

"Robo." La voz de Peyton era inexpresiva.

Sharon entrecerró los ojos, pero se quedó quieta y no dijo ni una sola palabra. Si Peyton quería contarle, le contaría. Si ella quería saber y él no quería contarle, lo averiguaría en la cama. Era un arreglo simple para ambos. Por eso funcionaba.

"Tomaré el próximo vuelo a Los Ángeles," dijo Peyton. Entre más pensaba menos le gustaban las conclusiones a las que llegaba. La única buena noticia era que ninguna de las gemas que no aparecían en los libros estaba en el piso del taller de corte de la sede de Hall en este momento.

"No, no, quédate ahí," dijo rápidamente Geraldo. "Tu madre quiere que te ocupes del negocio en Scottsdale. Tú no tienes nada que hacer aquí y en cambio mucho que hacer allá. Sabes lo importante que es conseguir más rubíes al mejor precio para nuestras promociones de navidad."

Peyton iba a discutir, pero se arrepintió. Nunca le había ganado una discusión a su madre; no había razón para pensar que hoy sería su día de suerte. "Tenme al corriente si te enteras de algo más. Aún no puedo creer que Eduardo esté muerto."

"Sí, es difícil de creer," dijo Geraldo. "Pero la codicia conduce a todos los hombres a la muerte."

"Todos los hombres llegan allá de todas maneras," dijo Peyton. "Es mejor llegar rico."

Geraldo se rió a pesar de que su hermana frunció el ceño. Había cosas que sólo los hombres entendían.

"Llámame después de que tú y el agente de seguros revisen el edificio," dijo Peyton. "Un beso a mamá."

Colgó el teléfono y se quedó mirándolo fijamente por un momento.

"¿Malas noticias?" preguntó Sharon, comiéndose el último bocado de waffle.

"Mi tallador de cabecera fue asesinado anoche."

El tenedor de Sharon golpeó el plato estrepitosamente. "¿Como Purcell?"

"No sé. Espero que no. Había mercancía valiosa en la caja fuerte del taller de corte."

"¿Él tenía la combinación?"

"Sí." Peyton se encogió de hombros. "Yo me cansé de estar allí todas las mañanas a las seis y treinta para abrir la maldita caja."

Sharon ocultó una sonrisa. Peyton odiaba madrugar. A ella tampoco le fascinaba, pero se levantaba temprano sin problema.

"¿Qué era lo que decían sobre los colombianos?" preguntó ella. "¿Fue un golpe como el de los mensajeros?"

Peyton se sirvió más café, le echó un poco de crema y azúcar, y dio algunos pasos. "El primo de Eduardo fue encontrado con una corbata colombiana. Antes de eso, se rumoraba que estaba lavando dinero de la droga a través del mercado de oro de Hill Street."

"Debió tener algún problema con alguien."

"Sí. Me pregunto con quién."

Ella se encogió de hombros. "¿Por qué te preocupa? ¿Tú no tienes que ver con los colombianos o sí?"

"Sólo quiero asegurarme de que nadie se entrometa en el negocio," dijo Peyton, esquivando su pregunta. "Como son las cosas hoy en día en Los Ángeles, hay suficientes bandas étnicas para hacer que los problemas de Nueva York del siglo diecinueve parezcan peleas en un patio de recreo."

Sharon encogió los hombros. "Yo lo veo como seguridad laboral."

"Yo lo veo como una piedra en el zapato."

Ella empujó el carrito de servicio a la habitación y palpó la cama. "Ven y me cuentas todo."

"Pensé que me habías dicho que tenías trabajo que hacer para tu papá."

"Eso puede esperar."

Él miró rápidamente la computadora de Sharon que estaba sobre la mesa de noche. Antes de que llegara el desayuno, ella estaba haciendo un trabajo de seguimiento interesante a varios mensajeros. Él no había planeado ningún golpe muy pronto, pero a raíz de la muerte de Eduardo en el taller de corte tendría que moler una que otra cosa.

Le dio un beso a Sharon en los labios con sabor a café. "Esta noche nos desquitamos. Sigue con tu trabajo. Yo también tengo algunas cosas que hacer."

Sharon puso la computadora sobre sus piernas, y abrió un archivo. El colchón cedió cuando Peyton se sentó junto a ella con su propia computadora sobre las piernas. Muy pronto ella se encontraba inmersa en su trabajo, tratando de conectar los robos a los mensajeros con información del FBI. Ella sabía cuánto deseaba su padre resolver ese caso antes de que lo hiciera el Buró. Y ella quería ser la responsable de presentarle los hechos paso a paso.

De vez en cuando, Peyton lanzaba una mirada a la computadora de Sharon. Si ella se daba cuenta y lo miraba, él simplemente sonreía, le daba un beso y continuaba trabajando en su propia computadora sin decir una sola palabra.

Sólo el ruido de las teclas rompía el silencio de la complicidad.

Capítulo 61

Scottsdale
Domingo
1:10 p.m.

Kate miró el gran bus negro con las ventanas selladas e hizo una mueca. "¿Por qué me siento como si me fueran a lanzar a la brasa como un pedazo de carne?"

Sam esbozó a medias una sonrisa. "No a ti. A mí."

"¿Por qué razón?"

"Ah, ya se les ocurrirá algo."

La puerta se abrió antes de que Sam pudiera abrirla. Doug asomó la cabeza. "¿Por qué se demoraron tanto?"

"Quería que un médico le examinara la mejilla a Kate."

Doug miró la fina línea a lo largo del hueso de la quijada de Kate. "No es tan profunda como para necesitar puntos. Ya está cicatrizando. Está limpia. Se ve bien."

"Suena como si usted fuera el médico," dijo Kate, "pero si intenta dispararme de nuevo, le aseguro que le corto la garganta."

Doug sonrió vacilante, y luego se calmó. "Sam dijo que usted era un tigre."

La sonrisa de Kate se desdibujó. "¿Eso fue antes o después de que vomité?"

Sam habría querido abrazarla para tranquilizarla, pero no podía. No frente al jefe. "Tú no vomitaste."

"Pero tenía ganas."

"Yo también."

Ella le lanzó una mirada incrédula.

"¿Qué?" dijo Sam. "¿Crees que les disparo a individuos todas las semanas?"

"Yo . . . yo no pensé." Ella lo miró y detectó nuevas líneas alrededor de sus ojos, nuevas sombras, palidez bajo la fuerza. *¿Por qué supuse que el disparo no lo alcanzaría a él? ¿Porque es agente del FBI?* Ella quería tocarlo, animarlo, decirle que lo entendía y que eso lo hacía parecer más varonil a sus ojos. Se guardó las manos y sus pensamientos para sí. Doug podía ser un jefe amistoso, pero seguía siendo el jefe de Sam. "Lo siento," le dijo a Sam.

"Tranquila," dijo Doug, haciéndole una señal a Kate para que entrara. "Jack Kirby era un perfecto miserable."

"¿Así que ya tienes su identidad?" preguntó Sam, siguiendo a Kate por las escaleras.

"Ah, sí. Kennedy te pedirá que llenes un cuestionario."

"No me digas que el cretino era ecuatoriano," dijo Sam en voz baja.

"No," dijo Doug con algo de malicia. "Puro norteamericano, nacido y criado en el sur de California y educado por el ejército norteamericano y de ahí pasó a la DEA. Fue durante mucho tiempo agente encubierto."

"¿Del ejército? ¿Era un Ranger?" preguntó Sam.

Doug hizo una pausa al llegar a la puerta de Kennedy, que estaba parcialmente abierta.

La puerta se abrió totalmente. Sizemore estaba de pie mirando impaciente y curioso al mismo tiempo. Obviamente, había escuchado.

"¿Por qué piensa que Kirby era un Ranger?" preguntó Sizemore, disponiéndose a cerrar la puerta mientras entraban.

Sam le hizo una señal a Kate para que lo siguiera y miró a Kennedy, quien saludó secamente con la cabeza.

"Respóndele," dijo Kennedy.

La misma mierda de siempre, pensó Sam. *Sizemore y Kennedy, y al diablo con el resto de nosotros.*

Sam miró a Sizemore y se preguntó, realmente se preguntó, si estaría implicado. O si Kennedy lo estaba. Aunque la idea le era atractiva desde un punto de vista puramente personal, desde el punto de vista profesional no tenía mucho sentido.

"Kirby luchó como si se tratara de alguien bien entrenado," dijo Sam con voz pausada, "y no me refiero al método usual de golpes y cuchilladas que enseñan en el ejército. Era impredecible. Rápido. Realmente tuve suerte de haberlo podido eliminar."

Kennedy gruñó. "Usted siempre obtuvo puntajes altos en tiro y combate sin armas, así como en resolución de casos. Eso le sirvió para mantener la cabeza por encima de la superficie en el FBI."

¿Por qué cree que lo hice? se preguntó Sam en silencio. *¿Usted cree que me emocionaba castigarme a mí mismo en la línea de fuego y en el gimnasio?*

"De todas formas, el tipo era un ex Ranger," dijo Kennedy. "Acaban de llegar las huellas dactilares. Ejército, luego DEA. Retirado con pensión y dos ex-esposas que mantener. Se escapó con otro tipo que había pertenecido a las Fuerzas Especiales de Tierra, Mar y Aire (SEAL), un tal John White. White es un dulce cordero. Por poco logra licenciarse con honores."

"¿O sea que era ciudadano norteamericano?" preguntó Sam.

"Sí. Al comienzo pensamos que era suramericano y que tenía un alias, pero al final no resultó lo que creímos. Quizás algunos de sus compinches. Estamos verificando."

"¿Qué hizo para que lo echaran del ejército?" preguntó Sam.

"Un equipo realmente costoso de operaciones especiales desapareció una noche," dijo Doug. "Y resultó que White era el único que podía haberlo robado. Pero teniendo en cuenta que en el pasado había servido a la patria, bla bla bla."

"Lo dejaron irse sin cargos," dijo Kennedy. "Se fue del país y trabajó por todo el mundo. Principalmente en América del Sur."

"Mercenario," dijo Sam.

Kennedy se encogió de hombros. "Ese es un nombre divertido para un matón con rifle automático."

"Muy bien, así que Kirby era norteamericano, antiguo agente de la DEA, con dos ex esposas que mantener y trabajaba en conjunto con ex integrantes de Operaciones Especiales," dijo Sam. "¿Algo más?"

"Estamos verificando en este momento," dijo Sizemore.

"¿Tiene un historial?" le preguntó Sam a Kennedy, ignorando a Sizemore.

"Kirby está limpio. A White lo han arrestado por velocidad, embriaguez y desorden, golpear a sus novias, ese tipo de cosas," dijo Doug cuando Kennedy miró a Sam. "Limpio durante los últimos seis años, lo cual es interesante, ya que su mejor empleo ha sido como ayudante en un restaurant y sin embargo nuestras investigaciones indican que gastaba dinero en cocaína y mujeres."

Kate miraba de una cara a la otra. Incluso si Sam no le hubiera dado previamente las explicaciones lacónicas, ella se habría dado cuenta de que a Kennedy no le gustaba Sam, de que Sizemore odiaba positivamente a Sam, y de que Doug intentaba calmar las aguas turbulentas.

"¿Kirby y White vivían en Los Ángeles?" le preguntó Sam a Doug.

"En Santa Ana."

"Lo suficientemente cerca," dijo Sam. "¿Alguno de ellos había sido contratado o tenía alguna conexión con Sizemore Security Consulting, Mandel Inc. o . . ."

"¿Qué diablos está sugiriendo?" dijo Sizemore gruñendo y encarando a Sam.

"Estoy *diciendo* que Kirby fue contratado para atacar a

Kate por alguien a quien le interesaba que esta investigación fuera a dar al inodoro o hasta que el departamento la mandara por el desagüe—y a nosotros también." La voz de Sam era pausada, pero todo su cuerpo irradiaba un deseo de levantarlo y lanzarlo a través de la puerta cerrada. "Alguien, por cierto, que se encuentra en una posición privilegiada en cuanto a la información que le llega Bureau."

La cara de Sizemore se puso roja y sus puños se cerraron. "¿Me está acusando a mí?"

"¿Debería hacerlo?" preguntó Sam.

Doug se interpuso entre los dos. "Nadie está acusando a nadie. ¿De acuerdo?"

Las miradas de Doug y Sam se encontraron durante un largo minuto, luego Sam asintió. "Hay varias personas y/u organizaciones que pueden estar implicadas," dijo Sam. "La compañía de Sizemore es sólo una del paquete."

"Por qué, ¡hijo de puta!" gritó Sizemore, tratando de abalanzarse sobre Sam a pesar de que Doug se había interpuesto con su cuerpo robusto.

Sam resistió el agarre de Sizemore con un movimiento rápido de manos, que podría igualmente haber roto las muñecas del otro hombre.

"Aléjense," dijo Kennedy con una voz que les recordaba a todos que el Agente Especial Supervisor había estado alguna vez en los Marines. *"Ambos."*

Las palabras aumentaron la ira de Sizemore. Tenía dificultad para controlarse.

Sam no había perdido el control, pero realmente le habría gustado perderlo con Sizemore.

"Ted," dijo Kennedy. "Dame algunos minutos, ¿de acuerdo? Yo te llamo."

Sizemore les lanzó una mirada de odio a Sam y a Kate, luego se volteó y salió del pequeño cuarto. El piso del vehículo vibró con el peso de sus pasos furiosos.

Sin decir una palabra, Kennedy abrió un cajón, buscó en el fondo y sacó un paquete de cigarrillos. Doug tenía un encendedor listo. Todavía sin decir nada, Kennedy fumó aspirando profundamente una y otra vez. Luego le lanzó a Sam una mirada de acero.

"Supongo que tiene pruebas que respalden sus acusaciones," dijo Kennedy con suavidad engañosa.

"¿Pruebas judiciales?" preguntó Sam. "No."

Los labios de Kennedy se tensaron. "Es demasiado tarde para ser reservado. Más vale que tenga algo además de su gran bocota."

Kate abrió el gran bolso que había traído. Sacó un fajo de papeles y los puso sobre la mesa.

El Agente Especial Supervisor los miró, vio las líneas y la escritura frunció el ceño. "¿Qué es eso?"

"El Agente Especial y yo estuvimos durante un buen tiempo intentando llegar a la conclusión de quién sabía qué y cuándo," dijo Kate cuidando sus palabras. "Este es el resultado. Sugiere nuevas vías de investigación."

"A mí denme el resultado final," dijo Kennedy impaciente. "Y más vale que sea bueno, Groves, o está acabado."

Sam se metió la mano al bolsillo, sacó una pequeña bolsa transparente sellada diseñada para guardar evidencia y la puso sobre el escritorio de Kennedy.

La gema, un zafiro azul con talla de esmeralda, tan grande como la uña del dedo gordo del pie de un hombre, dejaba entrar la luz hasta lo más profundo y la devolvía como fuego azul.

Kennedy miró la gema y luego a Sam. "¿Es lo que creo que es?"

"Sí."

"San Judas."

Kennedy tomó los papeles y empezó a leer.

Capítulo 62

Scottsdale
Domingo
1:30 p.m.

Al entrar a su suite del hotel, Sizemore encontró a Sharon en compañía de Peyton.

"Necesito estar a solas con mi gerente," dijo Sizemore entre dientes.

Peyton entendió que esa era una invitación para salir inmediatamente del cuarto. "¿Cena a las ocho?" le dijo a Sharon.

"Ella estará ocupada," dijo Sizemore.

Sharon se disponía a discutir cuando vio en el rostro de su padre la palidez bajo el sonrojo pasajero causado por la ira.

"Ella," dijo Sharon con frialdad, "no sabe lo que estará haciendo a las ocho." Se levantó, le dio un beso a Peyton y le dijo en voz baja: "te llamaré tan pronto como sepa lo que ocurre."

Él se encogió de hombros y salió sin decir nada.

"Muy bien," dijo Sharon tan pronto como cerró la puerta. "Más vale que esta vez sea algo más que la cantaleta habitual '¿Qué haces saliendo con ese cretino?'."

Sizemore agarró una cerveza, la abrió, y prácticamente

se la bebió de tres sorbos. Se limpió la boca y dijo, "Groves pretende implicarme en las muertes de los mensajeros."

A Sharon casi se le salen los ojos. Se puso tan pálida como su padre. Le corrió un sudor frío por la espalda. "¿Qué? ¿Qué? ¡Está loco! ¿Cuál se supone que sea la evidencia?"

"No sé. Kennedy me echó de la oficina antes de que pudiera averiguarlo."

Lentamente, ella se hundió de nuevo en el sofá. "Entonces debe tener algo. Groves es una carta salvaje, pero no es un estúpido."

La botella de cerveza fue a parar estrepitosamente en el cesto de basura. Sizemore tomó otra del balde de hielo y la destapó con un movimiento rápido de la mano. "Hay algo."

"¿Qué?"

"Yo conozco a Jack Kirby."

"Kirby, Kirby . . ." ella frunció el ceño al tiempo que daba golpecitos con sus dedos en la pierna. "¿Lo conozco?"

"Trabajó conmigo en la unidad en la Florida cuando desmantelé una banda de suramericanos. No creo que Groves lo sepa. Aún así. Creo que también trabajó allí John 'Tex' White. Él había estado en el ejército combatiendo las bandas colombianas."

"¿Y qué tiene que ver? Eso fue hace mucho tiempo."

Sizemore sintió cierta amargura al oír cómo Sharon le quitaba valor a uno de sus grandes momentos de gloria, pero no discutió ese punto con ella. "Sí, bueno, Kirby era investigador privado y estaba trabajando aquí en un caso y yo me tomé un trago con él hace algunos días. Alguien puede habernos visto. Kirby y White seguían trabajando juntos, supongo."

"¿A quién le importa?" dijo ella con impaciencia. "Tú tomas tragos con muchas personas."

"Ninguna de esas personas fue despedazada a tiros por Sam Groves cuando intentaba matar a Kate Chandler."

Sharon respiró hondo, sacudió la cabeza, y respiró de nuevo. Sintió como si la cabeza se le fuera a desprender del cuerpo. "Espera. De nuevo. Hay algo que no entiendo." Por lo menos, esperaba que así fuera. "¿Cuándo sucedió todo esto?"

"Kennedy me acaba de echar de su oficina."

"No. El asesinato. O el intento de asesinato. O lo que fuera." Ella se levantó y empezó a caminar. "Vaya grupo."

Sizemore no discutió. Sólo bebió desaforadamente diciéndose a sí mismo que sólo tenía sed, mucha sed. No era que su boca estuviera seca de miedo. No podía ser. No tenía nada que temer.

"¿Cómo pudo ocurrir esto?"

"Háblame," le dijo ella insistente, enfrentándolo. "Y ponle un corcho a la cerveza. Si sale una sola palabra de este cuarto sobre el tema, Sizemore Security Consulting estará arruinado."

Él la ignoró hasta terminar su segunda cerveza. Se dispuso a tomar la tercera.

Con rapidez asombrosa, Sharon se situó entre su padre y el balde de cerveza helada. "No."

Él empezó a empujarla hacia un lado, pero se dio cuenta de que ella era más fuerte de lo que parecía.

"También se trata de mi vida," dijo ella con furia. "Dime qué esta ocurriendo y luego podrás tomar cerveza hasta que estés tan ebrio que te importe un comino todo lo que no sea cerveza."

Sizemore estaba a punto de explotar pero luego decidió que ella tenía razón. La cerveza podía esperar.

"Esto es demasiado importante para arruinarlo con gritos entre padre e hija," dijo ella.

Él encogió los hombros. Odiaba cuando ella tenía razón, que era mucho más frecuente de lo que él quisiera aceptar.

"¿Qué quieres saber?" dijo él apretando los dientes.

"Ese tal Kirby. ¿Dónde está en este momento?"

"En la morgue."

Ella soltó el aire que había contenido. "Bueno, eso dificultará interrogarlo."

Sizemore lanzó una risotada que era más como un gruñido. "Tal vez esa es precisamente la idea. Un hombre muerto, ningún testigo excepto Groves y la IC con la que se acuesta. Así es fácil señalar a alguien más con el dedo."

"Kennedy te conoce desde hace mucho tiempo como para creerles."

"Eso espero." Sizemore miró su reloj. "Ya debería haber llamado para disculparse."

Ella frunció el ceño y miró a la distancia algo que sólo ella podía ver. "O sea que tienes una vaga conexión con Kirby y Kirby está muerto. ¿Qué otra cosa podría usar Groves en contra tuya?"

"Hay una filtración en alguna parte dentro de la unidad de lucha contra el crimen. Groves quiere implicarme a mí."

"¿Cómo?"

"¿Cómo?" repitió sarcásticamente él. "Mierda, usa tu cabeza para algo más inteligente que asestarle un duro golpe a Peyton. Yo dirijo una operación de seguridad. Tengo acceso a muchísima información acerca de los mensajeros."

"Como también otra gente. El padre de la informante confidencial, por ejemplo. Groves ha investigado por ese lado?"

"No sé."

"Y qué se sabe de los mensajeros?"

"¿Piensas que ellos mismos se pueden haber puesto una trampa para ser asesinados?" preguntó Sizemore alzando la voz.

"Quizás esperaban obtener parte del botín y fueron asesinados en lugar de eso. Además, la mayoría de los mensajeros ni siquiera se dan cuenta de que algo ha ocurrido hasta que no abren el baúl. Ellos reportan el robo y no les pasa nada. Las únicas que lloran son las compañías de seguros."

Sizemore frunció el ceño. "Y nosotros quedamos como unos imbéciles."

"Es posible que Mandel Inc. trabaje con mensajeros corruptos," continuó Sharon. "Quizás el hijo se dio cuenta y algo falló."

"¿Piensas que el hombre mató a su propio hijo?"

"Lee la biblia. Mierda, lee los periódicos. Ocurre todo el

tiempo. Quizás nadie tenía intenciones de herir a nadie," dijo ella sacudiendo la mano impacientemente. "Quizás simplemente ocurrió. Ese tipo de cosas suceden."

Sizemore se jaló el labio inferior con el pulgar y el índice. "Eso me gusta. ¿Podemos probarlo?"

"No sé." Ella se sentó de nuevo cerca de la computadora. "Pero si nos lo proponemos, quizás podríamos inflar esa teoría de manera que nosotros pudiéramos mantenernos a flote."

Capítulo 63

"¿Cuándo crees que llamará?" preguntó Kate.

Sam se movió, levantándola y poniéndola en una posición más cómoda sobre él. Habían apostado a cara y sello y él había perdido. No se quejaba. El piso no era exactamente incómodo. Pero era mucho más fácil acomodarse en la cama.

O había sido. En este momento había en el cuarto un fuerte olor a limpiadores industriales. Kate ni siquiera había contemplado la posibilidad de entrar.

Él no la culpaba.

Además, el piso de la sala tenía muchos puntos positivos. Conveniencia, para empezar. Ah, sí. Era conveniente. Sonrió al recordar. Le gustaba sentir cómo se deshacía entre sus manos, entre sus brazos, ambos demasiado hambrientos para dar más de tres pasos hacia adentro de la casa para apagar la alarma. Podría acostumbrarse fácilmente a ese tipo de pasión ardiente y a esa ternura.

¿A quién tratas de engañar? Ya estás acostumbrado.
¿Qué harás cuando todo esto termine? ¿Pedirle que vaya a hacer cubos de hielo contigo en Fargo? Porque allí es donde

vivirás hasta que el infierno se convierta en un bloque sólido de hielo o hasta que completes tus veinte años, lo que ocurra primero.

Pero hasta que se resolviera el caso, él tenía a Kate, tibia y suave, cubriéndolo como un sueño.

"¿Sam?"

"¿Umm?" preguntó él, recorriendo con el pulgar la espalda hasta la línea provocativa de sus nalgas.

Ella movió las caderas y ambos respiraron rápidamente.

"Kennedy," dijo ella sin aliento. "¿Cuándo llamará?"

"No lo sé."

"¿Piensas que seguirá las pistas que le hemos dado?"

"No tiene mucha opción. Pero por si acaso..." Aunque no le gustaba la idea, Sam levantó a Kate y se deslizó para moverse de la posición en que estaba debajo de ella.

"¿Qué?"

Él le pasó sus pantalones y se subió los suyos. "A trabajar."

"Eres un esclavista."

"Antes no te estabas quejando."

Ella sonrió y le lanzó una mirada como diciéndole que recordaba la segunda vez, cuando le había rogado que terminara pronto y él había seguido moviéndose lentamente y profundamente hasta que ella se vino de tal forma que casi pierde el sentido.

Él sonrió con picardía.

"Eres un engreído," dijo ella, subiéndose la tanga.

"Es tu culpa."

"¿Ah, sí?"

Él deslizó la punta de un dedo hacia abajo desde el ombligo hasta el pliegue donde la pierna derecha se unía a su cuerpo, luego más abajo y más abajo, explorando suavemente, como una lengua probando. "Sí."

Con un soplido ella alejó el cabello de su cara. "Mantenlo arriba y será el round número tres."

"Tienes una visión muy optimista de mi habilidad."

Ella sonrió y le mordió suavemente la barbilla. "Es tu

culpa," dijo ella repitiendo las palabras que él había dicho, al tiempo que se ponía los pantalones. "De hecho..."

En ese momento sonó el teléfono celular de Sam. Puesto que nunca se quitó del todo los pantalones, todo estaba a su alcance. Soltó el celular del cinturón y miró la pantalla. "Mecklin."

"¿Esa es una especie de palabrota exótica?" preguntó ella.

"No. Es un agente de la Florida."

Kate midió la expresión de Sam. La hora de juego había terminado. Era hora de que ambos regresaran al trabajo. "Bueno, haré unos sándwiches mientras hablas. No quisiera que se te bajara tu habilidad por falta de comida."

Él sonrió y respondió la llamada. La sonrisa sólo duró unos segundos y se apagó con las primeras palabras de Mecklin.

"Alguien está cerrando el conducto."

"¿Cuál?" preguntó Sam.

"El del zafiro—entre la Florida y Los Ángeles."

El resto de buen humor de Sam se desvaneció. "¿Quién? ¿Dónde?"

"¿Recuerdas a los primos de Santos que te mencioné que vivían en Los Ángeles?"

"Eduardo y José, ¿el tallador y el blanqueador?"

"Bingo. Fueron asesinados anoche."

"¿Algún sospechoso?" preguntó Sam.

"En el caso de José, teniendo en cuenta que lo encontraron con una corbata, suponen que fue una conexión colombiana."

"Cualquier matón con un cuchillo puede hacer una corbata."

"Sí," aceptó Mecklin. "Pero tiene que ser un experto imitador del crimen."

"¿Y Eduardo?"

"Tortura y estrangulación."

Sam gruñó. "¿Encontraron algo en las escenas de los crímenes?"

"Sangre y cadáveres."

"¿Cómo lo está manejando la policía?"

Mecklin soltó una risa exenta de humor. "Como dos casos fríos en proceso de investigación. Todos están hablando con los sospechosos habituales, golpeando las puertas de los vecinos, llenando informes y el resto es rutina. Como te dije—los policías saben cuándo un caso está destinado a los archivos fríos. Ahorran su energía para algo que tengan oportunidad de resolver."

Sam no culpaba a los locales. Había demasiados asesinatos en Los Ángeles. Cuando alguien que tenía conexiones con bandas conocidas moría, no se gastaba ni mucho sudor ni muchas lágrimas investigando quién, dónde y por qué.

"Muy bien, ya tienen el extremo del conducto en Los Ángeles," dijo Sam. "¿Asaltaron la joyería Hall?"

"Entraron y desordenaron el taller de corte, y abrieron la caja. Sólo dejaron un par de piedras que se les cayeron al salir."

"¿Qué tipo de piedras?"

"Como demonios voy a... espera."

Sam oyó al otro agente escribiendo en el teclado de la computadora.

"Rojas," dijo Mecklin después de un minuto.

"¿Rojas?"

"Piedras. Lo que cayó al piso era rojo. Fue todo lo que dijeron los policías. Si necesitas más información, espera al informe de la compañía de seguros."

"No gracias. Esperaba que las piedras fueran azules. Me preguntaba si el asesino también."

"¿Qué?" preguntó Mecklin.

"Nada. Sólo estaba pensando en voz alta. ¿Y qué hay de Seguro Jiménez, el extremo del conducto en la Florida? ¿Está bien?"

"Según dijo su esposa, está visitando a la familia en Ecuador."

"¿Le crees?"

"Creo que el chisme le llegó a Seguro antes que a mí," dijo Mecklin. "Creo que ya sabía acerca de los asesinatos de los de Santos. Ya sea participó de alguna manera en ellos o temía ser el siguiente, o *fue* el siguiente y aún no hemos encontrado su cuerpo. Como sea, se fue a algún sitio a donde no podemos ir a buscarlo."

"Conducto cerrado."

"Eso parece. Lamento no tener mejores noticias."

"Se hace lo que se puede. No pierdas de vista a Seguro. Si oyes que regresa a la ciudad..."

"Estaré tras él como su sombra," interrumpió Mecklin.

"Gracias."

Sam oprimió el botón para finalizar la conversación, vio que la batería estaba baja, y fue por el maletín que había llevado a casa de Kate. Cuando conectó el cargador y dispuso los expedientes y su computadora sobre las distintas mesas de trabajo, Kate apareció en la puerta del taller. Traía una bandeja con sándwiches y frutas. Una gran jarra de té helado tambaleaba sobre la bandeja.

"Yo cojo esto," dijo Sam levantando la jarra.

"Gracias. Esto nos dará fuerzas mientras está listo el café."

Él miró el medio galón de té. Había hecho calor afuera pero no tanto. "¿Sed?"

"Seguro. Huy, me pregunto por qué."

Él sonrió lentamente. "Por este lado también."

"¿Te preguntas por qué?"

"Yo sé porque tengo sed. ¿Quieres que te lo diga?"

Ella hizo un movimiento con los labios esbozando una sonrisa muy femenina. "Seguro, únicamente si no cambias el interruptor a modo policía en el momento equivocado."

"¿Existe acaso el momento adecuado?"

"Anoche fue uno muy adecuado. Nos salvó de una buena." Ella le alcanzó un sándwich grande hecho con restos del pollo que habían comido la noche anterior. Por primera vez en horas, no se le revolvía el estómago al mirar la comida. "Ese tal Meckler..."

"Mecklin," dijo Sam dando un gran mordisco.

"¿Mecklin tenía algo interesante que decir?"

"Anoche murieron dos hombres en Los Ángeles."

"¿Y por qué es eso inusual?"

"Se trata de los dos hombres que muy probablemente le entregaron el gran zafiro a Purcell."

Ella se detuvo un instante antes de coger su sándwich. "¿Cómo así?"

"Uno lavaba dinero colombiano a través del mercado del oro en Los Ángeles. El otro trabajaba como tallador. Ambos eran de Santos, primos de un primo de un amigo de un primo de Seguro en la Florida, el hombre que insiste que no le compró la gran gema azul a la rubia o al rubio o a lo que sea que llegó actuando de vendedora sexy."

Kate parpadeó, casi sonrió y dijo: "Quiero un beso grande."

"¿Por qué?"

"Entendí eso."

Sam hizo un gesto simpático. "Te lo debo a ti. Cada vez que te toco, terminamos en el piso."

"O contra una pared."

Él sonrió y continuó comiendo con avidez.

"¿Encontraron algún otro zafiro?" preguntó Kate comiendo cuidadosamente un pedazo de sándwich.

"No."

"¿Algún vínculo entre los asesinatos y Purcell?"

"¿Una corbata y la tortura cuentan como vínculo?" Se fijó en el rostro de Kate y se sintió mal. "Lo siento, cariño. Se me olvidaba que no eres policía. Anoche fuiste muy valiente."

"Práctica en todo el sentido de la palabra. Estaba aterrada."

"¿Por qué crees que la repetición y los ejercicios son una parte tan importante del entrenamiento de cualquier soldado o policía?"

"Yo seguía gritando mentalmente," dijo ella.

"¿Piensas que yo no?"

"No sé por qué eso me hace sentir mejor, pero así es. Aún cuando no sea totalmente cierto." Kate dejó escapar un largo suspiro y regresó a su sándwich.

Sam ya había terminado el suyo y miraba la bandeja con esperanza.

"Sigue," dijo ella. "Con suerte podré comerme todo este."

Él agarró el último sándwich y volvió a la mesa de trabajo donde esparció sus papeles.

"¿Por qué no ha llamado Kennedy?" preguntó Kate.

"¿Quieres decir para humillarse?"

"Sí."

"No te preocupes por eso. Probablemente está verificando hechos una y otra vez, y buscando otras explicaciones. Puedes estar segura de que no está muy emocionado al apuntarle a su viejo amigo Sizemore."

"Tú tampoco."

Sam no la contradijo. "Sizemore podrá ser un imbécil, pero esa no es razón suficiente para arruinar su reputación. La evidencia que tenemos es en gran parte circunstancial. Y…" Después de un momento, él se encogió de hombros.

"¿Y qué?"

"Quisiera tener algo en qué apoyarme si Kennedy no acepta nuestra interpretación de los hechos."

"¿Qué cosa?"

"Buena pregunta." Miró los archivos, los blocs y las notas adhesivas. "Esperemos que podamos hallar una respuesta."

Capítulo 64

Scottsdale
Domingo
8:10 p.m.

La expresión de Kennedy era lúgubre. Su oficina estaba invadida por una nube de humo de cigarrillo. El cenicero parecía una pira funeraria.

"Nunca me presentaré ante un tribunal," dijo en el instante en que Sam y Kate entraron.

Sam miró a Doug.

Doug tenía una expresión como de dolor de muela.

"¿Cuál es el problema?" preguntó Sam volteándole la espalda a Kennedy.

"Circunstancial," dijo lacónicamente el AES. "Todo. No hay evidencia sólida. Cualquier abogado defensor podría refutarlo fácilmente."

"Si fuera una sola circunstancia o dos o tres, seguro," dijo Sam. "Pero nadie más tenía la información que Sizemore tenía. Nosotros no la teníamos, nadie..."

"¿Y qué hay de Mandel Inc.?" preguntó Doug. "Ellos la tenían."

Sam presionó sus dedos contra la muñeca de Kate, advirtiéndole que no hablara.

"Eso no va a funcionar," dijo Sam.

"¿Por qué no?" preguntó Kennedy. "No cabe la menor duda de que ellos sabían que su hijo transportaba la mercancía que su hija había tallado."

"¡Usted está totalmente fuera de sí!" dijo Kate, ignorando la advertencia de Sam. "¡Mi papá no habría matado a su propio hijo!"

"Nadie está diciendo que él haya tenido la intención de hacerlo," dijo Kennedy con calma. "En el noventa y nueve por ciento de los asaltos a los mensajeros, éstos salen totalmente ilesos, es muy raro que terminen muertos. Algo salió mal."

"¿Cómo qué?" preguntó ella sarcásticamente. "¿Lee tropezó, se rompió el cuello y una manada de depredadores lo arrastraron al pantano de manglares para un banquete?"

"Mire, Srta. Chandler," dijo Kennedy. "Yo sé lo difícil que esto es para usted."

"Usted no tiene ni la más remota idea. Anoche alguien intentó matarnos y yo terminé con sangre y huesos y—*cosas*—por todas partes…" Ella respiró hondo. "Olvídelo. Eso no es importante. El punto es que mi padre no mataría a mi hermano."

"Admirable sentimiento, y nada impredecible," dijo Kennedy. "Pero a mí se me ocurren una variedad de escenarios en los que la muerte de su hermano habría sido necesaria. Lamentable, no lo dudo, pero aún así necesaria."

"Nómbrelas," dijo ella con los labios pálidos y apretados.

Kennedy miró a Doug.

Doug le devolvió directamente la mirada.

"Si se suponía que el asalto fuera limpio y silencioso," dijo Sam con tono pausado, evitando meter a Doug en más problemas de los que ya tenía, "y por cosas del azar Lee estaba en la escena y reconoció a su padre o a algún empleado de Mandel, entonces Lee tenía que morir, ¿no es cierto? Pero puesto que se trata de un negocio básicamente familiar, el padre es el sospechoso más probable."

Kate quiso objetar. La presión de los dedos de Sam alrededor de su muñeca la hizo desistir. Eso y el claro sentido de que estaba a un milímetro de perder el control y dirigirse directamente al escritorio de Kennedy.

"Muy bien," dijo Kennedy con ironía. "Me imagino que después de todo usted no ha perdido la perspectiva."

Sam lo ignoró. "O quizás Lee sabía desde el comienzo, su padre se dio cuenta, discutieron y Lee terminó muerto."

Kennedy asintió.

"O Lee puede haber sido inocente y su padre no," continuó Sam. "Distinto argumento, el mismo resultado."

Kennedy asintió de nuevo. Sacó otro cigarrillo, lo encendió y por primera vez pareció relajado.

En cambio, Doug no. Él sólo seguía mirando a Sam como si estuviera esperando que el hombre sacara su arma y empezara a disparar.

"El único problema con esos escenarios," continuó Sam en su tono peligrosamente neutral, "es que suponen que se trata de una muerte aislada que no tiene ninguna relación con los demás asaltos a mensajeros. Nosotros sabemos bien que no es así."

Kennedy lanzó el encendedor sobre el escritorio. "¿De qué está hablando? Obviamente que los asaltos están relacionados. Aún cuando los *modus operandi* sean una combinación—diablos, le aceptaré lo de su maldita banda de teflón—no existe ni una sola razón para suponer que el golpe de la Florida haya sido un acontecimiento extraordinario."

"Estoy de acuerdo," dijo Sam. "Lo que nos lleva al segundo problema."

Doug se preparó.

Kennedy tomó un cortapapel en la mano. No estaba lo suficientemente afilado. Por lo menos no tan afilado como el maldito Sam Groves. "Le escucho," dijo Kennedy, poniendo la herramienta sobre la mesa.

"Los rasgos más sobresalientes de los ataques a los mensajeros en los que me he concentrado son habilidad técnica, información interna y un tipo de entrenamiento que usualmente se asocia con grupos militares y de otras agencias encargadas de hacer cumplir la ley. Por eso los llamo Teflón. Son más inteligentes y mucho mejor entrenados que el cretino promedio. O su jefe lo es. Kirby era inteligente, pero no creo que fuera el jefe. Él no tenía la forma de penetrar las fuentes de información a no ser que alguien se las diera. Alguien que sí estaba adentro."

Kennedy gruñó.

"Mandel Inc. tenía sin duda la capacidad técnica para fabricar llaves de control remoto," continuó Sam, "y en algunos, aunque no en todos los casos, la información interna, pero ningún empleado de Mandel recibió nunca entrenamiento en operaciones especiales militares ni en actividades policiales. Puedo garantizar que el intruso de anoche sí había recibido ese tipo de entrenamiento. Lo que nos lleva a la pregunta de cómo Mandel tuvo acceso a la comunidad de ex agentes especiales de operaciones. Ellos son un clan totalmente cerrado."

Kennedy aspiró largamente su cigarrillo y no discutió. Era inútil.

Por ahora.

"Kirby tenía el tipo de entrenamiento que lo habría podido ayudar a penetrar en ese clan," dijo Sam. "¿Correcto?"

"Sizemore no," dijo Kennedy de plano. "Él llegó al FBI recién salido de la universidad. Usted me está haciendo perder el tiempo."

Sam siguió hablando. "Kirby y el tipo con el que andaba, White, formaron parte de la unidad de lucha contra el crimen en la que trabajó Sizemore, la que se encargó de los suramericanos."

Kennedy entrecerró los ojos. "¿Y entonces?" siguió fumando. "Muchos hombres formaron parte de esa fuerza."

"El FBI los está rastreando en este momento," dijo Sam. "Encontramos a otro tipo—Stan Fortune—que vive en Los Ángeles cerca de Kirby. Él estuvo en el ejército, en operaciones especiales, diez años después de Kirby. Salió del ejército debido a una lesión. Quedó amargado por eso. Entró a la DEA, trabajó como encubierto en la Florida y puso a más de uno nervioso. Le dieron un trabajo de oficina. Lo dejó."

"Eso sucede," dijo Kennedy. Jugó con otro cigarrillo pero no lo encendió.

"Él era uno de los informantes de Sizemore en la famosa unidad. Kirby lo buscó para ese trabajo."

Kennedy hizo una mueca. Quería levantarse e irse, pero no podía. *Maldición, Ted. ¿Qué diablos ocurrió?*

No se escuchó respuesta, excepto el sonido de la voz de Sam diciéndole a todo el mundo lo que Kennedy no quería saber.

"Hasta el momento, todo solitario infeliz que hemos rastreado de los viejos buenos tiempos de la unidad de lucha contra el crimen nos lleva a Kirby," dijo Sam sin detenerse, "quien trabajó con Sizemore, quien tiene información que podría ser muy útil y valiosa para los bandidos que quieren atacar a los mensajeros."

"Ted no sabía acerca de los zafiros de McCloud," dijo Kennedy en voz casi inexpresiva. "Él no tenía forma de saber. Esa era una función de Mandel Inc. de comienzo a fin— padre, hija, hermano."

"El amante de Lee era Norm Gallagher, cuyo hermano trabaja para la compañía de Sizemore en la oficina principal," dijo Kate. "Sizemore se pudo haber enterado fácilmente."

Kennedy agarró con tal fuerza el encendedor que sus nudillos quedaron blancos. Con un golpe impaciente, encendió el cigarrillo y aspiró con fuerza. "Circunstancial."

"Y esa fue la gota que rebozó la copa," dijo Sam. "Estoy solicitando una orden judicial para investigar las computadora de Sizemore y a un contador forense para revisar los libros contables de la compañía. ¿Tengo que investigarlo a usted también?"

Kennedy cerró los ojos. Cuando los abrió, oprimió el interruptor del intercomunicador y dijo sin inflexión de la voz, "Dígale que venga."

Después de un momento la puerta se abrió y Ted Sizemore entró a la oficina. Con una mirada, Sam adivinó que el hombre había estado escuchando detrás de la puerta todo lo que se había dicho en la oficina de Kennedy. Pero no fue rabia lo que Sam vio en el rostro de Sizemore, sino confusión.

Y miedo.

Sizemore fue directo hacia Kennedy. "Te juro que no lo hice. Tienes que creerme." Lágrimas rodaron por sus ojos. "*¡Lo juro!* Conéctame a una máquina y ya verán. ¡Soy inocente! ¡Groves me está incriminando!"

"Si no es usted, ¿quién es?" dijo Sam. "¿Alguien de su compañía?"

"Yo . . . yo . . . no," dijo Sizemore. "No puede ser."

"¿Por qué?" preguntó Kate. "Usted estaba preparado para acusar a toda mi familia."

Sizemore sacudió la cabeza.

"Ted," dijo Kennedy pausadamente, "en este punto todo parece indicar que tu compañía es la única fuente de información que está relacionada con los asaltos a mensajeros. Asaltos llevados a cabo por profesionales y que no habían sido violentos antes del ataque a Mandel. Ayúdame a resolver esto."

"No puedo," susurró Sizemore. "No entiendo . . ." Su voz se quebró. "Nada de esto. Simplemente no entiendo. Sométanme a una prueba con el detector de mentira. Lo juro . . ." La voz de Sizemore se quebró de nuevo. No intentó decir nada más. Sólo sacudía la cabeza.

"Doug se ocupará de todo el papeleo que necesitará para obtener las órdenes judiciales y ese tipo de cosas," le dijo Kennedy a Sam. "Yo me ocuparé de las prioridades más altas. ¿Satisfecho?"

Sam miró a Sizemore. Todo el pavoneo había desaparecido. Sólo quedaba un hombre viejo con lágrimas en la cara.

No era nada satisfactorio.

"Hay que ponerle otros hombres a White," dijo Sam. "Es posible que él pueda decirnos algo útil. Y si Sizemore no se opone, quisiera ver las verificaciones de antecedentes y los expedientes personales de cada uno de los miembros de su compañía que tienen acceso a información confidencial."

Sizemore dijo: "Adelante. Yo le ayudaría, pero usted no confía en mí."

"¿Si usted estuviera en mis zapatos, lo haría?"

Sizemore retrocedió. "No. Que Dios me ayude, no." Cogió un pedazo de papel del escritorio de Kennedy y garabateó una serie de números y letras. "Este es mi código de ingreso a la computadora de la compañía. Puede acceder a él desde su propia computadora portátil." Sizemore le alcanzó la hoja y dijo con amargura: "Que se divierta."

Capítulo 65

Glendale
Domingo
11:40 p.m.

"Oye," dijo Kate, acercándose por detrás a Sam mientras él escribía en la computadora, examinando los archivos del personal de Sizemore Security Consulting. Ella hundió los pulgares en los músculos al lado de sus hombros y se inclinó, tratando de relajarlos. "No puedes hacer todo al mismo tiempo."

"Hay algo que se me escapa. Tiene que haber algo."

"¿Por qué?"

Él exhaló un largo suspiro e hizo girar la silla de la oficina tan rápido que se golpeó las rodillas.

"No has dicho ni una palabra sobre Sizemore desde que salimos de la oficina de Kennedy," señaló Sam. "¿Qué pasa?"

Ella miró los ojos azules profundos de Sam y la sombra de barba, el arnés de su arma sobre una camiseta desgastada, jeans apretados que realzaban sus piernas fuertes. Se preguntó qué ocurriría cuando se cerrara el caso, cuánto echaría ella de menos al hombre que se había convertido en una parte tan importante de su ser.

"¿Por qué crees que no he dicho nada?" replicó ella.

"Por la misma razón por la que creo que hay algo que se me escapa. Ninguno de los dos nos sentimos tan bien como creímos que nos sentiríamos con la caída de Sizemore."

Lentamente, ella asintió. "Tú lo conoces mejor que yo. Si fuera culpable, ¿no sería más probable que se descontrolara y empezar a gritar?"

"¿En lugar de llorar?"

"Sí."

Sam se levantó y caminó hacia el taller con los pies descalzos. La luz brillaba y caía sobre el arnés a cada paso. Era como un animal dando pasos desesperados entre las rejas de una jaula.

Los ojos oscuros de Kate lo siguieron, deseando ayudar, abrazarlo.

"Eso me sorprendió," admitió él finalmente. "Yo estaba esperando puñetazos y arranques de cólera y groserías. Pero parecía..." Sam sacudió la cabeza sin saber cómo decirlo.

"Anonadado," dijo Kate.

"Sí." Sam se pasó una mano por el cabello corto, dejando una estela de puntas oscuras. "Dios. ¿Qué tal si estoy equivocado? No quiero arruinar la vida del hombre sólo porque es un imbécil."

"Si nos equivocamos, el jurado lo dejará libre."

Sam hizo un sonido demasiado ronco para ser risa. Giró en su puesto y miró a la mujer de camisa azul y jeans ceñidos que permitían apreciar sus atractivas formas femeninas. Sus ojos oscuros estaban serios y su cabellera era una nube desordenada alrededor de un rostro intenso. La inteligencia y la emoción que reflejaba hacían que él quisiera atraerla hacia sí y abrazarla hasta que todo hubiera pasado.

Pero no todo pasaría. Eso nunca ocurriría.

"De verdad crees que la gente buena siempre gana?" preguntó él.

"No. Pero eso quisiera."

Él sonrió ligeramente. "Yo también, pero no puedo, así es

que me conformo con no ser un mal tipo. Y así es como me siento en este momento, un mal tipo."

"¿A que conclusión has llegado hasta este momento?" preguntó ella, señalando hacia la computadora.

"Sizemore Security no está en muy buena posición financiera. Toda la familia tuvo que hacer un corte de salarios este año."

"Una razón más para que él quisiera hacer algo al margen de la ley."

"Sí," Sam frunció el ceño.

"Tira el otro zapato."

"No soy contador forense."

"Ya lo noté."

Él le lanzó una mirada sorpresiva, vio el humor y la aprobación femenina en su sonrisa y no pudo evitar sonreírle. Luego volvió a la pantalla de la computadora.

Todo lo que veo aquí concuerda con los ingresos de Sizemore por concepto de salarios y retiros," dijo él. "Al parecer es bastante modesto en sus gastos."

"¿Y qué hay de Jason?"

"¿Tú crees que él haya podido matar al amante de su hermano?" preguntó Sam.

Kate cerró brevemente los ojos. "No creo que nadie se haya propuesto matar a Lee. Creo que simplemente, bueno, ocurrió."

"¿Asesinato número dos en lugar de asesinato número uno?"

"Lo que sea. Si tengo razón, los motivos del personal son irrelevantes. Además de la codicia, claro, o cualquier cosa que motive a un maleante."

"Hay muchas cosas que los motivan," dijo Sam, "pero entiendo tu punto. El motivo en este caso no es tan importante como los medios y la oportunidad."

"Correcto. Jase puede haberle dado la información a alguien accidentalmente o intencionalmente. Si fue por accidente, bueno, eso no ayuda mucho. Pero si fue intencional, el dinero tiene que llegarle de alguna forma. Lo mismo para cualquier otra persona de la compañía."

"Exactamente," dijo Sam. "Si llegó a través de los libros de la compañía, no lo podré encontrar."

"¿Y qué puedes decirme de las cuentas privadas?"

"Lo mismo, Sonny, Sharon y Sizemore todos viven de acuerdo a sus entradas de dinero. Sonny nunca estuvo en el ejército. Sharon no tenía ningún contacto en operaciones especiales."

"¿Y qué pasaría si alguien más tuviera acceso al código de la computadora de la compañía o a ver información 'secreta'?"

"Las dos personas con ese acceso—Jason y la Srta. Tibble, de contabilidad—no están endeudados y no tienen gustos muy costosos. No tienen ninguna conexión obvia con el club de veteranos ex-militares."

"Contrariamente a Kirby," dijo Kate, hojeando un expediente, "que tenía cuatro corredores de apuestas y dos ex esposas. O como White que compraba más cocaína de lo que ganaba cambiando llantas en el puesto de reparaciones. Kirby y White tenían una cantidad de contactos ex militares pero no tenían las conexiones para obtener información sobre los mensajeros por su propia cuenta. Ellos simplemente pudieron haber seguido a las personas que salían de las joyerías, supongo."

"Eso es lo que hacen las bandas suramericanas," dijo Sam, "para robar bolsas llenas de cosas. De todo, desde relojes hasta argollas de matrimonio. En cambio la banda de Teflón sólo realiza el trabajo más sofisticado, mercancía anónima o que al trabajarla de nuevo se vuelve anónima. Ellos tienen una ruta interna al negocio. O sea que si no es Sizemore, ¿quién es?" Frustado, Sam dio un golpe con el puño al lado de la computadora. "Hay algo que se me escapa."

"A mí también me parece, a no ser que los contadores profesionales puedan averiguar más que nosotros."

"Todavía necesitamos las órdenes judiciales para rastrear las cuentas privadas de Sonny, Jason, Sharon y de la Srta.

Tibble. Esos contadores forenses son buenos. Si ahí está el problema, lo encontrarán."

"¿Y qué hay de Sizemore?" preguntó Kate.

"Él renunció a sus derechos. Está trabajando con el contador del FBI."

"Lo que significa que no es culpable o que está seguro de que ocultó la evidencia en algún sitio donde nadie podrá encontrarla."

"Eso implicaría una arrogancia que no le vi hace algunos momentos."

"Sí." Kate se frotó los ojos, intentando borrar de su mente la imagen de un Sizemore destrozado, llorando. No funcionó, como tampoco funcionó restregarse los ojos para borrar los recuerdos de la sangre y el miedo de la víspera. "Aunque tú configuraste las alarmas que hay aquí, y todo ha sido limpiado, no estoy muy emocionada ante la idea de volver a mi cuarto e intentar dormir. Ya sabiendo lo rápido que Kirby entró en..." Ella se estremeció. "No tengo ni un poco de sueño."

"Kirby era un profesional. La mayoría de los asesinos están lejos de ser como él."

"Supongo que estás tratando de consolarme y animarme. Todo lo que tengo que hacer es no pensar en el hecho de que tu banda de Teflón está conformada por profesionales que son mejores que la mayoría de los asesinos."

Sam se dìo cuenta de lo que decía Kate y eso se reflejó en su rostro. "Hay dos agentes estacionados al frente, dos en el garaje, y cuatro más patrullando las calles vecinas. Aún cuando alguien quisiera hacer el mismo truco dos veces, no ocurrirá."

"Eso lo sé en mi mente. Pero el resto de mí no está convencida. Ella metió las manos en los bolsillos y se movió nerviosa alrededor del taller. Sus jeans rozaban al caminar. "Creo que haré un poco de café."

"¿Ahora quién está bebiendo demasiada cafeína?"

"Tú eres una buena influencia," dijo ella, dirigiéndose a la cocina.

El teléfono celular de Sam timbró. Él miró el número y respondió rápido.

"Hola, Doug. ¿Qué tienes?"

"Tex White."

Gracias a Dios. "¿Consiguió un abogado?"

"Seguro que sí. Luego negoció información para salvarse de la pena de muerte."

"¿Pena de muerte? ¿Por qué?" preguntó Sam.

"Por el homicidio que le encargaron de Eduardo Pedro Selva de los Santos."

Sam habló en voz muy baja. "¿Estás seguro?"

"Peyton Hall lo está. Identificó algunas de las cosas que encontramos en el apartamento de White. Había rastros de sangre en algunos zapatos del clóset. La cocaína te hace pensar que eres invencible, lo cual hace que te descuides."

"Estúpido."

"Eso también. Los zapatos ensangrentados se detectaron en una redada de drogadictos que terminó poniendo en evidencia el homicidio número uno. White no quiere la pena de muerte y ya lo habíamos conectado con Kirby, pudimos atraparlo por homicidio por encargo."

"¿O sea que Kirby era el jefe?"

"Así parece," dijo Doug. "Es divertido, sin embargo. Los agentes que buscaban a Kirby en la habitación del hotel en Scottsdale encontraron un teléfono digital."

"¿Digital?" O sea que no hay posibilidad de intercepción.

"Todos deberíamos poder darnos el lujo de tener un digital," dijo Doug.

"Intenta convencer a la oficina de presupuesto."

"Ya lo he hecho. De todas formas, lo intrigante es que el teléfono de Kirby también funcionaba como grabadora. Como un contestador automático, sólo que podía activarlo pulsando un botón en cualquier momento durante la conversación para grabarla."

"¿Algo interesante se grabó?"

"Oh, sí. Parece que Kirby no era siempre el jefe. Ahora sabemos que recibía órdenes de alguien que usaba un distorsionador de voz."

"La amenaza de muerte de Kate," dijo Sam instantáneamente.

"Eso parece. Sólo que esta vez, la voz rara quería a dos personas muertas además de Kate."

"¿Dos? ¿José y Eduardo?"

"Sí."

"¿O sea que usted supone que White o Kirby también pueden tener que ver en el asesinato de Lee Mandel?," preguntó Sam.

"White no. Él nunca había oído ese nombre. No conocía a McCloud ni a los zafiros desaparecidos, no conocía a Kate Chandler, y no había estado en la Florida desde que pusieron una orden judicial contra él por no comparecer ante el tribunal en un juicio por conducir en estado de embriaguez hace tres años."

"Talvez White mintió sobre eso."

"¿Para qué molestarse? Él ya había llegado a un acuerdo con nosotros. Homicidio en segundo grado, en tercer grado, en trece, lo que sea," dijo Doug. "A uno sólo le dan una vez cadena perpetua sin posibilidad de libertad condicional."

"¿Y qué hay entonces de Kirby? Él tenía el zafiro."

"Eso creemos."

Sam dudó. "¿O sea que crees que Sizemore es el tipo del distorsionador?"

"Sizemore o cualquier otra persona que tuviera acceso a su computadora."

"Y la habilidad para ser aceptado por los tipos del club de veteranos ex militares," Sam señaló.

"Sí. Sizemore se ajusta a todas las sospechas. ¿Por qué no parece contento?"

"Porque no lo estoy."

"¿Por olfato?"

"Supongo."

"Tú tienes un olfato interesante," dijo Doug, "¿o Kennedy ya te dijo?"

"¿Ya me dijo qué?"

"Que la aguja del detector de mentiras confirmó que Sizemore decía la verdad. Pasó todas las pruebas. Si vamos a juicio con lo que tenemos ahora, su abogado nos tragará vivos."

Capítulo 66

Scottsdale
Domingo
11:45 p.m.

"¿Estás segura de que no te puedes quedar a pasar la noche?" le preguntó Peyton a Sharon en el corredor del piso del hotel frente a su cuarto. "Tú sabes que a mí no me importa que trabajes."

"Es por eso que hemos durado tanto tiempo," dijo ella sonriendo y pasándose el maletín de la computadora a la otra mano. "Me dejas ser yo misma." Su sonrisa se desvaneció y el nerviosismo que había tratado de ocultar apareció en su rostro. "No esta noche. Papá me necesita."

"¿Qué está pasando, querida? Puedes decirme."

"No, él nunca me perdonaría."

Peyton sonrió sin humor. "Entonces los rumores son ciertos."

"¿Qué rumores?" preguntó ella bruscamente.

"Que pillaron a Ted Sizemore con las manos en el frasco de las joyas."

Sharon desvió la mirada y se dijo así misma que todavía había tiempo, que todo estaría bien.

"¿Dónde oíste eso?"

"Deberías salir más. Es de lo único que se habla en el piso de la exhibición de joyas."

Ella respiró rápido y sacudió la cabeza como si él le fuera a dar una bofetada. "¡No hay una sola prueba!"

"Él puede ser un hijo de puta, pero aún así es tu papá, ¿no es cierto?"

Sus nervios se crisparon, se veía nerviosa como una gata salvaje.

"Escucha," dijo Peyton con urgencia. "Tú no tienes que hundirte con él en su barco. Podemos encontrar una forma de poner a funcionar tu pericia. Yo te financiaré. Cambia el nombre de la compañía. Dentro de un año o dos la gente habrá olvidado y tú estarás manejando tu propia operación de seguridad. Demonios, ya la estás manejando. Tu papá es sólo la fachada. Podemos superar esto. Juntos."

Durante un largo rato, Sharon miró la expresión sincera de Peyton y su mirada resuelta. Si no lo conociera mejor, juraría que realmente se preocupaba por ella, quizás incluso que la amaba. Pero ella sabía que en el fondo él sólo se preocupaba por sí mismo, lo que quería decir que siempre estaba tras algo. Quizás sexo. Quizás algo más.

Quizás se lo daría.

Quizás no.

"Lo pensaré," dijo ella entre dientes. "Gracias."

Peyton la besó aliviado. "Somos un gran equipo. No quiero que perdamos eso."

Ella se zafó de sus brazos. "Te llamaré mañana."

Él la miró alejarse por el pasillo en medio de las hileras de afiches de flores enmarcados y el papel de colgadura sumamente decorado. Sus zapatos no hacían ningún sonido en la alfombra gruesa con el logo dorado del hotel sobre el fondo rojo.

"¿Sharon?"

Ella se volteó.

"No esperes demasiado, cariño. No quiero que las cosas cambien."

Ella entendió lo que Peyton no había dicho explícitamente—si su padre caía, ella caería con él a no ser que empezara a controlar los daños a la mayor brevedad.

Y si él caía, su romance con Peyton terminaría. Él lo lamentaría, pero él la dejaría a su suerte, porque quedarse con ella ensombrecería su reputación, lo cual le costaría dinero. Primero los negocios, luego los negocios y siempre los negocios.

Los hombres eran predecibles. Desgarradoramente, graciosamente, odiosamente predecibles.

"No lo haré," dijo ella.

Ella supuso que la mayoría de las mujeres también eran predecibles.

Si existía Dios, él o ella deberían estar muertos de risa al ver a todos esos monos predecibles corriendo en círculos, chillando y agarrándose los testículos.

Sharon no sería uno de ellos. Era hora de detener las pérdidas y cambiar a un juego nuevo.

"¿Peyton?" dijo ella, volteándose.

Él se detuvo en el acto de cerrar la puerta de su habitación.

"¿Desayuno mañana?" preguntó ella. "Ocho en punto."

"Seguro que sí, cariño," dijo él con una sonrisa amplia. "¿En tu cuarto o en el mío?"

"En el tuyo. A ti te dan mejor servicio que a mí."

Capítulo 67

Glendale
Lunes
7:30 a.m.

Kate se despertó tiesa aunque al mismo tiempo contenta.
No sabía en qué cama estaba, pero se sentía tan tibia como
estrecha. Luego oyó la respiración de Sam, y sintió su cuerpo
envolviéndola, excepto la espalda, que estaba recostada contra el viejo sofá que tenía en el cuarto de trabajo para cuando
estaba tan cansada que no le importaba dónde dormir.

Abrió los ojos. El mundo era un borrón con zafiros azules
brillantes en el centro.

"¿Estás despierta?" preguntó Sam.

Ella parpadeó. La cara de Sam estaba tan cerca a la suya
que no podía enfocarlo.

"Así parece, ¿y tú?"

"Estoy trabajando en eso."

"Estás trabajando, punto. Puedo sentir las vibraciones."

"Sólo estaba pensando," dijo Sam.

"En eso consiste la mayor parte de tu trabajo, en pensar.
Entonces . . . ¿en qué estas pensando?"

"En que Peyton Hall y Sharon Sizemore comen juntos
con mucha frecuencia."

Kate trató de no bostezar. "Cuento viejo. Ya eso pasó a la historia."

"¿El romance ya terminó?"

"No. Sólo es un cuento viejo. Peyton tiene una reputación muy bien ganada de ser un perro de caza. Está casado, tiene desde hace mucho tiempo una amante—que es Sharon—ha tenido dos o tres aventuras en ese tiempo, y con frecuencia sale a bailar una noche con niñas del bar y secretarias tontas."

"Qué tipo tan simpático," dijo Sam.

"Espero que tu interruptor de la ironía esté encendido."

Él sonrió. "Sí, claro. ¿O sea que piensas que él y Sharon hablan mucho acerca del negocio?"

"Probablemente. Después de haber estado juntos cinco o seis años, qué más . . ." Abruptamente, Kate se quedó callada. "¿Peyton Hall? ¿Crees que sea el que pensamos?"

"Creo que debemos analizarlo de nuevo. De cerca. Si encontramos una conexión sólida con Kirby o con White o con cualquier cosa militar, entonces tendremos algo que respalde nuestro argumento."

"¿Y qué hay de Sizemore?"

"¿Qué quieres decir?"

"¿No creerás que en realidad es culpable?"

Sam suspiró. "Me encantaría poderlo clavar a la pared, pero no por algo que no haya hecho. Antes de arrestarlo, tengo que analizar todas las demás posibilidades. No quisiera arruinar a alguien sólo porque no soporto estar en el mismo cuarto con él."

"Alguien de la compañía de Sizemore tiene que estar pasando información. ¿Crees que sea Sharon?"

"No sé. Ella ha sido estúpida con los hombres antes, pero filtrar información va más allá de ser estúpido. Eso se llama ser cómplice. Demonios, tal vez la Srta. Tibble se acostó con Peyton y quiere hacerlo de nuevo, por eso le está pasando datos."

Kate no pudo evitar soltar una carcajada. "¿Por dónde empezamos?"

"Quiero revisar de nuevo las cuentas bancarias de Peyton. No estaría mal revisar también las de la joyería Hall."

"¿Otra vez haciendo piratería, eh?"

"Sí," Él frotó su nariz contra la de Kate. "¿Café?"

"¿Me estás pidiendo que lo haga?"

"Seguro."

"Me vas a deber una," le advirtió ella.

"Me encanta cuando te pones enojada conmigo." Él se echó para atrás para que ella pudiera ver su sonrisa de oreja a oreja.

Ella trató de no reír, luego se dio por vencida y le besó la nariz antes de dirigirse desnuda hacia el baño. Realmente iba a echar de menos aquella intimidad matinal, tener algo en qué pensar además del trabajo, tener a alguien con quien reír, a quien tocar, con quien hablar, con quien...

¿Se sentirá él igual?

Impaciente se levantó y fue a hacer café. El piso de la cocina se sentía frío bajo sus pies descalzos. Cuando abrió la puerta de la nevera, la oleada fría la hizo saltar hacia atrás. Estar desnuda tenía sus desventajas.

Mientras se hacía el café, ella fue a su cuarto, que todavía estaba desordenado. Habían movido la cama. No había alfombra, Sam la había quitado cuando los policías se habían ido. Ella no resistía mirarla. Aún sin la alfombra, ella todavía se sentía impresionada. Rápidamente, se puso la ropa interior, unos jeans con restos de arenilla, y la camisa azul de trabajo que había sido tantas veces blanqueada, que el único color real que le quedaba era un tono de crema pálido. Salió del cuarto a toda velocidad, preguntándose si alguna vez se sentiría cómoda de nuevo en ese sitio.

Sam estaba sentado frente al teclado con el teléfono celular aprisionado entre el oído y el hombro izquierdo. Ya se había puesto los jeans, nada más. El resto de su cuerpo estaba desnudo y maravillosamente provocativo. Cualquiera que fuera su rutina de ejercicios para mantenerse en forma, éstos se notaban en sus movimientos ágiles y en sus músculos.

Sus dedos corrían sobre el teclado con más fuerza de lo necesario para pulsar las teclas.

"Okay, bueno...no, espera," dijo él al teléfono. "Repíteme lo último," él escuchó, escribió algo en la computadora, asintió y escribió algo más. "De acuerdo. ¿Algún otro dato que debiera saber?" Escuchó, gruñó y garabateó algo en el bloc de notas que tenía al lado del teclado, que ya tenía otros garabatos de sus consultas informáticas. "Gracias, Jill. Si esto no es suficiente, te llamo de nuevo."

Él desconectó y pudo sentir el aroma a café antes de que Kate se lo pusiera debajo de la nariz. "Acabas de salvarme la vida," dijo él recibiendo la taza.

"Me dejaste esperando. ¿Ella te ayudó otra vez?"

"¿Qué? Ah, Jill," Sam sonrió. "El Buró sólo tiene a los mejores, gracias a Dios. Hay una forma de ingresar a las computadoras de Hall. Por lo menos, debe funcionar. Prácticamente todo el software de los negocios se basa en el mismo programa, y ese programa tiene muchos baches en su sistema de seguridad."

"¿Eso es bueno?"

"Eso espero." Sam bebió lo que le quedaba de café caliente en tres grandes sorbos. "Ya lo averiguaremos."

Continuó trabajando en el teclado. Kate observaba cómo cambiaba la pantalla y corrían los minutos, la solicitud de códigos y sus respuestas, hasta que finalmente él se quedó quieto y suspiró. "Por todos los cielos. Funcionó. Los archivos del personal son míos."

"¿Legalmente?"

"No preguntes nada, no digas nada."

Kate entendió y se calló. Se tomó su café, llenó de nuevo las dos tazas y se paseó hacia un lado y otro de las mesas de trabajo. La bonita pieza de zafiro amarillo estaba montada y lista para ser estudiada con los diferentes dispositivos, incluida una lupa pasada de moda. Cuanto más rápido trabajara el zafiro, más rápido podría pagarle a Sam el préstamo no intencional que había sido necesario para comprar la costosa piedra en bruto.

Él no estaba pidiéndole el dinero. Ni siquiera lo había mencionado. Quizás a él le interesara asociarse con ella en el trabajo terminado también. Se volteó para preguntarle, pero antes de que pudiera hacerlo él empezó a hablar.

"Jack Kirby. Qué hijo de puta. Trabajó para Peyton Hall."

"Kirby fue investigador privado certificado, ¿no es cierto?" preguntó Kate frunciendo el ceño.

"¿Sí? ¿Y qué?"

"Pues puede existir una razón legítima. Kirby puede haber trabajado para mucha gente."

Sam gruñó. "Veamos que dice Sizemore."

"¿Qué? ¿Le vas a decir a él?"

"De hecho creo que voy a dejar que *él* me lo diga a *mí*."

Capítulo 68

Sizemore abrió la puerta con una cerveza en la mano e irradiando una actitud de seguridad exagerada.

"¿Está seguro de que no necesito a mi abogado?" dijo Sizemore en un tono sarcástico.

"Si quiere llámelo," dijo Sam, rozando a Sizemore. "Esperaremos adentro."

Kate siguió a Sam hacia la suite.

Cuando ella entró, Sizemore azotó la puerta de un golpe tan fuerte que hizo vibrar el marco. Luego volteó la cara hacia Sam.

"No necesito mi abogado para lidiar con un cretino como usted," dijo Sizemore. "Usted no vale doscientos dólares la hora."

"Tampoco su abogado."

Kate puso los ojos en blanco y se interpuso entre los dos hombres, mirando a Sizemore directo a los ojos.

"Antes de que ustedes dos empiecen a darse trompadas," dijo ella, "dejemos claras un par de cosas. Sam le cae mal a usted. Usted le cae mal a Sam. Genial. La gente hace negocios todo el tiempo con gente que le cae mal. Aparte de eso, ¿tiene algún problema en hablar con nosotros?"

Sizemore pareció sorprendido. Miró a Sam por encima de la cabeza de Kate. "¿Hoy en día las niñas van a alguna escuela especial para aprender a comportarse?"

"Las buenas nacen sabiendo," dijo Sam.

"Umm. Bueno, espero que la basura que traen valga la basura que traen. Para mi nunca ha valido ni mierda."

Sam no pudo evitarlo. Miró a Kate y se rió.

Ella también rió.

Sizemore sacudió la cabeza. "Nunca entenderé a las mujeres, ni a los hombres que las entienden, por supuesto. Cerveza, ¿alguno de ustedes?"

"Yo paso," dijo Kate.

"Yo también," dijo Sam.

Sizemore se sentó en su silla favorita y dijo: "Es su fiesta. Su canción."

Sam le acercó una silla a Kate pero él no se sentó.

"Suponiendo que la filtración provenga de su compañía," dijo Sam, "y suponiendo que usted no fue la fuente, ¿quién pudo ser?"

"Demonios, tengo veinte empleados y un montón de mensajeros que sólo trabajan de acuerdo a cantidad de trabajo que tengamos." Sizemore bebió un sorbo de cerveza. "Podría ser cualquiera de ellos."

Sam miró las ojeras que enmarcaban los ojos rojos del hombre. "¿Eso es lo mejor que tiene después de una noche en vela? ¿O se la pasó bebiendo?"

Sizemore se sonrojó y visiblemente se tragó lo que quería decir.

"¿Cuántas personas de su compañía tienen acceso a todos los archivos de su computadora principal?" preguntó Sam.

"Cuatro," dijo Sizemore hosco. "Yo, Sharon, Jason, y la Srta. Tibble."

"De esas cuatro personas, ¿quién tiene acceso al club de veteranos de las fuerzas militares?"

"Usted sabe la respuesta tanto como yo."

Sam esperó.

"¡Yo soy el único!" dijo Sizemore. Golpeó la botella vacía contra el cesto de basura—botella, porque desde temprano había empezado a beber cerveza extra fina. Se agarró la cabeza con las manos. "Yo soy el único y yo no lo hice."

Sam le hizo un gesto sutil a Kate. Hora de que apareciera el policía simpático.

"¿Sabía usted que Peyton Hall tuvo como empleado a Jack Kirby?" preguntó ella.

Lentamente, reapareció la cabeza gris y desgreñada de Sizemore. "¿Qué?"

"Según la información que tenemos," dijo Kate, "Peyton usaba a Kirby para hacer verificaciones de antecedentes ocasionales de la Joyería Internacional Hall."

"Kirby nunca lo mencionó," dijo Sizemore. "¿Pero por qué lo haría? Yo sólo lo vi unas cuantas veces en estos años desde que nos veíamos en la unidad."

"¿Y que puede decirme de Peyton Hall?" preguntó Sam.

"Un tonto."

"De eso no tenemos la menor duda," dijo Kate, pensando en la reputación del hombre con las mujeres. "¿No cree usted que algunas de sus conversaciones en la almohada con Sharon hayan sido sobre los negocios de Sizemore Security Consulting?"

"Sharon sabe hacer cosas más interesantes que hablar más de la cuenta," dijo Sizemore con rudeza. "Bueno, puede haber dejado escapar algo aquí y allí, pero ella no es estúpida."

"¿Excepto con los hombres?" preguntó Kate en tono amable.

Hubo un largo silencio.

El silencio se mantuvo.

Abruptamente, Sizemore se levantó. "La mayoría de las veces que veo a Peyton, él está inclinado sobre ella, mirando la pantalla de la computadora mientras ella trabaja. Podría obtener muchísima información de esa forma. Diablos, incluso puede tener el código de seguridad de Sharon. Y Kirby sería lo único que necesitaría Peyton para alquilar a un montón de estúpidos para hacer el trabajo sucio."

Sizemore agarró el teléfono y oprimió el número de la habitación de Sharon.

No respondió. Esperó lo suficiente para que interviniera en la línea el operador del hotel y luego colgó sin dejar mensaje.

"Sharon no está en su habitación," dijo él.

"¿Dónde más puede estar?" preguntó Sam.

"Debe estar aquí. Ella sabe que nos vamos. O que nos íbamos a ir," dijo Sizemore con amargura. "A estas alturas no sé si me permitirán acercarme al aeropuerto hasta que esto se resuelva."

"Si Kennedy no lo ha hecho arrestar hasta este momento," dijo Sam, "entonces no lo hará."

Sizemore se arremangó la camisa y levantó las muñecas a la altura de la nariz de Sam. Estoy bajo arresto domiciliario. O arresto hotelero, para ser preciso."

Sam miró el "brazalete" que llevaba Sizemore. Era lo último que habían inventado para rastrear sospechosos sin ponerlos tras las rejas. Sizemore no podría escapar así quisiera. La banda en la muñeca le permitía al FBI rastrearlo en cualquier parte del planeta.

El rostro sonrojado de Sizemore reflejaba la humillación que sentía al portar el brazalete, pero era mejor a que le tomaran las huellas dactilares y lo llevaran a la cárcel.

"Kennedy es bueno para cubrir su trasero," dijo Sam.

Sizemore no dijo nada, sólo hizo un gesto con la boca.

"¿Peyton Hall todavía está aquí?" preguntó Kate rápidamente.

"Sharon desayunó con el cretino," dijo Sizemore. "Sharon no comentó que él fuera a irse antes de esta noche. Nuestros últimos clientes ya se habrán ido para entonces." Miró el reloj. "Está retrasada, ya debería estar aquí."

Se oyeron unos golpes suaves en la puerta, alguien girando la cerradura y abriendo la puerta.

"¿Papá? He estado pensando. No es fácil decirlo, pero..."

Sharon se quedó fría cuando vio a Sam. "¿Qué está haciendo aquí...regodeándose?"

"Vinieron a hablar acerca de las personas que pueden tener acceso a la información de Sizemore Security Consulting," dijo Sizemore.

Sharon respiró hondo, como si la hubieran golpeado. El miedo o las lágrimas brillaron en sus ojos. Apretó los puños.

"Yo también me he estado preguntando," dijo ella de forma brusca. "Estuve despierta casi toda la noche. Pensando. Acerca de las conexiones. Acerca de quién pudiera y quién no." Visiblemente, luchaba por mantener el control. Le tomó algunos momentos, pero lo logró. Tragando saliva, en una especie de susurro ronco, dijo: "Yo...Peyton. Perdón, papá. Es Peyton. El bastardo me ha usado todos estos años."

Sam frunció los ojos. "¿Qué le hace decir eso?"

"Desayunamos juntos. Él quería que yo dejara a mi padre." Tomó aire profundamente y miró a Sizemore, no a Sam. "Yo me estaba sintiendo...mal. Fui a sacar unos antiácidos del maletín de su computadora—siempre los tiene allí porque—mierda, eso qué importa. Saqué el frasco y me serví algunas pastillas en la palma de la mano—y—*esto*." Ella estiró la mano derecha y la abrió.

Un óvalo azul brillante destelló en su mano temblorosa.

A Kate se le cortó la respiración e hizo un sonido agudo.

"¿Es uno de ellos?" preguntó Sam.

"Sí." Kate miró a Sharon. "¿Había más?"

"Sí, ¡maldita sea! Yo no sabía qué hacer. He estado todos estos años con él." Ella tragó saliva y se secó impacientemente los ojos. "Dejé las demás piedras donde las encontré y vine directamente a decirle a mi padre." Ella se enderezó y miró a Sam. "¿Todo estará bien, no es cierto?"

Sam no respondió. Estaba demasiado ocupado hablando por su teléfono celular.

Capítulo 69

Scottsdale
Lunes
9:15 a.m.

"Creo que deberías haberte quedado con Sizemore," le dijo
Sam a Kate mientras esperaban el ascensor en el pasillo del
hotel.

"De ninguna manera. Cuando llegó la orden judicial para
Peyton, yo salí corriendo."

"Sharon salió antes. Dijo que tenía que empacar. Yo creí
que ellos se iban mañana."

"¿La culpas por escabullirse? Cuando Sizemore no le decía que era una estúpida, les decía a todos que por culpa de
ella se había arruinado este caso. La considera una estúpida,
y de la forma como se pavoneaba Sizemore es más de lo que
puede soportar una mujer."

Sam y Kate se subieron al ascensor al mismo tiempo.

El teléfono de Sam vibró contra su cinturón. Él lo había
programado de esa manera para que nadie lo molestara
durante el arresto de Peyton Hall. Pero el maldito le hacía
cosquillas.

Miró la pantalla del teléfono, frunció el ceño y decidió
que quien lo estaba llamando tendría que esperar—ese fue

el mensaje que envió al oprimir el botón de respuesta y desconectar instantáneamente.

"Quédate en el pasillo hasta que Peyton haya sido espo-
sado," le dijo Sam a Kate cuando el ascensor se detuvo.

"Ay, por favor." Ella puso los ojos en blanco. "Él no intentará luchar. Está totalmente fuera de forma."

"Para usar armas no se necesita ser miembro de un gimnasio."

Kate se calló.

Cuando el ascensor paró en el piso de Peyton, Sam miró
hacia fuera. No había nadie en el pasillo excepto Doug, que
estaba esperando la llegada de Sam frente a los ascensores.

La suite de Peyton sólo quedaba tres pisos abajo. Sam
sacó su revólver Glock y lo mantuvo en su mano apuntando
hacia abajo al su pierna derecha. A no ser que alguien se fi-
jara, el arma estaba a la vez oculta y lista para ser utilizada.

Su teléfono celular vibró de nuevo.

Mierda.

Oprimió de nuevo el botón para responder y luego lo
apagó de nuevo.

"Quédese aquí," le dijo Doug a Kate.

Sin esperar una respuesta, el AEE se fue caminando por el
pasillo.

"Por favor," dijo Sam.

Ella le lanzó una sonrisa mostrando todos los dientes, dobló los brazos y se inclinó contra la pared. "Seré una buena
chica."

"Sólo quédate quieta," le dijo Sam. "Es todo lo que te
pido."

Él alcanzó a Doug. Cuando llegaron a la puerta, Sam se
hizo a un lado mientras Doug golpeaba.

Nadie contestó.

Doug golpeó de nuevo, más fuerte.

"¿Quién es?" preguntó Peyton del otro lado de la puerta.

Buró Federal de Investigaciones," dijo Doug. Sacó su
placa y puso el escudo dorado frente al ojo mágico desde
donde Peyton pudiera verlo.

"Un momento."

Se oyó cuando Peyton quitó el seguro e hizo girar la manija de la puerta. El rostro apuesto y relativamente calmado de Peyton apareció al abrirse la puerta. Su camisa de lino de diseño exclusivo estaba desabotonada, así como sus pantalones. Aparentemente, el cinturón le presionaba el estómago de manera incómoda.

"¿Qué puedo hacer por usted?" preguntó Peyton. Abrió la puerta lo suficiente para mostrar que quería colaborar, aún cuando no había invitado a nadie a entrar.

Si tenía un arma, no la tenía en ninguna de las manos.

Sam vio la tensión alrededor de los ojos y la boca de Peyton. Le costaba bastante mantener su sonrisa de vendedor profesional. Sam estaba listo para cualquier cosa. Realmente tenía deseos de tumbar al cretino que había matado al hermano de Kate y que había intentado matarla a ella también.

Doug le sonrió a Peyton y dijo: "No tomará mucho tiempo. ¿Podemos entrar?"

Peyton miró rápidamente a Sam, quien se cuidaba de mantener el Glock fuera de su vista, y de que tampoco percibiera la exaltación de sus ojos.

"Él es el Agente Especial Sam Groves," dijo Doug en forma casual, señalando en dirección de Sam.

Peyton frunció el ceño. "¿Sí?"

A dos puertas de allí, una pareja salió de un cuarto y caminó hacia los ascensores. Les lanzaron una mirada larga y curiosa a los tres hombres que no parecían particularmente amigables. Desde un poco más lejos se oían las conversaciones de las camareras que intercambiaban chismes sobre las toallas limpias. Las puertas del ascensor se abrieron y alguien salió con muchísimo equipaje y un niño cansado.

Rezando en silencio que los civiles se fueran al demonio *rápido,* Sam se volteó ligeramente manteniendo su arma oculta.

"Aquí no hay mucha privacidad, ¿no es cierto?" le dijo Doug a Peyton, mirando de arriba abajo al hombre. "Usted decide, claro, ¿pero no estaríamos más cómodos si habláramos adentro?"

"Ah, sí." Peyton abrió paso.

Sam pasó entre Peyton y algún arma potencial que hubiera en el cuarto. Aunque Sam no reveló su arma, allí estaba lista.

"No tengo mucho tiempo," le dijo Peyton a Doug. "Tengo que tomar un avión a la una y no he terminado de empacar todavía."

"Esto no tomará mucho tiempo, Sr. Hall," dijo Doug, agarrando a Peyton por el puño derecho y jalándolo hacia atrás en un movimiento rápido. "Usted está bajo arresto por el asesinato de Lee Mandel."

Peyton estaba demasiado asombrado para luchar cuando su mano izquierda se unió con la derecha en la espalda. Doug sacó unas esposas plásticas y las puso alrededor de las muñecas de Peyton, apretándolas tan fuerte que le pellizcaban la piel.

"¿Qué demonios?" dijo Peyton, mirando sobre su hombro a Doug. "¡Aquí hay un error! Ni siquiera conozco a ese tal Medlon o Meddle o lo que sea..."

"Mandel," dijo Sam tajante, sacando su Glock. "Lee Mandel."

Con eficiencia, Sam verificó que Peyton no tuviera armas mientras que Doug le recitaba sus derechos—con algunas variaciones requeridas por recientes decisiones del tribunal—para beneficio de los próximos abogados.

"Mandel. Bueno, lo que sea," dijo Peyton. "Pero eso es basura. Yo no soy santo, pero pago mis impuestos a tiempo. Ustedes no pueden venir aquí y simplemente arrestarme."

"De hecho, sí podemos," dijo Sam, alejándose un poco de Peyton. Y luego le dijo a Doug: "Está limpio."

Peyton intentó no pensar en sus cuentas ocultas en Aruba ni en sus gemas retrabajadas después de que Kirby y los primos de Eduardo las habían conseguido en algún lugar. Al pensar en eso sus nervios se pusieron de punta.

"Esto es ridículo," dijo Peyton. "Quiero un abogado *ya mismo.*"

Doug llevó a Peyton al teléfono, oprimió el número que le dictó y le puso el teléfono al oído para que pudiera hablar.

Mientras Peyton le chillaba a su abogado, Sam lanzó sobre la mesita del café una orden de cateo y se puso a trabajar.

"¡Espere!" dijo Peyton cuando Sam abrió la tapa del computador. "¡Usted no puede hacer esto!"

"Dígale," le dijo Sam a Doug.

"También tenemos una orden judicial para registrar su cuarto y todo lo que hay en él," dijo Doug educadamente. "¿Quiere que le explique a su abogado?"

"Váyanse a la mier…" Peyton se detuvo abruptamente pues imaginó que decirle a un agente federal que se fuera a la mierda no era la mejor forma de defender su inocencia. "Por lo menos dígame quién demonios murió y por qué me está inculpando a mí por homicidio." Luego se dirigió al teléfono: "Bob, tienes que ayudarme. ¡Estos payasos no me escuchan!"

El rostro de Peyton indicaba que no le gustaba el consejo que le estaba dando su abogado: *Cállese.*

Pensándolo bien, Peyton se dio cuenta de que podía ser buena idea. Nadie había hablado acerca de las cuentas en el exterior, o sea que todo esto era un error. Un error aterrador. Realmente aterrador.

Un error, eso es todo. Él nunca había matado a nadie. Robar, seguro. Pasar una que otra información sobre cuando sería oportuno hacer alguna recolección, sí.

Pero él nunca había disparado un gatillo, o sea que no era culpable.

Las esposas plásticas le cortaban las muñecas. Se le revolvió el estómago. No se suponía que fuera así. Se suponía que él se iría a Aruba, no a alguna cárcel federal donde las únicas mujeres que vería sería en sueños.

"Mi abogado quiere hablar con usted," dijo Peyton con labios pálidos. Luego, casi desesperado, se acercó a Doug. "Nunca he matado a nadie. ¡Tiene que creerme!"

Doug no se molestó en saludar. Se limitó a ponerse el teléfono al oído y empezó a enumerar todo, desde los números de las órdenes judiciales que estaban siendo ejecutadas simultáneamente en Los Ángeles y en Scottsdale, hasta las leyes federales específicas que habían sido violadas con la muerte de Lee Mandel.

Sam no estaba poniendo atención. Él ya había oído todo antes, así que se limitó a ejercer los derechos otorgados por la orden de cateo. Abrió la cremallera del grueso maletín negro del computador portátil de Peyton y lo sacó. Aunque estuvo tentado, puso la máquina a un lado para hacer una investigación posterior y empezó a abrir la multitud de bolsillos con cremallera que cubrían la parte interna y external del maletín. Tuvo que abrir y cerrar varias veces las cremalleras para asegurarse de que había verificado todo. Había visto rompecabezas chinos menos elaborados.

"Mire, por lo menos cuénteme acerca de ese tal Lee Mandel," le dijo Peyton a Doug. "El nombre me suena familiar, pero, en serio, conozco a mucha gente. ¿Dónde murió? ¿Cómo? Vamos, ayúdeme."

Doug puso la mano sobre el receptor, aislando al abogado. "Sr. Hall, he anotado sus objeciones. Su abogado las ha anotado. Háganos un favor a todos y cállese."

El teléfono celular de Sam volvió a vibrar, haciéndole cosquillas en el estómago. Lo ignoró porque había descubierto algo que le hizo brincar su corazón. Hurgó hasta el fondo de uno de los bolsillos laterales y encontró un frasco de antiácido. Sonriendo como un lobo, le quitó la tapa a la botella de boca ancha y vertió el contenido en la mesita del café.

Luminoso, brillante, un zafiro azul resaltaba entre las pastillas blancas.

"Bingo," dijo Sam con voz emocionada, mirando más al prisionero que a las gemas.

Peyton miraba el espectáculo con ojos muy grandes y con una palidez mortal en el rostro. Tragó con dificultad. Dos veces. "¿De dónde viene eso?" logró preguntar.

"Usted vio de donde provino," dijo Doug. Él agarró el brazo de Peyton. "Vamos."

"¡No! ¡No son míos! Alguien más..."

"Eso es lo que dicen todos," interrumpió Doug, disgustado por la falta de originalidad de los criminales. "¿Supongo que usted nos dirá que la empleada los puso allí?"

"No lo sé." Peyton miró los fantásticos zafiros azules y empezó a transpirar visiblemente. "Nunca antes los había visto en mi vida."

"Sí, crecieron ahí, como moho," dijo Sam. "Qué divertido, yo nunca he visto piedras preciosa crecer en mis Tums."

"¡Ni siquiera tomo antícidos! Mi médico se lo puede confirmar. Él me da algo mucho mejor..."

El teléfono de Sam seguía vibrando. Lo arrancó del cinturón y gruñó: "¿Qué?"

"Soy..."

"Yo sé quien es," interrumpió. "¿Qué quiere?"

"¿La lista que nos dio?"

"¿Sí?"

"Encontramos coincidencias en tres pruebas parciales de la evidencia encontrada en el baúl del auto del mensajero."

Sam sonrió con frialdad. "¿Kirby? ¿O White?"

"Ninguno de los dos."

"¿Peyton Hall? ¿Ted Sizemore?"

"Caliente. Caliente. Su hija."

La expresión de Sam era como si el teléfono acabara de mearse en su oído. "*¿Qué?*"

"Sharon Sizemore. Pulgar derecho, índice derecho."

Sam recordó que Kate estaba sola en el pasillo esperando a que arrestaran al asesino equivocado.

Se dirigió a la puerta y salió corriendo.

Capítulo 70

Scottsdale
Lunes
9:25 a.m.

Kate se recostó contra la pared y se preguntó cuánto tiempo tomaría arrestar a alguien. Luego recordó que la habitación había sido registrada. Sintió deseos de golpearse la cabeza contra la pared. Si lo hubiera pensado antes, habría discutido con más firmeza para que no la dejaran sola en el pasillo. Aunque eso no habría servido de nada. Sam era tan terco como ella.

Era una de las cosas que más le gustaban de él.

Un sonido llamó la atención de Kate. Miró con optimismo por el pasillo hacia la habitación de Peyton. Todo lo que pudo ver fue el carrito de la camarera con una pila de toallas rodando por el pasillo hacia los ascensores. La joven mujer que lo empujaba era demasiado pequeña y no alcanzaba a ver por encima de las toallas. Casi atropella a un huésped que tuvo que echarse hacia atrás en el pasillo cerca de los ascensores, arrastrando un maletín.

"Cuidado," dijo Sharon con voz aguda.

"Perdón, señora."

Sharon se estiró la chaqueta color bronce sobre los pantalones y la blusa negra, y se dirigió hacia el ascensor. Allí vio a una mujer vestida informalmente, recostada contra la pared como si estuviera esperando a alguien. Le pareció familiar.

Estremecida, Sharon oprimió el botón para bajar. Fuera quien fuera la mujer, ya no importaba. Nada importaba. Estaba fuera de allí.

Kate le sonrió automáticamente a Sharon Sizemore mientras ésta se preguntaba si la otra mujer sabía como había sido utilizada por su novio.

Las dos mujeres esperaron el ascensor con la educación forzada de los extraños que comparten un espacio público. Kate se sintió aliviada cuando vio que Sam se dirigía caminando por el pasillo hacia ella.

"Eso fue rápido," dijo Kate. "Acaso tú."

Luego vio el Glock al do de su pierna derecha.

Kate tuvo un mal presentimiento. Podía ser quizás la rigidez en la boca de Sam. Podía ser el miedo aterrador en los ojos de Sharon cuando vio el arma.

Sharon metió la mano en su bolso.

Sam se dispuso a levantar el Glock.

La puerta del ascensor se abrió. Dos niños que llevaban toallas y goggles plásticos para la piscina miraron hacia fuera.

Sharon sacó un revolver corto de su cartera y saltó hacia el ascensor abierto.

Sin detenerse a pensar, Kate se lanzó hacia Sharon, golpeándola hacia un lado. Las puertas del ascensor se trabaron con el maletín, poniéndole una zancadilla a Kate.

Sam llegó al ascensor en el preciso momento en que las dos mujeres cayeron al piso del pasillo, ambas pegandose y golpeandose. Kate había sido inmovilizada por el maletín justo el tiempo suficiente para que Sharon se le subiera encima. Sam vio el destello de un arma en su mano y le dio una patada. Sharon gritó al sentir que su muñeca se rompía.

Sharon seguía gritando cuando de una patada Sam alejó el

arma de ella, luego la jaló por el cabello hacia atrás, y le puso el cañón de su revólver bajo la barbilla.

"No se mueva," le dijo él. "No me de un motivo."

Sharon lo miró a los ojos y se quedó completamente quieta.

"¿Estás bien, Kate?" le preguntó sin dejar de mirar a su prisionera.

"Sí. ¿Cómo están las niños?"

"Están bien, gracias a ti." Él miró por un instante a las niñas. "¿Están bien, niñas? No se preocupen, soy del FBI. Uno de los buenos."

Kate miró los ojos ardientes de Sam y el revólver aprisionando el mentón de Sharon. La niña mayor también lo miró. Luego la niña jaló la maleta despejando el camino, las puertas del ascensor se cerraron de un golpe y este se fue hacia abajo.

"A decir verdad, no parecías uno de los buenos," dijo Kate.

Capítulo 71

Phoenix
Por la noche
Cinco días después

Kate estaba sentada en un sofá de cuero verde oscuro y miraba a Sam caminar desde la cocina del condominio llevando dos tazas de café hirviendo. Como la decoración del condominio, él se veía relajado y masculino. Le pasó a ella una taza, tomó el control remoto de la televisión de la mesa de centro y se instaló en el sofá a su lado. Justo a su lado, en contacto directo con sus muslos, sus caderas y sus hombros. Ella se recostó contra su cuerpo cálido y suspiró.

"Te queda mejor el café que a mí," le dijo ella, levantando su taza.

"Yo muelo los granos."

"Qué pereza. Demasiado trabajo."

Él le besó la nariz y le mordisqueó la esquina de la boca. "Lo bueno vale la pena incluso si implica trabajar mucho. Lo excelente justifica todo tipo de esfuerzo."

Ella sonrió y tomó un sorbo de café. En las últimas dos semanas había estado muy agitada y había dormido poco.

La televisión se encendió. Era una de las de tipo plasma, de dos pulgadas de grosor y cuatro pies de ancho.

"Tu televisión hace que la mía parezca prehistórica," dijo ella, bostezando.

"Lo es."

"Todavía funciona. Si algo funciona, yo no lo desecho."

"Ya me di cuenta." Él la miró intencionalmente. "Tú eres leal."

"También lo es un cocker spaniel."

Él rió y se preguntó cómo había vivido todos estos años antes de conocer a Kate.

La vida no había sido tan buena, de eso estaba seguro.

"Mira, ese es Kennedy," dijo Kate, señalando la televisión.

Sam miró. "Sí, ese es Kennedy." De frente y al centro y bajo la mirada embelesada de Tawny Dawn con sus grandes, inmensos ojos azules.

El ángulo de la cámara cambió, alejándose.

"Y ese es Doug Smith y..." Kate dudó, intentando recordar.

"Raul Mendoza," dijo Sam. "Él es el representante del Departamento de Seguridad Nacional en la unidad de lucha contra el crimen."

"¿Quién es el otro?"

"Un capitán del Departamento de Policía de Phoenix. Ralston, creo."

"¿Dónde está Mario?" preguntó Kate, frunciendo el ceño. "Es un policía del Departamento de Phoenix."

"Está en casa con su esposa y sus hijos, si tiene suerte."

"Pero acaso no ayudó con..." Kate objetó.

"La totalidad de la unidad de lucha contra el crimen no cabría en una pantalla de televisión," le dijo Sam antes de que pudiera terminar su pregunta.

Kate alcanzó el control remoto y subió el volumen.

"...está aquí con nosotros esta noche," dijo Tawny con una voz inusualmente ronca. "Yo sé que usted tiene una agenda muy apretada."

Kennedy asintió, logrando parecer ocupado y amable al mismo tiempo.

"Se ve más imponente en la televisión que en persona," dijo Kate.

"¿Estás diciendo que te gusta a distancia?" le preguntó Sam, lacónico.

"Sí. Cuanto más lejos mejor."

"Hemos vuelto a dormir tranquilamente en Phoenix gracias al FBI. Sr. Kennedy, ¿podría decimos con sus propias palabras cómo desmantelaron esa banda de criminales?"

"En la forma habitual," musitó Sam. "Arriesgando el pellejo y haciéndoles mandados."

"Ssshhh. Quiero oír."

Él puso los ojos en blanco y tomó un sorbo de café.

"En primer lugar, quiero aclarar que aunque se trata de una unidad de lucha contra el crimen supervisada por el FBI, contamos con la ayuda del Departamento de Seguridad Nacional y con muchos Departamentos de Policía a lo largo y ancho de los Estados Unidos, desde Nueva York hasta la Florida, desde Chicago hasta Phoenix y Los Ángeles."

"Al grano," dijo Kate en voz baja.

"Ese es el grano," dijo Sam. "Una gran familia feliz de combatientes contra el crimen haciéndoles la venia a los contribuyentes."

"Trabajando juntos, logramos desmantelar y someter a la justicia a una de las bandas más criminales que yo haya tenido la mala suerte de descubrir en suelo americano."

"La banda de Teflón," dijo Tawny con voz emocionada. Ella sabía que ese término sonaría bien y causaría sensación al decirlo.

"Exacto." Kennedy lanzó el tipo de sonrisa que le hace un hombre a un perro que hace trucos. "A esa banda criminal no le bastaba con robar mensajeros y hombres de negocio trabajadores. Cuando la unidad de lucha contra el crimen empezó a cerrarles el círculo, la banda de Teflón empezó a asesinar gente que tenía información que dicha banda quería mantener en secreto."

"¿Fue lo que les sucedió a los Purcell?" preguntó Tawny.

"No tengo autorización para decirlo por temor a perjudicar al jurado en un futuro."

La molestia que sintió Tawny se reflejó en su cara. "Entiendo que hay una conexión entre la banda de Teflón y los asesinatos recientes en Los Ángeles, el de José de Santos y el de Eduardo Pedro Selva de los Santos."

"Sí. Creemos que la banda de Teflón coincidió en algunos de estos golpes con las bandas suramericanas que habían estado asechando a los mensajeros."

"¿Eso es verdad?" preguntó Kate, volteándose hacia Sam.

"Lo es ahora."

"...investigando pistas múltiples que muestran ciertas conexiones cruzadas entre las bandas," continuo Kennedy.

"¿Pero de verdad?" insistió Kate.

Sam le quitó el volumen a la televisión. Ya había escuchado suficiente basura por una noche.

"El verdadero punto importante de una actuación ante la prensa como ésta," dijo Sam, "es definir qué es real para el consumo público ahora y en el futuro. Hace un tiempo, Kennedy quedó para siempre públicamente asociado a la persecución de las bandas suramericanas. No puede admitir de la noche a la mañana que esta ola de crímenes sea de origen ciento por ciento nacional, ¿entiendes? No sería bien visto."

"Y realmente de eso se trata," dijo ella, señalando la televisión. "De verse bien."

"Todos los que están ahí recibirán una carta de felicitación del presidente dentro de un mes. Pronto seguirán los ascensos."

"¡Pero tú fuiste uno de los que hizo la mayor parte del trabajo!"

"¿Y eso qué?"

Kate abrió la boca, pero no pudo decir nada.

"Apuesto que ibas a decir algo acerca de la 'justicia,'" dijo Sam, lanzándole una mirada de reojo con picardía.

"Eh..."

"Yo hice un trato con Kennedy y quedé contento," dijo Sam. "Esa es toda la 'justicia' que me interesa."

Ella se enderezó. "¿Qué trato?"

"Que yo no concedería entrevistas acerca de la hija homicida de Ted Sizemore, que solamente tenía puesto un par de guantes de cirujano, se cortó la punta de un dedo con un lado filudo del baúl y terminó dejando huellas parciales en un automóvil alquilado por Lee Mandel." Sam tomó un sorbo de café. "Que yo no diría nada sobre cómo ella exprimió información de Sizemore Security Consulting, la utilizó para engordar varias cuentas en el exterior y robó los Siete Pecados para inculpar a su amante, Peyton Hall, de todo, incluido el asesinato de Lee."

Kate abrió la boca.

Sam siguió hablando. "Que no le diría a ningún reportero cómo John 'Tex' White admitió que Kirby recibió órdenes de una voz distorsionada, incluidas las órdenes de matar a los de Santos. Que no les diría a los reporteros acerca del distorsionador de voz, la peluca rubia y el brasier de gel que los policías encontraron en el condominio de Sharon en Los Ángeles. Que no le diría a nadie que Peyton Hall tenía relaciones sexuales con Sharon y al mismo tiempo tomaba información de la pantalla de su computadora, y que utilizaba esa información para engordar sus propias cuentas en el exterior haciendo tratos con las malditas bandas suramericanas, incluido el lavado de dinero. Y hasta ahí tuve que llegar para dejar satisfecho a Kennedy."

"Sharon y Peyton. Qué pareja."

"Se merecían el uno al otro."

Kate frunció el ceño y observó las palabras que cruzaban la parte inferior de la pantalla de televisión. "¿Por qué lo hizo? ¿Odiaba tanto a su padre?"

Sam pareció considerar la idea. "Creo que odiaba al club de veteranos tanto como a su padre. Quería demostrar que podía engañarlos."

"Lo hizo, por un rato. Y luego, ellos la engañaron a ella."

"¿Lo hicieron?" preguntó Sam. "De haber sido única-mente por Kennedy, él habría lanzado el caso a la luna. Fue necesario que apareciera una mujer testaruda, valiente y muy brillante para descubrir al asesino de Lee. Esa fuiste tú, querida."

"Y que apareciera un hombre del FBI testarudo, valiente y muy brillante que trabajó en conjunto con ella."

Sam se rió sin humor. "No tan brillante o de lo contrario estaría en la televisión con las mascotas de Kennedy."

"Ese fue el resto del trato, ¿no es cierto?" dijo ella des-pués de un silencio.

"¿Cuál?"

"Que no obtendrías ningún crédito, ni público ni privado, por descubrir a los criminales." Su voz se elevó furiosa mien-tras se quitaba el cabello del rostro. "Ese bastardo de Ken-nedy siempre obtiene lo que quiere."

"Él puede tener lo que quiera. Yo también obtuve lo que quería."

"¿Ah, sí?"

"Sí."

"¿Y qué obtuviste?"

"A ti."

Kate parpadeó.

"Kennedy ya tenía lista mi orden de transferencia a Fargo," dijo Sam. "Supuse que no querrías tallar gemas en North Dakota, así que hice un pequeño trato con un gran cretino y la orden de mi transferencia fue anulada. Obvia-mente, no puedo garantizar que me mantendré fuera de líos con el FBI durante los próximos tres años, diez meses y die-cisiete días..."

"Pero si nadie está contabilizando el tiempo, ¿o sí?" pre-guntó ella, sonriendo.

"Te equivocas. Yo. Es mucho tiempo para permanecer del lado bueno de Kennedy."

"¿Acaso tiene uno?"

Sam se encogió de hombros. "Todavía no lo he en-contrado."

"No te mates buscándolo. Mientras me traigas café, yo tallaré gemas en cualquier parte."

Él miró a Kate durante un largo rato, con una mirada que hacía que el calor recorriera cada parte de su ser.

"¿Estás segura?" preguntó él con atención.

Sus ojos se encontraron. "Totalmente segura."

"¿Me das tu palabra?"

"Si tú me das un abrazo."

"Trato hecho."

No se pierda la próxima novela por

Elizabeth Lowell

autora bestseller en el *New York Times*

Muerte a Plena Luz

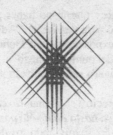

Pasadena, California
Enero
Martes, temprano en la mañana

Lacey Quinn miró alrededor de la vieja casa de sus padres en Pasadera, remodelada con elegancia, y se tomó un momento para prepararse para la tormenta que se avecinaba. Sus padres disfrutaban de un *brunch* de fin de semana protegidos del sol en el cuarto del jardín. Lacey había llegado en automóvil desde la costa y había pasado a visitarlos sin avisarles, pensando que así sería más fácil decirles.

Ahora no estaba tan segura.

"¿Recuerdan esa subasta de arte a beneficio de los amigos del Condado de Moreno que les mencioné la última vez que vine?" preguntó Lacey.

Su madre emitió un ruido como diciendo que le estaba escuchando a pesar de que el tema era aburrido. Aunque las obras de beneficencia eran el pan de cada día de Dottie Quinn, el interés desenfrenado de su hija por el arte turbaba y al mismo tiempo irritaba a Dottie. Excepto en el último extremo del comercio, el arte era indeleblemente desordenado; ella prefería la vida bien ordenada y de buen gusto.

"¿Qué pasa con eso?" preguntó su padre.

Una parte de Lacey quería no haber puesto el tema. El resto de ella se tensó para una lucha. "Además de llevar dos de sus pinturas a la exposición, Susa Donovan va a pintar un lienzo en presencia del público. Luego va a subastarlo directamente allá, y el dinero será destinado a Amigos del Condado de Moreno."

Cobarde, se despreció a sí misma. *No condujiste todo este camino desde la playa hasta aquí sólo para anunciar eso.*

Brody Quinn gruñó, revolviendo los documentos legales que estaba leyendo y dijo: "Qué bien."

"¿Bien?" Lacey se puso las manos manchadas de pintura en sus jeans igualmente manchados de pintura. "Papá, incluso los cuadros del tamaño de una postal hechas por La Susa se venden a más de un cuarto de millón cada uno."

"O sea que se gana una bonita deducción al donar un cuadro a la obra de beneficencia," dijo Body. "¿Y entonces?"

"Además de donar la pintura," dijo Lacey entre dientes, "ella ha acordado generosamente mirar cualquier pintura vieja que traiga la gente. Parecido al show de televisión *Anticues Roadshow.*"

"Una idea ingeniosa," dijo Dotie instantáneamente. "Todo el mundo está seguro de que tiene un tesoro escondido en el cuarto de San Alejo, así que seguramente habrá una gran producción y mucha prensa en el evento. Excelente enfoque. Voy a copiar la idea para mi próxima subasta de caridad. Incluso usaré el nombre de tu pequeño almacén, Tesoros Perdidos y Encontrados."

Lacey se controló para no hacer una mueca de dolor. Su almacén no era grande, pero las mantenía a ella y a su socia, Shayla Carlyle, trabajando y les daba la posibilidad de pagar sus impuestos y de recorrer las rebajas del estado y las ferias de artesanías tanto locales como lejanas para abastecerse.

Imaginando que él ya no era necesario en la conversación, Brody continuó leyendo su documento legal.

"El punto es," empezó Lacey, cuando se distrajo por un mechón de cabello ondulado que se soltó de la hebilla que utilizaba para domar su mata de cabello castaño. "¡Maldición!" Automáticamente se acomodó los rizos en su lugar y se puso de nuevo la hebilla.

"Si lo tuvieras corto y arreglado, querida, sería mucho más fácil de controlar," dijo Dottie.

"Entonces tendría que cortármelo cada dos de semanas."

"¿Y?"

"El punto es que sólo cuesta veinte dólares inscribir una pintura para que Susa la mire."

Dottie se adaptó al cambio de tema sin pausa. "Mucho mejor. Todo el dinero es donado, ¿no es cierto?"

"Si, y yo voy a llevarle tres pinturas para que las vea," terminó Lacey hablando rápido.

"Estoy segura de que será amable contigo," dijo Dottie. "Después de todo, ella tiene una familia, creo. ¿Acaso la revista *High Style* no mencionó seis hijos y varios nietos?"

"No me refiero a mis propias pinturas," dijo Lacey, apretando los dientes. "Me refiero a las del abuelo."

Un informe legal golpeó la mesa del patio cuando Brody se levantó. El gato de la familia salió disparado por debajo de la silla de Brody y desapareció en la frondosa maleza del jardín.

"Repite lo que acabas de decir," dijo Brody. "Desde el comienzo."

Lacey levantó el mentón. "Tú tienes un buen cerebro para esto. ¿Realmente tengo que repetirlo?"

"Lo que tienes que hacer es convencerme de que yo no debería—"

"No más, papá. Hemos tenido esta discusión tantas veces que podríamos repetir de memoria los discursos del otro. Por la razón que sea, piensas que las pinturas de tu padre no merecen tener un espacio en la pared. Yo sí. Yo creo que él es— era—" Tragó saliva. Su muerte hacía dos años todavía estaba fresca en su memoria, y dolía. Algunas veces aún pensaba que lo veía por el rabillo del ojo o del otro lado de la calle o volteando por el pasillo del supermercado. "El abuelo era un artista maravilloso, igual o mejor que cualquiera de los artistas pertenecientes al movimiento Plein Air de los Impresionistas de California que cuelgan sus lienzos en los museos de ambas costas. Yo creo en él. *Él creía en mí.*"

"Linda, estoy segura de que tu padre—" empezó Dottie.

Lacey siguió hablando. "Sin mi abuelo yo estaría tratando de ser alguien que no soy, una mujer de sociedad y no una artista. No les estoy pidiendo que apoyen mis decisiones con dinero o con abrazos. Pero, maldición, tampoco actúen como si necesitara su permiso. Él me dejó las pinturas a mí, no a ustedes. Murió antes de que yo pudiera entender cuánto significaba para mí. Lo mínimo que puedo hacer es intentar resucitarlo de un anonimato inmerecido para un artista como él."

"Todavía te mueres por escribir *David Quinn: ¿Biografía de un artista desconocido,*" preguntó Brody.

"Yo quiero saber de dónde vengo. Amo a mi familia, pero no encajo en ella. Mis hermanas sí." Ella le sonrió con cierta amargura a su madre. "Dos de tres no está mal, ¿o sí?"

"Lacey," dijo su madre abrazándola. "Te amamos."

"Y yo los amo a ustedes," dijo ella, respondiendo al abrazo." "Pero eso no significa que seamos el mismo tipo de gente. Entre más años cumplo, más me parezco a mí misma y menos a ustedes dos. El abuelo Rainbow entendió eso. Él me entendió en una época en que eso significaba... todo. Ahora quiero que el mundo entienda cuan grande era él realmente."

Brody se sentó a la mesa y se cogió la cabeza con las manos. *Vaya confusión.* Pero todo lo que dijo en voz alta fue: "De acuerdo, quieres averiguar todo sobre tu amado abuelo, mi padre, que era un bastardo absorto en sí mismo como nadie a quien haya conocido." Miró hacia su desconcertada hija. "Tú eras la única persona en quien él realmente se fijaba, sabes. Al resto de nosotros simplemente nos toleraba."

Lacey no supo qué decir.

"No era un hombre amable," dijo finalmente Brody. Averiguar más acerca de él no te ayudará, en cambio podría entristecerte. Déjalo ya, Lacey. Algunas personas no son como tú desearías."

"Él era un artista extraordinario," dijo ella testaruda. "Lamento si no fue un buen padre o un buen esposo, pero..."

"Lo harás de todas maneras."

Ella asintió. "Por eso me dejó todo a mí. Aunque nunca firmó ninguno de sus cuadros, conocía el valor de su arte. Yo también. Ustedes no."

Después de un momento Brody dijo: "¿Y que pasaría si esa pintora famosa de la subasta no ve nada especial en la pintura de mi padre?"

"Sería para mí una gran conmoción."

"Para mí no. Si algún hombre merecía oscuridad, era él."

Lacey sonrió tristemente. "El arte y el mérito no siempre van de la mano. Mira la historia."

Brody no tenía que hacerlo. Él ya tenía sus propios problemas. Entre menos supiera el mundo acerca de su padre, mejor. Un hombre que buscaba obtener un nombramiento judicial no necesitaba que los trapos del la familia se sacaran al aire.

"Lacey," dijo él lentamente, "te lo pido de nuevo. Deja ese tema."

"Lo siento, papá. No puedo. Pero tranquilo, me aseguré de permanecer en el anonimato, así que no tienes que preocuparte por..." Ella hizo una pausa, luego se encogió de hombros. "Ya sabes, el tipo de publicidad que pueda perjudicarte en este momento tan crucial de tu carrera."

"Anonimato," dijo el padre. "No entiendo."

"El abuelo nunca firmó sus pinturas, así que no tenemos de qué preocuparnos. En lugar de llevar los óleos bajo mi nombre o bajo el nombre de mi almacén, registré una dirección de correo electrónico al respaldo de los lienzos para que sirva de contacto. La dirección es nueva bajo un nombre inventado, January Marsh. Y si alguien logra rastrearme a pesar de eso y pregunta dónde obtuve las pinturas simplemente diré que las encontré en una venta de garaje. Teniendo en cuenta mi línea de trabajo, es una forma obvia de explicar que yo posea el arte de mi abuelo."

Brody hizo un sonido que podría significar cualquier

cosa, y luego desistió. Si ella se equivocaba acerca de la genialidad del abuelo, aquello moriría completamente de una muerte tranquila. Si ella no se equivocaba...

Bueno, resolvería ese problema cuando llegara el momento.

Los Ángeles
Enero
Martes por la mañana

Ian Lapstrake no había sido educado por estúpidos. Cuando Dana Gaynor, socia de Rarezas Ilimitadas, se lanzó contra él con una voz como un látigo de hielo, él se levantó muy derecho y puso atención.

"Escucha, mijo," dijo ella, utilizando uno de los sustantivos favoritos de su socio S.K. Niall: "Me estoy cansando de que ignores tu correo electrónico. ¿Cómo se supone que te mantengamos actualizado sobre nuestros proyectos?"

"Yo siempre tengo mi buscapersonas prendido."

"Cómete tu buscapersonas."

"No estoy todavía tan desesperado, pero gracias por la idea."

Dana miró los ojos oscuros de Ian y la sonrisa amable y confiada. Abrió la boca para reprenderlo, pero en lugar de eso se rió. Él parecía tan inocente como un cachorro.

No lo era.

"Tú y Niall," dijo ella, sacudiendo la cabeza. Siempre termino riendo cuando debería estar furiosa."

Eso no era totalmente cierto, pero Ian tenía mejores cosas que hacer que señalárselo. Las veces en que Dana *no* había terminado riendo estaban muy claras en su memoria, como una marca reciente.

Ella lo miró con ojos tan oscuros como los suyos y simplemente dijo: "He estado tratando de ponerme en contacto contigo. Donovan está preocupado."

"¿Amenaza de secuestro?" preguntó instantáneamente Ian.

"Nadie está amenazando robar a Susa para pedirle un rescate de unos pocos billetes," dijo Dana. "Tu trabajo es permanecer totalmente visible para que eso no cambie."

"O sea que necesita un guardia para ella, no para sus cuadros."

"Como dice Donovan, su esposo, Susa puede crear otras pinturas pero ninguna pintura puede crear otra Susa."

Ian sonrió. "Un hombre de prioridades."

Dana hizo todo menos una mueca de dolor. "Y nada tímido para compartirlas. Normalmente uno de los hombres de Donovan debería viajar con Susa pero..." ella encogió los hombros. "A veces simplemente no es fácil andar con un esposo, cuatro hijos y dos yernos."

"¿Para qué son los amigos?" dijo Ian, aceptando con gracia la misión. "Hay un muchacho robusto de los mandados que está llegando en este momento. ¿Qué hay del envío de iconos de Lazarro?"

"Ese es problema de Niall, no tuyo."

"¿Los rollos de pergamino de Kenworth?"

"Le corresponden a Mary"

"El posible Luis XIV—"

"Por lo pronto," interrumpió Danna, "Susa Donovan es tu misión de tiempo completo. Los demás proyectos ya han sido distribuidos."

Ian se rió. "Estás realmente determinada a conseguir que todos los Donovan se reúnan en el redil de Rarezas Ilimitadas, ¿no es cierto?"

"No tengo ni la más remota idea de lo que estás diciendo." Dana guiñó el ojo y se alejó caminando. "En tu correo electrónico encontrarás detalles de dónde y cuándo deberás recoger a Susa esta tarde."

Ian se quedó mirando el suave movimiento de las caderas

de Dana con ese aprecio masculino que no necesita acariciar para disfrutar. Luego se metió las manos en los bolsillos del pantalón y se dirigió hacia la máquina de café. En ese momento parecía que la cafeína sería la única emoción en su vida hasta que hubiera terminado la gran fiesta de caridad de Susan Donovan.

Eso y mirar su correo electrónico.